故事会

2010·40

（总第466-469期）

合订本

STORIES

上海故事会文化传媒有限公司　出品

(00368)

图书在版编目(CIP)数据
2010《故事会》合订本.40／《故事会》编辑部编.
上海：上海锦绣文章出版社，2010.10
ISBN 978-7-5452-0777-4

Ⅰ.①2… Ⅱ.①故… Ⅲ.①故事－作品集－中国－当代 Ⅳ.Ⅰ①1247.8

中国版本图书馆 CIP 数据核字（2010）第197215号

责任编辑：刘迎曦
封面设计：李宝强
责任督印：张 凯

2010 故事会合订本 40
（总第 466-469 期）
《故事会》编辑部 编
上海锦绣文章出版社 · 上海故事会文化传媒有限公司出版
地址：上海绍兴路 74 号
电子信箱：gushihui@263.net
网址：www.slcm.com
中国图书进出口上海公司发行
地址：上海市广中路88号
电话：36357888
ISBN 978-7-5452-0777-4/I · 274

466 2010 SEMIMONTHLY 上半月刊 7月

欢迎登录本刊主办的“故事中国网”(www.storychina.cn)

故事会

STORIES

2010年7月

上半月·红版

社 长、主 编：何承伟

常务副主编：吴 伦

副主编：姚自豪（上半月·红版）

副主编：夏一鸣（下半月·绿版）

本期责任编辑：姚自豪 李天然（见习）

电子邮箱：chin_poet@163.com

红版发稿编辑：

郑继文 吕 佳 叶小萌

美术编辑：李宝强

电脑制作：郭瑾玮

通 联：归依玲

本社办公室电话：021-64375030

上半月刊编辑部电话：021-64332325

下半月刊编辑部电话：021-64336469

（上海市绍兴路74号 邮编：200020）

主管、主办：上海文艺出版（集团）有限公司

出版单位：《故事会》编辑部

发行范围：公开

制作、发行总监：张 凯

电话：021-64313938

广告业务：上海故事会文化传媒有限公司

广告总监：张 淮

广告业务：021-34010383

广告投诉：021-64333738

广告经营许可证

沪工商广字3100320080016号

发行：中国图书进出口上海公司

·笑话·

开心丸

有位顾客去饭店吃饭，恰好这家饭店推出一道新菜，取名“开心丸”。顾客觉得很新鲜，就点了一份，想尝尝新。不久，这道菜端上来了，顾客一尝，就是一般的鱼丸而已，便把服务员招来，说：“你们这个‘开心丸’，食材、味道平平无奇，价格却高得离谱，我真想不通，它哪一点让人开心？”

服务员老老实实地回答：“先生，说实话，客人吃了它之后确实都不开心，不过，每当有客人点这道菜，我们老板都很开心哦！”

（侯智勇）

（本栏插图：包丰一）

多运动

医生检查过病人后说：“朋友，你缺乏户外运动。你只要常到户外走动，马上就会恢复健康。”

病人说：“可是我……”医生打断病人的话：“不要强辩！我是医生，你要听我的劝告。你从今天起每天至少要散步一个钟头，这就是能够治好你病的惟一方法。”

病人说：“我的职业……”医生说：“这就是你最大的毛病。你的职业使你的身体越来越坏，我劝你换一个能多走路的职业。”

病人终于脱口而出：“可我是一个邮递员，我还能换什么职业呢？”

（李彦锋）

终审

甲：“我妻子可能是当过律师的。”

乙：“为什么？”

甲：“每当我们吵架，她觉得自己输了时，总把我们的事告到‘高级法院’去——由她母亲来终审。”

（LBJ最帅）

机智的开场

某大学的学生容易冲动，经常向来校演讲的人扔鞋抗议。这天，一位学者来校演讲，台下学生们已经准备了好几双鞋子。一开场，学者就说：“我已经准备好大家向我扔鞋，不过，请大家不要每次只扔一只，最好扔一双；并且要强调一下，我的脚是42码。”

（刘　立）

过把瘾

有个中学生很怕他爹。这天，他刚被爹训斥了一番，心里愤愤不平，就在网站上注册了一个用户名，叫“爹”，结果他很快收到一个邮件，一看乐了，邮件里写着：“爹，您好，您已注册成功，我们将为您竭诚服务——‘儿子’网站。”

（佚　名）

和蚊子的关系

早上醒来，丈夫发现身上有好几处被蚊子叮过留下的红包，而老婆身上却一个红包也没有。丈夫嘟囔道：“蚊子不叮你，是因为我的血已经把它喂饱了。看着吧，今天晚上它就该叮你了。”

一听这话，老婆脱口反驳道：“你少挑拨我和蚊子的关系。”

（李彦锋）

罚　站

兰兰是个女孩，但爸爸对她很严厉，她一有过失，爸爸就罚她站墙角。

有一次，兰兰又被罚站，心里很不满，就问爸爸：“爸爸，你小时候犯错，爷爷是不是也总罚你站墙根啊？”

爸爸一脸正色：“你以为谁都像你这么顽皮吗？告诉你，我小时候特别听大人的话，从来没有罚过站……”

这时，爷爷回来了，他走到兰兰身边，悄悄地说“乖，再站一会儿吧，你看你爸，如果不是他小时候犯错，我常罚他站墙角，他身板哪会有这么直溜啊！”

（詹　华）

顶替一下

有个人心情坏透了，想自杀，他来到药铺，问老板有没有老鼠药。老板找了半天，没找到老鼠药，就对这人说："没有老鼠药了，要不先用老鼠来顶替一下？" （唐育铮）

实话实说

单位新领导上任，为示亲民，他向下属宣称："我是农民的儿子。"秘书明明是城里人，却献媚道："我是农民的孙子。"

领导很满意，再问一旁刚来单位的大学生。大学生憨笑道："我就是农民。" （刘 洋）

聪明的女儿

星期天，小丁家门铃响了。打开门，是个推销员，她笑着对小丁说："小姐您好，我们公司有几套化妆品非常适合您……"小丁忙说不买，但她不依不饶，定要说服小丁。

小丁见推销员如此难缠，只好说："对不起，我是这户人家的保姆。"她一听，热情骤降，转身准备离去。这时七岁的女儿从房间里走出来看热闹，推销员看到女儿，脸上又立即堆满笑容，说："你是小主人吧，你妈妈在家吗？"女儿面无表情地说："我不是小主人，我是保姆的女儿。"

（郝光云）

纪 律

一小偷趁别人上班时间，潜入一幢职工宿舍楼，锁定一家住户，开始撬锁。这时，屋里的主人听见外面有人，打开门，小偷被逮个正着，却毫无惧色，一边收拾工具，一边直视对方："九点多了，怎么还没上班？"主人："你在撬我家门？"小偷拉长脸："我问你，九点多了怎么还没上班？"主人："你是我顶头上司？还是我们局长？"小偷："我是你们局长，今天下来暗访，像你这样的职工，要么通报批评，要么尽早辞退！"主人一听，立马披衣穿鞋，夹起公文包就走，连门都没关。 （翁志刚）

不放心

晚上，大李在卧室用笔记本电脑上网聊天，老婆在床上睡觉。过了一会儿，老婆对大李说：“笔记本电脑光线太亮，我睡不着，你还是去客厅上网吧。”

大李拿着笔记本跑到了客厅。没过五分钟，只听老婆在里面喊：“我睡不着，你还是来卧室上网吧。”大李很奇怪，就问怎么回事。

老婆叹了口气：“你背着我上网聊天，我不放心！”（李彦锋）

次数一样

幼儿园上美术课，老师给每个小朋友发了一张图画纸，上面画着一只鸭子打着一把伞。老师要求小朋友们将鸭子涂成黄色，伞涂成绿色，可是班里最调皮的博比却将鸭子涂成了鲜艳的红色。

老师看到了，不高兴地责问道：“博比，这种红色的鸭子，你看到过几次？”博比想都没想，回答说：“和看到鸭子打伞的次数一样多！”

（梁小燕）

抹花露水

宝宝正在睡觉，一只蚊子飞到了他的屁股上。妈妈赶走蚊子，在宝宝的屁股上抹了些花露水。

宝宝惊醒了，大叫：“妈妈，蚊子刚才在我的屁股上撒了一泡尿！”

（刘　立）

拒绝的理由

有个姓侯的男生，长得很瘦，跟一个女生表白爱意后被拒，男生很郁闷，就问姑娘拒绝他的原因。姑娘回答：“说实在的，现在有很多人拜倒在我的石榴裙下。”

“那你也不差这一个嘛！”

女生烦了，便说：“可我不喜欢旁边蹲个猴！”

（王　婷）

本栏欢迎来稿，读者、作者可将有新鲜感、有精彩细节的笑话佳作投寄给我们。来稿一经采用，最高稿费为一则100元。本期责任编辑电子信箱：chin_poet@163.com。

游戏进行时

□厘　厘

我和小馋、林飞都是大学里的哥们儿，那年毕业，我们都留在北京工作，三人在郊区合租了一套房，由于路途较远，每晚都从地铁起点一直坐到终点。

一天，小馋提出了一个建议：上地铁后，每人锁定一个乘客，预测其将在哪个站下，如那人没下，就请另外两人吃夜宵；如三人均未测准，则赌局自行结束。尽管我和林飞估计这小子肯定会搞点什么名堂，可还是很痛快地答应了。

上了地铁后，小馋拍拍我和林飞的肩膀，朝一个角落里一指，说：“那老太太一定会在立水桥站下，一定！”我和林飞一看，差点气晕，那老人每天都在立水桥站下，有一次我们无意中听她和别人说，自己天天给在校读书的孙子送便当。

小馋说完，林飞走到一个低头看书的女孩面前，咳嗽一声后，又走到我们面前，露出了狡诈的笑脸，只见他轻抬右手，大拇指在食指、中指和无名指间轮流掐动，摆出一副高人掐算的架势，然后以一个得道高僧般的语气说道：“山人料定此女必在雍和宫站下！”

我和小馋一听，差点一脑袋撞在玻璃上：那女孩我们再眼熟不过了，她是个聋哑人，每天都在雍和宫站下车，因为那附近有一所很有名的聋哑学校，女孩经常去学习手语。看样子，他们两人是赢定了，我心一沉，完了，兜里仅有的100元钱是在劫难逃啦！

正所谓天无绝人之路，忽然，我两眼一亮：地铁门开了，走进一男的，高个子，黑夹克，戴墨镜，脸上有刀疤。我回过头瞟了一眼小馋和林飞，然后毫不犹豫、斩钉截铁地说道：“那男子会在崇文门站下！”

小馋和林飞听我这么一说，刹那间像霜打的茄子——蔫了。我们三个都有所耳闻：刀疤男以前是个“黑社会”，从班房出来后改邪归正了，可依旧一身痞气，前些日子，据说看中了崇文门站一个女安检人员，也不知道他有没有工作，反正每天随着上班的人流涌到崇文门站，在那里纠缠人家，而且此君不论是站是走嘴里总哼个不停，而且永远是那首老情歌：“只有我，最摇摆，没有人比我帅……”奇怪的是只要他一坐下来，马上就安静了，而且一只手掌横放在大腿上，另一只手掌托住下巴作沉思状，似在检讨过去，又像在畅想未来。这次也没例外，有几个胆小的主动让出了位子，刀疤男毫不客气地把屁股移了过去，一坐下来，歌也不唱了，马上安静了下来……

立水桥站快到了，可小馋发现那个老太太丝毫没有下去的意思，还在那里和旁边的人聊得有滋有味，小馋急了，走到老人身边，又回过头来，装模作样地冲我俩喊道——“立水桥到了，立水桥到了，下不下！”这话其实是喊给老太太听的，一语惊醒梦中人，老太太忙不迭地站起来，冲小馋道了谢，蹒跚着下车了。小馋擦了一把汗：好险，可以不掏腰包了！

又过了一会儿，车厢里的喇叭响了起来：“乘客们！雍和宫站快到了，请……”这次很顺利，哑巴女孩合上书，很平静地下去了，林飞解放了，可以不掏腰包了，接下去该轮到我了！崇文门站快到了，不知为什么，我心

编读聊天室：众手浇开故事花

北京读者蒯乐： 亲爱的编辑老师，你们好！我又给你们投了一篇小笑话，稿子分量很轻，但这已经是我第三次投稿了，因为我小学三年级就偷偷给《故事会》的老师打过电话，感觉和你们很熟，所以一有稿子只投给你们。嘿嘿，怕老师看着费劲，还特意把字号弄大了。

红版编辑部： 你好！看到你的来稿很高兴，因为这是一个在小学三年级时就曾给我们打过电话的特殊作者哦！一篇笑话从投稿到发表的过程较复杂，其中的技术性细节就不细说了，但我们向你保证：如果这个笑话通过终审的话，我们一定会把它发表出来，并会适时告诉你的。下次去北京出差，很期待能见到你。

辽宁读者崔帅： 编辑老师，今天晚上我就要坐火车当兵去了，听说我投稿的一篇笑话正在送审中，这是我创作以来的第一次， 我太高兴了！如果能够发表，我的地址还是没有变，我的父母可以替我收到稿费。赚了稿费的确开心，但是最大的开心是因为上了《故事会》，这是一个历史，是一份荣誉，虽然只是一个小小的原创笑话。

红版编辑部： 经常能够收到你的来稿，这次得知你即将成为一名帅气的军人，我们也很高兴！人的经历越是丰富，心灵就越是成熟、坚强；故事经过了生活的打磨，才会更有光彩。祝你在个人成长和故事创作上都会有新的收获！

里总不踏实，总感觉口袋里那100元钱在蠢蠢欲动，似乎马上要得道升天一样，我嘱咐自己：淡定！

“乘客们，崇文门站到了……”地铁里响起了播音员甜美的声音，可刀疤男依然纹丝不动，就好像他不在这个站下一样，怎么回事？出什么状况了？难道刀疤男在胡思乱想以致没听见播音？我要不要去提醒一下？可当我看见刀疤男脸上那条深褐色蚯蚓般的疤痕时，我马上打消了这个念头，就在这一刻，地铁门已经关上了。我最后的100元啊，我的心里默默地为其超度着……

没想到，刀疤男和我们的目的地一样，终点站：宋家庄站！

宋家庄站到了，小馋和林飞一左一右搀着我走了出来，露出一脸平静的奸笑，这时，那首再熟悉不过的《我最摇摆》从后面飘了过来：“只有我，最摇摆，没有人比我帅，只有我，最摇摆，想不想靠过来，只要夜幕已被拉开，音乐的节奏响起来——”刀疤男嚎到一半，忽然手机响了，他嚷了起来：“哟，是彪子啊！我在宋家庄站哪，去那干吗？是这样的，我跟你说的那个女安检员换岗了，调到宋家庄站去了，我得追着她跑啊……没办法，现在的女孩儿难追啊，哈哈……”

（**题图、插图**：安玉民　梁　丽）

李大哥送枣

□孔祥树

有的人，几十年在一起，转眼就会淡忘；而有的人，只见过几次面，却生生死死难以忘怀，“李大哥”就是这样的人——

那天在建设局门口，一个中年男子戴一顶草帽，搭一条毛巾，横一根扁担，席地而坐，旁边放一担箩篓，里面装着枣子：又红又大，沾着露水，有的还粘着枣叶，一看就知道刚下树。

一会儿，从大院里走出一个人，他是局里新来的大学生，叫小李。中年男人挑起那担子枣，由小李陪着，一前一后，进了大门。小李一进门，就对门卫室的大刘打招呼，说话间，那中年男子把箩篓往旁边一放，拿出一扎塑料袋，先装了一袋枣，满面堆笑地递给大刘，大刘一边客气地推辞着，一边问：“小李，这枣是你买的？”小李说：“不是我买的，是送给各位领导的。”大刘指着中年男子问：“这位是……”小李说：“我爸呢，我爸说送几颗枣子大家尝尝鲜。”

经小李一介绍，这位李大哥脸就有点红了，说话也有点结巴了：“这是自家树上的几颗枣子，真拿不出手的。我家小李子不懂事，如果他要是不听话，你们尽管骂，尽管打。玉不琢不成器，人不教不长进呢。”

大刘笑了：“你家小李子是大学生，有能力，肯吃苦，脑瓜活，年轻有为。”说着，大刘搬一把椅，叫李大哥坐，李大哥摆摆手，挑起箩篓，急急向里走：“你忙你的，我还有枣没送呢。”

大刘目送着两人走进大院，然后拿出一颗枣子，咬一口，又甜又脆，满嘴清爽。

以后，每年枣子成熟时节，李大

哥总会挑着一担箩箩，走进建设局来，给每人送一袋枣子。

那年，小李成了办公室主任，枣子刚上市，李大哥又挑着一担枣子，“呼哧呼哧”进了大院，他又把一袋枣子放到大刘的桌上，满脸堆笑：“谢谢领导多年来对小李子的关心！小李子打小就丢三落四的，如果工作上有什么眼不见手不到的地方，还望多多指教。”大刘暗自好笑，我一个门卫，咋成“领导”了？他理解李大哥的心情，说：“李主任工作没话说，深受大家喜爱，前途不可估量。”大刘端来一杯茶，李大哥说不渴不渴，又急急进了大院，上楼给各科室送枣去了。

后来，李主任顺风顺水，步步高升，成了李副局长，最后成了李局长。

枣子又上市了，那天，局里的几个人恰好在门卫室聊天，大刘说：“今年，李大哥应该不会来了吧？”大伙儿咀嚼着话里的意思，也一齐附和道：“子贵父荣，今年李大哥应该不会来了，何况这么一把年纪了呢！”

可是大伙猜错了，第二天，李局长外出开会，李大哥又挑着枣子，颤巍巍地来了，大刘忙上前帮他接过担子，并劝他来年再不要送了。李大哥叹叹气，说：“人老了，身子骨也不听使唤了……你们客气个啥，不就是家里几颗枣吗？”李大哥依旧装了一袋枣，递给大刘：“小李子工作上若有什么不对的地方，请你们大胆指出来；若你们不好说，就告诉我，让我来批评他。”

大刘听了诚惶诚恐，说：“李局长有能力，有魄力，各项工作都很出色。”

李大哥听了，沉吟一会儿，说是今年体力实在不济了，不上楼了。他在门卫室里分好了枣，然后嘱咐大刘帮着送到各科室，说完他就要走，大刘一把拉住：“快中午了，你家又这么远，就在外面餐馆吃个便饭吧，我请你。”李大哥轻轻挪开大刘的手：“不能吃呢，天气转阴了，枣子等着下树，若一淋雨，就掉下来，烂了。”

这以后，李大哥还是每年送枣来，劝都劝不住。

有一年，建设局有人举报，李局长因经济问题被摘了帽子，贬为一介平民，调到了其他单位。

枣子又上市了，那天，大刘他们几个人又在门卫室嘀咕：“今年李大哥肯定不会送枣来了，他这么多年好心送枣，不想吃了枣的人一脚把他儿子踹了下来，叫谁心里不堵？何况人家孩子还不在我们单位了呢！”

话音刚落，就有人挑着一对箩筐，颤颤巍巍地过来了，一看，竟然是李大哥，他又挑枣来了！李大哥放下箩筐，气喘吁吁，脸色煞白，一下瘫坐在门口。众人连忙上前，大刘赶紧给他倒了杯茶：“李大哥，明年你真的不要送枣了，你这么大的年纪，又赶这么远的路，我们吃了你的枣，准会落头发、折寿呢。”

李大哥一口气喝完茶，用毛巾揩揩汗：“小李子虽然官没了，人也调走了，但我们的情分还在，不就是自家几颗枣吗，你们可别生分了。真的要谢谢你们及时指出小李子的错误，让他还留碗饭吃，如果让他越陷越深，说不定他这辈子要把牢底坐穿呢。”众人听了这番话，心头全沉甸甸的。

李大哥分好枣，拿起扁担，挽起箩绳，准备走了，留他吃饭，他不肯；想叫车送他一程，他也执意不肯，眼看着李大哥挑着空箩筐，趔趔趄趄地一路远去，大伙儿的眼眶全湿了。

又过了一年，枣子早已下树，街上的枣子也卖没了，李大哥没来，大伙想，李大哥今年真的不会送枣来了。

这次大伙猜对了，很快传来消息：李大哥病逝了。

听到这个消息，局里的所有同事，都自发组织起来，去为李大哥送行。到了李大哥居住的那个偏远小山村，大伙儿突然发现，不仅他家房前屋后光秃秃的，就连周围山山岭岭也没一棵枣树。一问才知道，这里原来满山都是枣树，后来炸了山，开了矿，建了厂，就再没人种枣树了。

李大哥灵前，大伙儿有站的，有跪的，悲声一片，泪洒一地……

（题图、插图：安玉民　梁　丽）

· 手机版故事 ·

开往春天的地铁

白雪皑皑的冰原上有一对小企鹅，一个叫尼斯，一个叫马契。

这天，尼斯说："我听说，春天是绿色的，温暖的。"

马契说："以前有些企鹅乘坐一辆开往春天的地铁走了，可是他们一个也没有回来。"

尼斯和马契都憎恨大雪、大风、严寒，他们已经受够了，于是便想出去寻找春天，他们知道父母一定不会让他们去的，所以决定瞒着。

一个月后，又有一辆开往春天的地铁从这里经过，尼斯和马契就乘坐着这列地铁，到了春天。

春天真是美丽啊！百花婀娜多姿，万物生机盎然，一片春光，一片明媚。

刚开始，尼斯他们还觉得一切都不错，可是没几天，天气越来越热，热得他们已经生病了。他们一直煎熬了两个多月，终于等来了地铁，于是他们便乘了上去。

地铁开动了，播音员说"欢迎大家乘坐我们的地铁，下一站，夏天。"

（作者：青　通）

新牙

大张发现七十多岁的老娘长了两颗新牙，心里很高兴。

次日，儿子小虎忽然发起了高烧，接连几天都不好，妻子发起了牢骚，说有句老话——"老长牙，小出事"，儿子得病，肯定是老人给"克"的，这么老了还长牙!

话说得难听，夫妻就吵架了。老人心里明白，她也希望孙子赶紧好，哪知过了几天，病情还不见好转，夫妻的吵架更频繁了。

这天，夫妻俩又吵起来，正在这时，忽见老人走进屋来，说："你们别吵了，是我错了！"她说完，放下一个纸包便回屋了。

大张走上前去，打开纸包一看，只见里面包着两颗带血的牙齿……

（作者：赵建光）

恋爱可以有各种谈法，从古代的鸿雁传书，到今天的QQ聊天，但有一种谈法，你肯定没有听说过——

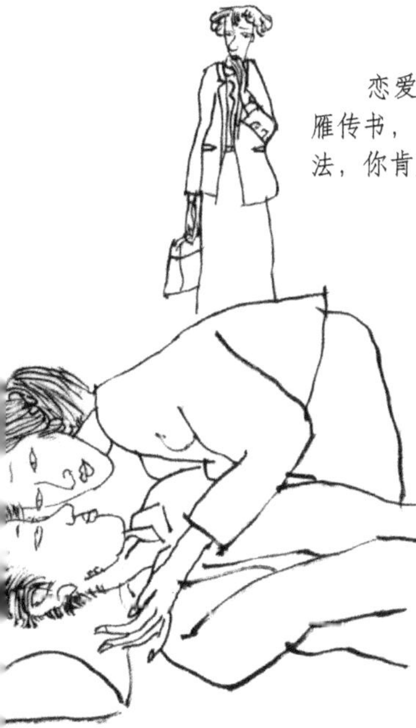

看见了你的笑脸

□谢丰荣

有一家盲人按摩店，这天，生意清淡，店里有两个按摩师，闲着无聊，正“听”电视打发时间。男按摩师叫阿勇，二十五岁；女按摩师叫阿丽，二十二岁。两个人都不是全盲，还有一丁点视力，不过只能看到眼前十几厘米远的东西。

这时，阿勇听见店里进来了一个客人，是个女的，她说自己想做个头部按摩。阿勇热情地请她躺到床上去，很尽心地为她按摩着。

女客人对阿勇的服务很满意，她问阿勇：“你是哪里人？”

阿勇说他家就住在本地乡下，女客人笑着又问：“我看你长得很帅的，谈女朋友了吗？”阿勇朝阿丽坐的方向扭了一下头，虽然他看不到阿丽，但这一举动正说明他心上有人了，只是还没有表白而已。他答道：“没有呢，谁会喜欢我这样的盲人？”显然这话是说给阿丽听的。

女客人马上说：“要是我现在没结婚的话，我喜欢你！”

阿勇一听不好意思地笑了，连说“谢谢”。女客人又问他家里有哪些人，父母身体如何，诸如此类，阿勇有问必答，他觉得这个女客人很随和，就乐于跟她交流。店堂里只有他们两人在说话，阿丽这会儿静静地听着，没有插一句话。

时间过得很快，按摩完后，女客人拿出二十元钱交给阿勇，然后说了声“拜拜”，走出店去。

这时，阿丽走到他身边，戏谑地说道：“人家喜欢你呢！可惜她说的是——‘要是我现在没结婚的话’，也就是说，她已经结婚了，你没戏了，哈哈！”阿勇说，天下女子又不是只她一个，多着呢，然后话里有话地说：“比如现在我面前就有一个。”

阿丽笑了，骂他想得美。

两个人在店里又开始听电视，然后有一句没一句地闲聊。过了一会儿，阿勇说肚子有些痛，想出去上趟厕所。其实阿勇是在撒谎，他走出店后，在门外停了半分钟，然后转身走进店来，压着嗓门，像是换了个人似的，对着店里说：“你好，小妹，我想做个全身按摩行不行？”

阿丽没有听出是阿勇，她马上说行，阿勇强忍着笑，脱了鞋，爬上按摩床。

阿丽开始为阿勇按摩，她指法极好，阿勇的心“咚咚”直跳，他感受着阿丽手指间透着的温柔，全身舒服极了。是啊，他爱上阿丽了，平时他们同在一店，但彼此不知道对方的长相，他太想看看阿丽的面庞了，今天突发灵感，决定让阿丽为他按摩，然后再借机看看她的模样。

阿丽一边按摩一边问：“先生，你感觉怎样？”

“很好！”阿勇忍着咚咚的心跳，照旧压着嗓子眼问阿丽：“你有男朋友了吗？”

阿丽说：“有啊！”阿勇的心好像一瞬间停止了跳动，他难过地躺着，一动不动。过了很长时间，阿勇还是不甘心，又问：“你男朋友怎么样？”

阿丽说，她的男朋友很能干，平时什么活都抢着做，不让她受累。阿勇听了，心想，我这么长时间来在她面前白献殷勤了，真是竹篮打水一场空！他正这么想着，突然，阿丽“扑哧”笑出声来，她说：“我骗你呢！我才没男朋友呢，我说的不过是我找男朋友的标准而已！”这下，阿勇就像一个快窒息的人猛然吸到一口氧气似

的，一下子来了精神，而更让他高兴的是，就在阿丽按摩肩部、离他最近的时候，他终于用那点极为有限的视力，偷偷地看到了阿丽的模样，哇，她很美很美！

阿勇正神魂颠倒着，却听见阿丽说了声“先生，好啦”，阿勇这才恋恋不舍地从按摩床上下来，又掏出自己今天仅有的五十元钱交给阿丽，不过，他觉得这钱花得真值。

阿勇匆匆走出了店，半分钟后又走了进来，恢复了平常的声音，同阿丽打招呼，他说：“哎哟，拉肚子了，稀里哗啦的，脚都蹲麻了。”幸亏阿丽也没多在意，让他成功地扮演了顾客的角色。

第二天，老板娘来到店里，她问阿勇和阿丽：“昨天晚上来了几个顾客？”

阿丽说：“就两个，一个做头部按摩，一个做全身按摩。”她说着，两人都把钱交给了老板娘。

“看来生意有些清淡……你们两个也不小了，何不利用这几天想想个人的事情呢？”老板娘突然这么说，两人都有点猝不及防。老板娘接着说：“我知道你们都没谈恋爱，不过既然进了我的店，就是缘分，不知你们彼此中不中意？”

阿勇和阿丽的脸立即红了，都低头不语，老板娘看看这个，望望那个，会心地笑了起来：“就这么定了！”

从此，阿勇和阿丽成了情侣，还真别说，他们的感情发展得很快，半年后就领了证，结婚了。

婚礼上，老板娘给来宾们透露了新郎、新娘的一个秘密，她说，有一天晚上，她到按摩店来，本想看看生意怎么样，却看到了意外的一幕：一个女按摩师正在给另一个男按摩师按摩。这话说起来别扭，发生在生活中，却真的很好玩，于是，她就静静地站在店外看了很久，然后生起了撮合他们的念头。

来宾们听了“哈哈”大笑，阿丽“哼”了一声，阿勇很难为情，他老实交代说：“阿丽，那天晚上的确是我假冒顾客让你按摩的，别生气，我真的很喜欢你。”

谁知阿丽说：“我早看出来了，虽然你压着嗓子眼跟我说话，但我们接触了那么久，天天都在一起，骗谁呀！其实，我在按摩的时候，还在你背上用手一遍一遍写一个字——‘爱’，你没感觉出来？”

阿勇惊得张大了嘴巴，久久说不出一句话来，而接下来阿丽说的一句话更让他噤若寒蝉了，阿丽得意地说：“你没想到吧？在你冒充顾客之前，不是来了一个女顾客吗？你知道那是谁？”

这一下，阿勇可傻了……

（**题图、插图**：魏忠善）

·中国新传说·

工作认真，这本是天经地义的事，可对有个年轻人来说，“认真”竟成了他人生的一个坎儿——

擦玻璃很快乐

□梅永远

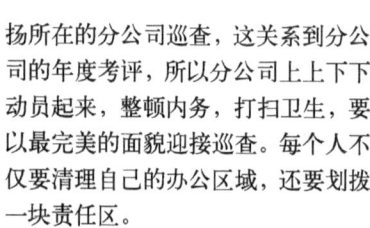

金扬是个刚毕业的大学生，他很幸运，眼下就业形势如此严峻，而他一出校门，就在一家五百强企业的招聘活动中，经过层层选拔，一路过关斩将，赢得了被聘用的机会。

这天，金扬装扮一新，按照约定，来公司报到，可一进门就接到通知，这次选拔留下了三个人，但由于职位有限，两个月试用期后，三人中还要淘汰一人。看来，得再闯过这一关，才能真正笑到最后!

金扬对自己还是很有信心的，公司领导曾毫不掩饰地赞许过他，说他有股超乎寻常的认真劲儿，可是金扬怎么也没想到，一次突发事件改变了他的命运。

那一天，总部的几位董事要来金扬所在的分公司巡查，这关系到分公司的年度考评，所以分公司上上下下动员起来，整顿内务，打扫卫生，要以最完美的面貌迎接巡查。每个人不仅要清理自己的办公区域，还要划拨一块责任区。

金扬分到了一大块落地玻璃幕墙，擦起来并不轻松。金扬爬上爬下，仔仔细细地将玻璃擦得干干净净，保洁公司也刚刚清洁了外墙体，所以这面玻璃幕墙看起来就像没装玻璃一样，明净得像空气一般。

董事们到达的时间快到了，每个人又认真地复查了自己的责任区，确保没有问题。这时候，金扬发现了一个意外情况：他负责的玻璃墙顶部，不知何时多了一个黑色的污点!

时间不多了，金扬的一个同事说：“算了，这一点脏也无伤大雅。”

金扬可不这么想，他是一个十分认真的人，怎么能容忍这样的瑕疵？再说这也关系着他试用期的考核。金扬又找来梯子，带着抹布就爬了上去。那个黑点所在的位置有点高，金扬踮着脚擦了两下，没擦掉，金扬急了，这时，同事们纷纷喊道：“董事们都来了，快下来！”

金扬一惊，突然脚下一滑，连人带梯子轰然倒地！

金扬被梯子刮破了鼻子，董事们一进门，正好见到金扬满脸是血，躺在地上呻吟，更倒霉的是，他被送到医院后，经诊断，小腿胫骨骨折。

这一次不大不小的安全事故，让董事会一行人对分公司的印象一落千丈，自然，分公司得到的考评分就低了，大伙的年终奖金也少了。金扬经过两个多月的调养，终于出院了，也终于毫无悬念地被公司淘汰了。

最可笑的是，金扬没有擦干净的那个污点，在金扬倒地后，突然消失了！后来大家想了想，那可能只是一只停在玻璃外墙上的苍蝇而已，但位置太高，大家都没看清！这只万恶的苍蝇害得金扬不浅，可是公司里的同事，都认为金扬过于认真，甚至是迂腐，如果不去擦那个污点，也不会出事。这些话传到金扬的耳朵里，让他很伤心：难道认真也有错吗？

此后一段时间，金扬一直没找到工作。后来，金扬的爸爸托了熟人，通了路子，最后终于在一家银行为他谋到了一个职位。

说是银行，其实是个城郊的小分理处，加上金扬不过五个人；说是工作，其实只是个保安，而且没有正式编制；说是保安，其实只是个打杂的，擦玻璃、扫地板都是他的工作。

金扬一时间有些消沉，他不知道，干这份工作能有什么出息？最让他耿耿于怀的，还是玻璃上的那只苍蝇，他困惑了：究竟该不该继续认真下去？

金扬在干活的时候，尤其是在擦玻璃时，这个疑问常常会困扰着他，他也不知道该如何是好，有时就免不了会马虎一点，敷衍了事。每当这个时候，柜台的营业员张姐就要说他两句了：“小伙子，干事认真点。”

金扬也不争辩，只在心里苦笑：唉，你们根本不知道，我曾经是个多么认真的人，可就是因为认真，让我吃了大亏、沦落到这般田地！

这一天，金扬又例行公事地开始擦玻璃门，擦着擦着，张姐又看不过去了，她有些恼怒地说：“小金啊，玻璃上还有那么多泥点子，你做事怎么这样马虎？年纪轻轻的，这毛病可不好，我知道你干这工作，心里挺憋屈，可是有能耐你干别的大事去啊，一个小事都干不好的人，是干不成大事的！”

金扬瞅了张姐一眼，慢条斯理地说：“差不多就行了，那么干净有什么用啊？我干不好，你又能做得咋样？”

这下子张姐生气了，她打开门，从柜台里面走出来，拿着抹布走到玻璃门前，气呼呼地说：“我今天就让你看看，什么样才叫干活！”

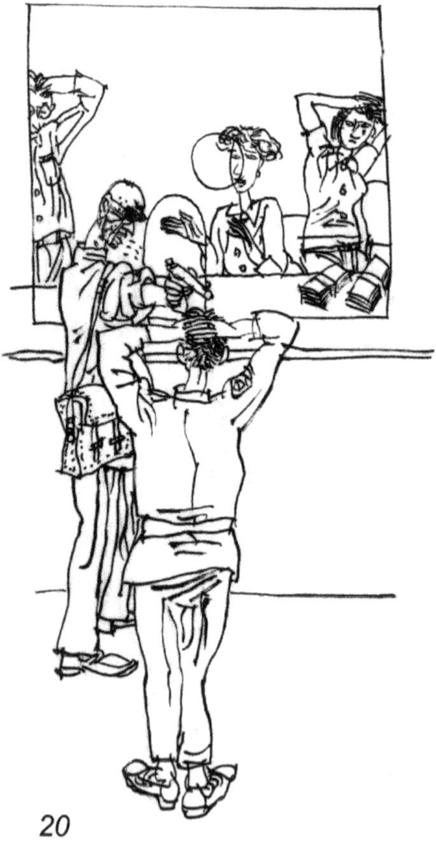

说着，张姐用力擦起了玻璃，擦了好一会儿，把玻璃门擦得干净明亮，张姐甩着手中的抹布，得意地对金扬说：“看看，怎么样？”

没想到金扬撇撇嘴说：“我要是真擦，比你擦得干净多了。”

一句话把张姐气得够呛，她把抹布交给金扬，说：“那你擦擦看啊！”

金扬没有接抹布，而是拿起几张报纸，走到玻璃前，细细地擦了起来，果然，他擦过的玻璃更加通透，简直是一层不染，如果不仔细看，别人都以为那里什么都没有。

张姐默默地走回柜台，重重地带上门。这一天，她都懒得跟金扬说一句话，忙着干自己的活。

下午四点钟左右，恰好没人来办业务，银行的营业厅里空落落的，就在这时，进来了一个人，这人戴着大大的墨镜，一进门就东张西望，这让金扬有了一种不祥的预感，他不由自主地握紧了手中的电棍，密切注意着那人的动向。

那人将一个存折递进了柜台，紧接着，金扬听到了张姐一声低低的惊呼，金扬知道出事了，他看见张姐的眼睛求助地望着他，眼神中透露着无比的惊恐，这递过去的存折里一定夹着什么纸条，那人很有可能是个劫匪！

还没等到金扬冲过去，一个黑洞洞的枪口已经对准了他，劫匪用沙哑的声音说:“别乱动，双手抱头，报警你就死定了！”

接着劫匪又掏出一个编织袋塞进柜台，恶狠狠地说:“快，把袋子装满，别耍花招，老子绝不会手软的！”

张姐勉强镇定下来，一边劝说劫匪，一边慢吞吞地往编织袋里装钱，金扬知道张姐这是在拖延时间，可是他刚想把手放下来掏手机，那个劫匪就用枪指着他，低声吼道:“干什么，不想活了！”

在劫匪的催逼下，张姐往编织袋里装满了钱，却无法从窗口下的递款槽塞出来，劫匪只得喝令张姐分几次将钱递出来。

时间一点一滴地过去，金扬不停地看门外，可倒霉的是，这段时间门外并没一个人路过，而银行里的人都被这个劫匪看得死死的，而那把枪，则一直对准金扬，使他动弹不得。

劫匪终于拿完了钱，忽然隐隐听到有警车的声音传来，他大惊失色，连忙抓起钱袋，拔腿就往外跑，他慌不择路，而且冲得太猛了，只见他一头狠狠地撞在那锃明瓦亮的玻璃门上，“砰”的一声闷响，玻璃“哗啦啦”被撞个粉碎，而劫匪软软地倒在地上，撞晕过去了！

原来，金扬把玻璃门擦得太干净了，心慌意乱的劫匪哪里注意到，还以为门开着，便一头撞了上去……金扬和同事赶紧冲上去，将劫匪捆了起来。

谁报的警呢？其实没人报警，只是一辆路过的警车而已。

事后，金扬受到了嘉奖。

张姐对金扬说“看看，做事认真有好处吧？”金扬心悦诚服，从这以后，每次擦玻璃时，他又找到了那股子认真劲儿。看来，上次的苍蝇事件只是一次偶然，只要你足够认真，老天绝不会亏待你的。

想明白了这个道理，金扬便离开了那家银行，他带领着几个找不到工作的同学，开了一家保洁公司，经过一年多的发展，业务越接越多，因为他们擦的玻璃、拖的地板，总比别人更干净一些。

那天，金扬和一个新来的员工一起在超市擦玻璃，他一边擦，一边说着那只苍蝇的故事，擦完了，故事也说完了，然后，他又将一个不干胶卡通图像贴在玻璃上，上面有“欢迎光临”的字样。

金扬笑容可掬地说:“玻璃当然要干净，撞着劫匪自然好，撞着顾客就不好了，这个胶贴是我们公司免费赠送的，提醒顾客不要撞上了。”

那胶贴上有一个可爱的卡通图案，下面还有一排小字:“快乐保洁公司竭诚为您服务”，后面是电话。

看来这小子不仅仅是认真，而且挺会做生意的。

（**题图、插图**：魏忠善）

就要这份情

□张国心

狍子是生活在大山里的一种动物，大小和狗差不多，肉鲜皮贵，这种东西又憨又傻，不难捕杀，山里人都叫它“傻狍子”。

二十年前，号称“人精”的刁三皮靠着自己的脑袋瓜子，把捕杀狍子的招术发挥到了空前绝后的境地，死在他手里的狍子不计其数，来向他拜师学艺的也多了去了，他靠着这手绝活，成了村里人人羡慕的富户。更让人叫绝的是，刁三皮后来不打狍子了，而是拿卖狍子的钱做本，进城做起了买卖，而且很快就成了大款。

没想到的事接着来了，这会儿，刁三皮又破衣烂衫、灰头土脸地滚回来了，原来，他一时犯傻，钱被一个女人全部卷走，一夜之间，又成了穷光蛋。

刁三皮一进村，就看到了风情万种的寡妇翠凤，想到自己都一大把年纪了，还无儿无女，竟然一见钟情，便向翠凤求婚。翠凤倒是个爽快人，口无遮拦，说：“你原本有那么多的钱，都被人卷走了，一看你就是个傻狍子，和你这种人过日子，心里没底。”刁三皮说：“吃一堑长一智，我是一时糊涂犯傻，以后决不会再出现那种事情了。”翠凤说：“那好吧，为了证明你不是傻狍子，你上山去给我撵个狍子回来，撵到狍子我就答应你，撵不到狍子，切莫再来骚扰我。”

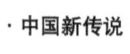

刁三皮听了觉得好笑，现在真是社会大变样，“骚扰”这么时髦的话，都从山旮旯的寡妇嘴里脱口而出了；再一想，心里说，你这不是拿着大斧考鲁班吗，我刁三皮是什么人？天生

就是撵狍子的料，还怕撵不到一只狍子？于是就说：“说话算数，不得反悔！”

翠凤的话更是掷地有声：“反悔是王八犊子！”

捕杀狍子最干净、利索的手段当然是用枪，可现在没地方搞到枪，那就只有撵，空手套白狼他刁三皮不敢说，但赤手空拳撵狍子，他是老太太抽烟袋——手拿把掐。

第二天早晨，刁三皮就上了山，虽然已经是初春时节，可山里仍然寒风料峭。刁三皮正在怀疑这么冷的天，山里是否还会有狍子，正在这时，他惊喜地发现在一面朝阳的山坡上，有四只狍子正懒洋洋地晒着太阳呢！他抬头向远处的群山扫了一眼，把目光锁定在十多里地外的红石砬子山尖，刁三皮心里有数，狍子一见有人撵它，哪山高就往哪山跑，一遇到悬崖就奋不顾身地一头跳下去，不死也伤，这就到手啦，要不怎么说是傻狍子呢？山尖背后有个十多丈高的悬崖，二十年前，在他的追撵下，不知有多少傻狍子在那里断送了性命。刁三皮找准了方位，一边鬼哭狼嚎地吆喝，一边放开大步向狍子撵去，四只狍子撒腿就跑，跑的方向恰恰就是刁三皮设计的路线。

然而，到底是两条腿的撵四条腿的，再加上现在的刁三皮大腹便便的，没跑多远就已经气喘吁吁、上气不接下气了，但他咬紧牙关，紧追不舍。撵着撵着，越来越近，离狍子只有十几步远，他看得很清楚，这是狍子的一个家族，一只母狍子，领着三只小崽子，看那样子，小东西刚出洞没有几天，惊慌失措，紧围着母亲屁股转；可是，几只狍子来到红石砬子山下时却“不听话了”，怎么撵也不往山顶跑，只是在山半腰里转，气得刁三皮直骂娘。撵着撵着，三只小狍子渐渐没力气了，跑不动了，刁三皮想，这样也好，先把你们几个小的就地正法，也省了我许多气力，于是就捡起了一根木棒，向落在最后面的一只小狍子奔去。就在这时，一件意想不到的事情发生了：也许是母狍子心急失智，一不留神撞在大树上，呜呼哀哉了！刁三皮高兴啊，他放弃了小狍子，来到了母

狍子跟前，用木棒点着它的脑袋说："说你是傻狍子，你真就是个傻狍子，二十多年了也没有一点长进，竟然撞死了！"说着，刁三皮扔开木棒，背上死狍子就下了山。

这是一只不多见的大狍子，足有七八十斤，乐得刁三皮心里开了花，可他已经跑了二十多里地，腿脚发软，气力不济，再加上扛着这么重的战利品，真有点支撑不住了，于是，到了山下，他就停了下来，把死狍子放在地上，打算缓口气再走，没想到就在这一刹那间，那死狍子竟然一跃而起，活了，一个箭步蹿进了树林里，等刁三皮醒过神来，那狍子早已经跑出了老远。这时的刁三皮，再也没有一点力气去撵狍子了，便像稀泥一样瘫在了地上。

刁三皮垂头丧气地回到了村里，有人问："刁三皮，你撵到狍子了吗？"他说"撵是撵到了，可是……"他就把刚才发生的事一五一十地说了一遍，大家听了，都哈哈大笑，问他们笑什么，又都不说，弄得刁三皮丈二和尚摸不着头脑。这时，翠凤走过来，说："我告诉你吧，那狍子是装死骗你，这么点小把戏都识别不出来，还撵狍子，狍子撵你还差不多，傻狍子！"听到这话，刁三皮羞得满脸通红，真想钻进地缝里。

刁三皮自然不会甘心当傻狍子，他选择了一个特殊的天气又上了山，今天他不必再把狍子往悬崖上撵了，只要把那畜生随便撵上任何一座山的背阳坡上就可稳操胜券，因为昨天白天气温特别高，山坡上的腐殖土化了很厚一层，又松又软；晚上气温却又降得很低，地面上冻了一层冰，狍子在上面一奔跑，蹄子就会陷进去，跑不多远，蹄子就会被坚硬的冰碴划破，狍子有个致命的弱点，那就是"晕血"，一见到血就卧地不动了，那时再拿它，如囊中取物。不过，这个"火候"不太好把握，冰冻得太厚，狍子的蹄子陷不进去，太薄了又不足以给狍子带来伤害，眼下太阳出来半天了，朝阳坡上的冻冰已经开化，背阳

坡撵狍子正是“火候”，要不怎么说今天“特殊”呢？这是刁三皮多年捕杀狍子总结出来的独家“秘诀”，当年屡试不爽。

没多久，几只狍子就被刁三皮从南山坡撵了下来，可是，狍子下山后并没有按照刁三皮的意图往背阳的山坡上跑，而是顺着山沟一路跑下去，跑了一里多地后，眼前出现了一个水池子，上面结着白亮亮的冰，那狍子慌不择路，竟然跑到了溜滑的冰面上，一到冰上，狍子可就“麻爪”了，“哧溜”、“哧溜”都趴下了。刁三皮来到了池子边，一看眼前的情景，心花怒放，骂道：“可真是个傻狍子，这回看翠凤还有啥说的？”

刁三皮得意忘形，提着木棒就去打狍子，可“智者千虑必有一失”，他忘了春天的冰看上去厚实，其实疏松，擎不住重物，他在冰上没走几步，就听脚下“扑通”一声，一只脚把冰踩了个窟窿，掉进了冰水里，下面都是稀泥，他费了好大的劲才把脚拔出来，可另一只脚又陷了进去，脚越陷越深，不一会就没了大腿根。春天的冰水就像千万把锋利无比的刀子，无情地剜在他的脚上、腿上，疼痛难忍，一身的热汗瞬间就成了冷气。这时，刁三皮离狍子只有咫尺，那贼溜溜的小眼睛他都看得清清楚楚，可他现在什么也顾不上了，惟一的目的就是立刻上岸。一步、两步、三步……离岸边只有十几步远的距离，他整整“跋涉”了十多分钟，上岸后，他的腿就像两根木头一样，完全失去了知觉，回头再看那几只傻狍子，早没了影。

刁三皮丢盔弃甲，回到了村里，村民们见他如此狼狈，便问他怎么啦，刁三皮隐瞒不得，只得吞吞吐吐说了经过，于是又引来了一片笑声，有人说：“现在的狍子都被撵得比人还精，就你的智商还想撵狍子？做梦去吧！你又被狍子给耍了，哈哈哈……”

“人精”竟落得了如此地步，刁三皮真是死的心都有了，心想，和翠凤是彻底没戏了……正这么想着，翠凤不知从什么地方跑了过来，见四处没人，动情地一把抱住了他，说：“傻狍子，我答应你了！”

刁三皮受宠若惊，他惭愧地说：“我没能撵到狍子。”

翠凤说：“现在的狍子不是谁想撵就能撵得到的，我就知道你撵不到的，我只是在考验你，看来你真的把我放在了心上，有这份情就够了……快回家换换衣服，别着凉做病了。”原来，翠凤的前夫不把她当人看，她受尽了虐待，现在看到有男人为她“赴汤蹈火”，怎能不感动？刁三皮更是觉得因祸得福，乐得一连冒出了七八个鼻涕泡……

（**题图、插图**：张恩卫）

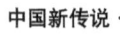

好一个人精

□蔡晓阳

唐棍棍是跑供销的，他在单位里可是个响当当的人物，别看年纪轻，绝对赛过老江湖，是个粘上毛比猴儿还精、安条尾巴敢斗孙大圣的主儿。和他交往，只有他占你便宜的份儿，没有你得他好处的事儿。

这天一大早，得知大小领导们都出去了，大家得了空，凑在一块儿穷聊。只听秘书小胡说："昨天叫唐棍棍耍了，我们打赌，他输了请客，这小子知道我牙不好，买了一包崩豆，我是干眼馋不能吃，最后全落他肚子了。"

会计小王也附和道："那天，他说要感谢我，非要请我吃烤肉，喊得满公司没有不知道的，可他知道我不吃辣，偏偏还要多加辣子。我只吃了几串，却害得上火长疮好几天。"

这头一开，大家都你一言我一语地控诉起唐棍棍来，最后，小胡说："咱合起伙来整他一次，也让他出出血。"建议一出，立马得到了大家的赞同。

按着小胡的建议，大家做了几个阄条儿，上面全部写上"羊肉汤"，然后电话打到销售科，叫唐棍棍过来抓阄吃午饭，谁抓着什么就请什么。

大家忐忑不安地等着唐棍棍的到来，生怕被他看出破绽，谁知唐棍棍来了也不细问，上来就抓。小胡嚷着："我抓的是火烧。"小王喊道："我的是啤酒。"其余几个都说抓的是"白吃"，

没有什么悬念，唐棍棍说："我抓的羊肉汤。"大家相互挤了挤眼，会心地笑了。唐棍棍一看表，说："还不到十一点，反正领导不在家，咱早点去吃，省得过会儿人多。"于是，一群人兴冲冲地拥到一家羊肉馆。

小胡对老板说："每人一碗羊肉汤，油酥火烧每人先来两个，不够再添，谁想喝啤酒自己要。"上班时间谁敢喝酒，这不是废话吗？

不一会儿，羊肉汤、火烧就上来了。都是老熟客了，老板特照顾，那羊肉汤盛得是碗大量足。唐棍棍把自己那碗向中间一推，说："我这几天上火，不喝了，大家分分，我就吃个火烧垫垫吧。"

真是太阳从西边出来了，这小子也装起矜持来了！大家也管不了那许多，甩开腮帮子吃了起来。唐棍棍还时不时对老板说："给加点儿汤，一块儿算钱。"

风卷残云，大伙儿直吃得头冒热汗，饱嗝连连，真是应了那句话：吃别人的，吃出汗水。小胡算了火烧的钱，羊肉汤每碗六块钱，唐棍棍结了五碗的账，嗨，这下总算让唐棍棍这小子出了点儿血，大伙儿的心里甭提多畅快了！

吃撑了，大家四仰八叉地坐在办公室的沙发上，都开着玩笑说这猴精似的唐棍棍今天怎么如此好骗，唐棍棍却一点儿也不生气，反而笑眯眯说："愿赌服输。"今天真是奇了怪啦，难道这汤水不漏的皮笊篱转性了？

还不到十二点，领导们就兴冲冲地回来了，每人手上提溜着一个黑塑料袋子。老总朝小胡一举袋子，说："中午开螃蟹宴，每人一只大螃蟹。嗯，愣什么，小唐没通知你？"唐棍棍连忙抢过话来："他们刚才非要喝羊肉汤，现在都撑得走不动了。"

原来，上午老总打电话给唐棍棍，说中午请大家吃螃蟹，唐棍棍刚想通知小胡，小胡他们就打来电话叫唐棍棍去抓阄儿。这种小伎俩哪能瞒过属藕的唐棍棍？于是被他顺势来了个将计就计。

螃蟹做好了，第一次见到那么大个的，那鲜香味直往鼻子里蹿，可小胡他们都让羊肉汤撑得肚子圆滚滚的，想吃也吃不下了，怪不得唐棍棍刚才一个劲儿地给大家加汤，这小子就没安好心！

唐棍棍笑眯眯地扫了大家一眼，一脸让人无法拒绝的真诚："蟹得趁热吃，一热三分鲜嘛，凉了就可惜了……反正你们都吃饱喝足了，这螃蟹我就替你们尝了吧。"

小胡实在忍不住了，刚想伸手拿一个吃，手背便被唐棍棍用蟹螯狠狠地敲了一下，唐棍棍一脸严肃地说："你上网查查，螃蟹和羊肉同吃是什么后果，伤脾胃啊同志！东西是人家的，命可是自己的，三思三思！"

就这么着，那天，那么肥美的螃蟹，小胡他们几个谁也没捞着吃，他们那份儿，全都让唐棍棍给划拉走了。后来他们上网一查，羊肉和螃蟹根本不相忌，小胡他们那个后悔啊，一碗羊肉汤才六块钱，可这么大个的大螃蟹，一只怎么着也得三十块吧，唉，这下又被耍了……他们思来想去，这唐棍棍为啥那么精？却一直都没想通。

（**题图、插图**：刘斌昆）

· 本刊信息传真 ·

《故事会》入驻人人网公共主页

《故事会》杂志主办的"故事中国网"（www.storychina.cn）与国内最大、最具影响力的SNS网站"人人网"（www.renren.com）深度合作，建立了《故事会》的人人网公共主页，致力于向读者和网民们提供更及时的刊物信息和更精彩的故事作品。

人人网以实名制为基础，为用户提供日志、群、即时通讯、相册、集市等丰富强大的互联网功能体验，满足用户对社交、资讯、娱乐、交易多方面需求。人人网的公共主页，功能强大，充分满足了用户与众多媒体、商家及时交流、互动的切实需求。

故事中国将借助公共主页这个平台，与网络用户及时沟通，洞悉广大读者的需求，第一时间发布《故事会》的活动等最新信息，实现与读者的零距离交流与互动。网络用户可以在人人网成为故事中国网的好友，关注我们的最新动态，也可以使用人人网的账号，直接登录故事中国网，并将故事中国网上的精彩内容与人人网的好友分享。

我们在人人网的地址：page.renren.com/600006805，等待你的来访！

送你回家

□卢卫平

张天光有份不错的工作，生活安逸，欲念就多了，渐渐的，就有了个情人。这天傍晚，他先给妻子打电话说“加班”，然后就去找情人刘晓娟，要去宾馆开房。刘晓娟说：“不用了，刚才他来电话了，说要加班，不到半夜，他是不会回家的。”于是，他们就放心地去了刘晓娟家。该说的话说了，该做的事做了，然后张天光想走，可刘晓娟不让他走，直说“没事”，于是，他们就又说起了悄悄话。

突然，刘晓娟听到了外面的脚步声，一下子就坐了起来，说：“不好，他回来了。”张天光说：“怎么办？先躲起来吧？”刘晓娟慌张地说：“不行！这么小的地方，你躲到哪里啊？”

这时，张天光看到桌子上有半瓶白酒，马上有了主意，他迅速打开瓶盖，对刘晓娟说：“你喝几口。”刘晓娟听话地喝了，张天光也喝了，刚放下酒瓶，门就开了，刘晓娟的丈夫沈景义进了屋，他一看到张天光，就没好气地问道：“你是谁？”张天光不慌不忙地说：“我和你爱人是同事，我们一起出去喝酒，她喝多了，我送她回家。”沈景义满脸狐疑，问：“那你为什么不走啊？”

张天光认真地说：“我在等你啊，如果不等你回来，写一个证明，证明我把你妻子交给了你，那么，她要是因为喝醉了，有个三长两短，不还得找我吗？”沈景义听了，还是将信将疑，说：“怎么会呢？”

张天光从自己的皮包里拿出了一张报纸，这报纸是他两天前看过的，看后就随手塞在包里。他指着报纸，一本正经地说：“你看看这上面——一个人没把喝醉的同事送到家，结果，那个人冻死在家门口，赔了十多万呢。”沈景义看了一下报纸，说：

“那我得谢谢你了。我给你写一个证明，证明你把我妻子交给了我。”张天光心中偷笑，这么大的事情，让我就这么轻易地解决了，要不然的话，那后果多严重啊！

张天光拿了那张证明就要走，沈景义一把拉住了他，说：“我送你回家吧。”张天光一听这话，忙说：“我没事，不用你送了。”可沈景义不干，说“你也喝多了呀，如果你从我这里出去，路上出了什么事，或者也冻死在家门口，我不是也得赔你十多万吗？”张天光死活不让送，沈景义死活就是要送，张天光没招了，他想，送就送吧，不过不能让他看到我的妻子。

一路无话。到了张天光家的单元门口，张天光就不肯往前了，非让沈景义走不可，可是沈景义就是不走，他说“我得把你交到你妻子手里，让你妻子也给我写一个证明，我才能放心地走。”

这话一说，张天光浑身直冒冷汗，他几乎是哀求了，说：“求求你，走吧，我就是死了也不会找你的，你要是信不过，我给你写个证明行不？”可是沈景义不干，说，证明要写，但不是他张天光写，而是让他妻子写，还说：“你都让我写了，为什么你妻子就不能为我写一个呢？”

这时，楼上下来一个女的，那女人一看是张天光，就说“你怎么才回来啊？”沈景义知道是张光天的妻子，便说“我把你丈夫送回来了。”沈景义还要让她写一个证明，证明已经把张天光交给了她，再出什么事就和自己无关了。

张天光的妻子没好气地问：“写什么证明？你有病啊！”于是，沈景义就把事情一五一十说了一遍：张天光和刘晓娟如何一起喝酒，如何送刘晓娟回家，等沈景义回来后，又让沈景义写证明……张天光的妻子一听，脸色“刷”地就变了，她冲着张天光嚷了起来：“你不是说今晚加班吗？怎么和女人喝酒去了？怎么还送她回家？”张天光忙说：“不是那么回事……”张天光的妻子生气地说：“那你带我去见见那个女人。”可张天光支支吾吾，就是不挪身子。

看这光景，傻子都知道是怎么回事了，张天光的妻子看了看沈景义，冷不丁地问道：“你喝酒了吗？”沈景义脑筋一转，故意说：“喝了，我也喝多了。”张天光的妻子“扑哧”笑了，说：“那好吧，我送你回家，要不，万一出了事怎么办？”沈景义高兴地说：“是啊。”于是，两个人就走了。

张天光傻了眼，他不知道接下去的事情会怎么样，也不知道两个女人见面后会怎么样，总之，这肯定不是一个好的兆头，他真后悔想出这么个“送你回家”的主意……

（题图：刘斌昆）

别沾上“假”字

□无字仓颉

网上说：“我能容忍身材是假的，脸是假的，胸是假的，臀是假的，但就是不能容忍钱是假的！”其实，除了“钱”不能是假的，还有一样东西也是万万不能假的——

买卖

这故事得从一个蹬三轮的说起。这人叫万全，这天中午，上小学的儿子真真回家说，老师让买一本《现代汉语词典》。傍晚，万全特地早早收了工，蹬着三轮车来到儿子学校附近，他不想让别的同学知道真真的爸爸是个蹬三轮的，这才找了一家离校门口最远的书店，进去一问，一本《现代汉语词典》要60块钱，他吓了一跳，兜里只有40块，这已经是干这一行最高的日收入了。尽管书店答应给打8.5折，仍差近10块钱，无奈，他只得悻悻地出了书店。

本来想买了词典再去接儿子，给他一个惊喜，这下万全有点不知所措了，他想回家取存折，可一看天色，银行早到了下班的时候。没买上词典，万全不想面对真真失望的眼神，他决定不接儿子了，平时爷儿俩有个约定，过了放学的点碰不见人，真真就自己走回家，反正路也不远。

万全漫无目的地蹬着车，走着走着，一抬头，发现不知什么时候来到了一个旧书摊前。万全不经意地一瞟，竟意外发现书摊上有一样东西：一本词典，一本跟他刚才见过的一模一样的词典！万全心跳加快了，他下了车，蹲下身，抓起那本崭新的硬壳封皮词典，仔细地看，从外到里，完全一模一样，而且是全新的。

年轻的摊主看了万全一眼，热情地招呼道：“师傅，买吧，便宜！”

便宜？他心里一动，问多少钱，摊主说是40块钱。哦？万全有些不相信，翻开封底，仍是“60”的标价，他立刻警惕起来，脑海中蹦出一个词，心里这么一想，不禁脱口而出：“不会是‘盗版’的吧？”

摊主拿过词典，指着里里外外给万全看：“哈，盗版？你看看印刷、纸张、装订的质量，这会是盗版？”

万全接过词典，认真地看了又看，觉得摊主说的不假，他相信了，掏钱买下了这本词典。

万全回到家，真真欢呼雀跃，他接过词典，哇，和老师的一模一样啊！万全有些心酸，真真多久没这样高兴过了？夜里，真真抱着词典，睡得很沉，很香。

发 现

第二天早上，真真坐着爸爸的三轮车去上学，在离校门口很远的地方，万全停下车，目送着真真走进校门。

上午第一节课就是语文，真真喜滋滋地拿出自己的新词典，看了看同桌的，和他的一模一样。老师在课堂上写了一个字，接着分析了字体结构，偏旁部首，然后教大家一步一步地查这个字，最后大家都在第269页上找到了它，真真也翻到269页，顿时傻眼了：这页上根本没有这个字！再向前向后翻了两页，还是寻不着它的影子！真真的脑袋“轰”地一下炸了：爸爸竟给自己买了本假词典！

整整一节课，真真都是在愤怒和不安中度过的，愤怒的是爸爸贪图便宜买了假货，不安的是怕同桌知道真相。他一边假意随着大家一同翻着词典，一边用手臂遮挡着，也就在这个时候，突然，一张什么东西从词典里掉了下来，落到地上，他慌忙捡起一看，竟是一张50块的纸币！词典里怎么还夹着钱？真真的脑筋飞快地转动了一下，哦，一定是爸爸将钱夹到词典里忘记了！他眼睛一转，有了，就用这钱去买本真词典！

拿定主意，课间时，真真就跑出去买词典。为了不让同学发觉，他特地跑到离校门口最远的那家书店。词典打折后刚好51元，店主是个老太太，和蔼可亲，和她一商量，50块钱就买下了。真真抱着词典回到教室，借同学的词典反复对比，确认是真的，这才松了口气。那本假词典他决定回家藏起来，免得爸爸看到了伤心。

真真自以为这事做得严丝合缝，可以永远瞒过爸爸，可哪里知道，自己买词典的那家书店，其实就是那个年轻摊主开的，那个和善的老太太，是摊主的娘。有时候旧书多，摊主就到附近摆摊处理旧书，让娘来看店。这天摊主一到书店，在清点书款时一眼就发现了真真买词典的50块钱——因为那是一张假币!

摊主问了问娘，马上知道买词典的学生是谁了，他鼻子里“哼”了一声，心想：那蹬三轮的自己不出场，让儿子拿着假币来买书，也够聪明的啦，可再聪明也聪明不过我呀，就凭这张假币，得让他乖乖地换一张真的来！于是，摊主在摆摊时就瞪大了眼睛，守株待兔，等着万全，和他算账。

真　相

一天没见万全，两天不见影儿，一直等到第三天傍晚，嘿，终于看见万全蹬着三轮过来了，摊主立刻走上前去，伸手拉住车把，嘴里嚷嚷着：“老兄，你这样做就有点不仗义了吧？”万全一听，丈二和尚摸不着头脑，他索性把车停到路边，想弄清楚怎么回事。

摊主从口袋里掏出那张50块的票子，冲万全一个劲儿地晃着：“你拿假钱来糊弄人，太欺负人了吧？”

万全被他说得更糊涂了，那天买词典，自己明明用的是4张10块的票子，词典是40块钱，正好。万全笑笑说：“小老弟，你记错人了吧？”

谁知摊主不买账，他龇牙咧嘴的，那神情像是要把万全吃了：“谁说那天？我说的是第二天，你让你儿子拿着这张假钱到我店里来又买了一本《现代汉语词典》！”

啊？万全彻底糊涂了：第二天？你的店？你还有个店啊？可第二天自己一整天在拉车，哪有工夫去店里买书？

摊主冷冷地看着万全，在他看来，万全无疑在装傻，而万全则沉默不语，他隐约觉得这里面有猫腻，但到底怎么回事，他一时又说不清，想到这，他对摊主说：“小老弟，你先别着急，你要信得过我，先把这张假钱借给我，我回头一定给你个说法！”

摊主疑惑地看着万全：“怎么，你还想要回去再花一次啊？”

摊主这么一说，万全真有点急了：“你这人怎么这么说话？我好心想帮你查清楚，你却出口伤人！”

见万全急了，摊主有些软了，心想，反正是假币，拿去就拿去吧，你儿子在这里上学，你也跑不了！这么一想，摊主就把这张假币塞到了万全的手里。

万全回到家，一看里屋亮着灯，真真已经回来了，正在做作业。在万全的一再追问下，真真红着脸，把如何发现词典里有钱，又如何拿钱去向老太太买词典的经过一五一十地说了一遍，说完，真真从墙角一个柜子的最底层，把那本盗版词典取出来，交到万全手上。

这么一来，万全明白了一大半：是儿子用假币买的词典，可同时疑问又来了：词典里怎么会有一张假币呢？

万全让真真继续做作业，自己拿着那本盗版词典，出门去找那个摊主。

摊主正在收摊，没料到万全这么快会来找他。万全将词典往摊主手里一塞，嘴上说道："给，物归原主，钱在里面夹着！"

一见那本盗版词典，摊主顿时有些理亏，态度不像先前那么强硬了，嘴里也"大哥"、"大哥"地叫了起来。

其实在路上，万全就已想好了措辞，他不慌不忙地问摊主："你说是我儿子拿着这张假币去你书店买的词典，有什么证据吗？你怎么断定就是我的钱？钱上刻着字？"

在万全连珠炮般的逼问下，摊主开始慌了，但他仍坚持说没有冤枉万全。对峙了半天，万全说："你要是没诚意，那我可走了，这事根本与我无关。"摊主无奈，不得不吐露了实情，说："得了，大哥，我跟你说实话吧。我之所以这么肯定是你儿子买的，是因为……这钱是从我这儿出去的。"

万全瞪大了眼睛："什么？从你这儿出去的？"

"对，从我这儿出去的，号码我都认得，"摊主脸有点红，"那张假钱，是我不小心收进来的，后来找给谁谁都不要，放了好长时间都没花出去。后来，我夹到了那本……词典里，就是你买走的那本。"

说到这儿，摊主有些难为情："那本词典其实是盗版的，放这张钱，是我多了个心眼，想着碰到哪个贪心的买主，一看里面夹张钱就会毫不犹豫地买走词典，没想到那天你没看到钱就买走了……"

哦，原来是这样！事情终于水落石出了。万全百感交集，心里像打翻了五味瓶，说不上啥滋味。他想，若是真真妈妈不得那个病走了，自己也不下岗，手头宽裕些，要买词典，一定会昂首挺胸到正儿八经的新华书店去买了，哪会有这样的事发生呢？

万全从摊主手里要过那本盗版词典，从身上掏出50块钱递了过去，说"这钱是买那本真词典的，你收好。小

相思枕

□流　云

梅县奇人

明朝嘉靖年间，白州城知府叫赵东陵，年方三十。这天，心腹阿丁告诉他：“大人可知，梅县有个孟西亭，能做相思枕！”赵东陵大吃一惊：“孟西亭？相思枕？”阿丁说：“正是！据说，那相思枕集红豆、断肠草等诸多药材，只要将男女一方的头发缝进枕头，就能夜夜梦见对方。孟西亭说，他做相思枕只为天下痴心人，连寻常的百姓也买得起……”赵东陵自语道：“天下竟然真有相思枕？”他

兄弟，若说造假，词典是最最不能造假的啊！这是教人学问的呀！学问，假的能行吗？”说完，万全蹲下身，神情肃穆地将那本盗版词典一页一页地扯下，撕碎……

摊主像是明白了什么，走过来，将那50块钱塞到万全上衣口袋里，说：“大哥，这钱我不能要。这事原本就是我的错，那本真词典就当我便宜卖给你们了。大哥，你是个好人，你教会了我很多……”

万全又把那钱掏了出来，要还给摊主，两人正争执着，一旁地上的碎纸片被过路的风扬起，吹得到处都是……

（**题图**、**插图**：张恩卫）

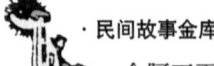

命阿丁再去梅县一趟，辨明真伪。

三天后，阿丁回来禀报说：“前日，属下带着贱内去孟西亭的铺子里，当面剪下贱内头发，缝入枕头。昨晚，属下在客栈枕着它睡觉，竟真的梦到了贱内！”阿丁说着，从包袱内拿出枕头，这枕头与普通的枕头无异，只是隐隐有股药香，赵东陵撕开枕头，见里面除了一缕头发，别无异物。

原来，二十年前，赵东陵和孟西亭是同门师兄弟，两人一起拜梅县名匠史九公为师。史九公膝下有一女，楚楚动人，师兄弟都爱上了这个师妹，可她却对孟西亭情有独钟。然而史九公病逝后，师妹却突然嫁给了赵东陵，新婚第二天，赵东陵夫妇就离开了梅县，师兄弟从此彻底断绝了往来。

现在，赵东陵听说孟西亭能做相思枕，十分震惊，他知道史九公穷其一生，也没能研制成相思枕，谁知孟西亭一声不吭的，竟然捣鼓成了。既然如此，孟西亭的枕头里会不会藏着师妹的头发呢？

赵东陵立刻派人去梅县偷查孟西亭的枕头。很快，派去的人回信说，孟西亭的所有枕头已被翻遍，没找到一根头发。赵东陵长舒了一口气。

光头夫人

这天，赵东陵刚从衙门回来，丫鬟就来禀报：“大人，夫人她整天茶饭不思的，快过去看看吧！”赵东陵赶到房中一看，夫人正倚在榻上啜泣不已。赵东陵问她有何不快，夫人说“相公，还记得后天是什么日子么？”赵东陵知道，后天正是岳父史九公十周年的忌日。

八年前，赵东陵夫妇搬离梅县，就再没回乡祭拜过岳父，每次夫人想回去，赵东陵就借口她身子弱，经不起颠簸，还特意在府中设了

史九公的灵位，供夫人祭拜。其实，他是怕夫人遇见孟西亭，可十周年忌日非同寻常，按照家乡习俗，不管离家多远，家人一定要回乡祭拜先人。

赵东陵搂住夫人，轻声说“夫人放心，后天是岳父大人的十周年忌日，我一定会带你回乡祭拜的！”

第二天一早，夫人洗梳了，正要出门，赵东陵急匆匆走进房来，说有重要公务，让夫人自去。夫人叹了口气，说：“没事，公务要紧！”说罢，便带着丫鬟出了门。

其实，赵东陵并没有什么公务，他这样做，只是为了试探夫人。暗地里，他早就叮嘱了夫人的贴身丫鬟，并派阿丁尾随其后紧紧盯梢。

三天后，夫人回来了。赵东陵偷偷问丫鬟：“你可按我的话去做了？”丫鬟忙答：“奴婢谨记大人吩咐，每天为夫人梳头，不敢留下一根头发！”赵东陵点点头，屏退丫鬟，又问阿丁：“夫人这几天有没有和陌生人会面？”阿丁摇摇头说“没有，夫人只是去史九公的坟头祭拜了一下，就马不停蹄地赶回来了……”赵东陵长舒了一口气，正想让阿丁出去，阿丁突然说：“只是那天，夫人在坟头祭拜时，属下突然发现孟西亭躲在远处眺望，然后又悄悄走了，不知何故。”

赵东陵早料到孟西亭对师妹余情未了，他咬牙切齿地想：一定要彻底断了孟西亭的念想！突然，赵东陵眼珠一转：当年自己最擅长的不就是制药枕么？只要用药枕让夫人脱发，孟西亭就永远别想得到她的头发了。

当晚，赵东陵就偷偷将几味中药除净药味，塞进了夫人的枕头里。几天后，梳头的时候，夫人果然开始大把地掉头发，望着铜镜内的自己，她不禁惊叫起来。赵东陵闻讯而来，假装安慰道：“没事，也许是夫人最近心神不宁，过几天就会好的！”他还请来白州城中的名医，大夫把脉后，摇摇头表示无能为力，夫人不禁失声痛哭起来。赵东陵温言软语，不停地安慰。

借枕杀人

这时，丫鬟慌张地在门外通报：“大、大人，圣旨到！”赵东陵大惊，赶紧换了官服来到正厅跪下，太监高声宣旨：

“皇上有旨：近日玉妃忽染重疾，不能侍朕，朕不胜思念，恨不能夜夜梦见。朕听说，梅县孟西亭能做相思枕，朕已亲手剪下了玉妃青丝，特命你速送梅县，了却朕之心愿……”赵东陵听罢，不禁心头一颤：这相思枕的名声，竟已传到了京城！

时隔八年，在孟西亭的铺子里，师兄弟二人终于又见面了。赵东陵傲慢地问：“师兄，别来无恙啊？”孟西亭不卑不亢地回答：“哪里比得上师弟，给师父他老人家挣下好大脸面！”

赵东陵碰了个软钉子，怒气冲冲地说：“孟西亭接旨……”孟西亭吓了一跳，赶紧跪下。听完圣旨，孟西亭闭上眼睛，良久不语。赵东陵冷冷地问：“怎么，难道你想抗旨不成？”孟西亭睁开眼，泪光涟涟，说：“不敢，草民只是被皇上的一片痴情打动。请

皇上放心，草民一定做一个最美丽的相思枕！”赵东陵点点头，扬长而去。

三天后，相思枕做好了，赵东陵接在手里，暗暗惊叹：枕面上两只色彩斑斓的鸳鸯相依而游，还有鱼群伴随左右，凑近鼻子，还是那股淡淡的药香。赵东陵一声冷笑，孟西亭啊孟西亭，你这样费尽心思，不也是想讨好皇上，封个大官么？

不一日，赵东陵赶到了京城，他刚进城门便得知：就在昨天，玉妃已香消玉殒了。嘉靖帝正沉浸在悲痛之中，见到相思枕，略感惊喜，吩咐赵东陵先去馆驿休息。第二天，赵东陵刚刚起床，办差太监闯了进来：“皇上有旨：朕昨晚枕着相思枕，根本就没有梦见玉妃。孟西亭妖言惑众，欺君罔上，着赵东陵将其捉拿归案！”

太监走后，赵东陵不禁哈哈大笑。原来，这一切都是他捣的鬼，那天，孟西亭做完相思枕，赵东陵回去后，立刻偷偷取出玉妃的头发，将早已准备好的丫鬟的头发塞了进去……

相思无枕

就这样，孟西亭被打入天牢。行刑前一晚，赵东陵特意在狱中摆下酒菜，他亲自为孟西亭斟了一杯酒，得意地说：“师父早就说过，我俩虽然都有天分，却注定不是同路人！我做药枕只为买官；你做相思枕，为的是天下痴心人，不想却有今日，师兄，今

晚我就让你死个明白！”随后，赵东陵眉飞色舞地将事情经过说了。谁知，孟西亭听后，并不惊讶，只是冷冷地说：“师弟，这一切，我早就料到了！”

原来，阿丁去买相思枕的时候，孟西亭就已经有所怀疑了：做相思枕的男女，通常都是两情相悦，可阿丁两眼通红，身上还有香艳之气，分明昨夜刚留宿青楼，这样的人，做相思枕干什么？而且，阿丁连当差的皂靴都忘了换，孟西亭一看马上就想到——肯定是赵东陵派他来的！

后来，孟西亭的枕头突然被撕开，更加证实了他的怀疑，他当然也猜到赵东陵会换掉玉妃的头发，其实，自从师妹离开后，孟西亭夜夜都梦见她，这样的日子让他生不如死，这次皇上命他做相思枕，他便借此做个了断！

赵东陵听罢，颤声问道：“师兄，为什么你的枕头里没有师妹的头发，也能夜夜梦见她？”孟西亭笑了笑：“其实，相思无须靠枕头。爱到深处，自然就能梦见！我这些年来每做一个枕头，对师妹的相思就多一分，你知道么？给皇上枕头上绣的鸳鸯图样，其实是当年师妹偷偷绣好送给我的。当时，我俩情投意合，本以为可以白头偕老……”赵东陵忽然想起来了，那天孟西亭接旨时泪眼涟涟，原来是明知自己将死而感到安慰的眼泪！

孟西亭淡淡地说：“师弟，我已是将死之人，你能否告诉我，当年师妹为何突然离我而去，还发誓与我不再相见？”赵东陵羞愧地说：“当年，我先将你灌醉，趁你熟睡之时，买通一个青楼女子光着身子上了你的床。然后，故意让师妹撞见！”孟西亭惨然一笑：“有缘无分，这都是天意……”

这天，监斩了孟西亭，赵东陵心情复杂地回到家，却发现夫人不见了。这时，丫鬟跑来，递给赵东陵一封信，赵东陵忙撕开信封，只见信纸上有几行娟秀的小字：“相公，昨晚我去天牢想为师兄送行，无意中听见了你们的谈话。自从嫁给相公，我一直恪守妇道，也许相公不相信，八年来，我从未梦见过师兄一次，不想天意难违，令我头上青丝尽去，刚好出家为尼，了断恩怨……”赵东陵看罢，将信纸撕得粉碎，仰天长笑……

不久，白州城里出现了一个衣衫褴褛的疯子。他整天在街上闲逛，逢人就问：“你见过一个尼姑没有？很漂亮的尼姑，一根头发也没有的？”有人大笑：“真是个疯子，尼姑当然是没有头发的！”也有人暗暗叹息：“唉，堂堂知府，怎么说疯就疯了呢？”更奇怪的是，那些买过相思枕的人，从此再也梦不见自己的心爱之人了。

（题图、插图：黄全昌）

·东方夜谈·

谁都知道，人类对地球的污染和破坏日益严重，如果按这个状况，那么500年后，我们的居住环境会怎么样？

绿色在哪里

□鲁义斌

话说在2510年，有这么两口子，男的叫刘贵，女的叫安娜，他们奋斗了大半辈子，终于有了点积蓄，勉强能按揭买套房子了。

为了追求更高的生活质量，他们决定买一套能看到绿色的房子，可两人走遍了全市的所有楼盘，都未能如愿，因为能看到绿色的房子都太贵太贵了，他们就是拼命挣十辈子的钱都买不来，而没有绿色的楼盘，他们又看不中。

有一天，他们正在街头找房子，忽然听到一阵吆喝声：“快来看啰，能看到绿色的便宜房子出售了！快来看啰……”

刘贵和安娜连忙挤过去，原来是一个售楼小姐正在派发传单，传单上宣传的是一个在建小区，小区被一片绿色包围着，刘贵一问价格，虽然贵点，但还算是他们承受得起的，所以两人一商量，就毫不犹豫地买了一套。当然，为了保险起见，他们在跟开发商签订合同时，刘贵特地要求在合同上注明：“房子能看到绿色，如果看不到绿色，开发商无条件十倍退回房款。”

日也盼，夜也盼，终于盼到了房子交付使用的那一天。刘贵和安娜两

人满怀激动的心情走进房子，一看，房子的造型设计还算满意，可看来看去，刘贵总感觉缺少了点什么，最后还是儿子刘小贵提醒了他，刘小贵嘟囔着说道："这房子虽说不错，可是闷死了，看不到一点绿色。"

这一说，刘贵蓦然醒悟，这房子前前后后、左左右右、上上下下、里里外外，都看不到一丝一毫的绿色。刘贵生气了，绿色呢？开发商承诺的"能看到的绿色"在哪里呢？

刘贵连忙找到开发商，开发商满不在乎地说："别着急，房子不刚交付使用吗？你们还要装修，等装修完了，我们就会把绿色给你们送去。"

刘贵迷惑了："绿色还能送？"

开发商笑眯眯地说："合同都签了，你还不放心吗？如果房子装修完了，你在阳台上还是看不到绿色，你就可以起诉我们违约嘛！现在是法制社会，大家都要做遵纪守法的好公民嘛！"

这么一说，刘贵稍稍放下了心，合同上写明了的条款，怕什么？于是他就开始装修房子。装修好了，刘贵又给开发商打了电话，开发商满口答应，让刘贵在家里等着，马上有人来送绿色了，刘贵满腹狐疑：这绿色真能送……送来？

不一会，有人敲门，刘贵打开门，进来了一个安装工人，还扛着一件长东西，他说是开发商安排过来给刘贵家送绿色的。那工人径直走到阳台上，手脚麻利地忙碌起来，不一会，一个类似炮筒一般的东西就安装好了。

这玩意儿是什么呢？刘贵问那个工人，工人直言不讳，说："这是望远镜。"

刘贵纳闷了，给我送个望远镜干什么？我没订购这东西呀！那工人一边调试一边笑嘻嘻地说："你看看就知道了。"

刘贵凑过去一看，只看到镜头里有一点绿色的东西，但像是很遥远，看不清楚，刘贵问："这是什么？"

工人说："这就是开发商承诺的让你看到的绿色！"

刘贵顿时气不打一处来："胡闹，这能叫看到绿色吗？"

工人不耐烦地摆摆手，说"对不起，我只负责安装，有事你可以去找我们的老板，或者去法院起诉。"说完，他扬长而去。

刘贵当然要去找开发商，可开发商的态度很强硬，他说自己没有违反合同，让刘贵一家看到了绿色。刘贵当然不服，就请了律师，把开发商告到了法院。

这场官司一打就是三年，弄得刘贵全家精疲力竭，可到最后刘贵还是败诉了，法院判决称：依据合同上的约定，开发商保证让刘贵看到绿色，但双方并没有具体约定用什么办法看到绿色，所以开发商并不涉嫌违约。如果有责任，责任也在刘贵一方，是刘贵在签合同时没有充分考虑到这一点。

后来，精明的各家媒体还专门为此做了新闻报道，提醒消费者，一定要与开发商签订详细的购房合同，一定要注明能在自然状态之下、而不是借助某种工具看到绿色。

打完官司后，刘贵大病了一场。有个朋友来看望刘贵，他安慰刘贵说："你这还算不错的了，我刚才认真看了一下，你用望远镜看到的应该是真正的天然的绿色，而我上的当更恶心——开发商也是承诺让我看到绿色，可等房子交付使用后，我是看到了绿色，但那是开发商把墙漆成了绿色！"

听到朋友的话，刘贵的心情才稍稍好了点。

等刘贵病愈，妻子安娜约刘贵出去散心，她说："还是想开点吧，虽说这绿色远了点，可好歹还算是真的——要不这样，我们干脆去那片天天看得见、摸不着的绿色那里玩，亲身感受一下那片绿色吧。"

刘贵想想这主意不错，于是，安娜开上车，刘贵全家沿着望远镜所指的方向一直向前，可走了十天十夜，他们经过了很多钢筋水泥浇铸的城市，经过了很多堆成山的垃圾场，经过了很多因污染而寸草不生的荒地，都没能看到一丝一毫的绿色，沿途没有一棵树木，甚至连一棵小草都没有……

最后，刘贵一家只好垂头丧气地原路返回。刘贵百思不得其解，望远镜里看到的那片绿色，究竟是哪里呢？

没多久，儿子刘小贵的一个同学来他们家里玩，他来到阳台一看，惊呼起来："刘小贵啊，认识你这么久，怎么你就没告诉我——你也是天文爱好者呢？"

刘小贵愣了一下，摇摇头说："我不是天文爱好者呀！"

那同学看了看刘贵，问："那叔叔是天文爱好者吧？"

刘贵连忙羞愧地摆摆手，说："我可没那么高档的爱好。"

那同学疑惑了，他指着望远镜说："那你们要这东西干吗？这可是专业级、超高倍的天文望远镜呀！"刘贵知道，那同学的爸爸是个老师，喜欢研究天文学，所以从小就把他培养成了个天文迷。

那同学有些轻蔑地说："原来你们是菜鸟啊，哈哈！嗯，让我帮你们看看，这个方向，应该是哪个星球。"

那同学说着，走到望远镜边，凑过去一看，立即大叫道："我看到了，那是火星！你们来看，火星上有一大片绿色！"

（题图：刘斌昆）

幸福使者

□岩朵朵

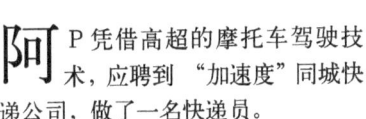

阿P凭借高超的摩托车驾驶技术，应聘到“加速度”同城快递公司，做了一名快递员。

“加速度”主营城内快递，快递的东西稀奇古怪：钥匙、手机、礼品，甚至一锅热乎乎的饺子。

阿P喜欢这个工作，每天，他穿着红色的工作服，开着摩托车，在城市的各个角落穿梭，每当他把快件准确无误地送到客户手中，再“突”地踩一下油门，快速奔向下一个目标时，那股子干脆、利落的神气劲儿，使阿P自我感觉极好。

这天，阿P送完一个快件，刚想喘口气，业务短信又来了：“速去东街三号1单元103！”于是，阿P马上向东街奔去。

到了那里，阿P见到了发快递的人，那人叫平子，他捧着一个包装严实的盒子，对阿P千叮咛万嘱咐：“兄弟，你可一定要把这个盒子亲自交到我女朋友竹子手上啊，小弟后半生的幸福都在这个盒子里了！”

阿P拍拍胸脯，豪情万丈地说：“放心吧，我一定安全送达，你就瞧好吧！”说完，他骑上摩托，风驰电掣般地出发了。

风在耳边“呼呼”地吹着，眼看目的地快到了，回想着平子眼神里的期盼，阿P越发觉得自己工作的伟大，这传递的哪是普通的快件，分明是一份幸福啊！

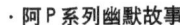

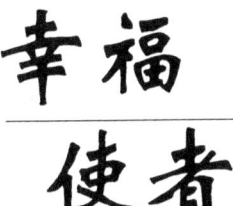

正陶醉着呢，突然，前面冷不丁斜穿出一个人，阿P一个急刹车，车头一歪，“砰”地一声，撞在了护栏上，

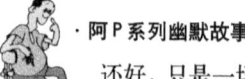

还好，只是一场小意外，人车都没事，等阿P定了定神，准备继续前进时，才发现盒子没有了！他四处寻找，只见那个盒子可怜巴巴地趴在马路中央，早被压扁了！

阿P冲过去，把盒子捡起来，晃一晃，只听见盒子里发出“哗啦哗啦”的声音——我的妈呀，完了，里面的东西全碎了！

阿P打开盒子，看到的是一堆碎瓷片，还有一张照片，照片上，那个叫平子的小伙子，正搂着一个女孩笑得很开心，一个青瓷花瓶摆在他们前面，瓶里面插着几支竹子。阿P仔细对照，发现眼前的这堆碎瓷片，正是照片上的那个漂亮花瓶，只不过是打碎了而已！

这可怎么办呀？那个叫“平子”的小伙子说的话，阿P可是历历在耳啊——“小弟后半生的幸福都在这个盒子里了！”我的妈呀，他后半生的幸福全被我毁了！阿P面对着一堆碎瓷片，手足无措，急得直挠头……对了，不远处就是商场，干脆重新买一个，给平子的女朋友送去，咱阿P可是个勇于承担责任的真爷们！

说买就买，于是，阿P把那盒碎瓷片扔进垃圾箱，马上去了商场。说也巧，那商场里还真有和打碎了的瓶子一模一样的花瓶，可是，阿P还没来得及高兴，心又开始疼了，真不便宜啊，378元！数数身上的钱，还好，刚刚够。阿P咬咬牙付了款，虽然心里还隐隐作痛，可毕竟轻松多了，平子后半生的幸福又回来了！

阿P把花瓶和照片重新包装好，送到了那个叫竹子的女孩手上，女孩没有说什么，收下盒子就回屋了。

终于把事情圆满解决了，阿P长长地吁了一口气，可他刚要走，女孩又出来了，她手里捧着那个打开了的盒子，说：“师傅，麻烦你把这盒子送回去吧，哼，什么时候了，还跟我玩花样！”

阿P一下僵在原地，他小心翼翼地试探着问：“怎么，有问题吗？”

“没问题，你只管把盒子送回去，对了，如果你愿意，也可以帮我传个话——照片我撕了，这个花瓶，让他自己留着吧，做人，一定要诚实！”说完，女孩气呼呼地把10元快递费和盒子塞到阿P手上，“啪”的一声关上了门。

阿P傻了眼，看来，女孩不喜欢平子的礼物，直接拒绝了，可怜的平子，想用一个花瓶打动女孩，看来没门了！

没办法，阿P只好原路返回，把盒子送给了平子，并歉意地说：“革命尚未成功，同志仍需努力，人家拒收，我也没办法。不过，为了盒子里的东西，我可真是尽力了！”最后一句，阿P说得发自肺腑，那可是378块钱啊！平子沮丧地接过盒子，突然，他诧异地说："不对啊，兄弟，这不是我的东西！"

事已至此，阿P只好老实交待了："盒子不一样，可里面的花瓶一样，刚才车撞了一下，花瓶被砸碎了，我怕误了你的事，就去商场重新买了一个……"平子一听，急得捶胸顿足，说："兄弟啊，怪不得竹子不收，你好心坏了我的大事呀！"

原来，那花瓶是竹子送给平子的生日礼物，平子竹子，"瓶竹相依"，寓意是他们的爱情不弃不离。可是，前不久他们吵架，竹子一生气，把花瓶摔碎了，并发誓不再见平子。平子找了竹子好几次，竹子根本不见他，平子给她发短信："我忘不了你，和你有关的每一样东西、每一份记忆，我都珍藏着。"竹子回信："那好，你把那个花瓶碎片拿来给我看看，如果碎片还在，我就原谅你。"

平子哭丧着脸说："兄弟，我让你送去的，原本就是碎瓷片啊！"

阿P这下是真的傻呆了，怎么会这样呢，自己一片好心，竟然帮了人家倒忙！得，好汉做事好汉当，阿P把平子拉上车，说："放心，我惹的祸我去解决，走，我跟你一起去跟竹子说清楚！"

竹子起先不肯见他们，后来，在阿P的再三恳求下，才冷冷地开了门。阿P赶紧把事情的来龙去脉跟竹子讲了，怕竹子不信，还拿出了发票，并说，如果竹子还不信，他马上就去路口的垃圾箱，把那盒碎瓷片找来让竹子过目。

听了阿P的解释，竹子的脸色渐渐缓和了，她朝一旁的平子瞪了一眼，说："用一个好花瓶冒充碎瓷片，我想你也不至于这么傻，算了，就相信你一次吧。"说完，她转身进屋了。

幸福来得太突然，平子还在原地发呆，阿P推了他一把，他才反应过来，跟在竹子后面进了屋，并随手把门带上了。

本以为事情就这样过去了，没想到那天，阿P刚进公司，老板就迎出来了："阿P，你可来了，我有事要找你！"

怎么了？阿P忐忑不安，心想：

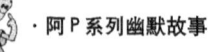

这几天没犯错呀！正在疑惑，只见平子举着一面锦旗从老板的办公室里走了出来，上面写着：“幸福使者阿 P，诚信加速度。”

幸福使者？同事们“哈哈”大笑起来，老板更是乐开了花：“你自已掏钱给顾客买花瓶的事我已知道了，月底给你加奖金。哈哈，这是咱们加速度收到的第一面锦旗，一定要高高挂起来！”

阿 P 美得找不着北了，平子把他叫到一边，掏出钱给他：“那天太激动了，花瓶钱没顾上给你。要说我跟竹子能和好，全靠你啊！”

平子悄悄地对阿 P 说，其实那花瓶的碎瓷片，他哪想到竹子还会要？平子早扔了！为了应付她，平子去买了一个花瓶，摔碎了，快递给她，事情就坏在这里：女人的心还真细，竹子竟然在原先送给平子的花瓶底部刻过四个字——“竹报平安”，可平子根本没注意，不知道，你想啊，如果竹子收到那些“山寨”碎瓷片，发现没有字，他就死定了，幸好阿 P 把那些碎瓷片扔了，死无对证，这才使两人重归于好，平子对阿 P 的那份感激呀，真恨不得跪下来对着他磕三个响头！

平子满面春风地对阿 P 说：“兄弟，竹子已经答应我的求婚了，到时请你来喝喜酒啊！”阿 P 听了后，那一副臭美的样子就甭提了，这时，快递业务又来了，阿 P“突”地踩一下油门，蹬上摩托车，雄赳赳、气昂昂地出发了……

（**题图、插图**：顾子易）

· **本刊信息传真** ·

阿 P 系列幽默故事征文

阿 P 系列幽默故事栏目开辟二十多年来，深受读者欢迎。阿 P 是个有多重性格的喜剧人物，他正直、朴实，却又染有许多不良习气；他自作聪明，却又往往事与愿违，弄巧成拙；面对屡屡受挫的现实，他却能自我解嘲，很有点阿 Q 的精神姿态，让人啼笑皆非。

为了把这个栏目办得更好，本刊再次面向全社会征稿，希望有更多的人来关注阿 P，把您身边的阿 P 故事写得更精彩，更有现实意义和典型意义。

来稿方法：1. 从邮局寄发，请在信封上注明“阿 P 故事征文”字样，本刊地址：上海市绍兴路 74 号《故事会》杂志社，邮编：200020。2. 从网上传递，可寄以下信箱：wulun@vip.sohu.net，请在主题上注明“阿 P 故事征文”字样。凡已和我刊编辑有联系的作者，稿件可继续投给联系的编辑。

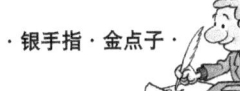

邮差的故事

从前，有一位邮差叫科尔巴巴，他做送信这个工作已经二十多年了，实在是厌烦透了。

这天，科尔巴巴送完信回到邮局，其他人都已经下班了，邮局里静悄悄的，科尔巴巴筋疲力尽，想躺在椅子上休息一会儿，可躺着躺着就睡着了。

将近半夜的时候，突然响起了“窸窸窣窣”的声音，科尔巴巴被吵醒了，他睁开眼睛一看，只见地上围着一堆影子，好像是老鼠，可再仔细一看，根本不是老鼠，而是人，只是那些人很小很小，对，是小人，一共有七个，个子只有松鼠那么大，每个人头上都戴着一顶邮差的帽子，穿着橄榄色的邮差制服。传说邮局都有自己的家神，难道这些小人就是这个邮局的家神？

科尔巴巴看得目瞪口呆，看了一会儿，他才知道他们围聚在一起，那是在打牌，每个小人手里都拿着一叠信，他们正用这些信打牌呢！科尔巴巴忍不住好奇地问：“先生们，你们怎么能用信来打牌呢？信又不是扑克，上面又没有表示大小的数字……”

小人听到问话，毫不惊慌，继续打着牌，一个小人回答说：“你错了，先生，每封信的价值有大有小，大小取决于信里写了些什么。”

小人们告诉科尔巴巴，最小的牌，是那些撒谎的信和例行公事的信；稍大点的牌，是讲述趣闻的信；更大的牌，是好朋友之间的信……那些给对方真诚帮助的信，打牌时可以当“王后”用；那些表达爱情的信，是牌

中的“国王”；而最大的王牌，是那些把整个心掏给对方的信，比如妈妈写给自己孩子的信，或者是生死不渝的恋人，他们写给对方的信，这种牌压倒其他一切牌。听到这里，科尔巴巴还是将信将疑，他问：“你们怎么知道这些信里写了什么呢？难道你们拆开信来看吗？”

一个小人说：“亲爱的朋友，我们只要摸摸信封，就知道这是封什么信。没有感情的信摸上去是冰凉的，信里感情越多，信就越热。你只要试试就知道了。”

科尔巴巴摸摸脑门，感慨地说：“原来信里还有这么多门道，我以前怎么都不知道呢？”说完，他伸手过去，想摸摸那些信，而就在这时，小人们突然消失了，科尔巴巴找了半天，翻箱倒柜，全无踪影。

这天晚上发生的事，科尔巴巴对谁也没有说，不过打这以后，他送信比以前起劲了，再也不觉得厌烦了，有时，他总是忍不住会摸摸信封，心里想：“这封信很热，简直热得发烫，准保是哪一位妈妈写的。”

一天早上，科尔巴巴整理信件时，看到一封信，只有收信人的姓名“玛任卡”，没有地址，要是在以前，他准会把这信扔进另作处置的邮箱里，可这次，他拿着这信左看右看，不忍放下，咕哝着说：“这封信热极了，一定是用整个心来写的，我非把它送到收信人的手里不可。”

科尔巴巴小心翼翼地把信放进邮包里，就出发了。他走啊走，每到一家都会打听：“你们听说过有一位姑娘叫玛任卡吗？”他见一个人就问一个人，很快一年过去了，可仍然一无所获。

有一天，科尔巴巴走累了，便靠在路边的树上休息，突然，他觉得有东西滴落到他头上，抬头一看，原来是树皮被人划破了，树的汁液淌了出来。科尔巴巴惊讶地发现，树上刻着名字，正是“玛任卡”，更令他惊奇的是，周围许多树上都刻着“玛任卡”的名字，他数了数，一共 385 个，他算了算，从自己见到那封信到现在，正好是 385 天，一天不多，一天不少。

第二天，从早晨到黄昏，科尔巴巴一直在树下蹲着，等着，终于等到了那个刻名字的人，那是一个英俊的小伙子。科尔巴巴问他为什么刻这么多名字，小伙子说，一年前，他给自己深爱的姑娘写了一封信，从寄信的那天起，他就在树上刻那姑娘的名字，过一天就刻一个，可再也没收到姑娘的回信，小伙子想，姑娘一定没理会自己……

科尔巴巴取出那封信，交给了小伙子，说：“你这个白痴，你忘了写地址！”

小伙子打开信封一看，果然是自

己写的，他为自己的粗心大意而后悔不已，他问科尔巴巴："那我现在该怎么办？已经一年了，她一定伤透了心，或许……她已经结婚了。"科尔巴巴劝小伙子别伤心，别灰心，他愿意帮忙，小伙子欣喜若狂，感激不已。

过了一天，科尔巴巴带着那封迟到的信，敲开了玛任卡小姐的门，开门的是一位金发女郎，她看起来一点也不快乐。科尔巴巴说了来意，递上了那封信，玛任卡接过信，一看，她的双眼马上明亮起来，她哆嗦着手把信拆开，信纸上写着一个大大的问号，玛任卡的两颊泛起了红晕，她说："谢谢您，邮差先生，这封信我等了一年多了！"接着，她在信纸下面写了一个大大的感叹号，说："这就是我的回信，请您带回去吧。"

科尔巴巴挠挠头，说："小姐，还是请您亲自把回信交给他吧！"原来，小伙子也一起来了，他站在屋外，一听到叫他，就连忙走了过来。他接过回信，看到上面的感叹号，立刻激动地把玛任卡抱在怀里，一对情侣和好如初了。

科尔巴巴笑着说："祝福你们！不过，我还有一个问题，请问，一个问号代表什么意思呢？"

玛任卡和小伙子对视一笑，小伙子说："问号的意思就是——你爱我吗？"

"那感叹号呢？"

"当然是——我非常爱你！"

科尔巴巴恍然大悟，心想：看来邮差并不是一份太糟糕的工作呀！

（**供稿**：顾　诗）

银手指点评：

创作贵在创意。民间传说里常有神仙出现，比如太阳神、海神、火神，但这个故事里的邮局家神却与众不同。邮局家神可以被归类为行业之神，行业之神更贴近现代人的生活。邮差是平凡的工作，邮局家神这样的神仙形象，本身就极具创意。

民间传说里的神仙往往拥有惊人的法力或神奇的法宝，而在这个故事里，邮局家神从头到尾都没有显示出什么超常的神迹，他们最大的法力就是能隔着信封感觉到寄信人的心意，越热的信，蕴涵的心意越真诚，价值也就越大，这是这个故事的第二个创意。

和民间传说里的神仙不同，邮局家神并没有直接去帮助故事中的主人公完成心愿，而是引导他重新发现了工作的价值，使得故事的主题具有了现代意义——这是第三个创意。

如果说民间传说是富有养料的土壤，那么，创意就是蕴涵新生命的种子，它能帮助我们超越陈规旧俗，创造出独特的新作品。

（**题图**：佐　夫）

不怕你不要

□耿建华

八年前，赵图承租了阿松三十亩毛竹山场，每年租金两千元，租期二十年，考虑到时间较长，他们签定合同之后，还在县公证处做了合同公证。

一开始，毛竹、竹笋卖不起价，赵图是年年亏损。这两年国家免了农业税，赵图又办起了竹林农家乐，收入是芝麻开花节节高。

一到年底，赵图喜滋滋地去阿松家送租金，哪料到阿松的老婆茉莉连门都未让赵图进。茉莉站在屋里，指着赵图说："你这两千元钱，还不够我塞牙缝的！"

赵图一时没反应过来，说："茉莉，你有没有搞错？这是我付给你家的租金，是你该得的！"

茉莉一声冷笑："哼，两千元租三十亩山场，听说过吗？现在都讲与时俱进，你这老皇历得改改了！"见赵图还一愣一愣的，茉莉便实话实说了："除非你将租金加到一万元，否则我们就要另租别人了！"说着，她"砰"地关上了大门，把发愣的赵图晾在门外。

赵图回到家，把这事告诉了妻子小玲，小玲奇怪地说："不收租金？她不是嫌钱多扎手吧？"

赵图只有苦笑，说："她嫌租金低了，要往上加！"

小玲想了想，说："家有千口，主事一人。你去找找阿松，看他怎么

说。”

第二天，赵图就去了城里。

阿松在城里开了一家土特产商店，见了赵图非常热情，但一说到毛竹山场的租金，阿松不客气了，说：“这件事，茉莉打电话说了。赵图啊，你现在成大款了，可你还是缴两千元的年租，你自己也不好意思吧？”

赵图吭哧了半天，说“可是有合同啊！合同上……”

阿松不耐烦地说：“合同？合同是人订的，人也可以改嘛！再说了，这是我的山场，当然我说了算！你要是不干，我找其他人！”

赵图一听就急了，他高声嚷道：“那怎么行？我在这块山场风里来雨里去的，吃了多少苦，哪天不是汗珠子摔八瓣地苦做？你不能悔约啊！”说着，他就把两千元钱往阿松手里塞。阿松死活不要，两人拉拉扯扯，一时闹得难分难解。

最终，赵图的钱还是没送出去，这钱送不出去，赵图就整天提心吊胆的，毕竟山场是阿松家的，不知哪天阿松就把它收回去了。

这天，赵图碰到一个当律师的同学，闲谈间就说了这事，那同学一听就乐了：“瞧把你愁的，你去趟公证处，一切都会解决的。”后来，同学又详细解释了一些司法条款。

于是，赵图便半信半疑地去了县公证处，一小时后，赵图喜气洋洋地出来了。这一路上，他真是如释重负、一身轻松。

一进家门，赵图就高声说：“小玲，事情办好啦！”

小玲喜出望外，她眨巴着眼睛问：“怎么办的？”

赵图告诉小玲，公证处给他办了一个“提存公证”，这样一来，他就可以每月把租金交给公证处，由他们再交给阿松。

小玲疑惑地问：“就这么简单？假如阿松还是不要钱呢？”

赵图说“公证处的人说了，如果他不要，五年后，这笔钱就归国家所有；另外，阿松不能再向我要钱，否则就是违反合同，触犯法律了！哈哈……”

律师点评：

所谓提存公证，即公证机关依照法定条件和程序，对交付的提存物进行寄托、保管，并在条件成熟时交付债权人或其他受益人的活动。

在《不怕你不要》这个故事中，赵图与阿松有租赁合同。当赵图依据合同约定支付租金时，阿松却以租金太低要求涨价，随后又因赵图不接受而拒收租金。在这种情况下，赵图为了保证合同正常履行采取提存公证，这是解决问题最为明智和有效的法律手段。

（**题图**：刘斌昆）

·情感故事·

孩子生气了

□李英梅

谁都爱惜生命，越是娇贵的人越把命看得重，杜平在单位里好歹是个科长，可上周突然在医院查出腿部长了一个瘤，吓得他魂飞魄散，马上入院做了手术。好在检查结果很快出来了，瘤子是良性的，杜平连着两天忧心忡忡的，连粥都咽不下去，这下总算松了口气，他马上吩咐老婆：“小云，快去街上给我买半只烧鸡！”小云答应着出去了。

杜平合上眼睛想睡一会儿，可刚一迷糊就被一阵说话声吵醒了，睁眼一看，原来是护士又领来了新病人。来人自我介绍叫王大贵，黑黑的脸，很瘦，进门就一声一声地管杜平叫“大哥”。杜平看了看他身上破旧的衣裳，只勉强应了两声，态度很冷淡。不一会儿，王大贵的老婆也拎着大包小包进来了，后面还跟着个脑袋圆圆的小男孩，看着男孩脏兮兮的脸，杜平直皱眉头，对这一家人的热情招呼，他也懒得理了。

好容易盼着老婆小云回来了，杜平连烧鸡也来不及吃，马上催着小云去换病房，小云很纳闷儿：“你咋了，这儿不挺好吗？”“好个鬼！”杜平低声骂了一句，冲旁边一努嘴，“瞧那一家人，穿得破破烂烂，一看就是进城务工的，我在单位大小也是个科长，跟这种人住一个病房多没面子！”

小云一贯顺从丈夫，听杜平这样说，只得出门去找医生。不一会儿，她回来了，对杜平小声说：“不行啊，医生说现在病房很紧张，你要是不愿意住这个双人病房，那就只能去住条件更差的四人病房！”杜平一听，气得连吃烧鸡的心情也没有了。

下午，杜平单位的同事们来了，大家进门后都说这病房条件不好，瞅

瞅王大贵两口子不在，杜平发起了牢骚：“条件不好也就罢了，上午还住进来一个乡下草包，老婆孩子都来陪床，把病房弄得又脏又乱的，真受不了……”杜平忽然看到小云冲他使眼色，扭头一看，王大贵家的小男孩不知啥时冒了出来，正用一双大眼睛盯着他呢，杜平只好住了口。

过了两天，杜平能扶着床下地活动了，他很高兴，马上给同事和朋友打电话，告诉他们自己快要出院了，打完电话，他无意中扫了一眼自己床头的那块牌子——牌子上写的是病人的姓名、病情等，他一看，突然被吓了一跳 牌上竟然用黑笔写着两个字母：“ca”!“ca”可是癌症的缩写啊，杜平顿时感到后脊梁骨一阵发凉，腿一软就瘫坐到了地上。整整一天，杜平不吃不喝，只是呆呆地躺在床上，眼睛死死地盯着屋顶，任小云怎么追问，他也不答腔，他知道，凡是得了这号病，家属和医生都会联合着编谎话哄你的，谁的嘴里都掏不出一句真话来。

第二天查病房的时候，杜平想了又想，最后终于还是开口了：“医生，我的病是晚期了吗？还能活多久？”查病房的是个女医生，她愣了一下，惊诧地问道：“什么晚期啊？你不就是切除了一个良性肿瘤吗？过两天就可以出院了。”杜平冷笑着说：“你们快别瞒我了，当我是傻瓜啊？昨天我就看见床头牌子上的字了，知道上面那两个字母是啥意思！”

“字母？什么字母？”女医生满脸疑惑地绕到床头，眯起眼睛瞅了瞅，惊讶地说：“这是谁写的啊，哪能拿这种事情开玩笑！”说完，女医生特意回办公室取来了杜平所有的病历资料，坚持要让杜平看，看过资料之后，杜平终于确信自己没得癌症，想想这一天一夜白白经受的心理煎熬，他简直气炸了肺，大声嚷嚷着：“医生，你一定要帮我查查，看看是谁在开玩笑，让他赔我精神损失费！”

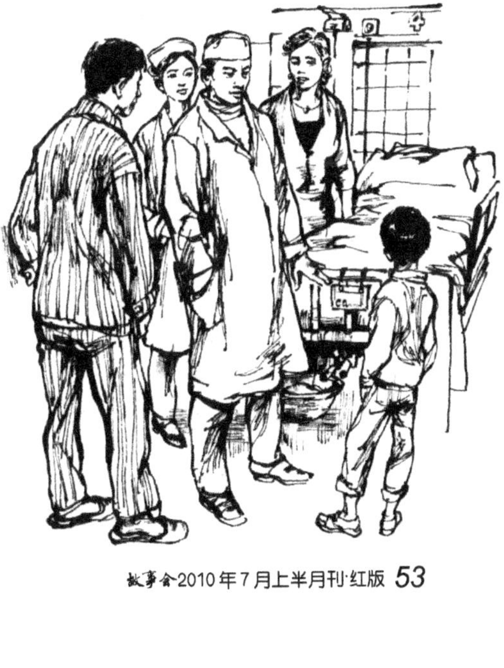

正吵闹着呢，刚做完手术的王大贵被人推进来了，后面跟着他的孩子、老婆和几个工友。看见杜平正指着床头的牌子直嚷嚷，小男孩立刻躲到妈妈身后，脸上现出紧张的神色。这个细节被那个女医生注意到了，女医生快步走到小男孩面前，蹲下身来，指了指杜平床头的牌子，和蔼地说：“小弟弟，告诉阿姨，你有没有在那个牌子上写字啊？”

小男孩迟疑了一下，勇敢地点点头，说：“写过，前天写的。”听到这个回答，所有的人都有些意外，王大贵两口子更是一脸吃惊，杜平当即讥讽地说：“瞧这孩子，父母怎么教育的，这么点儿年纪就知道咒别人得癌症！”没想到小男孩红着脸说：“我没有咒你得癌症，我也不知道啥是癌症，我只是想骂你草包，可我不会写字，只好写拼音，可我怕人瞧见，拼音也没写完……”

“噢——”杜平这才明白，那个差点儿把他吓死的“ca”，不过是没写完的“草”字的拼音，可他还是不明白，便问道：“那你为什么要骂我草包呢？我惹着你什么了？”

小男孩眼里含着泪花，动情地说：“因为你骂我爸爸是乡下草包，我也要骂你是草包！你骂我可以，但不能骂我爸爸，我爸爸是世界上最好的爸爸，他在工地上拼命干活，把手都砸破了，还笑着回家，给我和妹妹买五毛钱一块的糖吃。我的爸爸这么棒，你为什么还瞧不起他！”小男孩说完，“呜呜”地哭了，王大贵两口子的眼睛也湿润了。

一屋子的工友兄弟都神情严肃地看着杜平，没有说话。杜平的脸红了，他走上前去，摸摸孩子的头，轻声说：“对不起，叔叔不知道你有这么棒的爸爸，叔叔真的是草包……”

（**题图**、**插图**：谢　颖）

一条罕见的外星蚯蚓光顾了地球，它是来窃听？来挑衅？还是……

外星蚯蚓

□邓　笛

我不同于地球上的蚯蚓

2122年2月13日，天气温和宜人，这是一个特殊的日子。以A国为首的七国联盟和以B国为首的八国统一战线同时发表声明，双方都指责对方在全世界制造恐怖、威胁人类和平。

两大组织发表声明后，立即都有了动作，联盟国调集了大量军队，并警告统战国要么放弃恐怖威胁、销毁核武器，要么就承担不可避免的严重后果，然而统战国也不甘示弱，同样打着“反恐”的旗号调兵遣将，局势十分紧张。

在第三次世界大战一触即发的这个时刻，这一天，在A国的总统官邸蓝宫的草坪上，突然出现了一支长1米、口径为4厘米的“玻璃管”，表面闪闪发光，这立刻引起了负责该草坪的园丁的高度警惕。

园丁及时向上司报告，上司又报告给特工部，于是一组特工人员立即赶赴现场，同来的还有几位爆破专家。经过检查，专家们排除了“玻璃管”为爆炸物的可能性，因为不是危险品，便有人走上前去，试图捡起这个不明物，可一拿起来，它的闪光的表面一下竟变为了土灰色。

众人纷纷后退，卧倒在地，然而很长时间过去了，它仍旧保持着土灰色，别无动静。有大胆者，起身上前再次接触它，那人走近后立刻惊叫起来：“一条大蚯蚓！”

园丁在一旁掩嘴窃笑：“嘻嘻，我在这里护理草坪几十年了，我敢担保，这玩意儿决不是蚯蚓！”

正在这时，那东西蠕动着蜷曲起来，然后又伸直身子，缓慢地钻入了潮湿的泥土里，这一下，连刚才信誓旦旦断言不是“蚯蚓”的园丁也傻了：不是蚯蚓，这是什么呢？

特工部火速请来了一位著名的动物学家，这位专家在那条蚯蚓留下的洞边不厌其烦地工作了整整一天，终于找到了它，专家从不同角度摄下了几百张蚯蚓的照片。那蚯蚓似有灵性，落落大方地抬起它的口前叶，将湿润的嘴贴在专家的手掌上，俨然是在完成一种见面礼仪，然后顺从地爬进给它预备的笼子里。

经过动物学家的反复观察、研究，确认该蚯蚓不会对国家安全构成威胁，于是，值班的特工人员才同意将笼子带进蓝宫，以便进一步研究。

哪知一进实验室，蚯蚓便一反刚才愿意合作的态度，不断地撞击笼门。笼门打开后，它疾速爬出笼子，以一般蚯蚓望尘莫及的速度，穿过桌面，再沿着一条桌腿来到地上，接着朝另一个房间爬去。

一旁的动物学家完全可以毫不费力地将它捡起来放回笼里，但是像其他所有科学家一样，他有着不可抑制的好奇心，他一边看着那蚯蚓不停地爬着，一边喃喃地说：“我敢发誓，这条蚯蚓这样做是有目的的！”

一名特工人员如临大敌，拔出手枪，正想干预，动物学家抬起了手，低声阻止：“慢！看它到底想干什么。”特工人员们互相交换了一下眼色，他们不敢怠慢，紧跟着蚯蚓，与它并排而行。

蚯蚓进入一条走廊，爬着爬着，突然，它在一扇门前停住了。动物学家对一旁的工作人员说：“打开这门。”

门打开了，里面一位女职员正往计算机里输入资料，猛然间，她看到了那条步步逼近的蚯蚓，顿时唬得张大了嘴巴，恐惧中带有几份好奇：“这是什么？”

动物学家没有回答，因为他正全

神贯注地注视着那条蚯蚓，蚯蚓此刻不紧不慢地攀上了计算机，将粗糙的灰肚子贴在键盘上。女职员身子后仰，把键盘让给了探头探脑的蚯蚓，她又问道：“是大蚯蚓？”

动物学家答道：“可能。”

“怎么会这么大？”

动物学家正在考虑如何回答她的问题时，蚯蚓居然开始使用计算机了，见此情景，动物学家惊呼道：“上帝！”

“笃笃笃——”一阵键盘敲击声后，女职员俯下身去，察看屏幕上现出了什么，她一看，笑得前俯后仰：“哈哈，简直不可思议，你们猜上面写的是什么？”

在现场围观的动物学家和特工们异口同声地问道：“写了什么？”

女职员耸了耸肩，笑着说“那上面清清楚楚地写着——‘我不同于地球上的蚯蚓。’”

十个月才能破译的密码

蓝宫的特工部匆匆举行了一次会议，决定将那条蚯蚓的命运交给总统。2月16日晚，A国总统在蓝宫的会客厅会见了那条神秘的蚯蚓。

总统是一位极其严肃的人，从不多讲一句话，多做一个手势，多花一分钟。

总统将信将疑地敲击着键盘：“欢迎光临地球，蚯蚓。”

蚯蚓打出了一行字“谢谢。”

总统的好奇心上来了：“你有名字吗？”

“有，但是既然只有我们俩交谈，又无第三者介入，我们为什么非要拘于形式呢？”

总统点点头，蚯蚓这番话正中他意，他又击打着键盘：“你来自哪个星球？”

“一颗距你们的地球约3250光年的黄色行星。”

“乘的什么飞行工具？”

“靠自身的能量。我有着坚不可摧的外壳，以保护自己的身体，抵挡严寒，抵御辐射。”

总统紧皱眉头，如果安排这次会面的不是三位世界有名的科学家，他准怀疑眼下是一场骗局，他又问：“你到地球来干什么？”

“来证实我们的预言。”

“什么预言？”

“请原谅我的唐突，是关于你们地球即将发生的大灾难。”

蚯蚓用身子按动键盘，它告诉总统：“这场灾难是你们地球人自己制造的，一年之内，你们地球有百分之九十五的可能会爆发一场战争。开始是贵联盟国的一个小国与统战国的一个小国之间的磨擦，紧接着就发展成全球性的核武器的交锋，最终从北极到南纬30度的地区中的所有高级动物将灭绝殆尽。战后，只有少数幸存者得以在南纬30度以下地区过着极其原始的生活……”

总统听了目瞪口呆，不知往计算机里输入什么才好，他平日打字很快，但此刻变得笨手笨脚了。他问蚯蚓情报来源，蚯蚓说，这是根据它们对几百个星球的人类文化的研究，以及综合分析地球近十年流入太空的各种数据信号后推算出来的。

总统沉默片刻，问：“如果我们克制忍让，情况会怎么样呢？还会有百分之九十五的可能发生世界大战么？”

“我们的预测已经把你们会作出什么样的决定考虑在内了。”蚯蚓答道，“你们不可能忍让，因为利益总是会冲昏你们的头脑。”

总统问：“你能不能给我们出个主意呢？”

“恕我无能为力。”蚯蚓说，“不过在我离开之前，我留给你们一张用密码写的便条。你们最好的破译员花七八个月时间可以将此破译，到那个时候你再读这个便条就有意思多了。”

计算机屏幕上很快出现了十行符号，看上去像乱涂的手迹。

同时，蚯蚓越来越硬，土灰色的皮肤一刹那变得坚硬锃亮，在灯光下闪闪发光，十分耀眼，突然，蚯蚓腾空而起，无声地朝窗外射去。它越飞越高，顷刻间便消失于夜幕之中……

最善意的宇宙骗局

蚯蚓离开蓝宫不久，又在B国的首相府出现，但是B国首相在和它会谈之后，就令人将它关在一个周围设有电网的铁桶里，谁知那蚯蚓毫不费力地就使电网短路，然后从容地窜出去，给首相府坚固的墙壁上留下了一个类似加农炮轰击过的大洞，然后便消失得无影无踪。

B国首相这才谨慎起来，约请各统战国首脑召开紧急会议，重新商讨对待联盟国的政策。

A 国和B 国都采取了克制的态度，双方都极力表现出友好的姿态。在两国的促成下，联盟国和统战国两大阵营各成员国的首脑于9月9日在A国首都举行了会议，会议签署了《七国联盟与八国统一战线和平共处条约》，各国首脑都在条约上签了字。条约规定：各国必须尊重他国的政治制度、宗教信仰、历史文化；不得生产、持有或使用原子及生化武器……条约还对“恐怖活动”作了新的定义，并对如何打击恐怖分子作了一致的规定。

在场的记者无不鼓掌雀跃，有的还流下了激动的热泪。

这时，A 国总统来到B 国首相身边，跟他讲了蚯蚓的事，并交给他一张纸条，说：“直到昨天，我们才将蚯蚓留下的密码破译出来。”

B 国首相看着密码后面的译文，脸上露出了一丝微笑。

译文是这样写的：“请原谅，我的预言落空了，不过这个错误的预言对你们眼下形成的国与国之间的和平气氛无疑是做出了一点贡献的。”

B 国首相也从口袋里掏出一张纸条，说：“这个外星蚯蚓也留给我们一份密码，这是密码译文。”

A 国总统看后，双颊绯红，不住点头，他说：“首相阁下，看来，这是一场最善意的宇宙骗局，给我们敲响了警钟啊！”说完，两人相拥大笑。

B国首相的纸条上写的是“祝贺你们恢复了人类应有的理性。”

（**题图、插图**：佐　夫）

·本刊信息传真·

征稿：写一个故事吧

你喜欢《故事会》吗？你想成为《故事会》的作者吗？你想把自己知道的故事写下来让千千万万的读者分享、分担你的喜怒哀乐吗？

投稿的方式有以下几种——

1. 你可以邮寄，地址是：上海市绍兴路74号《故事会》杂志社（邮编：200020）；
2. 你可以发电子邮件，各编辑的电子邮箱见本刊；
3. 你可以登录“故事中国”网，那里有一个“在线投稿区”。

除了自己创作，你也可以把在各类报刊和网络上看到的笑话、3分钟典藏故事、快乐辞典、感动中学生的故事、外国文学故事鉴赏等作品推荐给我们，一经发表，你都将获得推荐费。

街谈巷议、市井邻里，饭桌酒席、旅途行程，生活的时时处处都蕴涵着“故事”的“影子”，写一个故事吧，你将在写故事中获得快乐，同时你的故事也将给别人带来快乐！

本刊编辑部

死亡判官

□王　猛

那年头，聚龙山一带可乱了，不是官剿匪就是匪扰民，还有土匪内讧火并，今天是匪明天成兵也是常事。潘狗仔原来是老林子里的土匪，后来被招安就成了官军，名义上是马大帅的兵，但狗改不了吃屎，还是经常干打家劫舍的活。这天，潘狗仔带着几十号人，打着剿匪的名头，到山洼里一个叫鬼头寨的小镇"筹军饷"。

说实在的，潘狗仔原本也是穷苦人出身，骨子里同情穷人，从不跟穷人为难，所以一到鬼头寨，就直奔镇里头几个大户人家而去，可奇怪的是，连踢了几家大户的门都空无一人，财物也早已被席卷一空。前面那座大宅子就是潘老财家了，那潘老财是镇上出了名的胆小鬼和吝啬鬼，他家一定能筹到不少"军饷"。

潘老财的家到了，只见两扇朱漆大门敞开着，奇怪的是，门口竟挂着丧幡。潘狗仔带兵冲了进去，却见空落落的院子里，潘老财独自跪在地上，浑身白缟，一把鼻涕一把泪，哭得正伤心呢。潘狗仔朝他屁股上踹了一脚，喝问:"老乌龟，镇上的大户都哪去了？"

潘老财抬起头，面如死灰地说:"知、知道官爷要来，都跑了，你看我家，连个哭丧的也没留下。""你为什么不跑？"

"咳，我一会儿就要死了，我还跑哪去呀？我这不正为自己哭丧吗？"

潘狗仔满腹狐疑，他上前看灵台上的牌位，还真的写着潘老财的名讳。天下哪有人没死就为自己设灵堂的？莫不成是个圈套？潘狗仔用枪顶着潘老财的脑门，说：“别玩花招，要不然老子现在就让你去见阎王！”潘老财凄然一笑：“阎王也听判官的，判官说了，我今天申时三刻死，错不了。”

潘狗仔冷不丁打了个寒颤，他觉得这里的气氛有点诡异，不宜多留，就领着队伍，出了潘老财的家。

离开了鬼头寨，匪兵们早累得喘不过气来，山路旁正好有一处用茅草搭成的茶亭，大伙一窝蜂就往里赶。卖茶的戴着一顶破草帽，看不清模样，他挥动着手里的茶勺喊道：“大碗茶，消暑解渴的大碗茶！”

匪兵们早渴得嗓子冒烟，不等卖茶的招呼，就过来抢茶喝了。卖茶的也不生气，每当有人来盛茶时，他总是如闪电般地把手搭到来人的手腕上，嘴里念念有词。

这当儿，一个脸色蜡黄的匪兵过来盛茶，卖茶的又把手在他的手腕上一搭，斩钉截铁地说：“酉时一刻，还差两刻钟。”

匪兵抽回手，瞪了卖茶的一眼，说：“搭我手干吗？找死啊？小心老子砸烂你的脑袋！”又有几个匪兵过来取茶，卖茶的照样每个都搭了一次手腕，嘴里念叨着：“还有一年呢，这个还有半年，嗯，这个更短，只有半个月了！”潘狗仔也被卖茶的搭了一下手，说是还有六个月。

匪兵们都只顾着喝茶，也没太理会卖茶的奇怪举动。休息了半个小时左右，潘狗仔急着要赶回驻地，便赶着匪兵起来，命令他们出发。

正在这时，那个脸色蜡黄的匪兵忽然身子一歪，倒在地上，匪兵们大吃一惊，旁边有人一探他的鼻息，惊叫起来：“没气啦！没气啦！”卖茶的笑出了声：“嘿嘿嘿，被老夫把脉掐算过的，差不了一时半会儿！”他这一说，匪兵们这才醒悟过来，刚才卖茶的说还剩多少时间，原来是这个意思，他说这个脸色蜡黄的匪兵还剩两刻钟，果然一转眼就死了，这……这也掐算得太神了！

众匪兵沉默片刻后，不知谁惊呼一声：“判官，他就是判官！”

这一声喊，让匪兵魂飞魄散，潘狗仔哪敢迟疑，回头就跑，只恨爹妈少生了两条腿。跑回驻地，潘狗仔的心才放回心窝里，奔波了一整天，累得够呛，他躺到床上，一会儿就鼾声如雷了。

第二天，潘狗仔醒来时发现军营被翻了个底朝天，凡是值钱的东西都被拿走了，潘狗仔大惊失色，便想找几个匪兵问个究竟，可寻遍整个驻地，鬼影也没一个，这才醒悟到自己

已经成了光杆司令。原来，那些匪兵，昨天被“判官”切脉断了死期，最短的活不过半月，最长的活不过一年，他们寻思反正离死期不远了，还憋在这山窝子里干吗？还不如抢些财物去花天酒地，快快活活过完剩下的日子，于是趁潘狗仔夜里熟睡的时候，偷偷私分了军营里的财物，全跑了个净光。

逃跑了这么多士兵，马大帅知道肯定要怪罪，潘狗仔知道，这聚龙山待不下去了，便一把火将驻地烧了，踉踉跄跄地朝山下逃去。

这天，潘狗仔正灰头土脸地走在乡路上，忽然后面赶上来十几个客商模样的人，肩上都斜挎着老大一个包袱，步履匆匆地赶着路，潘狗仔留意了一下，只见一个瘦个客商不小心被石头绊了下脚，“咣啷”，从包袱里掉出了一块大洋。

潘狗仔见此情景，顿时动了歪心思，他想，如果把这十几只肥羊宰了，得来的财物足够自己下半辈子消受了。主意打定，潘狗仔一个“霸王转身”，挡在路中间，忽地从腰间掏出了短枪，对准了客商们！可也怪了，这些客商见了枪，非但不惊慌，竟然脸上还露出了奇怪的笑容，“哗啦”一声，十几人齐刷刷解下包袱，说时迟那时快，十几个黑洞洞的枪口，早就齐刷刷地对着潘狗仔！

原来这是一支抗日游击队，带队的叫杨云，他们刚从关东过来，准备跟大部队汇合。杨云问清潘狗仔的来历后，疑惑地问：“听说你们也跟日本人干过几仗，怎么干起拦路抢劫的买卖？”

潘狗仔早被杨云的手下五花大绑了，一听杨云问话，他脸上青一会儿红一会儿，却没敢吭声。杨云见他一脸羞惭，吩咐手下同志把潘狗仔的绳索解了，然后和颜悦色地说，只要潘狗仔愿意跟他打鬼子，就既往不咎。潘狗仔一向痛恨鬼子，现在既保了性命，又有口饭吃，哪有不愿意的道理？杨云问潘狗仔为啥要打鬼子，潘狗仔眼睛一瞪：“他娘的鬼子，跑到咱的地盘跟咱抢肉吃，不揍他揍谁？”杨云教育潘狗仔，打鬼子不是为了争地盘，更不是为了抢老百姓碗里的肉吃，而是为了中华民族不受外人欺负。“中华民族？”潘狗仔似懂非懂地自言自语着。

杨云边走边问：“潘狗仔，你活着到底为了什么？”

“喝酒吃肉呗，哦，对了，还有好看的大姑娘。”周围的战士听了，都哄堂大笑起来。

杨云正色道：“人活着，总得有个奔头，像现在，我们的奔头就是赶走日本鬼子。人为了奔头而活，这样才有滋味。”潘狗仔又似懂非懂地点点头，他心思一动，问道：“杨长官，如果你还剩下半年命，你会干些什

么？”杨云眉毛一挑：“杀鬼子！留我半年命，就杀半年鬼子；留我三个月命，就杀三个月鬼子；留我三天命，就杀三天鬼子，就算只剩一口气，也要用来杀鬼子！”

说话间，前面路边隐隐约约露出了一个茶亭，潘狗仔见了，顿时肝胆俱裂，原来不知什么时候，他们竟然到了昨天遇见判官的茶亭！潘狗仔磨蹭着不肯走，在杨云的追问下，他吞吞吐吐地把昨天的遭遇说了出来。杨云饶有兴趣地听潘狗仔说了这段惊心动魄的经历，他告诉潘狗仔：那个“判官”施展的，并不是什么神幻莫测的巫术，而是一种非常高深的切脉方法，小时候他们村里也有一个非常高明的老中医，能够一把脉就知道病人的病根在哪里，而且药到病除。人体的寸、关、尺三处脉象能反映人体各器官的功能，“判官”由此来推断对方的寿命。

说话间已经到了茶亭，卖茶的听到脚步声，扬起勺子就招呼：“各位客官，来碗消暑解渴的大碗茶咧！”看着眼前这位所谓的“判官”，杨云眼里忽然闪出异样的光，他回转身，用手示意，招呼队员们聚拢过来，交头接耳一会，最后十几双手有力地握在一起。杨云目光炯炯地走到那个卖茶的“判官”跟前，朗声说道：“老伯，俺们是打日本鬼子的游击队，今天请你断个死期。”说完，他当先把手腕伸了过去……

“判官”初时一怔，然后伸出手来，用三根指头搭在杨云的手腕处，沉吟片刻，说：“恭喜，你还有整五十年寿命呢！”

接着，杨云让“判官”依次给其余游击队员把脉。

队伍中年纪最大的是一个叫老马的，把脉时，“判官”的嘴唇抽搐了几次，欲言又止。老马心急地问：“咋的，你快说呀！”

"不是好消息，你、你真想知道？"

老马咧嘴笑了："有啥大不了，人活一世，反正逃不了一死。""好！""判官"竖起拇指夸赞道，很快又摇头叹息，"脉象沉而坚硬．如指弹石，纯阴无阳，是夏得冬脉，不出三五天，便是大限。"

老马听了，讪讪地干笑几声，脸色顿时灰暗下来。一旁的杨云急了，他上前紧紧握住"判官"的手，问"老人家，可有什么医治的妙方？""判官"摘下草帽，只见他双眼青白，竟是个瞎子，他叹着气说："先师见我目不能视，知我心底宁静，不受外物所扰，故授此秘术给我。所谓一心不能二用，我平生专于把脉一术，却再无他长，各位好汉，抱歉了！"

"判官"在给游击队员把脉时，潘狗仔一直在旁边看，这十几名队员，除了两个寿命少于十年外，其余都有几十年的寿命，他有点奇怪了：咦，这"判官"昨天给我的队伍把脉时，寿命最长的才一年，还有半年、半个月的，而现在这些人，除了老马，寿命全都很长，这是为什么？潘狗仔便好奇地问"判官"。

"判官"笑了："你说昨天那帮兔崽子？他们哪里是官兵，全是土匪哩，整个儿一群畜生，只能按畜生的寿数算，跟人至少差一个甲子。"原来昨天，除了那个当场死去的匪兵，"判官"给其他匪兵切脉时，都故意把他们的寿数除以"60"，说出来的，只是原寿数的六十分之一。怪不得呢！

临别前，杨云拉着"判官"那双枯手，深情地说："老人家，您可要好好地保重身体，多活上几年，看着我们中国人是怎么把小鬼子赶出去的！"

离开茶亭后，一行人转过几个山坳，眼看再翻一道山梁就到根据地了，大伙的步伐也变得轻快起来。正在这时，忽然响起一阵密集的枪声，从四面的树林里一下冲出几十个鬼子。杨云马上命令大伙寻找有利地形隐蔽，双方展开激烈交火。仗越打越激烈，弹药越来越少，大伙正发愁怎样才能突围出去，突然，前方有个身影匍匐着向鬼子阵地爬去，杨云急得大喊："老马，危险，你快回来，快回来……"

话音未落，捆满炸药的老马已经摸到鬼子中间，"轰"的一声巨响，鬼子的阵地上冒起一股黑烟，老马用自己的生命为战士们打开了突围之路，杨云抹了抹湿漉漉的眼眶，迅速带领大伙向老马炸开的缺口冲去，潘狗仔也冲在队伍的前面，他觉得人活一世总得死，但像老马这样死，死得值，死得不冤，死得像个真正的爷们儿……

（题图、插图：谭海彦）

在一部美国电影中，有一枚能勾起任何人贪欲的“指环王”，它为祸世间，终毁于烈火。在现实世界中，有一只“蟹王”，围绕它又发生了什么故事？

独螯蟹王

□王兴菜

1. 独螯螃蟹称王

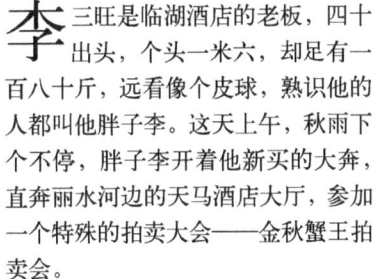

李三旺是临湖酒店的老板，四十出头，个头一米六，却足有一百八十斤，远看像个皮球，熟识他的人都叫他胖子李。这天上午，秋雨下个不停，胖子李开着他新买的大奔，直奔丽水河边的天马酒店大厅，参加一个特殊的拍卖大会——金秋蟹王拍卖会。

这年头，吃得起大闸蟹的城里人越来越多，吃螃蟹也越来越讲究，喜欢吃蟹的人都知道，螃蟹个头越大，蟹黄蟹膏越多，味道越鲜美，当然价格也更高，所以一到金秋产蟹旺季，天马酒店会组织一次蟹王拍卖大赛，来自附近各处的蟹农，把自家养的最肥大的蟹带来参拍，一旦拍成蟹王，可以发一笔小财，而且还能打着蟹王的旗号，形成自己的品牌，拿到来年的螃蟹销售订单，因此，每年的蟹王大赛都会吸引许多大蟹农和酒店老板的参与。

九点钟，胖子李满脸带笑地走进天马酒店，这时，里面已经聚集了许多人，几个熟识的酒店老板见了胖子李，笑嘻嘻地迎了上来，其中一个说道：“李老板这次又是奔着蟹王来的吧？如果我没记错的话，去年的蟹王和前年的蟹王都是你啊，今年要是再拿蟹王，就是个三连冠了。”

胖子李呵呵一乐：“没办法的事啊，谁让咱们都是围着螃蟹转的主呢？”

一番话惹得大伙都呵呵笑了起来，其中一个跟着问：“李老板，你觉得今年的蟹王大概会有多重？”

胖子李歪着胖脑袋想了想，伸出五个指头，那人惊呼道：“有500克？”

胖子李乐了，呵呵笑着说：“猜猜，只是猜猜，蟹不是我的，我哪能说得那么准啊？”

九点半，蟹王拍卖大会准时开始，第一个环节是称蟹的重量，参赛的蟹农当众把自己带来的蟹放在组委会准备好的电子秤上称重，按照重量依次排序，称重的蟹农足足有七八十人，排了一条长长的队伍，半小时过去了，还剩下长长一溜。

这时，胖子李坐在最后一排，抱着胳膊，在闭目养神，隔一段时间，他睁开眼睛，瞅了瞅台前的蟹农，脸上会露出一丝不易觉察的冷笑，心里嘀咕道：“蟹农啊蟹农，一帮穷鬼，凑啥热闹？排什么队？称什么称？你们还真以为自己会弄个蟹王蟹后的桂冠回去？也不瞧瞧你们带来的这些蟹！”

约摸一小时后，八十多家参赛蟹农的螃蟹全部称重完毕，一番统计排序后，主持人高声宣布：“大家上午好，经过一番称重，今年的蟹王和蟹后产生了，巧合的是，今年的蟹王蟹后均出自同一个蟹农手中，蟹王重502克，蟹后重381克。”

话音刚落，坐在胖子李旁边的那几个老板一起伸出了大拇指：“李老板，牛啊，猜得这么准！”

胖子李笑笑，没吭声。

主持人面对会场大声问：“现场还有没称的蟹吗？如果没有的话，下面，我宣布今年的蟹王为……”

“等一下！”就在这个节骨眼上，一个声音突然从大厅门口传了过来，顿时惊动了在场的所有人，大伙儿循声望去，只见大厅门口急匆匆地走进来一个干瘦的男人。

瘦子个头不高，头发凌乱，加上外面正下着秋雨，他的一身破旧的中山装早被雨淋透了，头发从不停往下滴水，手里拎着一个破旧的黑色塑料袋。众目睽睽之下，瘦子带着一身寒气，穿过大厅的走廊，来到主席台前，他抹了把脸上的雨水，沙哑着嗓子低声说：“麻烦您给我称称这只蟹子吧。”说罢，他把手中的塑料袋递给了主持人。

刚开始，胖子李吓了一跳，以为半路杀出了个程咬金，可当他看了看那人的举止动作，脸上堆满了不屑，又见瘦子说自己的螃蟹是“蟹子”，当下，悬着的心放了下来，一贯看不起人的德性又犯了：“瞧你那瘦样儿，我倒想看看你养出的螃蟹能有多重，如果螃蟹个头大，你怎么能舍得用一个塑料袋拎螃蟹，一看就是个外行！”

主持人接过塑料袋，递给旁边负

责称重的工作人员，工作人员打开塑料袋的口，往里一瞧，立刻目瞪口呆，老半天才说了句："天哪！"

主持人一听，连忙扭头往袋子里看，结果也是目瞪口呆，没头没脑地说了句："天哪！"两声"天哪"声音不大，却把全场人都镇住了，所有人的目光立刻都盯着那个袋子看，前排有的人甚至站了起来，伸长脖子往那个黑色袋子里看，胖子李的心一下乱了，心里想：真是人不可貌相啊，看来这个瘦子带来的是个大家伙啊！

在大家伙儿关注的目光中，工作人员小心翼翼地从塑料袋中取出了一只大螃蟹，前排的人一见，十有八九都立刻站了起来，目光都直了，嘴里发出"啧啧"的赞叹声，果真是个少见的大块头，乍看上去，这只螃蟹像块青石一样。

工作人员把螃蟹往电子秤上一放，激动地高声喊道："蟹净重601克！"

胖子李尽管坐在后面，这句话还是像一颗子弹，一下子飞过人群，击中了胖子李，胖子李眼睛瞪得圆圆的，嘴巴张得大大的，耳朵竖得高高的，肥胖的屁股也跟着离开了凳子，他怎么也不敢相信眼前这一幕，今年的蟹王大会上，居然出了个超过600克的蟹王，这是多少年没出现过的事呀！可让胖子李震撼的还在后头，紧接着，负责称重的工作人员又喊了一声："天哪，这只螃蟹就只有一只螯，少了一只螯还这么重，这蟹太少见了！"

2.天价竞拍蟹王

缺了一只蟹螯，还能当蟹王，足见这只螃蟹之大，要知道，一般能超过400克的螃蟹要长上五六年，而且个头越大的螃蟹越狡猾，越难抓到。眼下，稍微懂点常识的人都知道，这可是一只极其罕见的蟹王，别说今年了，就是再往后十年，也不一定有螃蟹能超过这样的重量！

大厅一片混乱，胖子李拼命挤到前排，仔细盯着那只独螯蟹王瞧了半天，心中又是一惊："天哪，从外表来看，这只蟹螯上的毛金黄如橙，背如

青石，肚白如玉，应该是一只长江野生蟹，这可要比人工饲养的高上一个档次，再说这么大的个头，没十年八年长不成啊，这只蟹王价值不菲啊！”想到这里，胖子李眉头紧皱，暗暗下了决心。

胖子李再次仔细看了看，让他吃惊的是，断螯处露出新鲜雪白的蟹肉，看来这蟹螯刚断不久啊，可为啥这个蟹螯会断掉呢？这可是美中不足的事情啊，想到这里，他连忙扭头去看那个瘦子，两人目光正好对在了一起，瘦子的眼里掠过一丝惊慌，迅速把目光移走了。

突然出现了这么一只蟹王，大厅里几乎所有的人都按捺不住激动的心情，大家交头接耳议论起来，现场的酒店老板们，面上谈笑风生，私下里却把手指头藏到口袋里，暗自算起了这只蟹王的心理价位。

竞拍很快开始了，首先是蟹后的竞拍，在场人的注意力早被那只独螯蟹王吸引走了，这只381克的蟹后没起什么波澜，很快成交了，以二万四的价格被城西的四海酒店拍走了。

这一轮，胖子李连举牌都没举，他早已把自己的目标锁定在这只独螯蟹王身上了。

接下来，就到了拍卖会的重头戏环节——独螯蟹王的拍卖，主持人和那个瘦汉子商量了一番，报出了蟹王的底价——三万三，这底价是在去年蟹王的基础上定的，但谁都清楚，这么罕见的一只螃蟹，三万三确实也就是个底价，最后的结果远不止这个数。

果然，主持人话音刚落，许多买家纷纷举起竞买牌，“三万五”，“三万八”……五分钟的工夫，蟹王已经涨到了五万八。

在大伙争相举牌的同时，胖子李始终没有开口，倒是坐在他旁边的那位，不停地举牌加价。大厅里竞争很激烈，很快，竞拍价达到了六万六，而且这样的高价，居然有三个买家同时举牌，就在这时，胖子李突然举起了手中的18号竞买牌，高喊了一声:“我出八万！”

话音一落，整个大厅顿时安静下来，就连那三个追着竞买的买家也哑火了。说实在的，六万六的价格，三个买家都是咬着牙喊出来的，蟹王不是龙，也不是凤，个头长得再大依然是螃蟹，蟹肉挖出来，还不够一个人吃的，这年头，买蟹王也就是为了博个效应，做个宣传，可它真的值八万吗？再说，要是头天买回去，次日就死了，这么多钱就是打水漂了。

果然，胖子李一句“八万”就为自己博得了最后胜利，主持人三遍喊完，一锤定音。

八万块钱买一只螃蟹，如果不是亲眼看见，谁都不会相信，在众人火辣辣的目光中，胖子李微笑着站起

来，走上前去，和那个干瘦的汉子握了握手，颇有礼貌地问了句："老兄，如果我没猜错的话，你这只蟹是在江里捉的吧？"

那瘦汉子一听，不由一怔，像鸡啄米般点起了头："老板好眼力，这确实是只野生蟹，说实在的，我半年前就在江边看见这只蟹，不小心被它溜走了，之后我苦等了六个月，老天有眼，今天早晨秋雨涨水，估计是淹了它的洞穴，这才总算出来了，被我候个正着，说来真是天意，不早不晚，正好赶上了今天的这个拍卖大会。"

胖子李笑笑，和善地问道："对了，兄弟，我能再问一句吗？你这只蟹的另外一支螯咋断掉了，太可惜了，瞧这茬口，那只螯应该刚断掉不久吧，不会是你抓的时候不小心给碰掉了？"

一句话问得瘦汉子脸色陡然变了，甚至还掠过一丝惊恐，他连忙说"老板眼力真是独到，不瞒您说，我早晨逮到的时候也感到奇怪，好端端的咋少了一只螯，按理说，这个头的蟹，就是和其他螃蟹掐架，也不至于断螯啊，再说现在也不是蜕壳的时候，蟹螯硬得很啊！"

胖子李说"这么说，你也不知道蟹螯为什么断的了？"

瘦汉子连忙摇头："瞧您说的，要是我知道怎么断的，再不济，我也把那只断掉的蟹螯给带过来啊！"

胖子李一想也是，就没再多问，接着，两人闲聊了一番，胖子李得知这位蟹农名叫吴军，家住江东，手里养了几亩蟹，也在江里下蟹笼，这只蟹就是他今早在江边抓住的。

不大一会，胖子李手下的人把现金取了回来，胖子李把八沓人民币递到了瘦汉子手中，瘦汉子按捺不住心中的喜悦，哆嗦着手把钱接过来，然后赶紧把钱放进装螃蟹的黑塑料袋里，紧紧地裹好，然后缠在手臂上，死死地抱在怀里。这时，主持人早把两块写着"年度蟹王"的鎏金匾，送到了胖子李和瘦汉子手中，"蟹王"交易就此完毕，瘦汉子一只手夹着那块匾，一只手把钱袋抱在怀里，低着头，急匆匆地走了……

3. 蟹王离奇失踪

胖子李连续三年拍得蟹王，名声大振，加之今年更是花天价拍到了一只野生独螯蟹王，一时间他的临湖酒店日日爆满，胖子李开心得合不拢嘴。

为了方便食客观赏，胖子李让人搬来了一个精美的大玻璃缸，插了两根输氧管，单独养着那只蟹王，市民闻讯，争相前来目睹蟹王，吃不到至少得过过眼瘾，就连市晚报都派人来做了个报道，结果，市里男女老少十有六七都听说了独螯蟹王这件事儿。

八万块钱买了只螃蟹，胖子李自然很重视这只蟹的安全，话说回来，这样的一只蟹，搁在谁手里头，谁不重视啊，这哪里是螃蟹，简直就是块金疙瘩、银疙瘩啊!

每天，大玻璃缸都擦得一尘不染，双氧气管；直接从江里拉来的原生态河水，一日一换；里面再放些从江里捞出的鲜嫩水草。甚至就是连防盗这事，胖子李都想到了，每天晚上，他还特意安排一名员工睡在酒店大厅当中，陪蟹一起睡。

这天晚上，胖子李在看市里的晚间新闻，一件与他不相关的事，却引起了他的注意，新闻报道的是一起私人轮渡超载沉船的事，当场死了六个，失踪了两个，负责捞尸体的打捞队在江底打捞失踪的那两个人时，居然不可思议地捞出了三具尸体，也就是说，神奇般地多出了一具尸体，后来一经辨认，其中一具已经发白发胀，死了好几天了，应该不是此次沉船造成的溺亡，而最为奇怪的是这人手中紧紧攥着一个蟹螯，蟹螯个头很大。

胖子李躺在床上，看到这则新闻，不由一愣，不知怎么的，他马上想到了自己买的那只蟹王，回想起当时在拍卖现场那个瘦汉子的表情，慌里慌张的，难道这里面有什么不可告人的秘密不成?

可就在听到这个消息的第二天，一件让人意想不到的事情突然发生了：这天早晨，天上又下起了绵绵秋雨，胖子李还在熟睡当中，就被一个电话给吵醒了，他接起来一听，是饭店里的员工打来的，胖子李顿时气不打一处来，恶狠狠地骂道：“废物，混蛋，有什么断头的大事，这么早给我打电话，天塌了，还是地陷了？”

饭店里的那个员工，哆哆嗦嗦地说：“老板，你赶紧过来……咱们店里的那只蟹王突然不见了。”

胖子李一听，立即开车来到了酒店，进了店门一看，只见满地都是螃蟹，店里负责买菜的李师傅和那名负责看守蟹王的店员正撅着屁股，满地抓螃蟹呢，李师傅见了胖子李，说了事情的经过：今天清晨，李师傅开着三轮，买菜回到饭店，在饭店的门口，他突然发现了一只螃蟹，那只螃蟹见了李师傅，迅速爬到路边的绿化带里，逃得无影无踪。李师傅犯疑了：这高楼大厦的，螃蟹是打哪里爬出来的啊？可等他打开饭店大门后，立刻被眼前的一幕惊呆了——整个饭店大厅里全是螃蟹，李师傅吓了一大跳，要知道，酒店平时晚上存蟹不多，通常不会超过十只，可眼前足足有几百只，这些蟹是从哪里来的啊？

李师傅赶紧把门关上，赶紧叫醒在大厅里酣睡的那名值夜店员，那店员迷糊着睁开眼，一见这情形也傻了，他下意识地跳起来，光着脚丫子来到盛蟹王的那个玻璃缸前，一看，傻了，玻璃缸里多了几十只蟹，偏偏那只独螯大蟹不见了！

店员吓坏了，赶紧给胖子李打电话。

胖子李听完了，眼睛睁得大大的，嘴里不停地念叨着："天意啊！"

胖子李对两人说，他早就听说野生蟹王有灵性，这次拍到的独螯蟹王，一直安安静静地卧在玻璃缸中，不闹不爬，很不寻常。现在蟹王失踪了，失踪的同时，却多了几百只螃蟹，瞧眼前这架势，他推测，大厅里的这些螃蟹，跟蟹王失踪有很大关系，如果没猜错的话，这些蟹可能是来救蟹王的，而玻璃缸里的那些蟹，正是负责"叠罗汉"、把蟹王送出玻璃缸的"敢死队"！

胖子李叹了口气说："看来蟹王就是蟹王啊，算了，咱们再仔细找找犄角旮旯，找不到就算了吧。"

几个人忙着把酒店的各个角落找了一遍，可什么也没找到。

4.独螯蟹王再现

蟹王离奇失踪这事儿很快就传了出去，一时间，临湖酒家名声更是不得了，许多食客互相之间口耳相传，说那只蟹王是有灵性的，蟹王逃走了，却叫来几百只螃蟹来弥补胖子李的损失，这东西简直是灵性透了！

如此一来，胖子李的生意非但没受到影响，反而更加火爆，胖子李心中感慨万千，接受了好几家媒体的采访，嘴里念叨得最多的就是那句"天意"。可是，让大家始料未及的是，围绕这只蟹王的事，远远没有就此结束，就在蟹王失踪后没几天，胖子李突然死了，而且死得十分离奇！

这几年，胖子李的生意越做越好，特别是临湖酒店门庭若市，挣了钱，胖子李就在市区繁华地段，靠南山边的地方买了套别墅，别墅本来有个后花园，他叫人改造成一片小池塘，周围围上了个半高的水泥墙，里面养了些鱼和龟，闲着的时候，胖子李喜欢到水池边摆弄摆弄。

可不知怎么的，胖子李平时大方阔绰，却把那片水池当成了禁地，连家里人都轻易不允许靠近，更不要说那些雇来搞清洁卫生的人了。平日里，就连换水这样的苦力活，都由胖子李亲自来干，他从来不让人代劳，可谁能想到，胖子李最后死就死在这个水池边。

尸体是胖子李的老婆张霞最先发现的，这天早晨六点多，张霞一觉醒来后，发现胖子李没在身边，她觉得有些蹊跷，起身一看，卧室的门是开的，她赶紧走出卧室，发现客厅的门也没关，张霞觉得有些不对劲，四下里看了看，没发现什么特别的地方，最后她来到客厅的后窗，朝后院看看，这一看不打紧，立刻看见胖子李穿着睡衣趴在水池边。

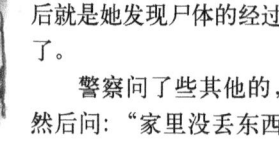

张霞不由一愣，赶紧来到水池跟前，用手一拉一扯，立刻吓得魂飞魄散，原来胖子李身体早已僵硬，整个人趴在水里，张霞在拉扯他的时候，瞧见大半个鼻子被什么东西咬掉了，肥胖的脸上血肉模糊，眼睛睁得大大的，嘴巴干张着。

张霞吓得双腿都软了，她边哭边爬，爬回房间，颤抖着手拨了个电话，报了警。

警察匆忙赶来，展开了调查，张霞哭着向警察介绍了一些蛛丝马迹……

在这之前的那个晚上，胖子李跟往常没什么区别，睡觉前还喝了半杯葡萄酒，颇有兴致地看了部外国电影，十一点多钟，上床睡觉，睡到半夜，胖子李突然揭被起来，因为动作很大，所以把张霞也惊醒了。迷糊中，张霞瞧见胖子李拉开窗帘，站在卧室后窗往外看了一会，接着连衣服都没披，就推门出去。当时，张霞困得要命，没当回事，以为他是去卫生间，接着就睡了过去，可没想到，天都亮了，还不见胖子李回来睡觉，张霞这才觉得有些不对头，之后就是她发现尸体的经过了。

警察问了些其他的，然后问："家里没丢东西

吧？”

张霞神情有些慌张，下意识地摇了摇头：“没丢，家里门是开着的，但东西没少。”

警察发现张霞有些吞吞吐吐，觉得有些不对劲，一个警察追问了一句：“真的没丢吗？丢了就丢了，这可能关系到整个案件的侦破进展。”

张霞一听，低下头，像犯了错误一样说：“丢了一样东西。”

警察赶紧追问：“丢了什么？”

张霞小声说：“就是前不久那只拍到后又失踪了的独螯蟹王……”

听到张霞这句话，办案的警察感到十分惊奇，他们早听说过胖子李天价买蟹王，之后又离奇失踪的事儿，有警察问道：“这么说，蟹王失踪的事儿是假的了？”

张霞边哭边点头：“是的，我丈夫对外说那蟹失踪了，其实没丢，只是把蟹王放在后院养了起来，可昨天晚上，那只螃蟹却真的不见了！”

5. 另外一只蟹螯

办案的警察无论如何也没想到，这只蟹根本就没丢，只是被它的主人胖子李私自藏到了自家后院养了起来，可这么贵的一只蟹王，胖子李为何把它藏起来呢？这不是失去了蟹王的招牌作用吗？当务之急，是查案子，根据张霞的说法，警察推测：有人发现了这只被胖子李藏起来的独螯蟹王，半夜潜入李家后院，想从水池里偷走，结果被胖子李发现了，于是来人杀人灭口，把蟹王盗走。

有了独螯蟹王这条线索，公安局顺藤摸瓜，展开调查，没费多少周折，案子就破了，胖子李的死果然跟这只独螯蟹王有关，杀死他的是临湖酒店那个负责夜里看守蟹王的员工，而这一切，又跟胖子李制造蟹王离奇失踪有着直接的关联。

独螯蟹王离奇失踪的内幕，除了胖子李和老婆知道外，这名员工也是知情者，原来这一切只是胖子李设的一个局，而胖子李在设这个迷局的时候，需要这名员工的配合，当时，胖子李偷偷塞了五百块钱给这名员工。

为什么要把蟹王偷偷藏起来呢？

这几年，不间歇的蟹王大赛，让很多酒店疲于应付，参加竞拍吧，花高价买个蟹王很不值；不参加吧，说明你这饭店没实力，胖子李很聪明，他十分清楚花大价钱买只螃蟹是很不明智的，可为了树立饭店的口碑，他又不得不参与其中。

万般无奈之下，胖子李冥思苦想，最后想出了一招：他首先花不太高的价钱买了几只大蟹，有公有母，买来的虽不是当年的蟹王，却也只比蟹王轻个几十克。买回来后，他把这些蟹偷偷放在自家水池里养上一年，然后在次年的蟹王大赛里弄了个“卧底”蟹农，由这位蟹农出面卖蟹，他花高价买蟹，就这么上演了一出自卖自买的好戏，果然，在前年和去年的大赛上，胖子李一鸣惊人，顺风顺水地用天价“拍”回了当年的蟹王和蟹后。

现在这个社会，一切都可以和炒作挂起钩来，拍回了蟹王蟹后，胖子李的饭店着实火了一把，知名度大大提高，许多人来饭店吃饭就冲着“蟹王”这俩字来的。胖子李尝到了“蟹王”的甜头，所以故伎重演，在他的精心饲养下，去年“拍”下来的两只大蟹又长了个，公的长到了502克，母的长到了381克，这样的重量，在市面上已经十分少见了。于是，今年的拍卖大会一开始，胖子李就信心满满，而且还十分自信地伸出五个指头，说自己猜测今年的蟹王重500克左右，千安排，万安排，胖子李的计划最终还是没能实现，这一切都因为那只半路杀出来的独螯蟹王。说实话，胖子李无论如何也没想到，一只独螯的蟹能重达601克，他活了四十多岁，这是闻所未闻的啊!

眼见自己的计划破产了，可胖子李是个有野心的老板，这么大的野生蟹，实在罕见，就是花上一大笔钱，也要拍回去，此外，他愿意花钱买这只蟹，还有另外一个重要原因：前不久，胖子李从一个当官的朋友那里听说，明年秋天，市政府准备举办首届金秋螃蟹节，其中一项重头戏就是评出年度蟹王，由市政府出面对养蟹王的蟹农和拍到蟹王的人进行奖励，以此鼓励当地养蟹产业的发展。

胖子李是何等聪明的人物，他深知这是宣传自己的绝好机会啊，所以，他决定把这只独螯蟹王先搞到手，然后像以前一样，偷偷弄到自家院后的水池养起来，而且他很清楚，螃蟹这种东西，蟹螯掉了、爪子掉了都没关系，只要精心饲养，次年蜕壳的时候还会长出新的来，如此一来，更没人能看出其中的猫腻了，那明年的蟹王顺理成章地依然是他胖子李，到时他的酒店就会引起市政府的关注，说不定还会弄到一笔可观的投资……

成功拍到蟹王后，让胖子李没想到的是，慕名来看独螯蟹王的食客太多了，想把蟹王转移走并非易事，可在那种嘈杂的环境下，蟹王肯定活不太长，尤其是当他看到那则电视新闻后更是隐隐觉得不安，江中淹死的那个人手里攥着个大蟹螯，怎么回事呀？像狐狸一样的他，嗅出一些不对劲，胖子李计上心来，赶紧自导自演了一出蟹王离奇失踪的好戏，他让那个店员私下弄来一百斤蟹，等夜里酒店打烊后，全部放到酒店大厅里，造成“群蟹营救蟹王”的假象，利用人们的好奇心，大肆宣扬蟹王的灵性……

这一切都进行得非常顺利，这一切也都尽在胖子李的掌控之中，蟹王连夜被转移到胖子李别墅后面的水池里，而这件事只有胖子李和那名员工知道，可偏偏这名员工好赌，一天夜里，他和几个朋友打牌，输个精光，不由心动，打起了那只螃蟹的主意，八万块钱哪，他想自己只要能把这只螃蟹偷走，托人拿到邻近城市去卖，也会卖个大价钱。即使胖子李发现蟹王丢了，也是哑巴吃黄连，无话可说，毕竟他早就造成了“蟹王失踪”的假象啦！

谁知这名员工偷偷翻墙来到水池边，准备偷蟹时，惊动了胖子李。胖子李认出了来偷螃蟹的人是酒店员工，这个员工最后铤而走险，用随身带的钢管，在水池边把胖子李打晕，然后再活活把他掐死，之后把那只养在水池边蟹笼里的蟹王偷走，连夜坐车逃到了邻近的城市。

胖子李的案子破了后，那只独螯螃蟹跟着被追了回来，公安局把这只天价蟹送还给了张霞。

蟹王失而复得，张霞看着这个不祥之物，泪不停地往外流，悲痛之余，张霞想通了，胖子李就是因为这只蟹王才死的，她要把这只蟹王放生，把这个不祥之物，重新放回江里。

想到这里，张霞赶紧收拾一番，然后把蟹王放在笼子里，开车到了江边，来到江边，张霞看着滚滚而流的江水，又看了看笼子里的蟹王，不由泪流满面，就在她刚要伸手取出螃蟹的时候，手机响了，张霞一接听，电话那头的声音十分焦急：“张女士吗，你现在在哪里，那只蟹王还在吗？”

张霞一愣，反问道：“你是谁啊？”

那边连忙说：“我们是南城公安分局的，请你告诉我们，那只螃蟹在哪里，事关重大，请一定要如实相告。”

张霞一听，连忙说：“就在我手边，我在江边上，正准备把这只螃蟹放生呢，请问有什么不对的吗？”

那边连忙说“千万不能放，这只

螃蟹与另外一起命案有关，你在哪里，我们马上就到！”

6. 蟹王重返江水

按照电话里的约定，在江边一个码头，警察开车找到了张霞，张霞拎着蟹笼和两个警察一起走进了不远处的一家江边茶馆，在茶馆里，一个自称叫小陈的警察从公文包里取出一个塑料袋，从塑料袋里取出了一个软布包，当着张霞的面，一层一层把布包打开，张霞惊讶地发现，布包里面居然包着一只肥大的蟹螯，不过这只蟹螯有些时日了，已经有些腥臭味了。

张霞疑惑地看了看小陈，不解地问：“怎么是只螃蟹钳子？”

小陈说“张女士，我们怀疑眼前的这只蟹螯正是蟹王缺少的那只。”

天下还有这样的奇事，螃蟹断了一只螯，警察还能给找回来，可听警察说跟一起命案有关，张霞不敢怠慢，小心翼翼地从蟹笼中取出那只蟹王，放在警察面前。

几经折腾，蟹王疲惫不堪，它趴在桌子上一动不动。警察戴上手套，拿着那只断螯，仔细比对了一番，没错，蟹王缺少的是只左螯，而眼下这只断螯也是左螯；再看看螯上的毛，同是金黄色，毛质极为相似；再仔细对照断口，断裂的茬口完全吻合，毋庸置疑，这只断螯正是独螯蟹王缺少的那只！

警察当即掏出电话，说了一句：“证据确凿，可以实施抓捕了。”

这时，警察才对张霞说起了另外一起命案：杀人者正是那天半路闯进拍卖大厅卖蟹的瘦汉子吴军，杀人动机就是为了获得这只极其罕见的蟹王。

半年前的一个傍晚，吴军在江边无意中发现了这只蟹王，可那蟹很快逃走了。当时他就惊呆了，从小在江边长大的他，从未见过这么大的蟹，从那天以后，吴军就像着了魔一样，不管风雨霜冻，见天就要扛着一堆蟹笼，到发现蟹王的地方去下笼子，希望能抓到这只罕见的大蟹，可半年过去了，那只蟹王始终没再露面。

吴军有个邻居叫“建设”，就在蟹王大赛的前一天，建设也弄了些笼子，把这些笼子下到了吴军发现蟹王的地方。吴军一见，心里有些担心，可又不能阻止建设下蟹笼子，转念一想，不会那么巧吧，我半年没抓到，他来了一天就抓到了？可现实就这么残酷，到了第二天，他和建设一起去取蟹笼子，吴军怀着最后的希望，拎起一个又一个的蟹笼，可三十几个蟹笼只抓了十几只蟹，仅有一个超过三两的，其他都是些小蟹。吴军灰心极了，就在这时，他听见不远处的建设高声喊了起来：“老天爷保佑啊，让我逮了个大家伙！”

吴军一听，腿当即就软了，血跟着沸腾了，嫉妒得眼里都要喷出血来了，他连忙跑过去看，这一看，就呆了，在建设手中的蟹笼里装了一只大蟹，正是他半年前看到的那一只！吴军顿时一股热血涌上心头，接着心中充满了无限的嫉妒：“我等它等了半年，可为啥我没抓到这么大的蟹啊？凭什么建设来到这里一晚上就能抓到？这蟹要是参加蟹王拍卖，能卖好几万啊！”

想到这里，嫉妒和财欲已经完全控制住了吴军，他四下里看了看，空无一人，江面又是灰蒙蒙一片，冷冷的秋雨中，趁着建设手忙脚乱从蟹笼里取那只蟹的时机，吴军偷偷拿起一块石头，朝建设后脑勺砸去，建设应声倒地，手却死死捏着那只螃蟹，吴军赶紧把螃蟹从建设手中扯过来，不巧的是，一只蟹螯被建设死死攥住，生生被吴军给扯断了。

吴军不敢耽搁，连忙把建设的旧衣服扎紧，胡乱朝衣服裤子里塞了几块石头，把尸体沉入江中，然后连家也没回，直接乘船过江，冒雨来到了蟹王的拍卖现场……

几天后，在打捞沉船尸体的时候，建设的尸体误打误撞地被人捞了上来，怎么会多了一具尸体？于是疑情毕露，尤其是建设左手紧紧攥着的那只蟹螯，似乎是在无声地讲述着真相，在铁证面前，吴军对犯罪事实供认不讳……

听到这里，张霞不禁悲痛万分，心想：“一只蟹王，惹出了胖子李、店员、吴军、建设四条人命，一出芸芸众生炒作的闹剧，付出的代价却是如此惨重！”

警察告诉张霞，按照法律，这只蟹王应该归建设的家人，他现在还有个七岁的孩子。张霞连忙点头，表示要亲自把蟹送给建设的家人。于是，张霞开着车，带着那只螃蟹还有两位警察，直奔江边的渔村而去，到了建设家里，见他家的门紧锁着，一问走过的村人才知道，建设唯一的亲人——他的小儿子此刻正在吴军家。三

人一听，不由呆了，这孩子居然在杀父仇人的家中，这是怎么一回事呢？

三人问清了路，来到了吴军家里，一看，院子是土墙，倒了几段，院子西南角，养了只猪，满院猪骚味，几人顿时被眼前破落的样子震撼了。

吴军的妻子见来了警察，不解地问：“怎么，吴军不是被你们抓走了吗，咋又来了？”

张霞赶紧说：“大姐，我们是来找建设的儿子的，想把这只螃蟹还给他。”

吴军妻子一听，脸上立刻泛出了悲伤的神情，她对着里屋喊道：“毛毛，你出来。”

紧接着，里面走出了两个孩子，吴军的妻子指着一个矮个子说：“这孩子就是建设家的，叫毛毛，另外一个是我家的。”

张霞不解地问：“可他怎么会在你们家呢？”

吴军妻子说：“犯了法，杀了人，偿命是不够的，吴军他反复叮嘱我，毛毛这孩子从小没了娘，现在没了爹，我们要把他养大，从他没了爹的那天起，毛毛就在我们家了，一切都是我们的错，哎，好端端的两个家，被一只螃蟹弄成这样。”说到这里，吴军的妻子擦了擦泪，然后转头问毛毛：“毛毛，这人是来给你送螃蟹的，你要不要啊？”

毛毛一听，小眼睛立刻红了，接着“哇哇”哭了起来，他一闪身躲到吴军的妻子身后，用力摇着脑袋说：“螃蟹不好，螃蟹是坏蛋。”然后又跑到另外一个孩子身边，两个孩子手拉手跑进了屋。

吴军的妻子苦笑道：“孩子虽小，但心里明白得很，我们不要这只蟹，你们爱怎么办就怎么办吧。”说着，她拎着身边的桶去喂猪了。

张霞看着手中的螃蟹，不知怎么办才好，最后，她拎着那只螃蟹出了吴军家的院门，来到了江边，掏出螃蟹，轻轻地把它放在水边。

螃蟹吐了两个泡，爪子慢慢舒展开，慢慢往江里爬去，悄悄潜入江水深处，蟹王就这么又重新回到了长江……

（**题图、插图**：杨宏富）

您手中有没有得意之作？本刊辟有二十多个原创性栏目，如中国新传说、我的故事、情感故事、东方夜谈、幽默世界、16岁故事、海外故事和中篇故事等；您读到或听到什么有趣事可以和大家一起分享吗？3分钟典藏故事、第一推荐、外国文学故事鉴赏和快乐辞典等都是本刊推荐性栏目。热忱欢迎来稿，可从邮局寄发，也可从网上传递。邮寄地址：上海绍兴路74号《故事会》杂志社，邮编：200020；如为电子邮件，本期责任编辑信箱：chin_poet@163.com。

血玫瑰

女朋友过生日，男孩的一个朋友正好开了家花店，平时生意不好，男孩当然要照顾一下了，于是他打电话预定了99朵红玫瑰。

男孩来到花店，拿上花就走。到了女朋友的家门口，他才发现这些玫瑰中有二十多朵色泽暗淡，一看就知道放的时间太长了，他当时就傻了眼。

女朋友见男孩来了，兴奋地喊他，男孩不得不硬着头皮、捧着花束走了进去，就在这个时候，屋里的人一片惊呼，因为他们看到男孩手中的玫瑰花每一朵美艳得让人窒息，连花瓣上的水珠都红如宝石！

晚会很晚才散，男孩感到一阵眩晕，赶紧来到医院。医生检查后说：“先生，你失血过多，需要输血。”

男孩输了两千毫升的血后，身上的不适才消除。原来，男孩一心要给女朋友一个惊喜，心念一起，体内的血就神奇地输入枯萎的玫瑰。

很久以后，男孩遇见了那个开花店的朋友，朋友问男孩怎么许久都不照顾他的生意，男孩说：“用血的代价维持友谊，成本实在太高了。”

（**作者**：李大勇）

叛徒

地下党员栓子和妻子带着一封绝密文件，准备送到丘庄党支部。

这天晚上，疲惫不堪的他们躲在山洞过夜。迷迷糊糊中，栓子听到外面有“窸窸窣窣”的声音，走到洞口，借着月光看去，原来是伪军追了上来。栓子心中一怔，他很清楚：这条小路除了他，根本不会有旁人知道，想到这里，他回头看了一眼妻子，紧急中，他从鞋底夹层中抽出一张纸条烧了。

伪军很快追到了跟前，伪军班长“嘿嘿”一笑，对栓子说：“快把密件交出来！”“你这个叛徒！”栓子回身就是一枪，妻子面露惊恐地应声倒下。

又一声枪响，这一枪是伪军班长打的，栓子手腕流出鲜血，枪掉了下来，伪军班长奸笑道：“晚了，你要是不交出来，我要让你知道生不如死的滋味！”

只听得伪军班长背后的队伍中传来一声枪响，栓子应声倒地，他终于可以不必忍受残酷的折磨而安然离开这个世界了，伪军班长气急败坏地回过头来，对着队伍喊道：“是哪个叛徒，老子要枪毙了你！”

一个低低的声音从队伍中传出：“对于民族，我们都是叛徒！”

月色无声，大地一片寂静……

（作者：黎怀云）

上帝给你比例尺

三个人共同经历了一场大难，可谓九死一生，这感动了上帝，于是上帝给了他们每人一张标着金矿的图纸和一把比例尺。

第一个人一生畅达，道路平坦，他说：“上帝一直眷顾于我。”他面对比例尺，选择了1：100，果然，他在100公里处的大山腹地找到了金矿。

第二个人一生坎坷，受难无数，但信念始终不变，他说：“上帝又在考验我的意志和坚韧了。”他毫不犹豫地选择了1：1000，果然，他在1000公里处的小溪旁找到了金矿。

第三个人的人生路途迷幻莫测，有时想得到的却遥不可及，有时无意中又拥有了意想不到的成功，他说：“让老天告诉我金矿到底有多远吧！”说完，他把比例尺扔向了天空，比例尺落下的地方是1：300，果然，他在300公里处的森林里找到了金矿。

上帝叹息说：“用任何比例刻度量到的地方都是有金矿的。”

（作者：李大勇）

送来一首歌

西行途中，菩萨给唐僧的团队送来一首歌《敢问路在何方》。菩萨说：“这歌在民间非常流行，我看作为你们的队歌是非常不错的。”

唐僧团队的四人听完歌后，唐僧表情严峻，对菩萨的提议不说赞同也不提反对意见。

菩萨走后，悟空说：“‘你挑着担，我牵着马’，怎么就没把师傅的个人形象特征描述出来？这很容易让人误读为取经的主人公是我们师兄弟。”

八戒接口说：“另外，也容易造成群众的误解，好像师傅高高在上，辛劳的只是几个弟子，有损师傅形象。”

沙僧把扁担一放，说：“师傅，我建议还是恢复以前的队歌为好。”

三人说完，唐僧脸色立马转晴，微笑道：“我就起个头，唱我们以前的队歌。”

“不要问我从哪里来，我的故乡在远方，为什么流浪，流浪远方，流浪……”

（作者：马　岱）

（本栏插图：包丰一）

找出那个爱你的人

□一　冰

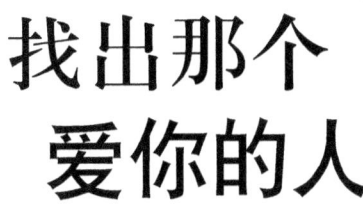

有三个年轻人都在追求一个富翁的女儿，三个人都很优秀，女孩都很喜欢，所以没办法选择，就把这事告诉了父亲。富翁“哈哈”一笑，说：“这事简单，明天我们去郊外钓鱼，我帮你选。”

女孩从小就喜欢吃鱼，为了让女儿吃到原汁原味无污染的鱼，富翁就常常亲自去江边钓，钓鱼时间长了，就很有些心得，还总结出了一些利用钓鱼识人的招数。女孩很高兴，就通知了那三个追求者，让他们明天一起去郊外的江边钓鱼。

次日上午，富翁父女和三个年轻人到了江边。大家介绍认识后，甲生就跃跃欲试，他早听说女孩喜欢吃鱼，富翁喜欢钓鱼，于是特地潜心钻研过一段时间，一听说今天钓鱼，就知道是富翁在“面试”，当然不能大意了。

乙生也不甘示弱，他从车后备箱拿出一套高级钓具，这是他专门托人从国外买的，显然他也知道女孩父女的喜好，也是早有准备了。

只有丙生看了看女孩，又看了看天，看了看四周，他对富翁和女孩说“我提个建议，我们今天不钓鱼好不好？那里有座山，我们去爬山吧。”

甲生和乙生都不同意：“不是说好了钓鱼的吗？爬什么山呢？”他们心想，一定是丙生不知道女孩父女的喜好，没有做好钓鱼的准备，而他的强项是爬山，所以想扬长避短，拿自己的强项来跟他们比。

没想到富翁点了点头，微笑着

说“是啊，我也忽然想爬山了。”

富翁这么说，甲生和乙生自然不敢反对了，女孩也听父亲的，大家就一起去爬山。

丙生爬山果然是强项，他一马当先，爬了起来。甲生和乙生也不愿落后，不但爬山，同时还找别的办法表现自己：甲生口才好，妙语连珠，幽默风趣，常常逗得女孩开心得“咯咯”直笑；乙生会写些诗歌散文，常以诗人、作家自居，擅长营造浪漫氛围，他在山上摘了好多花草，把花献给女孩，用草编成帽子戴在女孩头上；丙生什么也不做，只是闷声不响地一个人在前面走。

爬完山，半天就过去了，大家去找了家餐馆吃饭。饭后，甲生和乙生斗志不减，说还要去钓鱼，丙生说：“爬山很累，今天就不钓鱼了，还是回去休息吧。”

富翁听了，看了看丙生，又问女儿的意见，女孩也要去钓鱼，她还没玩够，刚爬完山，兴致正高；富翁转身又问甲生和乙生的意见，他们异口同声说要陪女孩钓鱼。

听了各人的意见后，富翁已经成竹在胸，他最终同意了丙生的意见，对大家说他有些累了，要回家休息，女孩只得跟随父亲回家。在车上，富翁问女儿：“现在你知道该选择谁了吗？”

“我还是选不出来，我看他们都挺好的。”女孩无奈地摇了摇头，又问父亲：“您看谁最合适？”

富翁毫不犹豫地回答：“我看丙生最好。”

女孩十分诧异，问：“为什么是他？”

富翁指了指女孩的衣服，说：“你看看自己今天穿的衣服。”

女孩看了看衣服，她今天的衣服很简单，也很时尚，上身穿了一件露颈低胸的紧身吊带衫，下身是一条牛仔短裤，光着腿，脚上一双靴子，都是名牌。她说：“我的衣服怎么了？我一直都这样穿啊！”

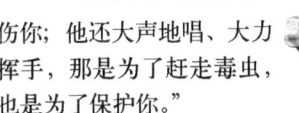

富翁微笑着说：“你这衣服本身没有问题，在平时穿也没有什么不妥，问题是今天的天气——夏天虽然到了，但今天是阴天，温度不高，郊外的温度还要低一些，江边就更凉了，你这衣服根本不行，只要呆上十分钟，肯定会感冒。早上起来，我看你穿着这衣服，就知道今天是不能去钓鱼了。”

女孩“嗯”了一声，说：“是的，一下车我就感到冷了。”

富翁说：“早上我原本想提醒你，想了想，没说，我想看看那三个小子有什么反应。”

女孩想了想，说“可他们都没有对我的穿着有什么反应啊！”

“不，有一个人有反应！”富翁说，“我一直在想，这事该怎么办？你想想，夏天大家穿得少，这三个人都是衬衣领带，就是想把衣服给你穿都不行；还有，那是郊外，连买衣服的地方都没有，我一下车就觉得，应该马上回家才行，而甲生和乙生那两个小子却还要钓鱼，真是没眼睛、没脑子，只有丙生，那小子太厉害了，居然想到去爬山！”

女孩问：“爸爸，您说他建议去爬山是因为我？”

“当然！”富翁说，“他提议去爬山，就是怕你冷；他在前面走，实际上是为我们开路——我观察到，他沿路把那些石头和荆棘都除去了，怕弄伤你；他还大声地唱、大力挥手，那是为了赶走毒虫，也是为了保护你。”

女孩又问：“那么，爬完山后，他说要回家而不去钓鱼，也是为了我？”

富翁笑了：“也不单是为你，他为的是大家，你想，爬完山后大家都出了汗，再静静地坐下来钓鱼，肯定会着凉。他关心你，也关心大家，这种人才是你最值得爱的。我不是说甲生和乙生不好，他们也知道你喜欢吃鱼，知道讨你所好，但他们没有真正关心你这个人，他们爱的只是你身外的东西，也许是你的容貌，也许是你的财富，也许是你的才学——至少他们还不懂得怎么去爱你这个人。”

女孩若有所思地点点头。

富翁又说“孩子，你得找出那个真正爱你的人，只有随时随地、点点滴滴为你着想的人，才是真正爱你的人。”

女孩的眼泪流了出来，她发现，突然之间，自己仿佛又长大了许多……

（**题图**、**插图**：安玉民　梁　丽）

红版编辑部各编辑邮箱：

姚自豪：yaobianji@126.com;
郑继文：zjw002@vip.163.com;
吕　佳：lujia411@yahoo.com.cn;
叶小萌：xiaomeng.ye@gmail.com;
李天然：chin_poet@163.com。

别把蜡烛熄灭

父亲有一个非常可爱的小女儿，对她无比珍爱。不幸的是，女儿得了绝症，父亲想尽办法，也没法挽救她的生命。女儿死后，父亲整日把自己关在屋里，神情木然，默默流泪。

有一天晚上，父亲做了一个梦，梦见自己来到了天堂，那里有一大群小天使正在聚会，每个小天使手里都拿着一支点燃的蜡烛，只有一个小天使手里的蜡烛没有点燃。他定睛细看，发现那个天使正是自己的小女儿，他跑上前去，把女儿拥入怀中，轻声问道：“亲爱的孩子，你的蜡烛为什么没有点燃呢？”女儿说：“爸爸，我经常把蜡烛重新点燃，但是您的眼泪，始终会把它浇灭。”

女儿说完，父亲从梦中醒了过来，他想了很久，终于豁然开朗，于是他拉开窗帘，打开门，像过去一样，微笑着同经过门口的邻居打招呼。

因为，父亲不想再让女儿手里的蜡烛熄灭了。

（**编译**：赵荣霞）

不用煤油灯

小镇上住着一位学者。这天晚上，有个外地人来到学者家里借宿，他敲开门，见门边有张大桌子，上面放着一盏很亮的煤油灯，无数飞蛾绕着煤油灯的亮光飞舞。

接着外地人又发现，在房间最里面的角落，还有一张小桌子，桌上点着一根蜡烛，烛光微弱，学者就坐在桌边看书。外地人走过去，疑惑地问“煤油灯这么亮，烛光这么暗，您为什么不用煤油灯，而借烛光看书呢？”学者抬起头，微笑道：“煤油灯是为了飞蛾而设的，远离耀眼的光亮，我才能安静地看书，不受干扰啊！”

外地人这才发现，烛光虽然不太明亮，但周围的确连一只飞蛾都没有。

（**作者**：王溢嘉；**推荐者**：秋　树）

78记耳光和一个小提琴家

一个十八岁左右的男孩，在华盛顿地铁站站口拉小提琴卖艺。这时，走来一个巡警，他要求男孩马上离开，男孩辩解了几句，巡警怒不可遏，抬手给了男孩一记响亮的耳光。男孩猝不及防，半边脸顿时肿了起来，他愣了愣，随即再次拉起提琴。巡警无奈地摇头离开，但他警告男孩，只要男孩还敢在这里拉琴，他每天都会给男孩一记耳光。

第二天，巡警见男孩仍在这里拉琴，更加恼怒，又抽了他一记耳光。然而，巡警惊讶地看到，男孩挨了耳光，毫不理会，仍然拉他的琴，就像什么事也没发生一样。

就这样，男孩在地铁站站口待了78天，也挨了78记耳光。

后来，男孩成了著名演奏家，他说，自己的音乐天赋本来很一般，刚挨耳光时，他只想和巡警较劲，谁知渐渐的，脸上的疼痛和内心的屈辱，使他对音乐中的喜怒哀乐有了更深切的体会，最终引领他登堂入室，成为名家。

有时候令人沮丧的遭遇，恰恰是成就自己的一次宝贵机缘。

（**推荐者**：王　勇）

非常算术

张教授随手翻阅9岁孙女的自习本，发现上边记着几条等式：

1+1=1

2+1=1

3+4=1

4+9=1

5+7=1

6+18=1

张教授好生奇怪，琢磨了半天没明白，于是把孙女叫来询问。

孙女一看就笑了：“爷爷，我来告诉您：1里加1里等于1公里，2个月加1个月等于1季度，3天加4天等于1周，4点加9点等于中午1点，5个月加7个月等于1年，6小时加18小时等于1天。”

“啊，可以这样吗？”张教授摸着自己光溜溜的脑袋，哭笑不得，但是仔细想想，确实有道理。

可见，只要调整一下思维，换一个角度看问题，就会获得异乎寻常的答案，甚至使不可能变为可能。

（**作者**：裴重生；**推荐者**：李英栋）

（**本栏插图**：安玉民　梁　丽）

学写作文，从读故事开始

聚焦4号

□王之双

镇上要举办一次妇女游泳比赛，比赛项目有仰泳、蛙泳、蝶泳和潜泳，不过，这次比赛规则打破了体育界的常规，采取农村的土办法，就像戏班唱对台戏，规定时间内，谁的观众多谁就是冠军。

比赛地点就设在镇西的四湖村，这里东湖、西湖、南湖、北湖四湖相连。经过数轮选拔，最后留下1、2、3、4号选手进入决赛。1号赛区为东湖，2号赛区为西湖，3号赛区为南湖，4号赛区为北湖。一人一湖，好让她们各显神通。

决赛这天，四湖村人山人海，热闹非凡。这当儿，1、2、3号选手在弯腰伸背抡胳膊蹬腿，做着准备活动。时间已进入倒计时，1、2、3号选手分别对号入场，可奇怪的是不见4号选手到场，时间一分一秒地过去，裁判不得不发号施令："比赛开始！"

发令枪一响，1、2、3号选手一齐跳入水中，仰泳、蛙泳、蝶泳，一会儿潜入水下，一会儿浮上水面，似鱼打挺，如龙戏水。湖上的群众一会儿跑东湖，一会儿跑西湖，一会儿跑南湖，掌声、喝彩声响成一片。

决赛已经进入高潮，评委们正准备亮分，忽然，只听北湖"扑通"一声，湖面激起一圈圈涟漪，也就在这时，人群中有人高喊："哇，4号连泳衣没穿就跳了！"话音没落，只见人流"哗"的一声，一齐向北湖涌去，把个北湖围得水泄不通，一个个伸长头颈，瞪大眼睛，全等着没穿泳衣的4号浮出水面。

评委一看，这还用比吗？就全部给4号亮了高分。

这时，"时间到！"只见4号选手慢慢浮出了水面，哇，果然没穿泳衣——她穿着平时出门的衣服！

你给我小心点

□江南老道

阿信是个新警察，这天，他开着警车上街巡逻，突然发现前头停着一排豪华婚车，打头的那辆车停在两条车道的中间，来往车辆不得不避让，十分危险。阿信自然不能装作没看到，他停下车，上前提醒，没想到打头车的司机是个满脸横肉的胖大汉，他不耐烦地说：“滚滚滚，凑什么热闹！”

阿信忍住了火气，好声好气地劝道：“交通规则要遵守……”这时，路人也都议论纷纷，一致指责胖大汉，胖大汉只好恶狠狠地哼了一声：“罢罢罢！”他停好了车，狠狠地瞪了阿信一眼，说：“你给我小心点！”

阿信哪会把这威胁当回事？他上了车，继续巡逻。这时，他突然发现后面有什么动静，回头一看，只见刚才那队婚车跟上来了，阿信的车快，婚车也快；阿信的车慢，婚车也慢！阿信很奇怪，不知道这打头的胖大汉打的什么鬼主意。

胖大汉他们跟了好一阵，才一扭车头，一溜车超过去了。胖大汉的车经过时，他还伸出胖脑袋，阴阳怪气地对阿信说：“你给我小心点！”

阿信正想劝告几句，胖大汉的车已绝尘而去……

阿信不以为然，很快就把这事淡忘了。第二天，阿信刚上班，就听到同事们在议论纷纷，大伙儿一看到阿信，全围了过来，指着一张今天的早报，关切地问他：“阿信，你看看，这警车的号码和你昨天开的那辆一样呢，你是不是遭他们算计啦？”

阿信一看，只见报纸的“读者猛料”栏目里，果然有一幅大大的彩照，阿信的警车在前面开，后面跟着一长溜的婚车，标题是：“警车开道——竟有这么牛的婚车？”

苦大仇深

□侯智勇

这天中午，老郝的猪肉摊位前来了个神情忧郁的姑娘，她买了十斤肉，付了钱，问道："师傅，我能用一下你的刀吗？"老郝点点头。姑娘拿起刀，狠狠地朝那块猪肉刺去，一下，两下，越刺越凶！

老郝看得心惊肉跳，赶紧拉住姑娘："闺女啊，你到底是跟谁过不去？是不是被哪个男的甩了，就拿猪肉出气？"那姑娘一把推开老郝："我买的

肉，你管不着！"老郝一想，是这么个理，只好在一旁看热闹。

那姑娘把十斤肉刺了个千疮百孔，还嫌不解气，最后把猪肉扔到地上，狠狠地用脚踩。发泄完了，拍拍手走了，剩下老郝在一旁目瞪口呆。

过了几天，那姑娘又来了，不过，这次她的气色比上次好多了，和颜悦色地向老郝买了五斤肉，付了钱后，老郝小心翼翼地把刀递给她。姑娘接过刀，看了老郝一眼，说了句"理解万岁"，然后又举起刀来，开始蹂躏那块猪肉。老郝一吐舌头，哟，失恋对人的打击真大啊，都一个月了，心里的伤疤还没好，这丫头，可怜呐！

一个月中，女孩来了四五次。

春节前一天，老郝正在摊位上忙得不亦乐乎，无意中一抬头，那姑娘又来了！老郝心里顿时打起鼓来：这丫头要是跟以前一样，再来"秀"一把，还不把那些买肉的吓跑了？正担心着，那姑娘却从衣兜里掏出一份报纸递给老郝，又指点给老郝看一篇文章——《减肥征文一等奖：励志减肥法》，内容是："像痛恨仇敌一样痛恨赘肉！像消灭噩梦一样消灭赘肉！我不得不说的神奇减肥经历……"

姑娘乐呵呵地说："大叔，我体重曾经超标十斤，为此还丢了一份工作，走投无路时，我来到了你的肉摊前，结果不但减肥成功，而且征文得奖，今天是专程道谢来啦……"

最牛饭店

□兔子

早上一上班，小李见一向有说有笑的猴子闷闷不乐的，便问他遇上了啥难事，猴子说，这个周末，是女朋友莉莉的生日，准备带她去饭店浪漫浪漫，可市里大大小小的饭店，这一年里差不多都吃遍了，一个比一个没意思，眼瞅着后天就是周末了，急死了！

小李听罢，笑着说“我倒是有个地方，在市郊，叫‘最牛饭店’，店不大，就俩人，牛哥和牛嫂，很有意思。”

猴子有些兴奋地追问：“怎么有意思法？”

小李说，他第一次去的时候不了解情况，那天晚上不到六点，到了饭店门口，看见墙上用红油漆歪歪扭扭地刷了几个字——“最牛饭店”。店门虚掩着，他推门进去，屋子里黑糊糊的，一个灯也没开。小李借着门外的路灯光，往四周看了看，瞧见牛嫂正盘腿坐在柜台边的板凳上，眯着眼抽烟呢，他怯生生地问：“牛嫂，我吃饭……”哪知道牛嫂正眼儿都没瞧他一下，抬起右手腕子看了看表，粗声粗气地说：“还有十五分钟才开门，出去等着吧！”小李当时就傻了，没办法，只好出来，一看，好家伙，外面蹲着十几位，都是等吃饭的呢，嗨，想不到还有这么牛的老板！

猴子听到这里，半信半疑地问：“真的假的啊？这么横还有这么多人去？你逗我玩吧？”

小李接着说：“我当时也挺纳闷的，老板这个态度咋还有这么多人来呢？过了一会儿，六点到了，我走进饭店，在一个墙角坐下，想点菜，可找了半天也没找见菜单，正纳闷呢，旁边有人神神秘秘地跟我说：‘头一次来？哪有菜单，牛嫂上啥咱吃啥！’你说这老板牛不牛？”

猴子打断了话头，问：“那牛嫂都上了啥好菜？”

小李说：“好菜谈不上，都是些家常菜，不过口味很地道。先是上了道辣子鸡，然后又上了个西红柿鸡蛋汤，最后来了个红烧鲤鱼，这菜看来是道招牌菜，我见旁边桌子上也有这菜，就跟他们说：‘这鱼烧得真不赖啊，多少钱？’旁边的顾客连忙摇头：‘不知道！反正牛嫂也没多算过钱，所以也没人多问！’我心想，没菜单也没报价，客人们都还挺乐意，这饭店真是太有意思了，难怪揽到不少回头客！我觉得这红烧鲤鱼不错，想再要一盘打包带回去，给我奶奶尝尝，就招呼牛嫂说：‘牛嫂，再给来盘红烧鲤鱼，打包带走！’你猜牛嫂说啥？”

猴子瞪着大眼问：“说啥？”

“牛嫂说——‘你都吃了别人吃啥！’说完她老人家扭头就走了。吃罢饭去找牛嫂结账，两菜一汤一共收了不到三十块钱，挺实惠。”

猴子听完，一拍大腿，高兴地说“真有意思，得，就去这家饭店了！这么好玩，莉莉绝对会喜欢！”于是，小李就把饭店的具体位置告诉了猴子。

转眼到了周末，小李吃过午饭，正躺在沙发上看电视，手机响了，一看是猴子，便接听了电话：“喂，猴子，和莉莉吃得咋样？这最牛饭店够牛的吧？”

电话里响起了猴子带着哭腔的声音：“牛，真他妈的牛！我带着莉莉走了一上午，一路上就给她讲这个饭店如何如何好玩了，结果到饭店一看，人家门口立着个大牌子——双休日休息！你小子可害苦我了……”

（**本栏题图、插图**：顾子易　王　俭）

· **本刊信息传真** ·

阿 P 系列幽默故事征文

阿P系列幽默故事栏目开辟二十多年来，深受读者欢迎。阿P是个有多重性格的喜剧人物，他正直、朴实，却又染有许多不良习气；他自作聪明，却又往往事与愿违，弄巧成拙；面对屡屡受挫的现实，他却能自我解嘲，很有点阿Q的精神姿态，让人啼笑皆非。

为了把这个栏目办得更好，本刊再次面向全社会征稿，希望有更多的人来关注阿P，把您身边的阿P故事写得更精彩，更有现实意义和典型意义。

来稿方法：1. 从邮局寄发，请在信封上注明“阿P故事征文”字样，本刊地址：上海市绍兴路74号《故事会》杂志社，邮编：200020。2. 从网上传递，可寄以下信箱：wulun@vip.sohu.net，请在主题上注明“阿P故事征文”字样。凡已和我刊编辑有联系的作者，稿件可继续投给联系的编辑。

467
2010
SEMIMONTHLY
下半月刊
7月
STORIES
欢迎登录本刊主办“故事中国网”（www.storychina.cn）

故事会
—STORIES—
2010年7月
下半月刊·绿版

社长、主编：何承伟
常务副主编：吴 伦
副主编：姚自豪（上半月·红版）
副主编：夏一鸣（下半月·绿版）
本期责任编辑：杭 帆
电子邮箱：hangfan1102@126.com
绿版发稿编辑：
夏一鸣 朱 虹 邢 悦
刘迎曦(见习) 颜轶超(见习)
美术编辑：李宝强
电脑制作：郭瑾玮
通 联：归依玲
本社办公室电话：021-64375030
上半月刊编辑部电话：021-64332325
下半月刊编辑部电话：021-64336469
（上海市绍兴路74号 邮编：200020）
主管、主办：上海文艺出版（集团）有限公司
出版单位：《故事会》编辑部

发行范围：公开
制作、发行总监：张 凯
电话：021-64313938
广告业务：上海故事会文化传媒有限公司
广告总监：张 淮
广告业务：021-34010383
广告投诉：021-64333738
广告经营许可证
沪工商广字3100320080016号
发行：中国图书进出口上海公司

· 笑话 ·

无奈之举

数学课上，老师突然点一个男生出来回答问题。男生站起来半天不说话，同桌还以为他不会，赶紧小声支援:“答案是‘8’！”结果，那男生沉默了一阵，说“1。”

老师看了两人一眼，表扬男生道:“这位同学是好样的，虽然做错了，但还是坚持自己的答案……”然后，开始讲解此题的做法。

下课后，同桌质问男生“干吗不相信我啊？我都跟你说是‘8’了！”

男生无奈地回答:“我当时满嘴都是饼干，一说‘8’就全喷出来了。”

（蓝昌科）

（本栏插图: 包丰一）

厕所文化

一天，大刘去上公厕。厕所里有三个小间，第二间和第三间前面都排着长队，而第一间前面却是空的。大刘也没多想，就直接进了第一间。

进去后，大刘突然发现墙上有一段小说，看着看着，他竟然被吸引住了，里面写的是哥哥呀妹妹呀之类的，很是热闹。

谁知，大刘看得正投入，小说到了关键时刻却戛然而止，只见下面附了一句话：下一间，待续!

（大　鹏）

冰壶比赛

几个男同事挤在办公室里看冰壶比赛。

看到兴奋处，一个女同事突然推门而入。看到大家围在电视机前手舞足蹈的样子，女同事不屑地撇撇嘴，说道:“真搞不懂你们男人，连个吸尘器广告也看得津津有味！”

（冰　儿）

没看仔细

阿明在报纸上看到一则征婚广告，上面的女孩相貌端庄，仪态大方，他感觉十分满意，便约对方在公园见面。

谁知，一见到本人，女孩的样子却让阿明大失所望，他不禁抱怨对方：“那报纸上的相片根本不是你嘛！”女孩莫名其妙道：“我没有贴过相片啊？”

阿明拿出报纸仔细一查，果然相片下面有一行小字自己漏看了，只见上面写着：本图片与内容无关。

（李　原）

失败的胎教

这天晚餐后，一家人正在看电视。这时，只听一则新闻报道说：“最新研究发现，怀孕的母亲给胎儿听优美的音乐，尤其是古典乐，将有助于胎儿大脑的发育……”

妻子“哼”了一声，对丈夫说：“这都是骗人的！我怀女儿的时候，给她听了足足九个月古典音乐，结果，她的脑袋比一般人还要笨！”

这时，女儿在一边小声嘟囔道：“妈妈，你一定是买了盗版！”

（史志鹏）

便宜的方法

有个中年妇女来到一家整容医院，咨询让自己变年轻的方法。医生告诉她：“全套手术大约需要花八万元，不过手术之后，您将会年轻得像一位花季少女！”

“天啊！”中年妇女惊叫起来，“那也太贵了！有没有更加便宜的方法？”医生想了想，突然灵机一动，说：“有啊！这种方法只需要五千元，而且，也足以让你迷住任何男人！”

“是吗？什么方法？”中年妇女迫不及待地问道。

医生神秘地笑了笑，说道“一个眼部去皱手术，再加……阿拉伯面纱和头巾。”

（杨祖惠）

·笑话·

投诉无门

唐先生因为有急事到银行去取钱，不巧前面有个乞丐在存钱，因为全是元角分的零钱，工作人员花了半个小时也没有清点完毕。情急之下，唐先生只好向银行经理投诉。经理在听完他的叙述后，告诉他乞丐也有存钱的权利，急也没用。他还问唐先生：“你找负责人投诉了吗？”

“找了，他说的更气人！”

“他怎么说？”经理好奇道。

“哎，”唐先生叹了一口气，“他说，‘谁让你们把零钱给乞丐的？’”

（余　娟）

讨　债

一名妇女找牙医配了一副假牙，但她一时拿不出三千美元的手术费，便一直欠着未还。这天，牙医终于等得不耐烦了，决定亲自上门去讨债。

没想到一小时后，牙医却垂头丧气地回到家里。太太忙问他：“怎么样？拿到钱了吗？”

“没有，”牙医满脸愤怒地说道，“更令人气愤的是，这个女人居然敢用我给她装的牙齿对我咬牙切齿！”

（董　行）

现代派作品

迈克是艺术系的学生。这天刚下课，他急急忙忙冲出教室，一不小心竟然把一大瓶胶水碰掉在地上，瓶子摔碎了，碎玻璃、胶水和涂胶用的刷子粘成一团。

迈克心想：也许等胶水干了，打扫起来更容易。于是，他扔下东西就跑开了。

等迈克回来，发现现场那片乱七八糟的东西不见了。他感到很奇怪，就把情况告诉了一位老师。

老师听完，惊奇地大叫起来：“天啊，原来那个东西是这样来的！它被来参观的艺术馆馆长拿去收藏了！”

（张金平）

媳妇与女儿

两个中年妇女在聊天，说着说着，就聊起了自己的儿女。其中一个妇女问："你儿子还好吧？"

"别提了，真是家门不幸！"另一个妇女叹气道，"我儿子真可怜，娶的老婆懒得要命，既不烧饭、扫地，又不洗衣服、带孩子，整天就是睡觉，还要我儿子把早餐端到她床上呢！对了，那你女儿呢，还好吧？"

"她倒嫁了个很不错的丈夫！从来不要她做家务，什么活儿都是一手包办，每天还端早餐到床上去给她吃呢！"

（常宝军）

下课再聊

一个学生上课时偷偷玩手机，正好被在教室外巡视的班主任发现了。于是，班主任掏出手机发了条信息给他："你怎么不认真听课？"

这个学生感到很疑惑，回复道："你是谁呀？"

班主任笑了笑，又发："你看看窗外。"

学生看了一眼窗外，吓出一身冷汗，然后他低下头，飞快地按动手机键盘，写道"你等会儿哦，下课再聊，我们班主任在外面盯着我呢！"

（默 默）

生日愿望

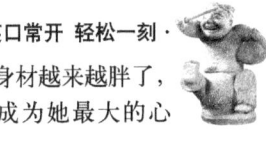

丽丽的身材越来越胖了，减肥成为她最大的心愿。

这天，丽丽过生日，在吹生日蜡烛前，她闭上眼睛，认真地许愿："第一个愿望是，让我以后越来越瘦！"听了她的许愿，旁边的女孩们都笑了。

看着大家不屑的表情，丽丽生气了，她急切地继续说："第二个愿望是，如果我不能尽快地瘦下来……那就让我周围所有的女孩都比我更胖吧！"

（阿 科）

（本栏目欢迎原创笑话或翻译的最新外国笑话。来稿可从邮局寄发，也可从网上传递。如为电子邮件，请发以下信箱：hangfan1102@126.com）

我想上春晚

□黄　胜

最近，机关幼儿园办了个舞蹈班，报名十分火热。听说里面的孩子都是关系户，关系不硬还不给进呢。

这天下班，我到舞蹈班接孙女婷婷的时候，发现婷婷好像情绪不高。往日里，她可都是蹦蹦跳跳，又说又笑的，今天倒好，耷拉着脑袋，半天都不吭一声。我感到奇怪，便问她：“婷婷，今天是不是被老师批评了？”

婷婷摇摇头，小嘴撅得能挂上油壶了。我说：“那为什么不高兴啊？你说出来听听，看爷爷能不能帮你？”一听这话，婷婷眼睛亮了，央求道：“爷爷，我也想上春晚，你能不能去跟老师说说，让我也上春晚吧！”“上春晚？”我饶有兴趣地问，“你跟爷爷仔细说说，到底是怎么回事？”

原来，市电视台要举办春节联欢晚会，让机关幼儿园出一个舞蹈节目。舞蹈班的老师就精心编排了一个叫做《春天来了》的舞蹈，在班里挑选了八名小朋友参与表演，婷婷却没有被选上。

我了解完情况，又问：“是不是你跳得不够好啊？”婷婷眼圈一红，泪水“刷”地流了下来，委屈地说：“不是，是老师偏心眼！我跳得比娇娇好多了，她都被选上了呢。”

“那是为什么呢？”

婷婷不服气地说：“我听小朋友说，娇娇的爸爸请老师吃饭了呢。”

我一听，就有些生气了，心想：家长辛辛苦苦把孩子送来练舞蹈，不就是希望孩子能出头露面吗？现在好不容易有个上镜的机会，自己可一定

要为孙女争取到！于是，我立刻拿出手机打给秘书，问他机关幼儿园园长的电话。秘书听完情况，忙说："黄主任，您别着急！我这就去找园长说说。"我说："不用了。这事是我求人家，还是我亲自打电话给他吧。"

接着，我就拨通了园长的电话，说："是小张吧？我是老黄啊。"张园长明显愣了一下，恭敬地问："是黄主任啊，您好！请问……您有什么指示吗？"我呵呵笑道："求你点小事。听说咱们的舞蹈班要上春晚表演节目，你看，我那小孙女婷婷学舞蹈也这么久了，她也想表现表现，能不能给她个机会呢？"

"应该的，应该的！"张园长诚惶诚恐，连声保证说，"黄主任，实在对不起啊！都怨我工作没做好。您放心，这事包在我身上，一定会让婷婷上的！"我说："那可要谢谢你了！其实，也不必非要独舞、领舞什么的，只要让她站在前排就行。没问题吧？"

"绝对没问题！黄主任，请放心，我这就去安排。"

问题圆满解决了。我满意地放下手机，对婷婷说："好了，老师已经答应让你上春晚了，你可要好好表现啊！"婷婷顿时破涕为笑，欢呼道："太好了，我能上电视了！爷爷太伟大了！"

转眼就到了春节。

这天晚上，我被邀请到电视台，现场观看春节联欢晚会的录制。因为孙女有机会露脸，我很是兴奋，即便前面的节目并不精彩，也看得津津有味。终于轮到舞蹈班的小朋友们表演了，等主持人报完幕，我颇为得意地捅捅身边的赵局长，炫耀道："嘿，老赵，我宝贝孙女要上场了！怎么样，羡慕了吧？"

不料，赵局长却很不以为然，回道："有啥了不起的，我外孙女也要上场了！"赵局长的外孙女也是舞蹈班的。我一听，差点没笑出声来"老赵，你开玩笑吧？就你家那个小胖墩，她也能上？"

赵局长不满地说“看你说的，连你家婷婷都能上，为什么我的外孙女就不能上？你等着瞧吧，我外孙女还是在前排表演呢！”

这时，舞蹈班的小朋友们已经排着整齐的队伍上场了，一二三四五……足足有三十多个人，站满了整个舞台。

我奇怪道：“怎么回事？不是说是八个人的舞蹈吗？怎么上去这么多人？”赵局长也惊讶地说：“就是啊，这么多人怎么跳啊？还有，我家外孙女怎么没站在前排？”

我俩正感到纳闷，赵局长突然想起了什么，问：“你……你是不是也找过张园长？”我尴尬地点点头，说：

“为了孩子嘛！看来……你也找过了。”

赵局长眼珠转了转，一拍脑袋，苦笑道：“我明白了！本来嘛，咱俩能做工作，别人也不会闲着啊。你想想，这班里哪个孩子也不简单啊，有孙市长的外甥，还有刘书记的孙子……嘿，一定是大家都想上春晚，舞蹈班的老师谁也不敢得罪，只好都让上了。”我叹口气，说：“看来还真是这样。可这舞台也太小了呀，一下子上去这么多人，还怎么跳舞啊？”

“就是，也跳不开啊……”赵局长话音未落，台上音乐响了。在俏皮的乐曲声中，突然传来一个清脆的口令：“少儿广播保健体操，现在开始！第一节……”我和老赵对看一眼，眼珠子都直了，心说：怎么成广播体操了？

只见舞台上，小朋友们整齐划一地做起了广播体操，人人一样的动作，没有独舞，也没有领舞。第一节做完，赵局长突然惊喜地说：“快看！我外孙女到前排了。”说着，他伸手热烈地鼓掌。果然，第一节操做完后，小朋友们立即交叉换位，前排的退到后面，后排的进到前面，中间的向外移，两侧的往里靠。然后，开始了第二节……

等六节操做完，每个小朋友都有了一次站在舞台中间的机会……

（**题图、插图**：安玉民　梁　丽）

□刘自忠

阿P当爸爸

最近，国内不时有校园暴力事件的报道。阿P听了新闻，心里无比愤怒：这些罪犯的良心被狗吃了，怎么忍心向孩子下手啊？要是被我阿P碰上了，一定饶不了他！阿P住的小区附近，刚好有一所小学，为此，每天经过学校门口，他都把眼睛瞪得大大的。

这天阿P下班，正好是放学时间，看着孩子们欢快地从校门里跑出来，他十分激动，心说：这些都是祖国的花朵，祖国的花朵啊！正想着，突然，阿P觉得衣角被人拉了一下，他一个激灵转头看去，只见是一个十二三岁的女孩。小女孩可怜兮兮地说：“叔叔，求您帮我一个忙，行吗？”

阿P以为小女孩遇到了坏人，立即装出一副大侠的派头，大声问道：“哪个小子欺负你？有我阿P在此，你别怕！”小女孩忙说：“我、我只想请你做一次我的爸爸，好不好？”

啊？爸爸都能随便请人当的？阿P有点摸不着头脑，便问：“为什么要假冒你爸爸呀？”小女孩见他紧张的样子，笑道：“没什么大事啦！其实是我上课时玩手机，被老师发现没收了。老师说，要我爸爸来学校签字才能领回来。我怕我爸打我，所以想请叔叔帮个忙，冒充一次我爸爸。我不会让你白干的，我可以给你五十块辛苦费！”

见这么小的孩子说出这种话来，阿P连连摇头：“不行，不行，这是弄虚作假，要不得！”小女孩见阿P没答应，以为他嫌钱少，急忙又说：“那……要不给你一百！”

这不是钱的问题！阿P耐心劝道：“小朋友，你还小，分不清好人坏人的！今天，多亏你是碰到我阿P了，要是遇见坏人，还不定出什么事哩！”

这话一说，小女孩可不乐意了，说：“叔叔小看我了！叔叔长得帅，一看就知道是个见义勇为的大好人！我没说错吧。”

听到此话，阿P是心花怒放，笑得嘴都歪了：“是呀，是呀，有困难找阿P，你算是找对人了！”再一想：不对啊，刚才我还说不能弄虚作假的，“这个，这个……”

小女孩见阿P还在犹豫，急得要哭出来了，说：“叔叔，这事我爸要是知道了，非打死我不可，你就帮帮忙吧！”

阿P一听，突然想到“暴力”两个字，心说：不行，我要挺身而出！

当下阿P就点头同意了：“我可以帮你，也不要你的辛苦费，但是，以后上课时一定要好好听讲，不能再玩手机了！”小女孩破涕为笑，一个劲地点头，保证一定做到。

阿P知道最近学校抓得紧，他怕露了馅，把好事给弄砸了，就问了小女孩的一些基本情况，这才跟着她进了学校。

现在学校是管得严，阿P在传达室登记完毕，刚要朝里走，保安一把拉住他：“身份证拿出来！”阿P吓了一跳，心说：这下要穿帮了！正着急呢，一旁的小女孩倒很机灵，忙上前说：“这是我爸爸！”保安对阿P上下看看，这才放他进去。

虚惊一场！于是，小女孩带着阿P来到教师办公室。班主任李老师一看学生带着家长来了，忙请他们坐下。阿P只想快点完成任务，上来就主动地说：“李老师，我女儿上课玩手机，性质非常恶劣，我回去一定严加管教！这个手机……”李老师却说：“是啊，我还有个事和您沟通。最近，我发现你女儿早恋了，她上课发的那些消息都是给一个男同学的，这很危险呀！”

阿P的头一下子大了，原来事情还那么复杂！人这么一紧张，平时能说会道的阿P顿时慌乱起来。这时，李老师还在不急不慢说着孩子在学校的一些情况，然后就拉起了家常，询问

孩子在家里的表现等等。这下，阿P傻眼了，只得硬着头皮乱答，没说两句，就觉得额头上冷汗直冒，他现在真有些做贼的感觉了。

这时，李老师突然问："哟，您出了好多汗啊，是不是身体不舒服？"阿P连忙说："是啊是啊，我刚才就是打算先接了孩子，就去医院的。老师，我回去一定好好教育孩子，保证她不会再犯了，手机您就让我们领走吧！"

李老师一笑，这才点点头，从抽屉里拿出一张表格来放到桌上。阿P如获大赦，拿起笔刚要签字，就听身后有人叫道："你是他爸，那我又是谁？"阿P吃惊地回头一看，只见身后站着一个铁塔般的男人，与此同时，小女孩也惊声道："爸爸？"

敢情小女孩的爸爸真来了啊！阿P顿时傻了眼。只见那男人一伸手，把小女孩拉到身边，瞪着铜铃般的眼睛吼道："好啊，在学校不好好学习，还叫了个陌生人来当爸爸，看我不收拾你！"小女孩的脸顿时变得惨白。阿P一听，急忙拦住男人，说道："有话好好说，都是自己人嘛！"

男人放开小女孩，对着阿P吼道："谁是自己人！你冒充孩子爸爸，居心不良，是不是想拐卖孩子？"

见事情闹大了，阿P两腿不由发抖，连忙对天发誓："没、没……我是好人，派出所没有案底！你看我这个风吹就会倒的样子，怎么敢作案？"见那男人笑了，阿P又赶紧表白，"我是见义勇为，我是义务做好事，没收孩子一分钱。不信，你调查！"

男人一听，挥掌就向女孩脸上拍去："好大胆子！这么小，就知道拿钱开道了。"阿P见男人打孩子，又忘了自己身处险境，大声喝道："不许打人！就是有你这样粗暴的家长，孩子没法跟你交流，才请人去冒充家长的。你、你要制造校园暴力吗？"

一时间，男人被说得一愣一愣的。这时，警察和保安也闻讯赶来，李老师忙把事情的经过说了一遍。原来，学校已经反复给老师们敲警钟，要大家提高警惕。今天，李老师没收了小女孩手机后，就直接电话联系了家长。因为电话里已经有了交流，所以阿P一进来，李老师就觉得有些不对头，这才东拉西扯，有意拖时间等真正的家长来。

最后，李老师还对阿P冒充家长的行为做了批评。从学校里出来，阿P心想：虽然刚才虚惊一场，但现在老师能如此认真负责，自己也就放下心来了。阿P不由一阵得意，全忘了刚才的委屈。

（**题图、插图**：顾子易）

（本栏目欢迎原创作品。来稿可从邮局寄发，也可从网上传递。如为电子邮件，请发以下信箱：hangfan1102@126.com）

· 快乐辞典 ·

美国大学也疯狂

最近，网友们调侃了一把美国名校，看看下面这组雷人的招生语录吧：

◆ **哈佛大学：**我们不是最喜欢拒人的学校，最没人情味的是麻省理工！相信我，不管怎样还是申请吧，顶多邮箱里多出薄薄的一纸拒录信。来吧，让更多的申请者来吧，这样我们的录取率就可以跌破1%了！

◆ **麻省理工学院：**我们是一群怪人，校园的建筑可以为证。你应该试着申请这儿，因为你肯定很想知道，我们是用什么理由拒绝你的。

◆ **普林斯顿大学：**请确保至少有一篇申请论文展现出高大傲慢，那样你就稳进了！要知道，我们学校比美利坚合众国还年迈啊！

◆ **耶鲁大学：**来到这里，你就能追寻塔夫脱(美国第27任总统)、老布什(美国第41任总统)、克林顿(美国第42任总统)、小布什(美国第43任总统)的步伐，我们会告诉你怎么去治理或者毁灭一个国家。

◆ **斯坦福大学：**哈佛算哪根葱？加州是我们的地盘。你对我们来说可有可无，但不管怎么样，你还是申请吧，万一中大奖也说不定。

◆ **加州理工学院：**凌晨三点，不是四仰八叉地躺着，而是孜孜不倦地倒腾着物理实验，这样的人生是不是更有意义呢？想要把装满硝酸甘油的南瓜从六楼扔下去，借此来发泄心中的怒气？那就来加州理工吧！

◆ **达特茅斯学院：**我们身处“蛮夷之地”。我们甚至不明白怎么就成为“常青藤联盟”的一员，要知道，这么个寒风凛冽的地方，大概是长不出常青藤的。但无论如何，我们名声显赫。

◆ **哥伦比亚大学：**我们是纽约市区最靓的地方，可我们的录取率只有10%。如果不幸被我们拒了，你还可以去纽约大学，那里的人都是被我们拒掉的！

◆ **芝加哥大学：**只要你是个怪人，而且能写出大把的怪文章，那就非你莫属了，因为我们的申请要求，就是无数怪诞的作文。

◆ **华盛顿大学：**被“常青藤联盟”拒绝的人来这儿吧！尽管名声不如“常青藤”，但我们在其他方面可是毫不逊色！山羊和扑克近在咫尺，来吧，狂野的生活！

◆ **西北大学：**我们与密歇根湖为邻。你甚至可以蹬着自行车去芝加哥的市中心。但如果你真这么干了，大概会被冻死！（**推荐者**：丁 强）

小贴士：“常青藤联盟”，是指美国东北部八所历史悠久、学术一流的大学，包括哈佛大学、耶鲁大学、宾夕法尼亚大学、普林斯顿大学、哥伦比亚大学、布朗大学、达特茅斯学院和康乃尔大学。

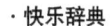

女人的『世界杯』

世界杯是全世界女人的悲剧，除了要靠自己打发多余时间外，还必须知道在此期间怎么跟男人们打交道，以下是女人需要了解和做到的：

◆ 今年的世界杯在南非举行。

◆ 注意，今年英格兰队并没有贝克汉姆！

◆ 最有机会夺冠的除了巴西、阿根廷等几支传统强队，还有你男友支持的队伍！

◆ 这一个月，你男友只会记得每天的赛事时间和比赛队伍。请不要考他记不记得今天是什么日子——就算是你们的恋爱纪念日，也请不要问，因为如果他回答你："十点钟，巴西对荷兰！"那多伤感情啊！

◆ 你最想见到男友的时间，通常就是开球的时间。虽然是委屈了你，但你要想想看，他看这几十场球的时间，可能都不如你们恋爱以来他等你试衣服的时间多！

◆ 如果男友兴高采烈地和你说一大堆外国人名、战术分析和专业术语，四年才一次，听他说说吧。不明白也不用问，因为他也不知道自己在说什么。你只要给出一个"你好厉害哦"的表情，就已经足够了。

◆ 如果男友支持的球队出局了，也不用太担心他。每隔四年就有一次，他都习惯了！

◆ 有人问你喜欢哪个队时，千万不要答"曼联"、"皇马"，因为他们不是国家队！

◆ 记住，帅哥最多的球队是西班牙，不过如果男友问起，你当然要说喜欢西班牙的进攻风格啦！

（**推荐者**：韩文增）

本期游戏难度指数：★★★★☆

福尔摩伍的问题

铅笔作证

银行的董事长发觉自己的秘书利用职务中饱私囊，便决定向警方报案。谁知，秘书先下手为强，毒死了董事长，并制造了一系列假象，使人觉得董事长是自杀的。

首先，秘书模仿董事长的笔迹写了一份遗书，并特意用了董事长惯用的带有橡皮的铅笔。为了逼真，他还设计了几处地方，用笔头的橡皮将字擦去改正。

遗书伪造完后，秘书把铅笔上自己的指纹擦去，按照握笔的方式，换上了董事长的指纹。等一切痕迹都处理完后，秘书悄悄回到了自己的住处。

第二天，董事长的尸体被发现了。福尔摩伍赶到了现场，他仔细研究了那支铅笔后，判断说："董事长是死于他杀，证据就在这支铅笔上。"

请问，福尔摩伍是从哪里看出破绽来的呢？

（推荐者：木　木）

世界500强面试题

等号成立

你能否在下面的等式中加一笔，让等式成立呢？（不要加在等号上。）

5＋5＋5＝550

（推荐者：开　心）

超级视觉

柱子幻觉

柱子后面的拱形门修得对吗？还是因为柱子引起的幻觉。

答案

福尔摩伍的问题

秘书极力想掩饰指纹，可破绽恰恰出在指纹上。秘书虽然按照握笔的姿势，换上了董事长的指纹；可他忘记了一个细节，就是董事长在用橡皮擦错字时，要用铅笔的另一端，那边的指纹方向应该和握笔时的指纹是相反的，而且不可能在一个位置上。

世界500强面试题

545＋5＝550

在其中一个"＋"号上加一笔，变成"4"即可。

·中国新传说·

俗话说："远亲不如近邻。"可有人却不走运，摊上了个冷漠的邻居……

冷漠的新邻居

□韩文萍

闲事少管

王大爷今年七十多岁。前段时间，他拿到了拆迁后的安置房，欢天喜地搬进了新家。新家很大很宽敞，可对门邻居老关着门，没有了以前老邻居的那种亲热劲，王大爷觉得心里空落落的。

这天一大早，王大爷准备出去遛遛弯，不料刚走到二楼楼梯口，就突然觉得一阵恶心，他赶紧用力抓住了楼梯上的扶手。这时，一个小伙子冲过来扶住他，关切地问："大爷，您不要紧吧！"

王大爷抬头一看，发现来人居然是对面的新邻居，搬家当天见过一面，可从未说过话。王大爷心里一热乎，正要开口道谢。"慢着！"一个二十来岁的姑娘突然冲了出来，正是那小伙子的妻子，名叫小丽。小丽说，最近有一个大学生在路上搀扶摔倒的老太太，结果竟然被告了，赔了人家八万多块！

"别以为热心就能办好事！"小丽教训完老公，便走上前仔细打量了一下王大爷，接着从塑料袋里拿出一个垫子放在台阶上，说道，"大爷，您先歇会儿，呆会儿要是还不舒服就喊一声，我们好帮你叫救护车！"说完，拉着老公一起上楼了，走到楼梯拐弯处，她突然想起什么，又嚷道，"大爷，您呆会儿记得把垫子还给我，超市里这个颜色的已经脱销了！"

王大爷顿时哭笑不得，心说：我

都成这样了，她还惦记着自己的垫子，唉，真是人心不古啊！王大爷坐了一会儿，感觉好点了，才扶着楼梯扶手一步一步地蹭回了三楼，把垫子还给了小丽。开门的时候，小丽瞅了王大爷一眼，然后笑嘻嘻地冲老公说道:“瞧见没，大爷结实着呢！”

王大爷哭丧着脸冲他俩笑了笑，回到家里关上门，他失落地心想：我怎么这么倒霉，偏偏摊上这么个冷漠的新邻居呢？

事不关己

在新家住了不到一个月，王大爷又添了一件闹心事。原来，王大爷记性不好，出门老忘了带钥匙，三个女儿又都在国外，家里就他一个人，一旦忘了带钥匙只得请人来开锁，花钱不说，有时还不安全。

那天早上，王大爷见煤气灶上正熬着排骨汤，便趁空下楼倒垃圾。不料刚关上门，就想起自己钥匙忘带了。煤气灶上的火还开着，这多危险啊！王大爷站在门口，急得差点哭出来，他突然想起小丽好像每天都在家，还是赶紧借她的电话报个警吧！

王大爷硬着头皮摁响了对门的门铃。“叮咚叮咚”门铃有节奏地响着，王大爷虽然心急，但也不敢猛摁，心说：小丽可不是个热心人，万一把她惹恼了，她就不肯帮忙了！可门铃响了三分多钟，门还是没开。王大爷心里一着急，也顾不了那么多了，抡起拳头就拼命砸门。不料，手都砸痛了，却依然是铁将军把门，就是不开！

看来小丽是铁了心不愿帮忙，王大爷心里彻底凉透了，他一跺脚，赶紧跑到楼下居委会，这才借到一个电话报了警。很快，警察赶过来了，为了保险起见，顺带着把消防车也叫来了，瞧这事情给闹的！

这事过后，有人建议王大爷配把备用钥匙挂在身上。可王大爷是易过敏性体质，身上啥都不能戴。王大爷

也想过把备用钥匙放在邻居家，但一想到小丽那副事不关己高高挂起的架势，就怎么也不敢开口。

这边问题没解决，小丽却来道歉了：“大爷，对不起！早上我睡着了，没听见您敲门！”王大爷心想：骗谁呢？一大清早的，睡哪门子觉啊！不过，他嘴上还是客气地说道：“没关系，没关系！”

自力更生

既然邻居指望不上，还是自力更生吧！经过几天仔细考察，王大爷发现小区南面有一小片草坪，种着十几棵桃树，平时行人十分稀少，便决定把备用钥匙藏在某一棵桃树下面。

为了安全起见，这天，王大爷一直熬到晚上十二点左右，才悄悄下楼来，他抬头见面朝这边的房间基本全都熄灯了，终于放下心来。不过，到底藏在哪棵树下好呢？思虑再三，王大爷心想：我有三个女儿，她们是我这辈子最宝贵的东西！对，就藏在第三棵树下面！男左女右，就是右边第三棵了！

也许是因为放下了思想包袱，接下来的几天，王大爷记性反倒好得出奇，那把备用钥匙一直也没派上用场。

这天，王大爷和几个老哥们聚会，一群人又是喝酒，又是打牌，一直闹到夜深人静才散去。王大爷打了个车回家，谁知一到家门口发现，坏了，钥匙忘带了！

虽然喝了点老酒，不过王大爷头脑还算清醒，心说：不怕，我有备用钥匙，就在那棵桃树下面！

王大爷马上“噔噔噔”跑到楼下的小草坪，可面对着十几棵几乎是一模一样的桃树，他又犯难了：到底藏在哪棵树下了呢？对了，这棵树应该跟我最宝贵的东西有关，是什么呢？

王大爷正想着，这时，不知是谁竟打开了音响，一阵清脆的歌声马上飘了出来：“又是一年三月三，风筝飞满天……”“有病啊，大半夜的，听什么歌！”一个男人恼火地伸出头来大骂了一句，音响声音马上戛然而止。

如今的年轻人火气可真大！王大爷叹了一口气，仔细回味着刚才那句歌词，不禁心潮澎湃：以前，小女儿娜娜最喜欢这首歌了……也不知她现在好不好，有没有想我？想到这，王大爷一个激灵，突然想起了藏钥匙的地方！

免责声明

因为有了备用钥匙，那天晚上王大爷免遭了一场罪，不禁美滋滋地心想：这个方法真不错！

可这天，王大爷正在看电视，突然听见新闻里说，有个老太太在门口的花盆里放了一把备用钥匙，没想到被邻居知道了，后来，邻居居然偷偷

拿了钥匙屡次潜入老人家里，盗走财物无数。

听完这则新闻，王大爷一下子紧张起来，心说：万一钥匙被心怀鬼胎的人知道了，岂不是引狼入室？想到这，他马上冲出门去，准备把钥匙拿回来。因为走得太急，刚出门，王大爷就滑了一跤，顿时觉得胸闷难耐，肯定是血压又升高了。他赶紧伸手去摸降压药，可摸来摸去也没摸到，这才想起出门走得急，忘了穿外套，降压药和钥匙都还在那件外套的口袋里！这可如何是好？

正在着急，小丽突然推门而出，见王大爷坐在地上，她忙问："大爷，您的药呢？"王大爷此时已是上气不接下气，他无力地指了指大门，又指了指外面，却一句话也说不出来。"快，到楼下草坪右边第三棵桃树下，把大爷家的钥匙拿来！"小丽一边迅速命令老公，一边将王大爷放平，然后拿出手机拨打了120急救电话。

因为抢救及时，王大爷总算化险为夷，他的小女儿娜娜也很快从美国赶了回来。得知是小丽救了父亲一命，娜娜紧紧握住小丽的手不放。不过，王大爷憋了半天，还是忍不住问道："小丽，你是怎么知道钥匙藏在那里的？"

小丽听了，哈哈大笑道："若要人不知，除非己莫为！"原来，小丽是个自由撰稿人，她的生活习惯是白天睡觉，晚上工作，写不出东西时，她便喜欢关掉灯，一个人静静地坐在阳台上发呆。王大爷偷藏钥匙那天，她正好猫在阳台上构思呢！小丽调皮地说道："如果不是我播放那首《三月三》，那天晚上，只怕大爷您很难找到钥匙吧？"

"哦，原来你是个作家！"王大爷一拍脑门，终于恍然大悟，"我知道了！作家都容易失眠，那天我敲门借电话时，你是不是吃了安眠药，所以才听不到啊？"小丽抿嘴一笑，算是默认了。

见他们已经冰释前嫌，娜娜忙说："爸，您也真是的，直接把钥匙放在小丽家不就行了吗？何必费那么多事！"说着，她把备用钥匙放在小丽手上，真诚地说道，"小丽，以后就拜托你帮忙照顾一下我爸了！"

"没问题，你就放心吧！不过……"小丽低头看了看那把钥匙，不由得皱起了眉头，她想了想，又说，"要不……你写一份免责书给我吧！"说着，小丽拿出一张白纸，递到娜娜面前，"其实我们也都喜欢做好事，只是……我们更怕麻烦！"

"没想到，国内年轻人的法律意识居然进步得这么快！行，我这就给你写免责书！"说完，娜娜拿起笔，飞快地在白纸上写了起来。一旁的王大爷张大着嘴巴，一句话都说不出来……

（题图、插图：谭海彦）

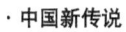

都说强扭的瓜不甜，不合的婚姻又怎么能够幸福呢？可有人偏偏就是不同意离婚……

爱的长度

□谢庆浩

最近，张大庆跟妻子惠兰正在闹离婚。在离婚条件上，张大庆作出了最大的让步，只差没说净身出户了，可惠兰却是死活不同意。问她还要咋样的条件，惠兰说：“没有条件！现在我是坚决不会同意离婚的，因为我要维持一个完整的家，等着小海回来！”

小海是夫妻俩的儿子。就在前年，小海一个人到海滩玩耍，涨潮了还不记得上来，结果给汹涌的海水卷走了，连个尸首也找不着。张大庆不理解：人已经死了，还怎么可能回家？惠兰却激动地说：“你别诅咒儿子！警察都说了，小海只是失踪！是失踪，就总有回家的一天。只要小海还没有回来，我就一定不会同意离婚！”

说完，她就搬个椅子坐在大门口，一如既往地等待小海回家。自从小海失踪以后，惠兰天天这样，在家的时候，从不关大门，整天在门口守着；一到节假日，她就拿着小海的照片往出事的海滩跑，见人就问有没有儿子的下落。

张大庆见了，恨得牙根直痒痒，心想：这段时间，情人芳芳天天催着结婚，可自己现在的婚姻解除不了，想要再婚，那是门也没有的事儿。看来，要这女人同意离婚，就得想法子让她接受小海已经死亡的事实。

于是，张大庆找人打了个长命锁，然后找到一个经常出海的渔民，给了他五百块钱，让他去自己家里，把长命锁交给惠兰，就说是在大海里捞上来的。说句话就可得五百块钱，哪有人不同意的？于是，那渔民寻上门来，把锁交给惠兰，并把张大庆交代的话郑重其事地说了一遍。

这天下午，张大庆回到家，看到惠兰正拿着锁颠来倒去地看，便故意装出吃惊的神色，问锁是哪里来的。惠兰把事情说了一遍，张大庆装模作样地叹口气道：“事实很残酷，但这有什么法子呢？这把锁是小海一直戴在身上的，现在，在大海里给发现了，锁在哪儿，人也在哪儿！你要明白，小海他……已经不可能回来了……”

惠兰看着那锁，低头半晌，张大庆心里一阵狂喜，看来有戏！没想到，惠兰突然又抬起头来，直视着他，说：“这锁不是小海的，你瞒不了我！”

张大庆一惊，心说：这锁打得跟小海身上的那个一模一样，自己还特意用弱盐酸腐蚀过，又放进海水里浸泡了一个多月，怎么还给惠兰看出了破绽？

“尽管大小模样相同，就连锁上刻的字体也一样，但这锁的棱角是尖的；而小海戴的那个，我怕棱角会弄疼了他，已经把所有的棱角都磨圆了！”惠兰摇了摇头，一声叹息道，“一共六个角呀，我用砂纸磨了差不多一个月，手皮都磨破了……你这个尖角的长命锁，又怎么能骗得了我？”说罢，她把手上的长命锁扔出门外。

晚上，愁闷无比的张大庆在外面喝了酒回家，他一边打着酒嗝，一边伸手抓住惠兰的头发，大吼道：“你……死皮赖脸要做我老婆，怎么不伺候老子？”说着，把惠兰提了起来，用劲一推，把她的脑袋重重朝墙壁撞去。

“砰”一声巨响，惠兰泥一般瘫倒在地上，脑门上鲜血汩汩而出。“装什么死？”张大庆骂骂咧咧又踹了两脚，地上的惠兰还是丁点动静也没有，这回张大庆慌了，酒立时惊醒了一半，心说：妈呀，难道失手把她给打死了？

张大庆哆嗦着蹲下身，一探鼻孔，幸好还有气，赶忙拦了辆出租车，把她送进了医院。经过抢救，惠兰总算苏醒过来，出乎意料的是，面对前来探望的妹妹，惠兰只说是刚拖过的地板打滑，自己不小心摔倒磕的。张大庆听了，又是感激又是不解：刚才差点都失手打死了她，这个女人为什么还要为我辩护？

事后，惠兰说：“原因很简单，我还不想和你离婚！要是让我妹知道真相，我怕她会闹到法院，法官会以家庭暴力为由判决我们离婚，真要这样了，小海哪里还有家回？”看着脑袋缠着厚厚纱布的惠兰，张大庆目瞪口呆，老半天才缓缓摇了摇头：想不到，

世间居然会有这么难缠的一个女人！

十多天后，惠兰伤愈出院了。张大庆一咬牙，心说：算你狠，我惹不起你，躲着还不行？既然你不肯离婚，咱们就分居吧，等分居的时间够了，法院自然会判决离婚的。于是，张大庆从家里搬了出去，另外找地方住了下来。

一晃三个月过去了。这天晚上，张大庆正在酒楼陪芳芳吃饭，惠兰突然打来电话，说她已经想通了，同意离婚，但有一个条件，今晚张大庆要回家陪她一晚。只要零点一过，她就在离婚协议书上签字。

放下电话，张大庆愣住了：这个女人怎么一下子改变主意了？一看表，已是晚上九点多了，距离零点还有不到三个钟头的时间，张大庆忙叫了辆出租车，匆匆赶回家去。

进门后，张大庆吃惊地看到，惠兰居然煮了一锅汤圆，等着自己回家吃汤圆呢。张大庆一阵默然，汤圆寓意团圆，可今晚是离婚之夜，还吃什么汤圆？这时，惠兰打开锅盖，盛了三碗热气腾腾的汤圆。看着张大庆疑惑的目光，惠兰轻轻叹息一声，说：“今晚是个团圆之夜，小海要回家了！”

张大庆大吃一惊：“什么？小海今晚回家？他在哪儿？”惠兰说：“现在还没有回来，我们边吃边等吧。”说完，她专心致志地吃起汤圆来。看来，这个女人的臆想症又犯了。张大庆摇了摇头，也端起碗来吃了一口。

吃过汤圆，两人谁也不说话，就这样枯坐着。不知不觉夜就深了，“当，当……”家里的老式时钟敲响了零点的钟声。张大庆站起身，掏出笔和离婚协议书，轻轻放在惠兰面前：“你就在上面签个字吧，以后自己多保重！”

想不到，惠兰却端坐着没动：“家里的这台钟用了十几年了，走得快，

你又不是不知道，现在哪到零点了？”张大庆一看手机，果真，上面显示的时间还差了三分钟。他尴尬地坐了下来，心想：这个痴情的女人，三分钟的时间也如此珍惜啊！

终于，外面的钟楼敲响了零点的钟声，惠兰“哇”的一声痛哭，流着泪一个人自言自语：“零点了，够时间了，小海回家啦……”门外空荡荡的，哪有小海的身影？张大庆不由得一阵怜惜，伸手轻轻抱住惠兰，说：“你要接受现实，小海两年前就死了，他是永远不可能回家的了……”

惠兰拼命挣脱张大庆的怀抱，手一伸，“啪”的一声扇了他一记耳光。张大庆捂着火辣辣的脸颊，愣住了。只见惠兰流着泪道：“谁说小海不能回家？依法律规定，因意外事故下落不明的，只要找不到尸体，就只算失踪；必须从事故发生之日起满两年，才能认定死亡。尽管……小海是在大海里出的事，生还的希望非常渺茫，可只要法律上还没有认定他已经死亡，我就绝对不能放弃等候……”

说到这里，惠兰一声叹息，又一次流下了眼泪：“昨天是小海的失踪纪念日，零点一过，他的失踪时间就满了两年。法律意义上说，这一刻，就是他的死亡时间……老家的风俗，人死的那一刻，灵魂是一定要回一趟家的，和家人道个别，然后再上路。我苦撑着早就破碎的婚姻，为的就是这一刻，小海有家回呀！现在……小海已经上路了，我对这个家再也没有一丝留恋了。你把离婚协议书拿来，我给你签字……”

（题图、插图：魏忠善）

· 本刊信息传真 ·

2010年中国最佳故事评选

为了繁荣故事文学、推动故事创作，2010年，故事中国网(www.storychina.cn)继续举办年度中国最佳故事评选。

评选标准：在情节性、艺术性、思想性、文学性方面有突出表现，能够代表年度故事创作最高水平的各类故事作品。参赛作品分为中篇（8000字以上）、短篇（1000-8000字）、超短篇（1000字以下）三组。参选条件：2010年1月1日至2010年12月31日期间在国内正规报刊（省级以上）发表的故事作品均可参加，不限题材、风格、篇幅。参加方法：1、作者本人通过故事中国网的原创地带或人气写手板块提交作品；2、推荐别人的作品，需事先征得作者本人的同意，通过故事中国网的网文搜罗板块提交；3、各家故事报刊编辑部可直接向故事中国网推荐作品，推荐信箱：storychina@gmail.com。

年度最佳故事作者获得特别荣誉证书及奖金（中篇2000元、短篇及超短篇各1000元），所有优秀作品将结集出版《2010年度中国最佳故事》一书，并支付稿费。更多详情请登录故事中国网查看。支持媒体：新华网读书、新浪读书、腾讯读书、搜狐读书、和讯读书、凤凰读书。

□陈　平

劝死不劝活

如今，房价就像是坐了火箭一样直线上升，那真是“一步赶不上，十步望不见”。江城有个叫李老倔的，东挪西借，好不容易备齐了三十万，准备改变全家四口的“蜗居”生活。谁知不到一个月，房价整整涨了两成，眼看快到手的房子变成了泡沫，他一时想不开，吞下一瓶安眠药，寻了短见。

幸亏家人及时发现，总算把他的老命夺了回来。可李老倔是铁了心的不想活了，躺在床上又绝起了食。全家人轮番亲情攻势，也没能让他回心转意。老伴李嫂最清楚了，老家伙的陈年老犟劲一上来，十头牛也拉不回头，想来想去，她想到老头有个外号叫“刘铁嘴”的朋友，便赶紧打了电话。

第二天一早，李嫂听到敲门声，开门一看，正是刘铁嘴。刘铁嘴一把就将李嫂拉到门外，两人如此这般地嘀咕了一阵，李嫂边听边不住地点头，连声说好。交代完事情，刘铁嘴便大摇大摆地进门去了。

这时，李老倔躺在床上正心烦呢，见刘铁嘴走进来，就知道来者不善。以前，自己每次发倔脾气，最怕的就是刘铁嘴来奚落，没想到这次都要走绝路了，这家伙还来捣乱。想到这里，李老倔干脆屁股一撅，冷背相对，让你“没牙子”嗑瓜子——有嘴使不上劲儿。

哟嗬！老家伙竟然来这一套，刘铁嘴故意装出生气的样子：“好你个老倔头，贵客登门还要横啊？我原先是想来告诉你，有套去年买的二手房，人家要原价转手，看来……你是不想要了，那我干脆走吧！”说着，刘铁嘴转身就走。

一听这话，李老倔腾地坐起来：“等等！你说的当真？”刘铁嘴不容质疑地说：“那当然！不是真的我来干啥？看你的冷背啊！听说……你为这事想不开？我是特意来帮你的，还不上茶？”

外面的李嫂早就把香茶泡好了，一听“上茶”就端进来，转身又去忙乎了。李老倔急赤白脸地问：“那人为什么要卖房？”他急，刘铁嘴可不急，开始反客为主，给李老倔斟上茶，不紧不慢地回答说：“那家人要移民，急着将房脱手呢。这事咱慢慢说，你先喝口茶！”

李老倔下意识地接过茶杯喝了两大口，这下坏了，你想他已经两天水米未进，又空腹喝下浓茶，肚子马上“咕噜噜”地叫起来。正在此时，一股扑鼻的香气袭来，李老倔的手不禁有点发颤，他满脸的虚汗，伸着脖子向外张望。刘铁嘴捂着嘴吃吃一笑，然后冲着外面喊道：“李嫂，你家做的啥？这么香啊！”

很快，一大碗漂着香油的蛋花端了上来，刘铁嘴作势要吃，李老倔赶忙抢过碗去，一瞪眼说：“你小子，当我不知道啊，这饭是你俩下的套！”说完，便狼吞虎咽地吃起来。趁着吃饭的空当，刘铁嘴走到外间，向李嫂一递眼色，两人差点笑出声来，李嫂悄悄说：“你好好劝他放弃死的念头，你就是俺家的大恩人！”刘铁嘴点了点头，叫李嫂放下心来。

等李老倔一放下饭碗，刘铁嘴就坐在旁边开了腔：“老倔哥啊，就为买个房，犯不着走绝路吧？”

一听这话，李老倔用手一抹嘴巴，一肚子苦水就淌了出来：“老弟啊，你当我愿意走绝路啊！”要说李老倔也不容易，老早就下了岗，一把年纪还四处打短工，拼命攒钱；李嫂没工作，儿子儿媳开了一个小饭店，却常常是挣的不如赔的多；说到“蜗居”的苦处，李老倔更伤心了，说家里太拥挤，盼个孙子都不敢生。说着

说着，李老倔感叹起来：“一家四个大活人，没病没灾的，一辈子却挣不出个房子来！眼瞅着我们都老了，真不想拖累儿孙啊！”

刘铁嘴听着这些闹心话，好似铁嘴咬在棉花上，是咬不断嚼不烂。他安慰了几句贴心话，说明天就去看房子，然后借故离开了。

出了门，刘铁嘴就犯了难，自己信口诌了个“有二手房”的谎言，李老倔倒是暂时给稳住了，可瞒得了一时，瞒不过一世啊！此时，李老倔那含泪的声音又在耳边响起：“老弟啊，你要帮帮我，若买不上房，我说啥也不窝囊地活着了……”看来李老倔是铁了心了：有房则生，无房则死！

这可怎么办呢？自己铁嘴的英名栽了不要紧，要是李老倔再上来犟劲，那可不是闹着玩的。刘铁嘴正想着，路上有人塞给他一张广告，他看了一眼，顺手就扔掉。可走了没几步，刘铁嘴脑子里突然跳出一个念头，回头又去捡起广告，仔细一看，脸上露出神秘的一笑。

第二天一大早，刘铁嘴就来找李老倔了。李老倔正满脸春光地等着他呢。可谁也没想到，只隔了一夜，刘铁嘴张口说出的话就变味了，他说买房的事黄了，人家知道房价涨得飞快，不卖了。李老倔一下子瘫坐到床上，一口气差点没上来：“完了，完了，最后这点盼头也没了，这日子还有啥混头嘛……”

“是啊，这房价再涨下去，过不了几年，我们那点钱，只能买个火柴盒大的地方。兄弟我实在帮不上忙啊……唉，老倔哥你实在想不开，怎么想的就怎么做吧，两眼一闭，啥心事都没了！”刘铁嘴话一出口，李嫂急了，心说：怎能这样劝人，这不是劝死不劝活吗？

这时，只见刘铁嘴拿出一张纸片，伤感地说：“老倔哥，你要非走不可，就先看看这个吧。”李老倔有点神不守舍，不在意地接过瞄了一眼，只见他那张老脸突然由青变紫，双手颤抖着说：“这，这……老天啊！我要是走了绝路，那就害了一家子啊……”话没说完，就背过气去了。

刘铁嘴急忙拿起水杯，猛含一口水，“噗”地一喷：“你个老倔头，还不清醒？人穷志不短，不想死就站直喽！”李老倔被水一激，稍一镇静，蓦然体悟到了刘铁嘴的用意，嘴上却说：“哼！你这小子，刚才愣往死里劝我，我偏不死。不过，你记住了，不是你嘴上功夫厉害，而是那纸片片厉害！”

李嫂听了一头雾水，心想：这是啥灵验的符咒？她一把扯过来看，原来，那是一张广告，上面写着：万福灵公墓，您的终极置业，每座公墓售价35万元……

（**题图、插图**：刘斌昆）

· 中国新传说 ·

一句朴素的话语，也是一生的信仰和坚守。

够吃就行

□银凤凰

特色饭店

杏花湾有家小饭店，取了个特别的名字，叫“够吃就行”。一般来说，饭店都是劝客人多点菜的；可这家店的杨老板，却是反过来让人少点些，常挂在嘴边的一句话，还是“够吃就行”。

这天，镇上的老板赵大方陪两个朋友来吃饭。三人落座后，大方打开菜谱开始点菜。果然，点到六个菜时，写菜单的杨老板呵呵一笑，停下了手中的笔，说：“差不多了，您三位六个菜正好。菜不要多点，够吃就行！”大方却摇摇头说“六个太少，我这可都是铁哥们，怎么也得十个菜！”

杨老板又笑着说：“要不……我给您当回点菜助理怎么样？保证您几位吃过不忘。别看酱菜是小店的一大特色，可点一样就行，您点了酱凤爪，就不要再点酱鸡脖了；鱼也是，点了海鱼，就别点河鱼了，否则互抢味道，多花了冤枉钱！”

大方点点头说：“行！那我点别的。”大方自有他的打算，对他来说，浪费一点没关系，但出手一定要大方。

杨老板看透了大方的心思，说道：“这么着，我给您推荐一个本店的特色菜，叫‘活鱼钻山’。话说当年乾隆微服私访，在一家酒馆吃了这道菜，龙颜大悦，便问掌柜这菜叫什么名？掌柜说叫‘穿丁鱼钻豆腐’，就是取鲜活的穿丁鱼二寸来长，筷子般粗细，和鲜嫩的大豆腐块一起下到锅中。等汤水一热，穿丁鱼就往豆腐里

钻，做出来的菜，鲜美无比，吃过难忘。乾隆听完说，‘我给起个菜名吧，就叫‘活鱼钻山。’”

大方几个听了，连声叫好：“皇上赐菜名，那可非同一般，就要这个御菜了！”杨老板又说：“点了这个菜，换下一个菜，正好还是六个。不少了，够吃就行！”这是杨老板常用的一招：每次客人来，非要多点菜时，他就这样推荐一个菜，再讲段民间故事，把气氛搞活。最后，菜没多点，大家还皆大欢喜，算是美女照镜子——里外都好看！

不多不少，六个菜正好，大方几个吃得非常满意。结账时，大方对杨老板说：“有句话我想问问你。你怎么劝客人少点菜啊，难道不想发财了？”杨老板笑道：“不怕您笑话，昨晚做梦，还梦着我当上了百万富翁呢！我这么做，说到底，是和我媳妇有关……”

有笔心债

原来，杨老板的媳妇叫梅香，她平时最爱说的一句话，就是“够吃就行”。

那年，梅香去有钱人家做保姆。每天到菜场里买菜，各种荤菜素菜，她都掐着数量买，做出的菜不多不少，吃得正好。可女主人却不领情，还说梅香这是在丢自己的脸面。

后来，男主人破产了，梅香也回了家。临走前，她把账本交给女主人，上面一笔笔记得清清楚楚，这一年多来，光买菜就给人家节省了两万多块钱。梅香对女主人说：“钱是长胳膊长腿的，能跑来也能跑走，富时别忘穷时，才能活得有根底。你往后做菜也别浪费了，够吃就行，这样过日子也有一份快乐。”

那年，杨老板赚了点钱，想到梅香没少跟自己受苦，便带着她下馆子，一口气点了八个菜。梅香不高兴了，坚持让他退掉五个，说：“菜不要多点，够吃就行。”可杨老板怕丢面子，高低不肯，夫妻俩就吵了起来。梅香气得起身就走，过马路时正巧一辆轿车飞速驶来，只听“嘎”的一声紧急刹车，梅香被撞倒在地，成了植物人。

从此，杨老板恨死了自己，他天天守在梅香的床前，不停地说着一句话“我不该多点菜，本来够吃就行……”三十五岁的女人，下半生要在没有知觉中度过，是多么残忍的事情！杨老板在屋子里关了两个月，翻来覆去地想，觉得自己应该做点什么来弥补。于是，他开了这家小饭店，并特意用梅香常说的那句“够吃就行”做店名，店里定的一条铁规矩，也是梅香说的那句“菜不要多点，够吃就行”。

歪打正着

因为杨老板为人真诚，待客实在，他的饭店在小镇上渐渐有了名气，生意是越来越好。

这天，大方的公司来了位上海客商，要和他签订一份大宗的购货合同。双方约定，吃过午饭，下午就签字。大方想去市里找家星级酒店，好好招待这上门来的“活财神”，但客人谢绝了，说就近吃顿饭就可以了。大方选遍了全镇的饭店，最后还是去了“够吃就行”。

到了饭店，大方偷偷把杨老板叫到一边，一口气点了十四个菜，全是好菜。杨老板看出来了，今天来的客人可不一般，但他还是乐呵呵地和大方商量说：“您一共是四位用餐，点八个菜正好，够吃就行。”大方连连摆手说：“杨老板，今天没得商量！我点多少菜，你就给我做多少菜！”

很快，菜一个接一个上桌了，可上了八个菜后，再也不见有菜端上来。这下，大方有些着急了。按照他的设想，今天这十四个菜，是从喝第一杯酒开始，就要不断地端上酒桌，直到喝最后一杯酒，还要有个压轴菜上来，这叫“香味连连，热情不断”，以展示主人的待客之道。可杨老板不给上菜了，自己这一精心设计无法进行，能不着急嘛！

又等了一会儿，大方坐不住了，他以去洗手间为借口，直接去了厨房找杨老板，说：“杨老板，怎么还不给我上菜了？”杨老板说：“您桌上那八个菜还没动多少呢。我这里盘子大，菜量足，肯定够你们四位吃了。”大方着急道：“我今天不是够吃就行，而是一定要多多剩菜，你明不明白？”

这时，一旁的厨师劝道：“算了，老板！就按菜单上的做，反正他白扔多少，与你无关。”谁知杨老板却板起了脸，喊道：“不做，就是不做！够吃就行，这是我开饭店的铁规矩，就算是皇帝老爷来了，也不能坏了我这规矩！”

一听这话，大方的火气一下蹿上了脑门，脸上红一阵白一阵的，心说：天下哪有这样不讲道理的饭店！想到这里，他一拳砸在案板上，砸得大盆撞小盆，勺子滚瓶子倒。厨师忙过来抱住他，大喊：“你小子想砸店吗？”就在这时，同来陪客的公司副总跑来找大方，说：“客人问你怎么去了这么长时间？快回去吧！”大方一听，只好收手，拍拍衣服回到包间。

出人意料的是，正当大方对这份合同痛心绝望时，当天下午，客人竟然同意正式签字了。还说，这是一顿让他终生难忘的待客酒，大方点的菜不多不少，正正好好，从中可以看出大方为人的朴素务实，不搞虚华。客人觉得这正是做生意的基础，因此对双方今后的合作充满了信心。

大方乐得差点掉眼泪，高兴过后，他想起了自己之前对杨老板的态度，感到很不好意思，就想找个机会弥补一下。

好人好报

机会真来了。临近春节，大方的公司吃年夜饭，在杨老板的小饭店一次包了二十桌，标准还是“够吃就行”。

酒桌上，杨老板给大方敬酒：“大方兄弟，我祝贵公司登楼梯挂灯笼——红红火火步步高！过去有得罪的地方，请多多谅解啊。”大方忙说：“杨老板，这说的什么话！我还不是借了您的光，要不怎么能签到那份合同呢？以后啊，还请您多多关照呢！”

大方话音刚落，饭店的门被“砰”的一声推开了，杨老板家的小保姆急匆匆地跑进来，上气不接下气地说：“老板快回家……出……出大事了！”杨老板心头一颤，放下酒杯就往外跑。饭店的厨师也跟着跑，边跑边喊：“一定是老板的媳妇出事了！”大方一听，也跟在他们后面跑。

几个人前脚后脚地赶到，大方一进房间，就把双眼瞪得老大，只见杨老板抱着躺在床上的媳妇梅香，眼泪就像开了闸的河水哗哗直淌：“老天爷啊！你总算醒过来了！”

开饭店五年来，杨老板每天晚上回到家，不管多忙多累，都要坐在媳妇床前，和她说一阵子话，说得最多的便是自己怎么劝导客人够吃就行。杨老板本意是想向梅香表达自己心中的悔痛，令人没想到的是，铺片云彩下起了雨，竟浇开了这朵半枯的“花”。

原来，在梅香被撞倒的瞬间，留在她大脑最深层的就是那句“够吃就行”。杨老板这样持续、反复地对梅香说，竟然唤醒了她大脑深层休眠的意识，就这样，梅香终于醒了过来……

（题图、插图：谭海彦）

智擒小偷

□张　浩

老马今年五十多岁，刚从单位退了休，闲在家里享清福。他有一个儿子和一个女儿。儿子在警局工作，女儿在报社上班，一家和和睦睦的，一切都很好。

老伴去世得早，老马一个人在家无聊时，就去小区的老年娱乐室下下棋，聊聊天，倒也挺快乐的。这天，老马刚去了女儿家几天回来，在小区门口遇上了几个棋友，连家都还没回，就又被请去下棋了！一直到傍晚，陪老朋友们喝了点小酒之后，他才摇摇晃晃地回家。

到了家门口，老马正准备掏钥匙开门，却发现门开着没锁。他拍了下脑袋，仔细想想：不对啊！自己这几天都在女儿家，没开过门啊？难道家里有贼！正在这时，老马听见里面传出了翻箱倒柜的声响。不好，家里真的有小偷！老马悄悄从门缝里看去，果然看到一个人在自己家里乱翻，好好的一个家被翻得乱糟糟的。

老马立刻闪到一边，这下酒算是醒了一半，心想：自己一个人肯定对付不了这小偷，更何况人家腰间还有一把刀呢！对了，儿子就住在对面五楼，还是去搬救兵吧！可是……万一趁着这时，小偷把家里洗劫一空逃之夭夭呢？老马左思右想，终于想到了一个完美的方法。

借着几分酒意，老马壮了壮胆，便大摇大摆地走进屋里，又重重地把门关上，然后一屁股坐在沙发上，装出一副酩酊大醉的样子。正在翻抽屉的小偷突然听到关门声，惊得猛然转过头去，一看是个五十多岁的瘦老头，而且看样子好像还喝醉了，顿时

恶向胆边生，拔出腰间的刀来，就要对老马撒野。

老马一看，虽然心里打鼓，脸上却不能表现出来，他故意一摆手说道："臭、臭小子，才去了部队几天，回、回来就和老爸比划来了！"说着，拍了拍自己身边的位置，对那小偷道，"你、你别看老爸脸红，我脑子清醒着呢……过来坐这儿，陪、陪老爸聊两句。"

一听这话，小偷顿时愣住了，心想：这老头是不是酒喝多了？竟把我当成他儿子了！那好，我倒不如装一回儿子，一来可以解围，二来说不定后面还会有什么好处呢！想到这，小偷马上换了一副嘴脸，坐到了老马身边，手中的刀也悄悄收了起来。

老马斜眼一瞅，见小偷上当了，心里高兴，便趁热打铁叫了一声："儿呀！"小偷一听，赶忙低着嗓子答道："哎！"虽然他有一百个不愿意，但被形势所逼，也不得不应了！老马一听这小偷应了自己，觉得实在好笑，不由在心里骂道："我才没有你这么个贼儿子呢！"可他嘴上却问："你、你在部队里过得好、好吗？"

"好，还好！"小偷傻笑着应道。

这时，老马从口袋里掏出了一把钥匙，递给小偷道："你、你去对面五楼你姐家……提、提两瓶酒来，酒就放在厨房的柜子里……你姐现在不在家，你、你就陪老爸喝两口吧！"

小偷一听这话，心中大喜，心说：竟然有这等好事！这老头一定是喝得太多了，一时半会儿还醒不过来，我尽管放心大胆地捞上一把！他高兴地应了一声，拿着钥匙就往对面的楼里跑。老马看着小偷下楼那兴奋的样子，笑得前仰后合。然后，他拿起电话拨了一个号码道："喂，儿子！你一个人在家吗？"

"是啊，爸，怎么了？"

"没怎么，爸帮你立了个功！马上，就会有一个小偷去你家偷东西，你先躲好，抓到证据后再送他去警局。千万记住，最后把你家的大门钥匙拿回来！"

"爸，你在和我开玩笑吗？"小马不相信道。

老马语气严肃地说："怎么可能是开玩笑呢？他刚才在我家偷东西，被我想办法骗过去的。你帮爸收拾一下，我挂了啊！"

老马早就盘算好了，以儿子的能力，对付那小偷简直是绰绰有余。他一边哼着小曲，一边收拾屋子，不一会儿，儿子果真打电话来说："那人确实是个小偷，而且已经作案多次了，现在，被同事抓回警局去了。"

后来，老马的棋友知道了这事，大伙都说他是个老机灵鬼！老马倒也不在意，跟着一起笑了起来。

（**题图**：刘斌昆）

灵猴传奇

□陶嗣巍

灵芝猴盗

康熙年间，武夷山中住着一对父子，父亲叫张守义，儿子叫张小义。一次进山打猎时，他们发现了一棵罕见的大灵芝，父子俩一商量，决定到城里找个药铺卖了换钱。

赶了几天路，父子俩进了城，找了几家当地知名的药铺，但碰到的都是奸商，出价全部低得离谱。两人兴冲冲而来，此时不禁有些心灰意冷，眼看日头偏西，只好找了家客栈住了下来。临睡前，张守义怕有人打灵芝的主意，便把装灵芝的袋子放在自己枕边，袋子里还放了能够致人昏厥的毒刺。

第二天一早，张守义醒过来，刚一转头，登时吓得一激灵，只见身旁趴着一只猴子！他连忙摇醒儿子，两人上前仔细一看，确实是只猴子，此时已经昏迷不醒，它的一只前爪还在装灵芝的袋子里。

张守义忙解下腰带将猴子绑住，小义则端来一盆水浇在猴子脸上。凉水一激，猴子摇摇头醒了过来，它抬头看了看两人，眼中露出惊恐的神情。这时，小义突然发现猴子的脖子上挂着一根绳子，绳上穿着钢针，便连忙指给父亲看。张守义拿起来细细端详，只见那钢针上斑斑点点的，有许多划痕，像是经常和硬物碰撞。他突然浑身一震，隐约想起了什么。

很久以前，张守义曾听人说过“猴盗”的事情，“猴盗”是一种称呼，指的是江湖上那些专门训练猴子偷东西的人。据说，这活儿极不容易，必

须是找聪明绝顶的猴子，而且要从很小的时候就开始“熬猴”，让它对主人的话言听计从，然后再教它开锁之法，小义发现的那根钢针其实就是用来开锁的。一旦训猴成功，“猴盗”就可以在家里坐地生财了。

张守义不想多惹麻烦，便将腰带解开，打开窗子，将猴子放走了。小义奇怪父亲为何如此，张守义也不回答，只是叫他上街买些吃的回来。小义离开客栈，却没有去集市，而是顺着猴子离开的方向追了下去。他对这只偷灵芝的猴子非常好奇，想看看它到底去哪里。那猴子中了毒，动作难免不大灵活，很快便被小义追上了。眼见猴子溜进了一间不起眼的院落，小义也跟着翻墙进了院子。他蹑手蹑脚地走到正房的窗外，屏息凝神，听着屋子里的动静。

只听一个少女的声音说道：“小六，你回来了！快过来让我摸摸，你去了一夜，我都担心死了！”屋里传来一阵猴子“吱吱”的叫声，女孩叹了口气，又说，“我又让你去给父亲偷药了，看来这次你是扑空了。偷不到也没什么，父亲现在被关在衙门的大牢里，很快就要被处斩了，你偷再多的药也救不了他的命！我从小眼睛就看不见了，是父亲辛辛苦苦将我拉扯大的，可我却连他最后一面都见不到！”接着，便传来“呜呜”的哭声。

小义也从小就没了母亲，不免对这双目失明的姑娘心生同情。他翻墙出了院子，一路跑回客栈跟父亲说了此事。张守义听后，皱了皱眉头，他把灵芝揣在怀里，让儿子带路来到了小院。

小义敲了几下门，只听少女轻声问道：“是哪一位啊？”小义答道：“我们是新搬来的邻居，知道你出入不方便，特地来帮你挑水。”“吱呀”一声，门开了，里面走出来一位清秀的姑娘。她向二人行了个礼，感谢他们前来帮忙。

三人进屋坐下后，张守义才道出了实情。少女大吃一惊，以为他们是来兴师问罪的。小义连忙安慰道：“我们并不是来为难你的，只想知道你父亲为什么会被关进大牢？”

前尘往事

原来，这少女名叫乔燕儿，她的父亲乔三槐正是江湖上大名鼎鼎的“猴盗”。

当年，乔三槐的妻子因难产而死，女儿乔燕儿又是天生双目失明。为了治好女儿的眼睛，他到处寻访药方。听说用名贵的深海珍珠磨成粉服下后，眼睛就会复明，乔三槐很是动心，但深海珍珠极为昂贵，出于无奈，他只得做起了“猴盗”，频繁作案。

这只“小六”是乔三槐在峨眉山附近找到的。当时，他随身携带了一个装满鲜桃汁液的葫芦，并将葫芦交给自己碰到的小猴子。可无论它们怎么咬、拉、拽，就是无法打开葫芦，直到碰到了小六。原来，这葫芦有个机关，在葫芦口内壁上刻有螺纹，这盖子不是盖上去的，而是拧上去的。一般的猴子只会使蛮力，自然无法打开它。此后，乔三槐训练小六各种偷盗的方法，自从小六“满师”后，乔三槐父女便不用再为生计发愁了。

前不久，乔三槐带女儿逛庙会，正赶上四皇子胤禛出来巡游。胤禛为康熙所器重，特赐了他一颗罕见的东珠，入城的时候就镶嵌在朝冠上。它那耀眼的光芒吸引了乔三槐的目光……

东珠失窃，胤禛大发雷霆，下令全城封锁，许多人无辜入狱。乔三槐没想到会连累这么多人，他感到良心不安，决定悄悄将东珠还回去。可他刚走到胤禛的府邸外，便被几个官差拿住了，东珠也被搜了出来。尽管乔三槐一口咬定是自己捡的，但还是被打入大牢，判了他个秋后问斩。

消息传来，乔燕儿几乎昏了过去。她知道父亲怕是回不来了，但作为女儿，她仍想再尽些孝心。那天，乔燕儿去药铺买伤药，准备让小六带给父亲。正好，听到张氏父子在药铺讨价还价卖灵芝，她知道灵芝对疗伤有奇效，便让小六连夜去偷取。

同囚一室

听了事情的来龙去脉，父子俩对乔燕儿十分同情。小义见她哭得梨花带雨，便低声和父亲商量了一下，然后对乔燕儿说：“反正这个灵芝我们也没有什么用，还是送给你吧！”乔

燕儿说什么也不肯要，但小义再三坚持，她还是接受了。

当晚，乔燕儿剪了半颗灵芝，让小六带给父亲，可小六却迟迟未归，乔燕儿急得一夜没睡。天快亮的时候，小六回来了。乔燕儿正在高兴，突然听见外面一阵嘈杂的声音，大队人马包围了小院，当先一人正是四皇子胤禛的心腹李卫。她大惊失色，知道肯定是小六的行踪暴露，被官差跟踪着找了过来，便连忙推开窗户，着急道："小六，快走！"但灵猴恋主，只是站在窗框上"吱吱"地叫唤，说什么也不肯离去。只听"咣当"一声，院门被撞开了，李卫领兵闯了进来，将一人一猴逮个正着。

很快，乔燕儿和小六被押到了胤禛的府邸，不久，乔三槐和张守义父子也被押来了。原来，李卫在乔燕儿的住处发现了半颗灵芝，便派人到城里各个药铺去询问，很快便擒获了张守义父子。四人一猴同囚一室。不久，李卫引着胤禛来到屋内。胤禛满脸冷峻，在屋子正中坐定。

此时，人证物证俱在，乔三槐也爽快地承认，东珠是自己派小六盗走的。他脖子一梗，大声道："冤有头，债有主！偷东珠的事是我干的，与他人无关。求王爷开恩，饶了我女儿和这两位朋友。"说完，猛地朝地上磕头，直磕得头上鲜血直流。

胤禛眉头一皱，闭目思索了一阵，突然睁开眼道："饶了他们倒是可以，不过……你得给我办一件事。事成后，不但既往不咎，还有享不尽的荣华富贵！"

建储密诏

从此，四人便被软禁在府内。胤禛让李卫告诉乔三槐，要小六帮忙偷一件东西，而且不但要能偷回来，必须还得还回去。乔三槐虽然满腹狐疑，但也只得照办。每天，李卫监督着他训练小六，几个月后，小六已经能够神不知鬼不觉地将东西偷出来、又还回去。胤禛看了很是满意，便带着乔三槐和小六返回了京城。

进京之后，胤禛多次派人带小六进皇宫熟悉地形。而乔三槐也终于得知，胤禛要偷的那件东西正是康熙皇帝的建储密诏！

原来，康熙晚年为防止诸皇子争储，便决定不立太子而秘密建储，那建储密诏便藏在乾清宫"正大光明"匾后。诸皇子都想知道储君是谁，但无奈乾清宫戒备森严，没有人能够将密诏偷出来，然后再原封不动地还回去。而那天，胤禛得知世上竟有"猴盗"这回事，便灵机一动，有了一个大胆的想法。

这天夜里，小六进宫偷回了密诏。乔三槐颤抖着双手将装有密诏的匣子交到胤禛手里，然后突然"扑通"跪倒在地，拼命磕头道："我……我知道了王爷这么机密的事情，也没打算再留在世间，只求王爷饶了我女儿、张老哥和小义！”说完，又是不停地磕头。

几个月的相处，乔三槐已深知胤禛为人冷酷，杀罚果决。这等机密之事，事成之日必定就是自己丧命之时，他自知必死无疑，只盼着能保住女儿和两位恩人的性命。

可胤禛却不答话，他把匣子打开，小心翼翼地将密诏拿在手里，缓缓展开来看……

突然间，胤禛脸上露出了难以名状的复杂表情。但这种神色转瞬即逝，很快，他又恢复了平时的冷峻模样。胤禛将密诏收好，放回了匣中，然后交给乔三槐，让他还回去。乔三槐愣了一下，知道再求也是无济于事，他颤抖着手接过匣子，蹒跚着离开了。

不久，乔燕儿收到消息，父亲乔三槐在京城暴毙而亡。她大病了一场，多亏有小义照顾，身子才逐渐好起来。不久，在张守义的主持下，小义和乔燕儿结为夫妇，但终其一生，三人都在胤禛的严密监视之下。

多年后，已是雍正皇帝的胤禛和两江总督李卫再次谈起此事。李卫问胤禛当初为何会放过乔燕儿三人。胤禛默然良久，长叹一声道：“其实，乔三槐是自尽的！”李卫大吃一惊，胤禛这才说起事情的来龙去脉。

原来，乔三槐知道胤禛绝不可能放过自己，当夜便悬梁自尽，临死前留下一封血书，再次恳求饶过乔燕儿三人，但胤禛思虑再三，仍决定处死他们。没想到的是，在乔三槐死后，小六数天不吃不喝，最后，竟在乔三槐的尸体边活活饿死了！

胤禛得知此事后，大为感慨，他感念这一人一猴的忠义，终于决定饶了三人性命。但胤禛却还有个原因没有说出来，那就是在康熙的密诏中，立定的储君就是他自己！

（题图、插图：黄全昌）

最美的燕尾服

□杨 明

天赐的机遇

劳伦是美国费城的一名音乐指挥家，虽然他身怀抱负，却由于没有机遇而一直默默无闻。

这天下午，劳伦突然一溜小跑回到家，把一个天大的喜讯讲给太太和孩子们听，还说：“好消息，这真是个千载难逢的机会！”

原来，享誉全球的音乐指挥家贝尔大师率领他的交响乐团来费城演出了。当天下午，贝尔正在剧院里指挥乐团排练，劳伦偷偷溜了进去。保安发现了他，正想把他轰出去，劳伦却斗胆上前指出了贝尔指挥中的一个细节失误。贝尔当时就愣住了，把劳伦单独叫到休息室，询问了他对于指挥艺术的见解等等。然后，贝尔竟然做出了一个惊人的决定，他对劳伦说：“明天下午的演出，由您以我团次席指挥的名义替我指挥！”

劳伦目瞪口呆：“什么？先生，您说什么？”

“由您来指挥这场音乐会，有什么问题吗？您不敢？”贝尔问。

劳伦忙说：“不、不，我……”

“那就这样定了！别忘了，明天下午两点演出。”贝尔以强硬的口吻交代道，“请您记住，万一要是演砸了，不仅我的名声会受损，您的艺术生涯也将终结！”

听完劳伦的转述，一家人立即欢呼起来，这真是个天大的喜事呀！

可随即愁事就来了，劳伦连一身像样儿的演出服都没有，怎么指挥啊？劳伦太太想了想，立即布置全家人行动起来：先让大女儿去邻居家借来了一双皮鞋，几个孩子抱着皮鞋，把它们擦得一尘不染；劳伦太太又找出了一件干净的白衬衣，可这件衬衣没有硬领和胸衬，是不能在外面套上燕尾服的。这当然难不倒心灵手巧的劳伦太太，她用白色的硬纸板剪成了硬领和胸衬的形状，巧妙地镶嵌在衬衣上面；最后，劳伦太太又从柜底翻出一件很旧的燕尾服，用黑色染料重新染过，再用熨斗精心熨好，一件焕然一新的燕尾服终于诞生了！

第二天中午，劳伦理了发刮了脸，然后穿好皮鞋，披上满身的硬纸板，最后小心翼翼地把燕尾服穿在身上。一家人高高兴兴地出了家门，一路步行到了音乐剧院。在剧院门前，劳伦太太拥吻着劳伦，说："亲爱的，不管成功与否，我和孩子们在这里等你出来，一起回家！"

高潮到来了

劳伦进了剧院，在后台找到了贝尔，贝尔一脸严肃地冲他交代了几句，说了声："好好准备吧，先生！"然后转身离开了。

劳伦这才知道，今天来听音乐会的全是费城的头面人物和各界名流。透过帷幕的缝隙，他看到贵宾们已经陆续入场了，一对对绅士、淑女全都是一样的打扮：男士们内穿白衬衣、外着黑色燕尾服，而女士们全是洁白的百褶裙。

人渐渐齐了，预备铃已经打过，乐池里的演奏者们也各就各位了。劳伦登上了指挥台，他感到十分紧张，额头上和手心里都是汗水，心也怦怦狂跳起来。这时，劳伦一抬头，正看见了贝尔，原来舞台上方的前端两角处，各有一个小小的围栏看台，贝尔就坐在左侧的看台里，居高临下地看着所有人。两人的目光相遇时，贝尔对劳伦轻微而有力地点了点头。

两点整，大幕徐徐拉开，幕布恰到好处地遮挡住了贝尔的小看台。劳伦最后看了一眼贝尔，微微颤抖的双臂一举，悲怆雄浑的《英雄交响曲》开始了……

渐渐地，劳伦的呼吸平静下来，双臂的动作优美而舒缓，他已经完全沉浸在音乐的意境里，忘记了观众，也忘记了自己。他的指挥棒仿佛施了魔法，让乐池里的配合浑然天成，观众们一个个听得如痴如醉，连贝尔也听得入神了。

高潮终于到来了。第二乐章的结束曲奏响，所有乐器发出了令人热血沸腾的和声，劳伦用尽全力抡起双臂向上一挥，却听"哧拉"一声撕裂的声响！这声音太刺耳了，所有人都被吓得一愣，随即，大家目瞪口呆地看到，劳伦的燕尾服分家了！只见两只袖子还紧绷绷地箍在胳膊上，前襟和后片却已经被拽得四分五裂……

剧场里一下子鸦雀无声，所有的目光都集中在劳伦身上。劳伦慌了，

下意识地把燕尾服的残片七手八脚地剥下来，怎料这一脱更糟，里边的硬纸板全都一片片神气地跑出来了！台下一阵骚动，还不时传来几声偷笑。劳伦彻底绝望了，他发疯似的把燕尾服狠狠摔在地板上，然后无力地瘫坐在指挥台上，捂住脸伤心地哭了。

这时，左侧的帷幕边突然伸出一只手，拉了拉帷幕，小看台就全露了出来。只见贝尔站起身来，脱下燕尾服、硬领和胸衬，和劳伦一样只穿着一件白衬衣，然后他做了个潇洒的手势，说："请接着来，第二指挥先生！"

全场再次被惊呆了。贝尔见劳伦迟疑地望着自己，便又说："拿起你的指挥棒，把演奏进行完，第二指挥先生！"不久，劳伦站起身来，向观众席深深鞠了一躬，然后手一扬，音乐声再次在剧场里回荡起来……

过了一会儿，观众席中有一位绅士站了起来，脱下了自己的燕尾服和硬领、胸衬；紧接着，又有几位绅士不约而同地站起来……仅仅十来分钟，所有绅士都脱得只剩下了白衬衣，刹那间，剧场里白茫茫一片。劳伦再次忘我地投入到音乐中……

演出获得了空前的成功。当劳伦的最后一个动作有力地停顿时，剧场里响起了经久不息的掌声。贝尔走下小看台，与劳伦一起向疯狂的观众致谢……

这时，劳伦却在如潮的掌声中有些心神不宁。忽然，他带着一脸歉意对贝尔解释了几句，捡起那团破燕尾服就要下台，贝尔叫住了他，从他手里拿过一块硬纸板，掏出笔来飞快地写了几行字。然后，贝尔携起劳伦的手，在全场观众不解的目光中匆匆出

了剧场。

大师的订单

劳伦太太和孩子们已经在寒风里等候了几个小时，时间越久，他们的心越忐忑不安。揪心的紧张使劳伦太太头昏眼花，几乎就要虚脱了。突然，她感到大女儿在推自己的肩膀：“妈妈，快看！”

劳伦太太忙向剧院门口看去，只见大门开了，有两个人走了出来。咦，那不是劳伦吗？他怎么只穿着衬衣？燕尾服怎么揉成一团拿在手里？劳伦太太脑袋轰的一下，心想：天啊，穿帮了！她下意识地用手捂住嘴，不让自己痛哭出声，眼泪却已经夺眶而出。

在劳伦的引领下，贝尔径直来到劳伦太太的身边，他对着劳伦太太很绅士地点了一下头，然后掏出一块硬纸板来请她看。劳伦太太透过婆娑的泪眼看到，上边写的是一行简谱。作为音乐家的家属，长期受音乐的熏陶，不但她，连几个孩子也马上辨认出来了，这是一只小提琴练习曲的片段，曲名就叫《燕尾服》。

劳伦太太不明白什么意思，转头去看丈夫，劳伦刚要开口，却被贝尔用优雅的手势制止了，他随即说道：“尊敬的劳伦太太，‘劳伦牌燕尾服’是我在艺术生涯中所见到的最优质的音乐时装，它是用心血制作的，饱含着真诚的信任和温馨的爱情！我……可以荣幸地请您也为我制作一套这样的服装吗？”

劳伦太太愣在那里，一句话也答不上来。贝尔笑了笑，又掏出笔在硬纸板上写下一行字，然后说：“您没反对，那就说明您同意了！喏，这就算是我的订单。”劳伦太太定睛一看，那上面赫然写着：从一九四六年一月二十日下午五时起，正式聘任劳伦为贝尔交响乐团第二指挥。贝尔。”

贝尔又回头对劳伦说：“劳伦，您怎么还愣着？您不打算和我一起订制一套这人间最美的燕尾服吗？”劳伦赶忙接过笔，在贝尔签名的下面笨拙地写道：贝尔交响乐团第二指挥。劳伦。

这时，观众们从剧院里拥了出来。他们看到，那位刚刚取得轰动性效应的劳伦，正伸出双臂把太太和孩子们用力拥进怀里。所有人被这一幕感染了，他们静静地看着，像是忘记了寒冷。天渐渐黑下来，广场上那片寂静的白色却久久未曾散去……

（**题图**、**插图**：谢　颖）

绿版编辑部各编辑邮箱：

夏一鸣：gshxym@163.com
朱　虹：zhong98305@sina.com
杭　帆：hangfan1102@126.com
刘迎曦：liuyingxi1203@163.com
颜轶超：yanyichao1004@sina.com

飞走的金凤凰

□王静者

祁州自古以来，便有“药都”之称，曾有“药经祁，始生香”之说。清光绪年间，直隶总督下令在祁州修建一座全国最大的药王庙，以配得上“药都”之称。

眼看药王庙的修建接近尾声，这天清晨，工匠石老三来到庙内的两根铁旗杆前，突然，他的眼睛就瞪圆了：怎么回事？铁旗杆上怎么只剩下一条金龙？那条金凤凰昨天刚铸好的，现在哪里去了？

正这时，监修官走了过来，大吼道：“石老三，你仰着脖子看啥呢？赶紧干活去，这就要到日子了！”“官爷，你快瞅瞅吧，”石老三连忙指着铁旗杆顶说，“那金凤凰没了！”

监修官抬头一看，这下惊得说话都磕巴了：“这、这……不、不可能！这么个大家伙，又铸在了上面，怎么说没就没了？”说到这，他突然激灵一下，“莫非……是昨晚的大风吹跑的？”

石老三摇了摇头，说“真要是风吹的，应该连铁旗杆一起吹倒啊！”监修官知道事关重大，他转了转眼珠说：“石老三，你赶紧去告诉跟你一起铸造金凤凰的人，一会儿都到我屋里来！”石老三答应一声，连忙去找人。不一会儿，人都到齐了。监修官把门关上后，将金凤凰丢失的事说了一遍，最后告诉石老三等几人：“这事千万不能传出去，要不咱有一个算一个，都脱不了干系！你们赶紧想办法重铸，越快越好！”

几个人听了，都吐吐舌头，啥也不敢说了，赶紧又忙活了起来。三天后，金凤凰重新铸好了。监修官和石

老三几个，围着铁旗杆转了好几圈，这才放心地离开了。

第二天，石老三一大早就来上工，一脚刚跨进药王庙，就见监修官跟掉了魂儿一样，枯坐在铁旗杆下。石老三抬头看去，顿时也瘫倒在地上。原来，金凤凰又没了！事情到了这种地步，想瞒也瞒不住了。监修官连忙将此事上报知县，知县听完，哪里肯信，连声大骂监修官是在忽悠。

监修官想死的心都有了，说："大人，就是给小的一百个胆子，也不敢骗您！不信？您去查！小的要是有一句瞎话，您杀我全家！"知县还是不信，他跟着监修官来到药王庙，让石老三几个再铸一个上去，还说："我这几天不走了，倒要看看，这金凤凰是怎么飞走的！"

就这样，石老三他们又铸了一个，一切都安放好后，知县和监修官两人就整晚都守在铁旗杆下。天亮后，他们强打精神抬头一看，顿时都蹦了起来——金凤凰又没了！

当下，知县不敢迟疑，坐上轿子慌忙赶回衙门，把这事详详细细地禀报知府。就这样一级上奏一级，没几天，直隶总督就知道了。他也吃惊不小，马上带着大小官员赶到药王庙，仔仔细细问了好几遍，这才相信确有此事。这下，直隶总督急了，带上祁州知县、监修官和石老三，风风火火地赶赴京城，去向慈禧汇报。这么离奇的事情，慈禧也不信。可眼见上自直隶总督，下到工匠一个个都点着脑袋，拿身家性命担保，她又不得不信。

正不知如何是好呢。直隶总督突然开了口："太后啊，此事非同儿戏！想当年，凤鸣岐山，才换来了周朝八百年的基业。如今，我大清铸个金凤凰都飞走，这恐怕……"慈禧听完，眉头就皱了起来，说："是啊，看来此事意义非凡，这金凤凰必须要留住！那依你的意思，又该如何处理呢？"

直隶总督小心地看了慈禧一眼，说："臣以为，此事恐怕也只有太后亲临，才能永留金凤！"慈禧奇怪道："这是为何啊？"

"因为太后是百凤之首！"

慈禧听完顿时乐了，连声说："好，好，那就依你了。哀家也不信，我大清居然留不住个凤凰！"

就这样几天后，慈禧在百官簇拥下来到了药王庙。站在铁旗杆下，慈禧下了令："传哀家懿旨，命石匠再铸金凤凰！""且慢！"直隶总督突然叫了起来，"太后，臣方才猛然想到一个问题，不知当讲不当讲。"

慈禧点了点头，说："但说无妨！"

直隶总督走上前几步，说："如今，我大清全仰仗太后仁威，方能外化蛮夷，内安百姓。可臣发现，这铁旗杆上却是龙在上，凤在下。这完全不符合我大清当今的现状。因此，臣建议：重铸时，能否凤在上，而龙在下？请太后三思。”

“这……恐怕不好吧！”慈禧瞥了一眼百官，说道：“自古就是龙在上，凤在下。祖宗的规矩怎么能随便改呢？”

慈禧刚说完，直隶总督“扑通”一声跪了下来，说：“臣冒死再言：百善孝为先。凤生龙，方能有龙腾四海。凤为龙母，所以，凤在龙上，有何不可？”说完，转过脑袋看着其他官员叫道，“不知诸位大人，是否还有异议？”

还有异议？谁敢啊！顿时，众大臣纷纷跪倒，表示支持总督大人的意见：凤在上，龙在下！还说：“太后，您要是不答应，我们就不起来！”

慈禧转了转眼珠，又要推辞。百官不答应，一个个跪在地上把头都磕破了。慈禧假装无奈，只好叹了口气说：“既然众爱卿都这么说，那就仅此一回，下不为例吧。”顿时，百官欢腾，三呼太后万岁。

几天后，铁旗杆上的龙和凤都铸好了。这回是凤在上，而龙在下。果真，此后金凤凰就老老实实地待在上面，再也飞不走了。事情圆满解决，慈禧高高兴兴地回了紫禁城；直隶总督洋洋得意地去了保定府；知县和监修官也欢欢喜喜地得了重赏；只有石老三，从此却不见了踪影。

原来，这些都是直隶总督为了拍慈禧马屁，故意导演出来的。由于慈禧刚刚囚禁了光绪帝，正需要一个机会，重树自己的威望和形象，于是便有了这么一出。至于金凤凰是怎么消失的，也很简单。石老三根本就没把金凤凰焊死在铁旗杆上。天黑后，监修官爬上去，几锤了就给敲了下来。整个事情只能说是：演员很出色，效果很完美。

编读往来：你的问题我来答

山东读者张所新： 我是一位中学语文教师，曾有很多家长问我："怎样提高孩子的写作水平？应该买什么样的作文辅导材料？"除了根据实际情况回答外，我总忘不了补上一句："给孩子订一份《故事会》吧！"为什么这样说呢？因为写作说白了，就是讲故事！谁能把掌握的材料处理得富有情趣，谁能紧紧地吸引住读者，谁就是写作高手。在这一点上，《故事会》堪称是"范本"。说句老实话，我是《故事会》的忠实读者，在教学中，我常把《故事会》当作辅导学生写作的教材，既实用，又有趣，深受学生好评。

绿版编辑部： 您说的有些道理。一直以来，我们的杂志就受到广大中小学生读者的喜爱，他们普遍反映，看了《故事会》以后，写作能力提高得很快。还有学生告诉我们，他把在杂志上看到的一个故事细节运用到高考作文中，结果取得了不错的效果。此外，《故事会》还是学生了解社会、认识生活的一个窗口，这一点相信大家都有共识。

云南读者车媛媛： 各位编辑好！我很喜欢"微博故事"这个栏目，不知我总结得对不对，我觉得这个栏目有点像"百姓话题"，它贴近生活，同时又不乏轻松有趣。能否多介绍一些关于"微博"的知识？

绿版编辑部： 你说得很好。我们这个"微博故事"栏目，其实就是小"百姓话题"。它是以"我"为视角，讲述生活中发生的小事件、小插曲、小惊奇、小情趣……说到"微博"，我们知道就是微型博客，它是一种新兴的信息传播方式。相比传统博客的长篇大论，微博有较为严格的字数限制，即 140 个字以内。目前，"微博"已经成为一种全球流行的网络写作方式。比如最近，日本就举办了一场"微博小说大奖"比赛，所有应征稿件都是用简短有限的文字，创作出一个完整的故事，让人感受到 140 个字拥有的无限可能性。

你有什么有趣的经历要和大家分享吗？赶紧把它写成200字以内的小故事寄给我们。一经刊用，即致稿酬。栏目专设投稿邮箱：gshweibo@126.com。

（本栏目欢迎读者提供新鲜活泼、有代表性的问题，一经采用，即致薄酬。）

只是不久后，有细心的人突然发现：药王庙里铁旗杆上的金凤凰，怎么嘴有点歪呢？这个疑问，直到民国建立，石老三重回祁州后才被解开。

当年，石老三根本不愿意演这出戏，可不演又不成。于是，他故意把金凤凰的嘴给铸歪了。后来，他怕被人发现受罚，这才逃跑了。用石老三的原话说就是："谁让慈禧和那些当官的都歪着个嘴，不唱正经戏呢！"

（**题图、插图**：谢　颖）

母亲的需要

罗德是旧金山最成功的商人之一。他唯一苦恼的事情，就是母亲不肯从乡下搬到自己在旧金山的别墅来。而且，母亲很快就病了。医生说，她可能支撑不过一年。

就在这时，无心生意的罗德也出了事情。一个合伙人席卷了他的钱财和契约逃之夭夭，罗德一下子破产了。他卖了别墅、汽车和旧金山的一切，偿还了债务，然后连夜回到乡下的老家。母亲虽然很奇怪，儿子怎么突然回来了，可还是很欣喜地收拾出了罗德的小房间。

很快，罗德破产的消息，就通过邻居们传到了母亲的耳朵里。母亲在惊讶之余，一一登门向邻居们央求，请他们不要再说与儿子相关的一切事情。她像个勇猛的狮子一样，对不大情愿的人喊道:“别去招惹罗德，否则我对你不客气！”

这之后，母亲似乎遗忘了病痛，很快就重新生龙活虎起来。她在镇上摆了个摊子，贩卖一些自己做的糕点。每天晚上，她会把赚来的钱一张张存放到盒子里，然后在一个本子上写下数目。而罗德每天早出晚归地忙碌着，母亲不知道儿子在做些什么，虽然她想问，可最后还是忍住了。

这样一闪就是二十年。母亲在九十岁那年，因患风寒而去世了。罗德伤心地为她办了一个盛大的葬礼，旧金山的一些政要都来出席葬礼，镇上的人都惊呆了。

原来当年，罗德的生意并没有破产，一切都是他假装的!

有人问罗德，为什么要这样做？罗德说，因为他觉得母亲只有自己先有了活下去的信念，才能真正活下去。

是的，让妈妈坚持活下去的理由，没有什么比儿子需要她更加有力。因为，那是所有母亲最为牵挂的事情!

（**推荐者**：阿　咏）

（**本栏插图**：安玉民　梁　丽）

轮流当天使

有一对明星情侣结婚了。大家都对他们的婚姻不看好，记者们更是日夜蹲守在他们的住宅附近，希望能得到一些劲爆的新闻，最好是拍下他们吵架甚至动手的镜头。然而，这一等，实在是太漫长了！二十多年来，记者们只看到两个人相敬如宾，一起打扫卫生，一起去超市购物……

舌头和牙齿总有打架的时候，哪有夫妻不闹别扭的？他们真的没有红过脸吗？一位美国记者曾经采访过他们："你们看起来一直那么恩爱和幸福，请问，有什么秘诀吗？"

他们笑着坦言："我们也有不愉快的时候，不过当发生摩擦时，我们有一个约定——轮流当天使！"

"轮流当天使？"记者不解道。

"是的。有人说，夫妻之间发生了矛盾，第一个低头认错的就是他们爱的天使；但是，不能总是由一方来当天使，因为天使也会累的。所以，我们约定轮流当天使。如果这次是我，那下次就是他了。这样，大家都是天使，谁也不会累！"

天使宽宏大度，但天使也会疲倦的，所以，轮流当天使吧，这样的婚姻才会永远幸福。

（**推荐者**：张　茜）

只看我有的

有一个自小就患脑性麻痹的女孩，虽然病魔夺去了她肢体的平衡感，也夺走了她发声讲话的能力，但她始终勇敢面对一切的不可能，终于获得了加州大学艺术博士学位。

这天，女孩去一所大学演讲。一个学生站起来问道："博士，你从小就长成这个样子，请问你怎么看你自己？你都没有怨恨吗？"

演讲会主持人心头一紧，心说：真是太不懂事了，怎么可以在大庭广众之下问这个问题？

"我怎么看自己？"女孩嫣然一笑，然后在黑板上龙飞凤舞地写了起来：一、我好可爱！二、我的腿很长很美！三、爸爸妈妈这么爱我！四、我会画画，我会写稿！五、我有只可爱的猫！……

忽然，台下鸦雀无声。

女孩回过头来，定定地看着大家，然后又回头在黑板上写下了她的结论：我只看我有的，不看我没有的！刹那间，台下掌声如雷般响起。

（**推荐者**：小　凡）

学写作文，从读故事开始

墙后有爱

□千　羽

哈恩是个医生。1961年的一个晚上，他突然被一阵急促的电话铃声吵醒，是朋友勒夫打来的，他在电话里告诉哈恩一个惊天大秘密：政府决定今晚凌晨一点聚集部队，在柏林街上设立柏林墙，从此切断东西德的所有联系。

一听这话，哈恩的一颗心怦怦直跳。二战后，德国被一分为二，东边是苏联托管区，西边是美英法托管区，定的边界就在柏林城穿城而过。现在，政府为什么一下子要设立柏林墙？而且，这么绝密的消息勒夫是怎么知道的？

勒夫一声叹息，说“柏林不得不分离了！你知道的，我是个无线电爱好者，也是此中高手。刚才，我无意中截获了政府调集部队的电报！哈恩，你马上去西柏林找爱丽丝吧，迟了，就来不及了！”说完，急匆匆挂断了电话。

哈恩放下话筒，一看墙上的挂钟，已经是晚上十一点多了，事不宜迟，他立即动手收拾好东西，扎成个包袱，就准备出门。这时，门外却突然响起了炸雷一般的敲门声。哈恩一惊，心想：难道消息走漏，警察这么快就找上门了？他忙把包袱往柜子里一塞，定了定神，出去开了门。

站在门外的是个包着红头巾的老人，她一脸焦急地告诉哈恩，她的女儿生小孩难产，要哈恩马上出一趟急诊。哈恩心急如焚，再瞥了眼挂钟，时针已经指向了零点整，他已经没有时间了！这样一想，哈恩咳嗽几声，说自己身体不舒服，出不了急诊。“求求您了！这关乎两条人命呀，我求您无论如何都跑上一趟……”老人流着泪，跪倒在哈恩面前。

怎么办？哈恩为难了：出诊吧，万一道路封锁，自己就失去了和爱丽丝团聚的机会；可要是不去的话，一大一小两条人命摆在前面，怎么能够见死不救呢？哈恩长叹一口气，回转身，背起了急救箱。

手术进行了两个多钟头，母子都得救了。可等哈恩疲惫地走出门外，发现一路上，大军已经严严实实封锁了道路，还拉起了铁丝网，正在加紧施工筑墙。哈恩知道，他已经永远失去了和爱丽丝团聚的机会！

眼看和爱人相见无期，哈恩含着泪水，给爱丽丝写了一封分手信，劝她忘掉自己，开始新的生活。信写好了，但此时东西柏林的邮路已经不通，于是哈恩颇费周折，把这封信寄到了国外朋友那里，再让他把信转寄给西柏林的爱丽丝。

几经辗转，哈恩收到了爱丽丝的回信，上面说：哈恩，难道你是个胆小鬼，要做爱情的逃兵？我相信，柏林墙会有倒塌的一天！你为什么没有勇气等候下去呢？哈恩，今生除了你，我谁也不嫁！

在信里，爱丽丝问哈恩，是否还记得他们之间的爱情暗号？从明天起，每天早上八点，她都会来到华歌尔咖啡厅门口的柏林墙下，像以前一样，敲响爱情的暗号！

哈恩当然记得那个爱情暗号。那时，爱丽丝还是女子学校的学生，哈恩则是实习校医。一对年轻人热烈相爱了，可女子学校是不许谈恋爱的。为了表达思念之情，爱丽丝每天都借故来到校医室，模仿“我爱你”这句话的语气节奏，用手指“笃、笃、笃”轻敲三下；而哈恩也会假装不经意的样子，在桌子上回敲“笃、笃、笃”三个音符。这爱情暗号，一直伴随爱丽丝完成学业……

捧着信，哈恩眼里泛起了泪花，心说：是呀，为什么不能继续坚持下去？相爱的人是没有什么可以阻隔得了的，因为，他们的心永远在一起！

为了越过警戒线，接近柏林墙，哈恩放弃医职，报考了警察。一番努力后，他顺利成了柏林墙外的一名巡逻警察。

站岗值勤的第一天，哈恩怀着激动的心情，守候在华歌尔咖啡厅门外的高墙前。很快，手表的指针指向八点，他把耳朵紧紧贴在墙上，果然，墙的那边传来微微的颤动，“笃、笃、笃”三个音符无比清晰地钻进他的耳膜。哈恩瞬间热泪盈眶：这是爱丽丝啊，她没有食言！借着钟楼响起的整点钟声作掩护，哈恩颤抖着手，从怀里掏出一个石头，“笃、笃、笃”地敲了三下……

就这样，五年的时间过去了。哈恩和爱丽丝坚持每天在柏林墙前敲响爱情暗号，不论严寒酷暑，从不间断。

这天，是爱丽丝的生日。哈恩特意早早地守候在柏林墙下，时间一到，他心情激动地掏出石头，刚在墙上敲出“笃”的一声响，身后突然伸出一只手，一把抓住了他：“哈恩，你在干什么？”

哈恩回头一看，一个肥胖的身影站在自己身后，原来是警察局局长，他大声吼道：“身为警务人员，你居然破坏柏林墙，毁坏领袖的神圣画像。现在，我宣布你被捕了！”

哈恩这才注意到，面前的柏林墙上多了幅国家领导人的画像，油墨还是湿的，而他刚才所敲击的位置，就是领导人的右眼，现在已经油墨模糊……哈恩的脸色一下子变得惨白。他清楚对领袖不敬是最大的罪名，自己即将面临的是牢狱之灾！此后，他将再也无法和爱丽丝一起敲响爱情暗号了。想到这里，哈恩用力挣脱局长的手，扑到墙上继续“笃”地敲了一下。

“你还敲？马上给我住手！”局长怒吼着，一脚把哈恩踢翻，抓住他的手腕，把他拖离了柏林墙。看着越来越远的柏林墙，哈恩牙一咬，攥紧手中的石头往上一敲，没料到却敲在了局长头上，局长“哎呀”一声惨叫，松开了哈恩，用手捂住额头，鲜血汩汩流了出来。

这时，警察局的科尔探长带着几个警察闻讯赶来，七手八脚地冲上来抓住哈恩，哈恩用力把手中的石头朝柏林墙扔去，石头砸在墙上，发出“笃”的最后一声响。哈恩笑了，他已经敲响了爱情暗号的最后一个音符……

哈恩被判了八年。在监狱里，他看着眼前高高的围墙，恍惚中，仿佛又回到了柏林墙下。一到早上八点，哈恩就情不自禁地像以前一样，把耳朵贴上围墙听一听。

这只是哈恩的一个习惯动作，可令人意想不到的是，墙的那边，居然传来了清晰的敲墙声，“笃、笃、笃”一声一声撞击着他的耳膜。这分明就是自己和爱丽丝约定的爱情暗号！一时间，哈恩呆住了。

第二天，墙外依然准时响起熟悉的敲墙声。这回，哈恩听清楚了，绝对不是幻觉，他不禁又惊又喜，忙用手中干活用的小铁锤，“笃、笃、笃”地回敲了三下。

以后的日子里，就像在柏林墙下一样，每天墙外都响起哈恩熟悉的爱情暗号，他陷入了迷茫：难道真的是爱丽丝？可这里是离柏林一百多公里的监狱啊！迷茫归迷茫，这不绝的敲墙声还是给了哈恩安慰，伴他度过了单调苦闷的监狱生活。

八年后，哈恩出狱了。他迫不及待走出监狱的大门，外面灿烂的阳光下，站着一个身材高大的男子，赫然是勒夫！此刻，哈恩什么都明白了，陪伴自己走过八年的不是爱丽丝，而是他的朋友勒夫！哈恩紧紧抱住勒夫，喉头哽咽着说：“谢谢你！谢谢你！”

勒夫告诉哈恩，自己贿赂了监狱里的看守，让他们在劳动的时候，给哈恩安排了一个靠墙的位置。这八年来，勒夫每天偷偷来到监狱的围墙下，给哈恩敲响爱情暗号。说到这里，勒夫拍着哈恩的肩膀，说：“你没有必要感谢我，因为我们是朋友。你真正要感谢的人在东柏林！因为……他每天冒着风险，替你在柏林墙上敲响爱情暗号……”

“是谁？”

勒夫回答说：“是科尔探长！”

哈恩愣住了，心说：科尔探长？就是那个整天一言不发、冷着张脸的大胡子？怎么会是他？

“因为十三年前的那个深夜，他被紧急征调去筑柏林墙，无暇照顾快要生产的妻子。是你的出诊，挽救了他妻子和儿子的性命呀！”勒夫接着说道，“我相信，柏林墙总有倒掉的一天。科尔探长说，他等着你回去，亲手为爱丽丝敲响爱情暗号！”哈恩用力地点了点头。

很多年后的一个早晨，哈恩最后一次在柏林墙上敲响爱情暗号，然后在无数群众的欢呼声中，一辆大型推土机轰隆隆地开了过去，推倒了象征着分裂的柏林墙。

哈恩和爱丽丝终于相见了。整整二十八年的等待呀，他们流着泪对望着，一步一步地走近，最后紧紧地拥抱在一起……

（题图、插图：佐　夫）

幕后皮影人

□燕　歌

大帅凯旋

东南沿海有个叫张光宗的军阀，虽说是一介武夫，可平生好大喜功，特别喜欢别人称他“张大帅”。这次，他出海平匪，数日后回到府中，刚在太师椅上坐定，就过来两个丫鬟，一个给他捶腿，一个给他捏肩。接着，又有一群幕僚像苍蝇似的围了上来。

张大帅睁大眼睛说：“这次本帅平定海匪，劳苦功高，你们摇笔杆子的，想一想，如何庆贺呀？”话音一落，就有个幕僚晃着脑袋说：“为大帅立生祠，让万民供奉……”又有一个说：“将大帅的贵人头像绘上千万幅，每家一幅……”

“大帅，我有个主意——”这时，一个叫李知义的家伙凑了上来。张大帅把眼睛眯成一条缝：“什么主意？”“我去找人绘一出皮影戏，名字就叫《张大帅扫平七海记》，这样，老百姓又能看，还能唱……”这个李知义，知道张大帅爱听戏，说这话是摸准了他的脾气。

果然，张大帅眼睛瞪圆了，把椅子一拍：“好！你马上就去办，如果写得好，本帅赏你一千大洋！”这下可把李知义乐坏了，马上屁颠屁颠地派人去找皮影戏师傅。事情很顺利，不久就打听到省城有个叫成家班的最为有名，那班主名叫成有竹。

李知义带人找到成家班，可寻了一圈却不见人影，一扭头看见有一间暗室，便想硬闯进去。门外有个年轻人笑嘻嘻地守着。李知义劈头就问：“你是谁？”“我叫杨怀德。”“成有竹是你什么人？”杨怀德面露不悦之色：“那是我师傅。”

李知义气势汹汹地说：“我是张大帅派来的。成有竹在里面吗？你把他叫出来！老天爷掉下金元宝啦，还不接着？”杨怀德只好说：“您有什么话，进屋说吧。我师傅腿脚不好，又吹不得风。”李知义哼了一声：“架子倒不小！”

进了暗室，眼前是一片漆黑，只有一盏小小的油灯扑闪扑闪的，桌旁坐着一位老人。李知义问道：“怎么不开大灯？”杨怀德回答：“我师傅眼睛有点毛病，您就委屈一下吧！”说完，搬来一把椅子让李知义坐下，自己则走到桌子边上，轻轻说，“师傅，有人找您——”李知义傲慢地打断杨怀德的话，将画皮影的事讲了一遍。

过了一会儿，一个苍老的声音答道：“皮影戏都是代代相传下来的，另起炉灶的事，我们一般不接！”李知义冷笑道：“这事由不得你啦！张大帅交代下来的事，你接也得接，不接也得接！”

暗室里沉默片刻，杨怀德附在师傅耳边，嘀咕了几句，然后对李知义说：“好吧，时间能不能宽裕点？因为戏文不好编……”李知义从怀里掏出一个本子扔在桌上：“我这里有现成的戏文，你们只管唱就行。那里面还夹着张大帅的相片，画的时候务必要传神，不然大帅会不高兴的！”

说完，他站了起来，交给杨怀德一包大洋，说：“这五十块大洋算做订金。一星期后，百会大剧院，张大帅亲自去看你们的演出！”临出门时，他又转头说了句，“小心点，别演砸了，不然，我带人捣了你这成家班子！”

真假皮影

李知义是个刁人，他话给成师傅说死了，却仍不放心，派人天天盯在成家班门口。有喽罗回报说，成家班中时常传来吟唱之声，唱的正是那戏文的内容。李知义这才放了心……

一星期很快就过去了。这天晚上，百会大剧院热闹非凡，省城有头有脸的名流士绅都来了。而且，张大帅为了扩大影响，特许一部分百姓免费入场看戏。一时间，剧院内挤得水泄不通。尤其是听说成家班答应专门为张大帅画一场皮影戏，一个个都被吊足了胃口。

锣鼓声响起，剧院里灯光暗了下来，接着，台上的半透明布障亮光一闪，皮影戏终于开场了。只听长长的汽笛响起，张大帅的军舰出现了，果然是火炮如林，军旗猎猎。随后，一身戎装的张大帅上场了，只见他手执着望远镜，十分威风凛凛，嘴上那道八字胡，高高翘起，画得极为传神。连张大帅自己看了也不住地点头，显得志得意满。再听那戏文，果然写得天花乱坠，鬼话连篇。老百姓们听了都大摇其头，唉声叹气……

戏演到中途，有些人正要退场，可就在这时，突然戏文陡地一变：台

上，原本对垒的双方突然停止了交战，海匪头子居然令船队长鸣礼炮，大吹大擂地请张大帅上了海岛。原来，两人杯酒言欢，达成了一条秘密协议：张大帅默许海匪抢劫商船，但必须要给自己四成红利……

这下，大家看得目瞪口呆，张大帅气晕了，怒吼道："抓起来，给我抓起来……枪毙！"

一队卫兵应声冲进后台，只见聚光灯后仍有两个人在表演，手中的皮影人在灯前不停地跳动。几个卫兵一拥而上，可这时惊人的事发生了：一个卫兵去抓一人的头，那个头竟然像泄了气的皮球一般，两颗眼珠子骨碌碌滚了下来……卫兵们这才看清楚，这两个人竟然都是皮做的！"鬼……鬼啊……"卫兵们吓得尖叫起来。

张大帅似乎明白了是怎么回事，他马上下令，将成家班全体逮捕，就地枪决。不久，成家班门口发疯般地冲来了一辆军车，接着，就见数十名全副武装的卫兵跳下来，包围了成家班。几个卫兵径直奔向暗室，只见暗室外站着杨怀德，仍是笑嘻嘻的。冲在最前面的卫兵二话不说，抡圆了枪托就向他脸上砸去，没料到，枪托却像砸到棉花上，杨怀德慢慢倒了下来，仔细看时，这个"杨怀德"竟也是一张皮！

卫兵们冲进暗室，数十道手电光四下一扫，齐齐照在一个人脸上。只见成师傅仍旧坐在那里，脸上波澜不惊，桌上的台灯仍旧亮着，灯下放着一幅未画完的皮影。

成师傅也是一张皮……

青出于蓝

这出"皮影戏"很快就传遍了大街小巷，而且越传越邪乎，说那些演皮影戏的都是被海匪杀死的船队商人，现在来复仇了！张大帅气得暴跳如雷，他用了七种酷刑，把李知义弄死在水牢里。

再说，张大帅自己也没落得好下场。此后，他连吃败仗，在省城混不下去了，只身一人逃到海上投靠海匪头子，后来被扔到海里喂了鲨鱼。

至于成家班呢？难道真的都是鬼吗？

当然不是。告诉你，这一切都是杨怀德的“杰作”。杨怀德是成家班最出色的弟子，也是唯一还活着的传人。早在数年前，成师傅便已过世，临死前他告诉杨怀德，说成家班有个祖训：皮影戏的最高境界是以天地为幕布，以活人为皮影，可惜他努力一辈子，也没有达到这个境界，所以，他希望自己的弟子能够实现。这一次，杨怀德“借壳还魂”，终于不负师望！

其实，暗室中画皮影的成有竹，剧院后台表演皮影戏的两个弟子，都是杨怀德亲手做的“人形皮影”。他在暗处操作着人形皮影，让他们做出各种的动作来控制真正的皮影，这要比直接控制皮影难上十倍。唯有成有竹的声音，是杨怀德配上去的。暗室中不见光，谁也看不到成师傅，对此自然不会怀疑。

那天在百会大剧院，杨怀德躲在后台的屋梁上，等剧院的人散尽以后，他才悄悄地离开。他早已料到，张大帅看到这出皮影，肯定会恼羞成怒，拿成家班出气……

此后，省城就再也见不到成家皮影戏了，但在一些偏远地区，皮影戏却相当红火。大家都在传，是一个叫做成有竹的老艺人教会他们的，而且他教学的地点很特殊，永远躲在一间暗室中，从未露脸。

（**题图、插图**：张恩卫）

·情节聚焦·

不能说的秘密

□黎义全

最近，单位要提拔两个副科长。一听到这个消息，周一涛就自信能争取到。凭啥呢？就凭他那炉火纯青的溜须拍马功夫！

周一涛能说会道是出了名的。他那漂亮的女友张晓丽，就是被他的甜言蜜语哄得团团转，才跟了他的。可张晓丽的父母知道周一涛除了溜须拍马，就没啥本领了，因此坚决反对两人的婚事。二老还说，如果周一涛想娶他们的女儿，就必须干出点成绩来。所以，这次提升的事，周一涛是下定了决心要拿下。

这天晚上，周一涛提着一盒名贵的冬虫夏草，来找王局长。他站在门口，按了好久门铃，门才慢慢地拉开一道缝，露出王局长那张满脸肥肉的脸。周一涛连忙挤出一脸笑容，正要开口，王局长却慌张地看着他，问道:“你……你怎么来了？”“我来看看您啊！”周一涛连忙抬起手中的礼物，顿了顿，又说，“顺便向您请教一些业务上的事情……”

“哦……”王局长点点头，可他始终只是把脸从半开的门缝里露出来，似乎不欢迎突然有人来访。周一涛见状，连忙知趣地说:“要不……我改天再来！”

王局长立即说道:“好！那……那你改天来吧。”周一涛点点头，正准备转身离去，就在这时，突然从屋里传出一声女人惊恐而失真的尖叫声:“啊，壁……虎……”

王局长的脸马上白了。周一涛也愣住了，心想：听这个声音，不像是局长老婆，应该是个年轻女孩。天啊，原来王局长在屋里藏了个女人！单位里早就有传言说，王局长和女秘书林美凤关系暧昧，毫无疑问，今天王局长肯定是趁老婆不在，把林美凤带回家了。

想到这里，周一涛赶紧转身走下楼。这种情况下，作为下属的他就应当假装什么都看不见，什么都听不到！可刚下到楼梯口，周一涛远远地便看到一个人正往这里赶，不好，是王局长的老婆！他眼珠一转，连忙拿出手机，拨通了王局长家的电话:“局长，我看到你爱人了！”

“啊……”电话里，王局长的声音

发抖起来，“她、她……到哪里了？你、你帮我拦住她……一定要拦住她！”

这时，王局长的老婆已走到楼梯口了。周一涛连忙上前拦住她：“这位漂亮的女士，我想向您推荐一种最新研发的保健产品。”说着，他把那盒冬虫夏草拿了出来。王局长的老婆不耐烦地挥挥手:“不要，不要……”就要继续上楼。

周一涛不急不躁地又说道：“咦？我看女士您满面愁容，如果我没猜错的话，最近跟爱人相处得不怎么愉快，对吗？”

王局长的老婆一听，停住了脚步，瞪大眼睛看着周一涛，愣愣地点点头。周一涛有点得意了，心说：我就知道你肯定会点头的，王局长正和秘书打得火热呢，怎么会和自己老婆相处得好呢？

这时，周一涛开始发挥他的本领了，滔滔不绝地说道:“一个女人要留住男人，最重要的就是要永葆青春！我们公司的这种保健产品，就是针对这点生产的，您服了它，保证一周见效，没有效果不收钱……”周一涛足足说了十来分钟，说得王局长的老婆两眼发亮，最后，乐呵呵地掏钱买下了那盒冬虫夏草。

第二天，王局长悄悄把周一涛找来，拍着他的肩膀，说:“小周啊，真不知道该怎么谢你啊！你放心，提拔

的事我知道……不过，昨晚发生的事是我俩之间的秘密，千万不能对任何人说起哦！”周一涛连连点头答应。回去后，他果然牢记王局长的叮嘱，没把这个秘密告诉任何人，包括他最爱的女友张晓丽。

三个月后，单位提拔名单公布：一个名额分给秘书林美凤，另一个果真给了周一涛！林美凤能提拔为副科长，大家都心知肚明其中的原因。可周一涛居然也能？同事们都十分诧异，在私底下七嘴八舌地议论起来，大家都说，周一涛这回肯定是砸了不少钱。

周一涛是充耳不闻，心里得意地想：随便你们猜去吧，怎么猜也猜不到的，因为这是我和王局长之间的秘密，打死都不能说的秘密！

升了官，周一涛自觉腰杆直了，便理直气壮地到张晓丽家提亲。看到周一涛原来也这么有出息，二老也就不再反对他们的婚事了。

这天周末，周一涛和张晓丽请了单位同事来家里庆祝。大家开始玩纸牌，唱卡拉ok，玩得很是开心。一直玩到傍晚，到开饭的时间了，张晓丽一个人在厨房里忙碌起来，这时，林美凤说：“我也去厨房看看，晓丽有什么需要帮忙的没有？”说着，她也进了厨房。

不一会儿，只听“啊”的一声，厨房里突然传来一声惊恐而失真的尖叫声。大家都吓了一跳，周一涛也愣了愣，他隐约感到这尖叫声怎么似曾相识？

“怎么了？”有个男同事连忙跑进厨房。

“壁……虎……”紧接着，一个惊恐的尖叫声又在厨房炸响。

周一涛顿时明白了。他忍不住龇牙咧嘴地笑了起来，连忙安慰惊愕的同事们：“没事，没事的！大家接着玩，是林美凤看到壁虎了。”大家一听，也都哄堂大笑起来。

这时，林美凤从厨房走了出来。周一涛一看，顿时呆住了。只见林美凤手里捏着一只还在活蹦乱跳的壁虎，笑嘻嘻地对周一涛说：“周一涛啊，你的未来媳妇也太娇气了吧，一只壁虎就把她吓得半死！”

刹那间，周一涛的脸，惨白得就像一张白纸。

（**题图、插图**：包丰一）

您手中有没有得意之作？本刊辟有二十多个原创性栏目，如中国新传说、我的故事、情感故事、海外故事和中篇故事等；您读到或听到什么有趣事可以和大家一起分享吗？3分钟典藏故事、外国文学故事鉴赏和快乐辞典等都是本刊推荐性栏目。热忱欢迎来稿，可从邮局寄发，也可从网上传递。邮寄地址：上海市绍兴路74号《故事会》杂志社，邮编：200020；如为电子邮件，本期责任编辑信箱：hangfan1102@126.com。

·悬念故事·

死亡拐角

□陈效平

离奇的车祸

最近，美国旧金山市发生了一连串诡异的交通惨案。车祸的地点集中在25号高速公路的一处L形转弯口。调阅监控录像发现，出事车辆都是在接近L形转弯口的瞬间突然加速，然后失控撞向前方的山岩。相同的车祸接二连三地发生，社会舆论一片哗然，媒体们更是把L形转弯口称作“死亡拐角”。

旧金山警察局立即展开了车祸案的刑事调查，具体由马克探长和他的助手霍斯负责。马克对每一起车祸案的录像仔细研究，终于发现了一个共同点：驾驶员在出事前，都在听车载收音机。助手霍斯却不以为然，他觉得开车时听广播很平常，不过，他拗不过马克探长，只好答应说：“好吧，明天我亲自驾车，去‘死亡拐角’走一趟。”

第二天，旧金山警方一大早就封闭了25号高速公路，空荡荡的高速公路上只有一辆霍斯驾驶的警车。此刻，霍斯一边开车，一边听收音机，同时，他用对讲机与坐镇警局的马克探长保持着联系：“头儿，一切正常。”

“换个频率试试。”马克命令道。霍斯立刻按动收音键，选了一个播放摇滚乐的电台继续听。

时间一点点地过去。霍斯驾车在“死亡拐角”附近来来回回地行驶，从早晨一直到下午，什么都没有发现。“头儿，我看这没戏！”霍斯有点泄气了。对讲机里传来马克的声音：“再坚

持一个小时，到时候你就收工。”霍斯吹了一声口哨：“遵命！”

时针一点点地指向了下午三点。坐在警察局指挥中心的马克长叹一声，准备向霍斯发出收工的命令。就在这时，对讲机的讯号突然中断，变成了一片“咝咝”的噪音。

“天哪！”坐在马克身旁的一名警员发出一声短促的惊呼。马克迅速将目光投向挂在墙上的监控屏幕，眼前的一幕让他做梦也想不到：画面上，霍斯驾驶的那辆警车突然加速，像一匹发疯的野马笔直地冲向前方，“轰”的一声，撞在了陡峭的山岩上！刹那间，整个车体扭成了麻花状，一股黑色的浓烟随之在“死亡拐角”上缓缓升起……

“霍斯！”马克发出一声撕心裂肺的低吼。等马克风驰电掣地赶到车祸现场时，救护人员已经为霍斯的遗体盖上了白布。马克顿时泪如泉涌，他紧握着拳头发誓：“霍斯，我一定找出凶手，为你报仇！”

现在，马克探长越来越坚信，这一系列车祸和车载收音机脱不了干系！至于具体的原因，他暂时还搞不明白。当天晚上，马克打了个电话，请求全美最著名的声学专家杰姆前来协助调查。

寻找幻想曲

午夜时分，一架军用直升机降落在旧金山警察局的操场上。螺旋桨刚刚停住，矮矮胖胖的杰姆教授就从机舱里钻了出来，等候在一旁的马克快步上前，和他热情握手。

来到灯火通明的办公室，马克探长立刻向杰姆通报了十二起车祸案的全部经过，还将自己对车载收音机的怀疑和盘托出：“杰姆教授，用收音机播放的某种声音来制造车祸，这种可能性存在吗？”

杰姆沉思良久，点了点头，说：“探长先生，您的推测理论上是成立的，但到现在为止，还没有人将之真正付诸行动。”

接着，杰姆告诉马克，大概是二十年前，在一次声学实验中，他偶然发现了一种奇特的现象：当高频率的超声波在特定条件下被压缩后，它能产生强大的干扰作用。如果把100万赫兹的超声波压缩到20赫兹至2万赫兹范围内，那么人类的耳朵就能听到。这种被浓缩了的高频超声波，相当于让一万吨汽油在一个火柴盒里燃烧，其爆炸性的威力可想而知。杰姆把这种原子弹似的声音叫作《疯狂幻想曲》。人一旦听见它，意志力会在瞬间崩溃，脑中只有一个念头，那就是逃走，快逃走！

“您发现这个秘密后，又做了些什么呢？”马克问。

“我只用小白鼠做了一些简单的

实验，然后就终止了研究，因为这项发明对人类有害无益。对了，我在一篇论文中简单提过几句，但并未对实验过程进行描述。那篇论文后来发表在当年的《美国声学年刊》上，听说那份刊物的发行量很小，仅供同行参考。”

“哦，是这样啊！”马克抽着烟，陷入了沉思，他想了想又问，“自然界中，是否存在这种《疯狂幻想曲》？”杰姆教授点点头：“虽然到现在还没有确凿的证据，但我相信是存在的。你听说过鲸鱼集体自杀的报道吧，我怀疑那就是《疯狂幻想曲》惹的祸！”

马克两眼紧盯着杰姆：“那您看，导致这十二起车祸的《疯狂幻想曲》是出自人为还是天然？”

杰姆背着手在房间里踱了几步：“这个……要等我找到了声音的源头，才能作出判断。现在，离最后一起车祸发生刚好十二个小时，声音源应该还在老地方。人命关天，咱们这就行动吧！”说完这一句，杰姆已经走向了门口。

半个小时后，马克和杰姆坐着警车来到了“死亡拐角”。车停稳后，杰姆掏出一只模样类似收音机的东西，打开了车门。马克赶忙拉住他，不无担心地问：“杰姆教授，您对《疯狂幻想曲》有免疫力吗？”

杰姆摇了摇头：“任何人对它都没有免疫力！不过……”他扬了扬手里的小盒子，很有把握地说，“我的这台检测仪能将所有接收到的音频降解一千倍，必要时还可以进一步降解。”这下马克放心了，他便一个人在车上留守。

杰姆下车后，立刻启动了音频接收仪，将一副连着接收仪的耳机戴在头上，沿着“死亡拐角”来来回回地走动。十分钟过去了，二十分钟过去了，一个小时过去了，杰姆依然平静地走着。就在马克焦急万分的时候，只见杰姆突然脸色大变，两腮的肌肉不停地抽搐。马克心说：不好，教授一定听到《疯狂幻想曲》了！这样想着，他马上跳下车子，飞奔而去。

这时，杰姆迅速在接收仪上按了几个键，等马克跑到身边时，他的

神色已经恢复了平静。马克紧张地问：“教授，您听到《疯狂幻想曲》了？”

杰姆点了点头：“是的。这支曲子相当强大，尽管降解了一千倍，仍让我心惊肉跳；现在，我把它稀释到二千分之一了。如果我没猜错，它的声源应该就在半径五百米的范围内。”说着，杰姆翻过公路右侧的隔离栏，继续往前走，马克也跟了过去。杰姆朝前走了十几步，又退回来向左边走。他根据检测仪上显示的信息，不断修正自己的路线。大约半个小时后，杰姆在一棵粗大的栎树下停住了，他摘下耳机，兴奋地说：“就在这儿！”马克大感意外：“难道是这棵树？”

杰姆不回答，而是绕着大树转了几圈，从身上取出一把水果刀，在一处不起眼的树疙瘩里头挖了几下，不一会儿，便从小树洞里掏出一粒纽扣样子的东西。他将那纽扣小心翼翼地拆开，研究了好一阵，才又重新装好。然后，杰姆转身冲马克说：“千真万确！《疯狂幻想曲》就发自这个玩意儿！不过，这只是个转发装置，相信真正的发射地应该也离这儿不远。”

马克激动得连声音都颤抖了：“看来真是人为制造的！教授，怎样才能找到凶手？”

杰姆把那粒纽扣小心地放回到树洞里，说：“这家伙快没电了，不久就会有人来将它取走。”听了这话，马克笑了：“那咱就来个守株待兔，接下去的事我就在行了！”

真正的凶手

第二天中午，一个十来岁的小男孩蹦蹦跳跳地来到栎树前，摸出口袋里的小折刀，熟练地从树疙瘩里掏出那粒纽扣。然后，他唱着歌转身向一座大山跑去。

半山腰上有一间简陋的小木屋。小男孩跑到木屋前，轻推虚掩的门，走了进去。屋子中间的圆桌上放着一张纸条，上面写着：小布朗，请到山顶的悬崖边来找我。男孩看完纸条，转身就往山顶跑。

山顶上，一个白发老头端坐在悬崖边的一块大石上。小男孩爬上山顶，气喘吁吁地问：“切尔顿先生，您怎么到这儿来啦？东西给您！”说着，他掏出那粒纽扣，递了过去。

切尔顿把东西接在手里，又从怀中摸出一张五美元的钞票，说：“亲爱的小布朗，老规矩，这是你的劳务费！”小布朗接过钱，欢快地走了。随后，切尔顿冲着远处的小树林高声喊道：“先生们，可以出来了！”

不一会儿，马克、杰姆和四个全副武装的警察从树林里钻了出来。切尔顿瞥了一眼，轻蔑地说：“对付一个快死的孤老头，用得着这样兴师动众

吗？”“您可不是一个普通的老头，您是十二条人命的杀手！”马克冷笑道。

一听这话，切尔顿突然激动起来。他咬着牙，一字一顿地说出了自己制造车祸的全部经过：原来，十年前，切尔顿的儿子一家三口驾车出去旅行。车开到旧金山郊外的高速公路时，迎面驶来一辆大卡车，将切尔顿儿子的小轿车一下子撞飞，一家三口瞬间死于非命……

事后，经过警方的调查，那个肇事司机是个狂热的摇滚迷。车祸发生时，他正在收听旧金山音乐电台的重金属摇滚乐。由于是过失杀人，法庭只判处那个卡车司机半年监禁。切尔顿对这种不痛不痒的惩罚极为愤怒，他一再上诉，但均无结果。从此，他恨透了开车听广播的司机，决定用自己的方法来复仇。

几年前，切尔顿在一本过期的《美国声学年刊》上，偶然读到了杰姆教授的那篇论文，《疯狂幻想曲》让他灵感顿发。退休前，切尔顿曾经是一名电子工程师，对声学也颇有研究，他按照论文中的提示，开始着手制造《疯狂幻想曲》的发射器。经过多年的潜心钻研，他终于成功了。

一个月前，切尔顿开始了复仇计划。他先在旧金山郊外找到一处合适的位置，搭建了一间小木屋。由于遥控发射器的功率有限，便又设计了一个频率转发装置，就是那粒黑色的纽扣。然后，他让小布朗给自己跑腿，来来回回地给频率转发器充电。就这样，切尔顿通过发射器，时不时地向山下的频率转发装置播送《疯狂幻想曲》。当他在电视里看到一起又一起的车祸报道时，心中充满了复仇的快感。

说到这儿，切尔顿微微一笑：“先生们，我的故事讲完了。”马克将手枪抬了抬，说：“那么，切尔顿先生，请你跟我们走吧。”

“跟你们？”切尔顿放声大笑，“你们是什么东西？警察和那些该死的法官都是人间的魔鬼……我只跟上帝走，不跟魔鬼走！”话音未落，切尔顿突然从怀里取出一个黑色的小匣子，飞速地在上面按了几下。霎时，一阵恐怖的啸叫声响了起来……

切尔顿原以为在场的警察听到了《疯狂幻想曲》，一定会一头冲下悬崖。没想到，他们竟然无动于衷。切尔顿慌了，他又朝小匣子用力地按了几下。这时，一直默不作声的杰姆教授冷笑道：“切尔顿先生，不必按了。和你一样，我们的耳朵里也塞着特制的消音器。”

听了这话，切尔顿惊恐地瞪大了眼睛，他颤声问道：“你……你是谁？”

杰姆微微一笑：“《疯狂幻想曲》的原作者！”

（**题图、插图**：佐　夫）

职场菜鸟很“雷人”

@ **盹儿糊** 早上，我刚签完到，忽然有人拍了一下我的肩膀，说：“小伙子来得挺早啊！”我回头一看是郭主任，赶紧说：“郭主任，你也早啊。”郭主任听后一愣，然后呵呵一笑转身走了。我有点莫名其妙，正站在那里发愣，旁边一个大姐笑道：“小伙子，他是刘主任！”我一听，悔得肠子都青了，忙说：“张姐，谢谢您的提醒。”张姐也是一愣，继而哈哈大笑道：“我可不姓张，我姓赵啊！”

@ **章鱼小丸子** 一帮同事在办公室里嘻嘻哈哈开玩笑，一个劲儿地夸奖说：“蚊子真好，蚊子真好！”我觉得有点奇怪，忍不住插嘴道：“蚊子有什么好的？我昨天晚上睡觉，还被它咬了好几口呢！”大家一听，顿时笑成一团，其中一个女孩满脸通红地瞪着我，一副想说什么又不好意思开口的样子。后来我才知道，那个女孩的外号叫“蚊子”！

@ **三意孤行** 我刚进办公室，就看见一个小伙子拿着一张纸站在碎纸机前面发呆，看来是新来的，还不会用这个机器。我连忙走过去帮忙，把那张纸放进碎纸机里，按下了开关，一阵响动之后便搞定了。正当我喜滋滋地以为自己做了件好事时，小伙子用很感激的眼神看着我，说：“真是谢谢您了！请问，那复印件从哪儿拿啊？”

@ **雾里看雾** 公司经常有一些推销员来推销东西，搞得大家都很烦。一次，又来了一个男的，进门就问：“要不要统一订制服装？”见同事们没有答话，我想开个玩笑把他吓走，就说：“我们公司刚下了通知，从明天开始，统一不穿衣服！”那人听了明显一愣，然后扭头走了。我正洋洋得意呢，一个同事吐着舌头说“刚才那人不是搞推销的，而是咱们新来的总经理！”

@ **扔了壳的蜗牛** 办公室饮水机的水没了，一个同事把空桶拿下来要去换水。我寻思自己是新人，应该表现得勤快点，就赶紧跑过去把桶一把夺下，说：“我去就行！”那同事愣了一下，还想推辞，可我坚持抱着桶不撒手。同事见拗不过我，只好一指我背后，说：“水就在那个门里面。”原来，换一桶水总共走不了两步路！

@ **罗罗猪** 刚入职，我特地去买了两套西装，专门供上班时穿。外企有个不成文的规矩，上班每天都穿同样的衣服是忌讳的，因此，我便两套西装轮流上场，勉强达到了翻行头的效果。一天早上因为起晚了，匆忙间，我一不留神把两套西装的上下身分开穿上了，这套的裤子配了那套的上装。结果，刚到办公室就有同事问：“呦，最近又买新衣服了啊！”

（**推荐者**：栾永福）

·中篇故事·

一幅藏宝图引出意外的风波，三教九流纷纷加入分羹的行列，一时间刀光剑影无数……

虎豹图

□李金彬

1.邋遢老道

清朝康熙年间，许城有个家财万贯的徐老板，除了经营多家当铺、茶馆之外，他还包下了临街的一栋老房子，经过一番修葺，一个澡堂子就开张了。

可开张半个多月，澡堂的生意清淡得门可罗雀。后来，亏得有个叫岳小三的搓澡工，弄了一些草药撒到水池里，没想到，这招效果奇佳，许多客人用草药水泡澡后，感觉治困解乏，舒服惬意，哪有不再来之理？从此，徐老板对岳小三大为赏识，让他全权打理澡堂的生意。

这天晚上，岳小三正把木板上框，准备打烊。谁知，他刚把锁挂到门鼻儿上，却突然闻到一股令人作呕的恶臭味。岳小三回头一看，只见一个衣着破烂、蓬头垢面的老道士走了过来。老道士咧着嘴，喘着气说：“我……我要洗澡。”

岳小三皱起眉头，捂着鼻子说：“打烊了，明天再来吧！”老道仰头朝天看看，说道：“还没到打烊的时辰嘛，我洗澡快，用不了多长时间。”

岳小三虽然不太乐意，但也不敢拒绝上门的客人，只得放下木板，把老道领进屋里，交代道：“给你半炷香的工夫，时辰一到，管你光没光屁股，一律轰到街上去。”

老道点头道：“好！保证不给爷添乱。”

岳小三第一次听别人喊自己为“爷”，心里觉得好笑，他搬张木凳，放在澡堂门口坐下，嘴里哼起了小曲儿：“半炷香，半炷香，香尽轰他去弄堂，光着屁股让人瞧……”

刚哼了几句，突然从澡堂里传来老道杀猪般的叫喊声。岳小三一听，急忙跑进澡堂，不耐烦地说道：“怎么了？谁踩你尾巴了？”只见老道半裸着身子，双手捂住胸口不停地哆嗦，岳小三不由愣了愣，又问，“怎么了？”老道歇斯底里地问道：“这澡堂里放的是什么水？”

岳小三直皱眉头：“什么水？当然是清水！怎么了？”老道指着自己胸口上模糊的字符，质问道：“清水？清水怎么会把我身上的灰罡洗去？”

原来，老道身上画着跳大神的字符，这字符是用特殊颜料画的，据说身上画有灰罡，道士便与神灵相通，降妖除魔的法力也就更加深厚。按理说，灰罡是清水浸泡不掉的，但岳小三澡堂里的水泡了草药，想必是草药和那颜料有碍。

老道气愤地叫道：“现在我全身灼热，似有千万只蚂蚁在身上爬！你毁了我身上的灰罡，叫我如何出去布道画符？你……你断了我的生路啦！”

岳小三赶紧一边赔不是，一边把老道拉到另一间澡堂。这间澡堂，是未泡有草药的清水。岳小三给老道赔笑道：“你先在清水里泡泡，待身体好些了再出来，我这次不收你一个子儿，算是赔礼了！”

岳小三从澡堂里出来，心说：今天碰上这老道，真是倒霉！不料，他正在自己唠叨时，澡堂里又传来老道杀猪般的嚎叫声，岳小三不由打了个激灵，坏了，又出什么事了？他连忙“噔噔噔”跑回澡堂，只见老道又杵在那里，眼神呆滞，双手哆嗦不停。岳小三心凉了半截，心说：这回八成遇到了冤家，清水都能把他给洗坏了？难道他是天上的火公下凡不成？

只见老道指着木墙上的一幅画，表情凝重地问道：“这墙上的虎豹是怎么回事？”老道说的“虎豹”乃是一幅木刻画，画的左边是一只体格壮硕、但神情畏怯的老虎，右边是一头体型较小、却神情跋扈的豹子。老虎与豹子之间有一块鹿肉，似乎是两只猛兽争夺的食物。

岳小三问老道：“这幅画怎么了？”老道却不回答，只是问：“这画是谁所刻？”岳小三摇头说道：“我家老板盘下这店面时，墙上就已经有这画了。怎么，有什么问题？”

老道指着虎豹图说：“你没发现这画的怪异之处？老虎哪有怕豹子的道理？豹子根本打不过老虎，为何神情如此嚣张？你再看老虎与豹子身上，那老虎有几处咬伤，虎毛散落在地，而豹子嘴里却叼着一块虎皮！”

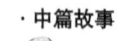

岳小三越听越玄乎："这画的只是两个畜生打架而已嘛。"

老道摇头道："非也！你看老虎的眼神是多么慌张恐惧；而豹子呢，它的眼睛根本没有正视老虎，而是斜视不远处的一座小山。也许……也许老虎怕的不是眼前的这头豹子，而是那座小山！"

岳小三有些不明白："你的意思是……"

老道的眼睛突然射出怪异的光芒，冲着岳小三直笑，那笑声带着三分阴气七分杀气，让人听了有些喘不过气来。

2. 泼皮阿六

老道走到木墙前，用手轻轻抚摸着那雕刻精细的虎豹图，对岳小三说："这画绝不是用来装饰的，它是想告诉人们一件事。"

岳小三不明白老道葫芦里卖的啥药。他凑到木画前，仔细审视虎豹图，只见那老虎身上有几根豹子的毛，雕刻得栩栩如生，如果有人对着豹毛轻吹一口气，那毛似乎便会掉下来。

这时，老道压低声音说"这是幅藏宝图！"

这句话虽然声音极小，但传到岳小三耳朵里，却如同炸雷一般。岳小三听祖辈说起过，明朝灭亡时，朝廷里的一些奸臣曾把许多值钱的珠宝古玩藏到一座山里，而这山上虎豹成群，一般人轻易不敢上去。难道……这幅木画就是那藏宝图？

这时，老道摸出一个锈迹斑斑的罗盘，又拿出一些画符，望一眼虎豹图，然后低头念咒，如此反复多次，忙活了半天，却也没有解出其中奥妙。他急得咬牙搓手道："唉，这虎豹图着实玄妙高深，老道一时半会也解不出来，可能要费上几日。"

岳小三知道这藏宝图的厉害，如果老道真能破解出其中的奥秘，两人平分宝藏，那自己立刻就成为腰缠万贯的大财主了。岳小三和老道商量，反正徐老板不大来澡堂，自己能做得了这里的主，老道可以单独呆在这间澡堂里破解虎豹图，不用担心会被打扰。

但没料到，这几日澡堂的生意特别红火，老道一人占了一间，只剩下一间供人泡澡，客人们挤得像下了锅的饺子，好不难受。

有个泡澡的刺头叫马阿六，是个泼皮无赖，平时最爱寻衅滋事，四处添乱。他见澡堂这么拥挤，便不高兴了："这么挤，你们想炸油条啊？"岳小三赶紧哈腰赔礼："对不住了，马爷！您多担待，客人实在多，小的也没有办法。"

也该着出事。这几天，岳小三想着破解虎豹图的事，不小心把澡堂的水给放热了，马阿六屁股都给烫红了，他脖子一歪，破口大骂："想给老子褪毛啊，成心的啊？"岳小三赶紧上来赔不是："对不住，对不住了！"马阿六怒气难消，一拳打在木墙上，只听"咔嚓"一声，木墙被砸出一个洞！

马阿六眼睛往洞上一凑，看到隔壁偌大的澡堂只坐着一个老道，正对着墙上的虎豹图发呆！马阿六气更大了："不是说另一间人满了吗？原来是拿老子消遣！"澡堂的客人也都跟着起哄："另一间空着，却让我们挤成丸子！哥几个，我们去另一间！"说着，众人就要往另一间闯。

岳小三暗叫不好，连忙往另一间跑，可还是晚了一步，马阿六已经进了屋。马阿六见老道手里又是罗盘又是方位符，再瞅一眼墙上的虎豹图，立即知道里面有事，于是把门一掩，对其他客人说："这里果然人满了，刚才我看错了。"等那几个人离开了，他才又转身进屋，赶紧用毛巾把那墙上的洞给堵上。

做完这些，马阿六回头瞅着岳小三和老道，"嘿嘿"直笑："你们……在做什么见不得人的事？趁早说出来，要不，我喊人来了！"岳小三见瞒不过，只好照实说了。马阿六听了，眼睛都绿了，说："你们可知道，我要是把这事捅到衙门那里，你们就得蹲牢房。但是……我们哥仨要是一起分这钱……"

马阿六要加进来，岳小三和老道哪敢拒绝。一分二如今变成了一分三，钱虽分得少了，但相对来说，三个人对付那些洗澡客，也轻松了许多。因为有了马阿六这个恶神，只要他往门口一杵，隔壁的客人连个屁都不敢放。

这两天，马阿六一直蹲在门口，而老道在里屋也破解出一些东西。岳小三见了满心欢喜，心想：用不了几天，等藏宝图破解出来，自己分了财宝，就再也不用替别人扛活了。

这天，岳小三正给客人搓澡，忽然听到"咚咚"几声响，只见几个彪形大汉，手里提着棍棒和方口大刀，气势汹汹地冲进澡堂。岳小三赶忙上前问道："客……客官，来洗澡？"

为首的一个大汉冷笑道："今天

咱来，不是给自己洗澡，是给我手中的大刀洗澡！马阿六，你给我滚出来，老子今天剁了你！”说着，就要往里面闯。

原来，前几天，马阿六到村子里游荡，杀了一个老农家的耕牛。没想到，老人膝下有三个儿子，个个都不是省油的灯，今天他们是找马阿六算账来了。

别看马阿六平时吆五喝六的，却是个欺软怕硬的主。没等几个大汉动手，他竟“扑通”一声，栽倒在地，嘴吐白沫，抽搐不已。这么一来，倒把几个大汉吓傻了。为首的大汉脸都变了颜色：“各位……各位，你们都看到了，我们可没出手，是他自己趴下的，这事跟我们没有关系……”说罢，他们全都脚底抹油跑了。

虎豹图还没破解出来，马阿六却暴毙于此，这可如何是好？岳小三正在着急，倒在地上的马阿六突然一个骨碌爬了起来，用手擦去嘴边的白沫，长出一口气：“吓死我了！要不是这药，我真要被砍成几截了。”马阿六说着，把手中的药丸晃了晃，“这叫假死药，人吃了就跟真死了一样，但过了一会儿，还能自己醒过来。”

岳小三刚把心放下，突然又听到老道在里屋大叫起来：“来人！”岳小三和马阿六忙进去，只见老道眉头紧皱，满脸痛苦地注视着墙上的虎豹图，喃喃说道：“高人啊，神人啊！这幅图真是太过精妙了！”说着，他转头对岳小三交代道，“去找个城里最好的木匠来！”

岳小三诧然道：“找木匠？”

老道点点头说：“没有木匠，我们破不了这虎豹图！要破这图，得把老虎身上的豹子皮毛移到豹子身上，反之，豹子身上的老虎皮毛也要准确地移到老虎身上，因为这些皮毛雕刻得太精细，如果稍有差池，这图就毁了！”

岳小三与马阿六听了，顿时面面相觑，他们知道，第四个人又要加入分羹的行列中来了！

3.三眼木匠

请来的木匠叫“木末头”。他两条眉毛中间有一块伤疤，远远看去，就像长了三只眼。据说，这木末头真有“三只眼”的功夫，哪怕木材上面有头发丝一般的瑕疵，他都能一眼看出来，可见其手艺之精。

老道把木末头叫到眼前，指着木画说：“看到这几根皮毛没有？把它们挪到原来各自的位置，千万小心，不要弄坏了！”

谁知，马阿六见了木末头，却大惊失色，他连忙把岳小三拉到一边，压低了声音说：“这木末头，他……他杀过人！”岳小三一听，吓得浑身哆嗦起来：糟了，这回咋请来个阎王，要是他见财起了杀心，如何是好！

这边，木末头已经开始做工了，他的刀功确实让人见了心惊胆颤：只见他把个脑袋凑到那虎豹图跟前，一边皱着眉头，一边拿把刻刀在几根手指间来回旋转滑动，从那刻刀闪出的寒光就可断定，这刀比剔骨刀还要锋利好几倍！马阿六是个见过世面的泼皮，但此刻，他就像蛤蟆见了蛇一样，两眼发直，呆若木鸡，心想：只要那刻刀在自己脖子上一滑，乖乖，自己这条命就交代了！

只见木末头沉思良久，才理出了头绪。他把手中的刻刀放下，俯身从一个小铁盒里取出一件方型刀具，沿着那几根虎毛周围慢慢修了一圈，然后又拿出一根细铁针，小心地在虎毛上轻轻扫刮，每刮一下都花极大工夫。半个时辰后，木末头只从豹身上移出一根虎毛，却已累得直喘气道："这木画好生奇怪，虎豹下面的木板软硬不一，似是特制而成，左半寸坚硬无比，右半寸则软如豆腐，如果力道拿捏不准，手势稍一走形，这图就毁了。"

说完，木末头继续做工。只见他手中的铁针移动得越来越慢，而额头上已经渗出了点点细汗。紧要关头，他叹口气对岳小三说："现在，我双手不能动弹，否则豹子的尾巴这块就毁了。你在铁盒里拿一根长铁针，然后扎到豹子的右爪子上。"

岳小三忙照着做了。可没想到，那豹子爪子下面的木板坚硬无比，岳小三力道不足，竟没扎入毫厘。一边的马阿六看得着急，就走上前来，攥住铁针猛地往下一用力，却听隔壁传来"哎呀"一声惨叫，原来马阿六用力过头，扎到另一间去了！

听到惨叫声，木末头突然眉头一皱，从铁盒里抽出那把刻刀，就要冲上去。众人一见，大惊失色，木末头要杀人了！

岳小三回过神来，赶忙一把拉住木末头，说："别……别着急，我来应付！"说完，他赶紧跑到隔壁查看情况。原来，有个客人正倚着木墙闭目养神，突然被扎过来的铁针扎破后背，顿时鲜血直流。更可怕的是，那血流入澡堂，与水混合后发出"噼里

啪啦”的声音，顿时，水变成了褐色！

岳小三惊得目瞪口呆，心说：不好，要出事了！果不其然，很快，客人们都觉得全身瘙痒无比，一个个身上起了大泡。

客人们叫苦不迭，愤怒无比，都说要报告官府封了这家黑店。马阿六见状，赶紧脸上横肉一晃，露出泼皮嘴脸：“我看谁敢出去！都给我老老实实蹲在这儿，要不我一巴掌劈死他！”说罢，他就搬个木凳子守在门口。

这时，岳小三又跑到老道那里，查看究竟。只见木末头摇摇头，叹气道：“坏了坏了，铁针扎得太深，拔不出来了。如果用蛮力硬拔，这虎豹图非完蛋不可！看来，必须赶快找另一根铁针。”接着，木末头说他家里还有一根，让马阿六去取。

马阿六鬼精鬼精的，他怕自己一走，众人把他卖了，于是就“这个，这个”支吾着。木末头手中转着刻刀，向马阿六走来，说：“小三要在这儿应付那些客人，道士要抓紧破解图中的奥秘，只有你在这里是个废人！快去！”

马阿六瞅着那呼呼带风的刻刀，心里直哆嗦，他正要出门，却被岳小三拦住了，说：“我去取针！我腿脚麻利，现在多耗一点时间，就多一分危险！”说罢，他就一路飞奔到木末头家里，找出那根救命的铁针，然后撒开脚丫子往回赶。

刚跑出一半路程，却听到有人在后面喊：“小三，干什么呢，这么慌慌张张的？”岳小三回头一看，顿时吓得魂都飞了，叫自己的竟是徐老板！

徐老板几步来到岳小三跟前，问：“你不在澡堂伺候客人，跑到这里来干什么？”好在岳小三脑子灵活，随口编了个瞎话：“澡堂的草药都用完了，我打算去药铺买些，不想正好断了货，这正赶着回去向客人说些好话！”

徐老板点点头，说：“以后多备点货，省得三天两头来回跑了。对了，我还没在自家澡堂洗过澡呢，要不，今天我去试试水。”

“别……别，澡堂的水被那么多人泡过，多脏啊！您怎么能泡呢？”

徐老板哈哈大笑：“我只是说笑而已。”岳小三悬着的心这才放下来。他正要走，徐老板又说：“官府的周捕头要来咱澡堂泡个澡，明天歇业一天，不要再招呼客人了。”说完，转身走了。

这一句话，就像一根棒槌重重砸在岳小三的头上。纸包不住火，这虎豹图的秘密怕是要泄露出去了！

岳小三一口气跑回澡堂，把铁针交给木末头，问：“这几根皮毛什么时候能移过去？”木末头叹口气说：“最快也得一天时间。”岳小三跺着脚说：

“来不及了，来不及了！明天，周捕头就要来这里洗澡，墙上动了手脚，要是被他瞧出破绽，就糟了！”

众人一听，都愣住了，心想：如果周捕头知道几个人在私谋钱财，他能放过他们？就算他没发现木画有问题，可隔壁那几十号人呢？那些浑身起泡的客人怎么办？

岳小三正急得不知如何是好，外面突然又传来一声炸雷：“小三，周捕头来了！你快去买点老酒来，等周捕头泡完澡，我俩喝一壶。”糟了，周捕头说明天来的，怎么现在就来了？岳小三顿时慌了手脚，只觉得眼前一片黑暗，心说：老天爷，大难临头了！

4. 千钧一发

听说周捕头来了，马阿六也吓得脸色铁青，他赶紧跑到另一间澡堂，威胁那些客人：“你们都听好了，一会儿捕头来了，不要给我乱说话，都听见了没有？”此刻，客人背上的大泡又疼又痒，都一个劲地呻吟。马阿六脸色一沉，又警告道：“不许叫！这回要给我捅了娄子，我决不轻饶！”

不一会儿，徐老板陪着周捕头来到澡堂，说：“这里有两间，一间客人正洗着，我给腾出来一间，要不，我把客人都轰出去？”周捕头摇摇头说：“不必了！你也要做生意的。”

经过客人那间澡堂时，周捕头往里一瞧，发现众人都苦着脸，一副难受的样子，就问：“你们这是怎么了？脸色怎么那么难看？”马阿六赶紧说：“那个……刚才小三给大家搓背，大家这是舒服呢！”

周捕头也没多想，便与徐老板进了另一间澡堂。这时，老道等人都退出了房间，一旁已经摆好了小酒小菜。徐老板问：“大人，咱们是先喝酒，还是先泡澡？”周捕头见了酒，两眼放光，说：“都摆上了，先呷两口吧。”

于是，两人一南一北对坐着，周捕头的脸正对着墙上的虎豹图。酒过三巡，周捕头有了几分醉意，开始放开喉咙大讲海说。突然，他看到了墙上的虎豹图，半眯着眼睛说：“哟，这虎豹可真蹊跷！你说老虎这么大个儿还怕豹子？真是奇怪。这图是你叫人刻的？”徐老板说：“不是。我这门面是从人家那里盘过来的，这画原先就在那里了。”

两人在里面说着话，岳小三贴着耳朵在外面偷听，他想万一这纸包不住火，自己就趁早溜之大吉。岳小三在外面暗暗祈祷，只听里面又传来周捕头的声音：“奇怪？这老虎身上的一块皮怎么没了？被豹子咬下来了？你看，这图怎么回事？”周捕头已经发现了破绽。这时，徐老板也纳闷道：“不对啊！原先我看过这图，可不是这样子的……”

站在门外的岳小三听了，顿时吓

破了胆。他两腿发软，眼前发黑，浑身哆嗦不已，心想：看来这大祸是躲不过去了！就在这紧要关头，徐老板的一个家丁突然“噔噔噔”跑了过来，一把推开澡堂门，大叫道：“老……老爷，不好了！咱们的茶馆……起……起火了！”徐老板和周捕头一听，赶紧起身，奔出澡堂。

此时，岳小三的小脸已经吓得煞白，要不是那家丁来报信，自己就栽了。他“扑通”一声跪了下来，磕了几个响头：“菩萨显灵了，谢谢救命之恩！”

过了一会儿，老道和木末头赶

了过来。木末头紧张地问：“徐老板看出虎豹图的事来了？”岳小三叹口气：“已经瞧出不对头，但还没来得及细看。”木末头一拍大腿：“看来这把火放得正是时候，晚了就撒汤漏水了。”

原来，徐老板的茶馆是木末头雇人放的火，这是调虎离山之计。岳小三听完一跺脚，说：“这也不是长久之计！徐老板把火扑灭，还是要找我问话的。要是他再查出是我们故意纵火，又要多吃一个官司！”说罢，他转头问老道，“破解这虎豹图，还要多长时间？”

“起码要两天！”

岳小三急得摇头道：“还要两天？你能在两个时辰内把图破解了吗？两个时辰徐老板就可以把火扑灭，那时候，我们就没时间了！”

老道微微一笑：“幸亏我早有准备，两个时辰够用了。”说着，他一扭脸，朝外面喊了一声，“进来吧。”

接着，进来一个书生模样的年轻人，只见他模样高瘦，肩窄腰细，就像一根竹竿。竹竿书生手里拿着笔墨纸砚，一进屋，就把宣纸铺到桌子上，对着墙上的虎豹图临摹起来。

老道说：“这位是我请来的竹竿书生，画飞禽猛兽十分拿手。眼下的当务之急，是把墙上的虎豹图完完整整临摹下来，到时候，我们可以慢慢研究其中的奥秘。”岳小三、马阿六和

木末头几人大眼瞪小眼，心说：又添了一个分羹的人！

由于这虎豹图中藏着无数精妙的“伏笔”，因此，大到动作和表情，小到各个部位的比例，都要完全吻合才行。所以，竹竿书生每下一笔，都慎之又慎，画作进展非常缓慢。

转眼，两个时辰快过去了。竹竿书生已经画好了豹子，老虎的大部分也已经完成，只剩下一条尾巴了。但这尾巴极难入笔，因为上面的虎毛非常古怪，左边的虎毛朝东，右边的虎毛朝西，中间还有无数纵横交错的虎毛连在一起；最重要的是，这尾巴竟然是用三种颜色画成的。竹竿书生几次提笔，都放了下来，他急得满头大汗，从衣袖中摸出一颗药丸来，塞进嘴里，然后闭上眼睛，定了定神。

岳小三在一边喘着粗气催道：“快下笔啊！”老道摆摆手说：“不能急。我看，这虎豹图所有玄机都集中在老虎的尾巴上，如果这里出了差池，就破解不出图中奥妙了。”

几个人正在着急，这时，外面突然传来“咚咚咚”一阵脚步声。那是守门的马阿六闯了进来，道：“不好了，徐老板……正朝……朝这里来了！”

大伙儿一听全傻了。突然，木末头从铁盒子里抽出一把寒光闪闪的利刃，眼中射出凶光，似乎要把屋里的每一个人都吞噬掉。岳小三见状，惊恐道：“你……你要干什么？”

5.木匠猝死

木末头的双眼喷火，咬牙说道：“来不及了！”说罢，他大步走到虎豹图面前，手中利刃上下翻飞，“咔嚓咔嚓”把墙上的老虎尾巴给撬了下来，然后把那块木板用细绳绑在后背上，冲大伙说，“快走！徐老板就快到了！”众人一听，连忙出了澡堂。岳小三在路边雇了辆马车，大伙上车，急奔而去。

一路上，竹竿书生紧张得直喘粗气，他哆嗦着又摸出一颗药丸，正要往嘴里塞，却被马阿六一掌给扇飞了！马阿六骂道：“吃什么吃，跟个娘们一样！”马阿六心里早在盘算，觉得这书生准是薄命一条，如果他吃不上药丸，说不定……很快就去见阎王了！这书生一死，每人分的财宝自然就多了。马阿六正想着，却看到木末头手中把玩着刻刀，又像旋风一样飞舞起来。他不由“咯噔”一下，心说：我刚把竹竿书生算计了，可别被这冤家给整栽了！

就这样，马车飞速奔跑了大半天，到天擦黑时，大伙都被颠簸得七荤八素了。木末头捂了下嘴说：“我难受得厉害，找户人家喝口水行不？”岳小三见已经跑出几十里了，估计衙门一时半会儿追不上来，便点点头说："赶紧去喝，完了还得抓紧赶路，到了柳化镇，我们才算安全。"

木末头下了车，钻进一户人家，工夫不大，就回来了。他拍拍肚子说："现在好点了，走吧。"

马车又跑了两个时辰，终于到了柳化镇。岳小三找到一家客栈住下，又备了酒席，算是给大家压压惊。菜过五味，岳小三开了腔："诸位，我们现在算是安全了。为这虎豹图，大家都尽了力，将来得的钱财，我们五人平分。来，干了这杯！"

老道瞅瞅酒桌上几个人，说："对，大家都出过力，虽然出力程度不一样，但……钱财还是要平分的。大家来吃菜。"

酒过三巡，岳小三觉得喝得差不多了，于是说："行了，现在虎豹图还没破解出来，等我们揽到了宝贝，再喝不迟。"话音刚落，就见木末头脑袋一歪，"咚"的一声趴到了桌子上。岳小三笑道："刚说要少喝，现在就趴下一位。木末头，醒醒，快醒醒！"

岳小三连喊三声，木末头仍然没有反应，他觉得有些奇怪，低头再看，不禁大吃一惊，只见木末头鼻孔出血，口吐白沫，已经断了气！

这时，马阿六把手伸到木末头鼻子前探了探，笑道："嗯，没气了！这药还行，药力不错。"说罢，他瞅瞅惊慌失措的几位，咂了下嘴说，"我知道你们心里是怎么想的。刚才小三说大家都出过力，得来的钱要平分；但是呢，你们四位都做了贡献，唯独我……没帮上什么忙。不过呢，我现在算是出力了，把木末头除掉，人少了一个，大家平分的钱不就多了？"

岳小三惊得张大了嘴："你……你在酒中下了毒？"马阿六望望面无人色的几位，冷笑一声："大家别害怕！我只在木末头的酒杯里下了毒药。这木末头该死，要不然，他手中的刻刀一抖，我们全都没命了！"

竹竿书生早已吓得两眼发黑，喘着粗气说："你……你……"马阿六一歪脑袋，又说："你们放心，我是有良心的。竹竿书生画下了虎豹图，老道

要破解图，小三更别说了，只是这木末头没做过啥事。这人杀过人啊，我看着他就心里哆嗦，现在除了他，大家都可以放心了。”

三人都瞅着马阿六，眼里充满了恐惧。马阿六一皱眉头说：“你们还怕啥嘛？我真的不想害你们，要不然，你们早没命了。”说罢，他起身上前，撕开木末头的褂子，抽出绑在他后背上的木板，然后一摆手说，“竹竿书生，把你临摹的虎豹图拿来；老道，把你那些家什都摆好了；我们赶紧破解宝图！要知道，挖到篮子里的才叫菜，不拿到宝贝，心里总是放不下。”

随即，酒席撤下。岳小三把虎豹图平摊好，又在桌边加了两支蜡烛，照得屋里灯光通明。老道凑近说道：“把那最后一块拼板拿来。”马阿六答应一声，忙把木板放在虎豹图旁。众人一看，顿时大惊失色，这是块光木板，上面空空如也，哪有老虎的尾巴！

6.追寻木板

很明显，这是木末头怕被人算计，从中做了手脚，把木板给换了。马阿六气得冲到木末头尸体前，使劲摇晃道：“你小子竟留了一手，你说，木板呢？那块木板呢！”

尸体当然不会说话，大伙沮丧地瘫坐下来。过了一会儿，老道抬起头说：“木末头肯定不会在马车上把木板换掉，唯一的可能就是他中途下车喝水的时候……我们得马上找到那户人家。”

第二天，为了怕被人认出来，几个人把衣服撕烂了，故意装扮成叫花子的样子。他们挨户打听，终于找到了给木末头喝水的人家。岳小三问女主人：“昨天夜里，可曾有人来讨过水喝？”

女人点头说有，岳小三一使眼色，马阿六马上上前摁住女人，其他人则开始满屋子翻找。可是，大伙把屋里翻了个底朝天，也没找到那块木板。

马阿六怒视女人：“木板呢？说！你和木末头是不是一伙儿的？”女人吓坏了：“什么木板？我……我不认识那个人啊！”

岳小三眉头拧成了疙瘩，问：“昨天夜里，那个人喝完水就走了？”女人想了想，说：“是啊，就喝了口水。对了，他临走前去过我家牛棚，说我家牛车不错，牛的牙口也挺好，他说自己也养了头耕牛。”

岳小三急忙问道：“那牛车呢？”女人说：“今天早上，我卖给牛顺子了。”

接着，女人带他们找到了牛顺子。大伙把身上带的钱一凑，说要把牛车买下来。牛顺子好生奇怪，今天前脚刚把牛车买下来，后脚就有人来买车？他觉得这里面有事，便报了个离谱的价格，没想到，岳小三立马答应了下来。牛顺子惊得半天说不出话来，不解地望着这四个“叫花子”。几个人把牛车赶到一边，前查后看，终于从车板下面，找到了那块画有老虎尾巴的木板！

大伙回到了客栈，让人在门口把风，然后便把木板与虎豹图摆好，老道在里面画符描图，口中念念有词，而竹竿书生在一旁根据老道的要求，提笔画着一幅幅虎豹皮毛互换图。

第二天晌午，老道在画完最后一道符后，大声叫道：“快了，快要破解出来了！我已经知道宝贝就藏在和乐山上！宝藏的旁边有两棵千年古树，

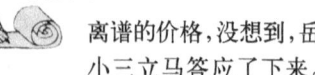

左边的树形似老虎，威猛中带着三分胆怯；而右边的树则形似猎豹，矫健而霸气！现在唯一要确定的是，宝藏在树的南面还是北面，这其中的玄机就全在老虎的尾巴上！”

众人一听，无不欢呼雀跃，一个个埋下头，低头细看老虎的尾巴。突然，大家觉得脖子后面发凉，抬头一看，惊得双眼发黑，只见背后站着一排衙役，正手执大刀架在大家的脖子上！

但让马阿六惊奇的是，竹竿书生此时既不喘粗气，也不哆嗦，而是一副淡定的模样。竹竿书生和马阿六四目相对，这一对眼让马阿六毛骨悚然，他明白了，问题出在竹竿书生身上！马阿六怒目而视：“你……你……”

竹竿书生微微一笑：“我什么？哼哼，我是县太爷新来的师爷。一路上，是我偷偷做暗号，周捕头他们才能追寻到这里。你以为我真的是窝囊废？那都是为了掩人耳目啊……马阿六啊马阿六，你下毒害死木末头，罪大恶极，理应处斩！”话音刚落，两边的衙役就上来把马阿六五花大绑，押了下去。

这时，领头的周捕头哈哈大笑道：“师爷果然足智多谋！没想到，这虎豹图竟藏着天大的秘密！”说着，他转头问老道，“老头，这宝藏究竟在树的南面还是北面？”

刀架在脖子上，老道不得不硬着头皮画符破解，他凑到老虎尾巴上端详良久，突然一拍桌子说：“这里面果然大有玄妙，老虎尾巴里藏着一个字：明！我终于知道老虎尾巴为何要用三种颜色了，黄色的部分要正着看，黑色的部分要倒着看，而红色的那部分要往两边移动，这样字的笔画就凑出来了！等等，还有三个字……嗯，这第二个字是……反！”

尔后，老道又花了半个时辰，也没准确破解出另两个是什么字。亏他想得出竟以“明”和“反”推断出了“复”和“清”。

众人顿时惊得面面相觑，个个额头上渗出了细汗，这四个字按顺序一排就是“反清复明”！这还得了！原来和乐山中藏的不是什么宝贝，而是让人血肉横飞的兵器！

7.江山之本

老道似乎明白了：原来，画中的老虎是指大清，而豹子是指大明。虽然大清现在坐了江山，但它怕明朝的反抗力量颠覆江山；怪不得豹子瞅着不远处的小山，原来和乐山上藏有致命武器！民间流传说明朝藏有惊天兵器，果然不虚！

周捕头见事关重大，立即上报朝廷。康熙皇帝闻听此事，极为重视，他当即带领文官武将等一干人等，前来和乐山。

老道算出兵器在两棵古树的北面，清兵果然就在古树北面十步开外，发现一个以巨石遮住的洞穴。康熙命石匠在巨石上面凿出几个大孔，然后用绳索穿进孔里，另一头拴在几头健壮的黄牛身上。一声令下，黄牛往前发力，绳索被拉得“噌噌”直响，随即巨石被缓缓拉了出来。

洞口一开，一阵阴风立刻袭来，吹得众人浑身发凉。康熙正要进入洞穴，被一旁的武将拦住了：“皇上，此乃明朝的兵器库，里面怕是设了机关暗器。我等先进去扫尽危险，皇上再进去不迟。”武将一声令下，几十名身披铁甲、头戴钢盔的士兵进入洞穴。一个时辰后，士兵回报：“里面没有任何机关暗器。”

康熙命人燃起火把，进入了洞穴。走进去才发现，这洞穴非常狭小，而且前前后后，根本没有一件兵器。康熙诧异道：“难道兵器被人转移走了？”

这时，康熙突然在石壁上发现了一幅画，上面刻着一位老人和一个儿童，他们手中端着一碗米粥，正在施舍给一个落魄的后生。不远处是一片粟子，旁边刻着几行小字。康熙叫一位博学的文官上前辨认，工夫不大，文官回禀道：“皇上，这些字刻的是‘反元建明’！刚才我研读了那幅虎豹图，老虎尾巴上确实藏着四个字，不过那不是‘反清复明’，而是‘反元建明’，这与石壁上的四个字正好吻合。”

康熙问道：“这果然是明朝的兵器库？”

文官答道“不错，这正是明朝的‘兵器库’！不过，它也是大清的‘兵器库’，它是保江山的根本！”

康熙不解道：“此话怎讲？”

文官说：“皇上，这洞穴非同一般，据传，它是明朝开国皇帝朱元璋避难的地方。有一次，朱元璋领兵与元兵作战，不想被对方打得丢盔弃甲，逃到这山上的洞穴之中，幸亏遇到童叟二人，讨到一碗吃的，这才保住了性命。后来，朱元璋做了皇帝，他想起曾经救过自己性命的祖孙二人，便找到那位老人，问他需要什么。老人告诉朱元璋，老百姓要求不高，只要朝廷能上爱老人，下惜儿童，能让家家有粮，口中有食，百姓就可心安了。于是，朱元璋命人在石壁上刻了这幅画，以此时刻提醒自己，心中要有百姓与社稷。所以，这个洞穴就是明朝的‘兵器库’，但说到底，最厉害的兵器是民心！不过，明朝后来把建国之根本忘了，没有守住这个‘兵器库’，才走向了灭亡。”

康熙听完，微微点头道：“原来如此，这果真是个‘兵器库’，朕一定要牢牢守住这个‘兵器库’！”

文官又说“这样看来，那虎豹图里面的玄机还得另作解释。其实，老虎和豹子并非是指明朝与元朝，更不是大清与明朝。实际上，老虎指的是坐江山的皇帝，而豹子指的是天下百姓，老虎再威猛，也不能激怒豹子啊……”

康熙连连点头，深感此行获益匪浅。他见岳小三和老道还跪在地上瑟瑟发抖，就一挥手，说：“都起来吧，朕恕你们无罪。朕不仅不治你们罪，还要奖赏你们呢，因为你们给朕挖出了保住江山的‘兵器库’！”

后来，岳小三拿了赏钱，自己开了家澡堂做了老板；竹竿书生因为有功而连升几级，做了知府的师爷；而那老道不再画符念咒，改行做起了小本生意，之所以不再步斗踏罡，降妖除魔了，是因为文官说了他几句：“老虎尾巴上有四个字，你测错两个，你这悟性……”

（题图、插图：杨宏富）

·外国文学故事鉴赏·

本故事根据作家理查德·伍的同名小说改编

电影魅力

□南　国　改编

杰克是一家公司的职员。这天晚上，他决定执行自己计划已久的计谋：盗窃公司保险箱里的钱。公司保险箱的密码只有两个人知道，一个是杰克，另一个是他的同事卡森。杰克知道，卡森是个单身汉，每天晚上九点钟，他总是雷打不动地准时上床睡觉。

晚上八点半，杰克来到了“辉煌”影院，电影票是他提前买好了的。杰克把票递给检票员安娜，安娜是个长得还不错的姑娘，杰克冲她吹了声口哨，然后问：“这部电影多长时间？”

“两个小时吧，马上就要开始了。”安娜笑道，“等您出来时，该十点半了。对了，里面是不允许吸烟的哦！”说着，她指了指杰克手里的雪茄。

“嗯，知道。那我吸完这支烟再进去。”杰克打趣道。他故意一边吸着烟，一边和安娜打情骂俏，其实，并不是为了追求安娜，而是要让她记住自己今晚曾经来过。为了让安娜对自己有印象，杰克几乎每周都来看电影，花了整整一年的时间来作准备，但一想到有五十万美元作为回报，他也觉得值了。

过了一会儿，杰克走进放映厅，虽然准备已经很充分，但他还是感觉有些紧张，为了缓解情绪，便忍不住偷偷地点了一支雪茄，并把手握成杯状藏住雪茄，以免被门卫发现。然后，杰克找了一个靠近出口的位置坐下，一边贪婪地吸着雪茄，一边在心里盘算着什么。

这时，影片已经开始了。其实一个星期以前，杰克在另外一家影院早已看过这部电影，对情节都很熟悉了，所以，等观众们都落座后，他便把雪茄丢了，悄悄离开了座位。

杰克开着车子往公司赶。这时，路上正实行交通管制，所以车辆并不多。一路畅通无阻，快到公司时，他看了看表，离开影院才半个小时。在离公司不远的地方，杰克把车停了下来，他看到门卫室还亮着灯，猜想那个门卫特里应该还没有睡。但杰克并不担心，因为这个老家伙根本不是自己的对手，况且，他身上还准备了一把手枪。

杰克悄悄潜入了公司办公室，在黑暗中，用手摸索着找到了那个老式保险柜，上面有个圆形暗码盘，他用戴着白手套的手指轻按了几个数字，保险柜立刻开了，露出一排排装满现金的淡黄色信封。看着那些沉甸甸的信封，杰克心里激动不已。不过，他只兴奋了一两秒，便迅速把所有信封都装进旅行包里，接着锁上门，蹑手蹑脚地穿过公司走道。

就在杰克快要走到门口的时候，意外发生了，他的脚碰到了某个硬东西，脚下一拌蒜，整个人摔倒在地上。该死，是一个翻倒了的废纸篓！

“谁在那儿？”这时，特里大喊一声，立刻出现在了门口。杰克慌了，掏出手枪扣动了扳机，“砰”的一声，特里应声倒下。这个意外让杰克有点手足无措，他连忙奔出大门，急急忙忙地上了车。杰克心想：虽然手枪是装了消音装置的，并不会惊动到隔壁的居民，但为了以防万一，自己必须尽快赶回影院！

在驾车回城的路上，杰克打开了收音机，同时点燃一支雪茄，深深地吸了一口，感觉紧张的情绪好像缓和了一些。他心想：幸亏自己早有准备，还留了一手！现在，他可以从边门偷偷地溜进影院，那里虽然用一把锁头锁住了，但是在一次夜宵时，自己已经从检票员安娜那里偷到了钥匙，然后去复刻后，又神不知鬼不觉地还给了她。

黑暗中，杰克露出了胜利的微笑。他想到，警察明天一定会质问自己去了哪里。“去看电影了！”他会这样回答。他想像得出警察怀疑的目光，一定会继续追问：“有人可以作证吗？”“当然！”杰克可以请安娜帮忙，并且，他还能说出电影的全部内容和细节。

这样的借口虽不是天衣无缝，但至少那帮警察也找不出什么破绽。而且杰克知道，卡森现在一定躺在家里的床上，而且是一个人！想到这里，杰克有点得意了，心说：也许……卡森也一个人去看电影了。可是，他是不是也认得检票员呢？

小猫有家了

点评：

这是德国幽默大师亨利·比特纳的作品。比特纳被称为“漫画哲人”，在他的画笔下，无数小人物演示着日常的生活，其中隐含的隽永哲理，总能让人获得一种幽默的享受。

这时，已经快到影院了。杰克轻轻地将雪茄扔出窗外，把车拐进了影院。可刚一拐进去，他突然发现，刚才还灯火辉煌的影院门口竟然漆黑一片！大门外，还站着不少的人，似乎在观望什么。坏了，难道影院里出事了？杰克的额头冒出了冷汗，开始心慌了。他下意识地看了看表，是十点钟，该播报新闻了。

这时，收音机里传来这样的声音：“‘辉煌’影院今晚遭遇了一场恐慌。还好火灾发现得及时，观众们在工作人员的指挥下，有序地离开了影院。有当事者说，火灾在影片开始不久就发生了。据推测，应该是由一位观众所扔的雪茄引起的，有关部门正在做进一步的调查。现在，所有在影院的人和车辆，还暂时不能离开！”

“该死的雪茄！”杰克坐在车上，呆住了。

（题图：安玉民　梁　丽）

恼人的拉链

□杨信社

这天，阿发穿着新买的皮夹克去上班，到了公司门口，却怎么也拉不开右兜的拉链了。要知道，考勤卡就放在里面，眼看就到八点了，阿发急得额头上都冒了汗。等他好不容易把卡拿出来，已经是八点十分了。不用说，阿发今天被扣钱了！

下班后，阿发打定了主意，要去换一下拉链。不想，他坐的公交车快到站的时候，一个女人突然喊道："糟了，我的手机丢了！"紧接着又一个大爷喊了起来："我的钱丢了！"阿发赶紧摸了摸右兜，还好，钱包还在；但他随即发现，右兜上的拉链竟被人拉开了一点。看来，那小子是因为拉链难拉，才没能得手！这样一想，阿发就又决定不去换拉链了，难拉就难拉吧，防盗啊！

这时，老板突然来电，叫阿发赶紧回公司，阿发赶忙拦了个的士。一路上，车子开得飞快，不一会儿就到了目的地。车一停，司机看一眼计价器，说："二十！"

阿发想取钱，可怎么也拉不开拉链！司机愤愤地说："你到底有没有钱啊？"阿发气急败坏道："当然有了，就在这口袋里！你快帮我把拉链拉开……"那司机只好伸出援手。两个大男人都使出了吃奶的劲儿，折腾好半天，总算把钱取了出来！

那司机拿到了车费，狠狠瞪了阿发一眼，就想要走。这时，一辆警车"嘎"的一声，在旁边停了下来。车上跳下来一个大个子警察，不由分说，上前拉住司机的双手就铐住了。

司机大吃一惊，忙向警察大喊道："哥们儿，你一定抓错人了！"

那警察一指阿发，大声说："错不了，我刚才亲眼看到你抢他的钱！光天化日的，竟敢在马路上抢劫！幸亏被我抓了个现行……"

超值钓鱼竿

□波 波 改编

迈克是个钓鱼爱好者。这天，他去一家渔具商店买鱼竿。一进门，就见店里摆放着几十种鱼竿，迈克看得眼都花了，也不知道哪一款最好，他就随手拿了一根去问营业员。戴着一副墨镜的营业员就站在柜台后面。迈克冲他晃了晃手中的鱼竿，说道："不好意思，你可以给我介绍一下这款鱼竿吗？"

营业员微笑着回答："先生，我是个盲人。不过你放心，只要你把鱼竿丢到柜台上，我就可以根据鱼竿落下的声音，告诉你想了解的一切。"

"真的吗？"迈克虽然不太相信，但还是把鱼竿丢到了柜台上。盲人营业员马上说道："6石墨的竿，E202型的绕线轮，附带10磅的测试线……这是本店最好的鱼竿，售价20美元。"

迈克不由赞叹道："你太了不起了！根据声音就可以判断出鱼竿的配置，我还是第一次见识这种本领呢。"营业员自豪地笑了笑，说："除了这双眼睛，我的听觉、嗅觉都还是很不错的。"迈克点了点头："是的，这的确让人佩服！好吧，这就是我想要的鱼竿了，就买它吧。"

然而，就在营业员转身走向收银台时，迈克突然放了一个屁。他觉得非常尴尬，要知道，营业员那一双耳朵太可怕了！不过，迈克随即想到，营业员应该不会知道是他放的，因为一个瞎子根本不可能知道，此时店里只有迈克一个客人！

于是，迈克迅速从柜台上拿起鱼竿，像什么也没发生一样来到收银台前。营业员把钱的数目录入收银机，说道："先生，请付25.5美元。"

迈克一愣："你刚才不是说20美元吗？"营业员微微笑着说："不会错的，先生。鱼竿20美元，你刚才还拿了鸭子语音提示器3美元，鲶鱼臭饵2.5美元。"

测智商

□杜学峰

最近，“西瓜皮”在街上摆了个摊儿，靠给小孩测智商混钞票。干这一行的，诀窍就是善于察言观色，见风使舵，这正是西瓜皮的强项。

这天是周末，西瓜皮刚在立交桥下摆开摊子，就见一对夫妻领着一男一女俩小孩走了过来。男孩大约七八岁，女孩十来岁的样子，看样子是姐姐。女人一瞧摊子上的字儿，不由自主地停下脚步：“咦！测智商？挺新鲜的，咱给孩子测测吧？”身旁那男子点点头，算是答应了。

西瓜皮一见生意上门，连忙拿出纸笔给俩小孩，自己则一本正经地出起了题。不多时，俩小孩都已回答完毕。西瓜皮把答案拿在手里一瞧，心说：带俩孩子来的，你说哪个智商低都不成啊，两个都夸夸，保管没错。于是，他摇头晃脑地赞叹起来：“哎呀！二位真是好福气呀，男孩、女孩的智商可都是140啊！”

不料这回，西瓜皮却失算了。只见那女的紧皱眉头，把女孩搂在胸前，说：“不可能吧，小灵在班上老排第一，智商怎么会和小军一样呢？”西瓜皮心里“咯噔”一下，心说：一家人还这样计较？

那男的却面露喜色，笑了起来：“怎么着？我早就说吧，学习成绩好，也不一定智商就高啊！是不是？”那女的脸色顿时阴沉下来，凶巴巴地对西瓜皮说：“你再多测几次，钱一分不少。只测一次哪会准呢！”

西瓜皮知道，今天这事儿麻烦了！他连忙赔着笑说：“那是那是，多测两次当然就更准确些！”等俩小孩再次答题完毕，西瓜皮悄悄看了看那女人的神色，煞有介事地叹了口气说：“唉，其实也都差不多。不过，这小姑娘的智商……还真是稍稍高那么一丁点儿！”

哪料话刚落音，那男的又不依了：“你这人怎么这样，谁不高兴就顺着谁说话？我们要的是准确，懂吗？

有人炸机场

□白中玉

王大爷是乡里的护林员。这天，王大爷去巡逻，刚爬上一个小山包，“轰隆隆”两架飞机呼啸着从他头顶飞过去。

原来，十几公里外有个军用机场，经常有飞机飞起飞落的，这并不稀奇。可奇怪的是，山下的公路上，突然有一辆吉普车拖着黄烟疾驰而来，“嘎”地停在了山脚下。很快，车上跳下来三个人，一个像是领导的中年男子，用望远镜对着机场的方向仔细地观察着，还不时地和身后两个人说着什么。

这伙人是干什么的呢？莫非是搞地质勘察的？要是能在咱这儿找到石油就好了，乡亲们也不用一年到头守着几亩地拼死拼活了。

怎么一点科学精神都没有！”话罢，用眼睛瞥了那女的一眼。

西瓜皮左也不是右也不该，心里犯起了嘀咕：怎么今天就碰上这俩人呢？都是自己的孩子，用得着这么斤斤计较吗？ 正在他不知所措时，那女孩儿从妈妈怀里挣脱出来，小大人似的倒背双手，微微笑着说：“你老帮别人测智商，那我也来测测你的智商吧，免费的……你说说，为什么一对夫妻带着两个孩子去测智商，妻子希望女孩智商高，而丈夫却希望男孩智商高呢？”

“这个吗……”西瓜皮听得一愣一愣的，眨着眼睛抓着头皮儿，却不知该如何回答。

就见小女孩撇了撇嘴，说道：“重组的家庭呗！自己智商这么低，还帮别人测智商呢！弟弟，咱玩去！”话罢，拉着男孩的手走了。

王大爷正暗自高兴，突然，就见那两人在车厢里支起一个铁架儿，那东西像是一挺高射机关枪！王大爷心里一阵猛跳，使劲地揉了揉眼睛，不错，是个发射平台，电视上见过的。接着，又见他们竟然扛出两枚一人多高的火箭弹，装了进去。不好，破坏分子要炸机场！这还了得。

“你们要干什么？快给我住手！”王大爷赶紧抄起手里的柴刀，一路高声叫喊着，跌跌撞撞地跑下山去。

“轰，轰！”随着两声巨响，两枚火箭弹拖着长长的火焰在半空中划了道弧线，随即在机场那边炸响了！王大爷边跑边往下看，不好，那两个破坏分子竟然还在装弹，而且旁边还堆放着很多那样的火箭弹。王大爷急坏了，也顾不上脚下的荆棘杂草了，一路狂奔，终于赶在第二次发射之前，扑到了车厢边。

“快给我住手，你们要干什么！”王大爷大声怒吼道。他瞪着血红的眼睛，挥舞着手里的柴刀，没头没脑地向三个破坏分子砍去。那三人被吓坏了，根本来不及说什么，便“扑通扑通”跳下车去，撒腿就跑。王大爷哪肯放过他们，紧跟其后追了出去。但毕竟上了年纪，渐渐被拉开了距离。他大口大口地喘着粗气，掏出了手机，就向乡长报告。

“什么？你把那几个打炮的人赶跑了？”乡长听完王大爷的报告，非但没有表扬他，反而大声地质问起来。王大爷忙说：“是啊！乡长放心，只要有我在，就是拼了这条老命，也绝不让他们再打第二炮！”

乡长急了：“哎呀，你个老糊涂，坏了我的大事啊！”“什么？”王大爷一时摸不着头脑，“乡长，这……怎么回事？”

乡长几乎是带着哭腔说：“开春几个月没下一点儿雨，春耕都没办法搞。那几位，是县里特地派来搞人工降雨的！为了这次行动，机场里所有的飞机都提前返航了。你快追上去，求他们多打几炮。不然，风把那块云彩吹到别的县去了，咱就帮人家忙活了！”

小贝的球裤

□ 刘胜和

这天，阿呆去看一场足球友谊赛。这场比赛有很多大牌球员参加，其中就有阿呆的偶像球星小贝！比赛结束后，小贝见粉丝们太热情了，一时兴起，就将手上刚换下来的球衣卷成一团，往观众席丢去。

顿时，球迷们发疯一般扑过去争抢。阿呆仗着身材瘦小，从人缝里钻了进去，一阵猛力撕扯，终于抢到了球裤上的一块布！从此，阿呆可神气了，逢人就掏出来显摆显摆，在大家羡慕的眼光中，他感觉自己好像也变成了明星。

这天，阿呆和几个朋友在球迷俱乐部里喝酒，说着说着，又炫耀起球裤的事儿来。邻桌一名男子笑道：“真巧，外面广场上也有人叫卖小贝的球裤呢！你出去看看吧。”阿呆往窗外一看，广场上果然围着一群人。他立即跑过去，挤进人群一看，只见地上铺着一张红纸，上面写着两行大字：小贝球裤，忍疼割爱。欲购从速，时不我待。标价是两万元！

一名光头男子摇晃着手里的一块破布，正唾沫飞溅地嚷嚷：“大家看看，上面这个洞洞儿，正是小贝倒地铲球时磨破的……”

阿呆不由怔住了。男子手里的破布虽然比巴掌大不了多少，但仍可以看出是屁股后的那块儿，可那一块已经被自己抢到了啊，怎么可能有第二块？于是，他挺身而出，上前叫道：“你这是假的！”光头男子大怒：“买不起就别瞎掺和！”阿呆笑道：“就是假的，屁股后那一块明明全在我手里！”男子“哼”了一声：“有本事你就拿出来比比，看谁的是真的！”

这时，周围的人都乐呵呵地起哄。阿呆经不起激，一下子探手入怀，“嗖”地拽出珍藏的那块破布，高高举起道：“大家看看，我这块儿才是真的呢！”

光头男子哈哈一笑，说：“我可有证据！”说罢，从口袋里掏出手机一按，放出一段视频，却是从电视上录下来的，正是小贝丢衣服时人们抢夺的情景。光头把手机塞到阿呆手里，又说，“你睁大眼睛瞧瞧，人堆里这个闪闪发亮的大脑袋是谁？”

果然，视频里有光头一闪而过的镜头。阿呆被镇住了，心里怦怦直跳，可再往下看，他却高兴地叫了起来：“大家看，从这人裆下钻过去的‘瘦猴子’不正是我吗？”众人一看，可不是嘛，不是阿呆是谁？可惜视频太短，场面太乱，还是没能看到最终的结果。

正吵得不可开交时，就听人群外面有人大喊：“我知道哪块是真的！”一个大汉随即挤了进来，拿着两块布看了看，突然抓着阿呆的衣领叫道：“好啊，我可找到你了！”

阿呆吃了一惊：“你找我做什么？”

大汉从手提袋里掏出半条球裤，指着一个三角形的破洞说：“大家看，瘦猴儿这块布的形状，和这个破洞是不是一模一样？他可把我害苦了呀……”

大汉几乎都要哭了：“那天，我专门买了一套小贝那样的球衣，穿着去看比赛。谁知抢衣服时，自己浑身上下全让扯走了，害得我差点儿裸奔回家！”大汉说着一把拉下裤头，指着腰间横七竖八的几道伤痕叫道，“小子哎，你也太狠了！把我抓成这样，总得赔我点医药费吧？”

（**本栏插图**：顾子易　包丰一）

468
2010
SEMIMONTHLY
上半月刊
8月
STORIES
欢迎登录本刊主办的“故事中国网”（www.storychina.cn）

故事会
STORIES
2010年8月
上半月·红版

社 长、主 编：何承伟
常务副主编：吴 伦
副主编：姚自豪（上半月·红版）
副主编：夏一鸣（下半月·绿版）
本期责任编辑：郑继文
电子邮箱：zjw002@vip.163.com
红版发稿编辑：
姚自豪 吕 佳 叶小萌 李天然（见习）
美术编辑：李宝强
电脑制作：郭瑾玮
通 联：归依玲
本社办公室电话：021-64375030
上半月刊编辑部电话：021-64332325
下半月刊编辑部电话：021-64336469
（上海市绍兴路74号 邮编：200020）
主管、主办：上海文艺出版（集团）有限公司
出版单位：《故事会》编辑部
发行范围：公开

制作、发行总监：张 凯
电话：021-64313938
广告业务：上海故事会文化传媒有限公司
广告总监：张 淮
广告业务：021-34010383
广告投诉：021-64333738
广告经营许可证
沪工商广字3100320080016号
发行：中国图书进出口上海公司

·笑话·

诲人不倦

教授和甲乙丙三个学生聊天。甲说：“有个新兵学跳伞，教官让他数到十再拉开伞，结果这个新兵摔死了。一查，原来他口吃。”

教授点点头，说：“规则只有照顾到个体才是完美的。”

乙说：“有个人给女友写了七百封信，但他的女友却和邮差结婚了。”

教授一声长叹，说：“我们的努力常常成就别人的事业。”

丙说：“有个人告诉医生，说自己太太患了阑尾炎，医生不信，因为他太太刚割了阑尾，这个人说，他又结婚了！”

教授更加严肃了，告诫学生：“是啊，我们要学会动态思维。”（何　伟）

（本栏插图：包丰一）

迟到的短信

有个人，他的老婆和领导一起到外地出差了，到了大半夜，他还睡不着，就打开手机，突然看到老婆发来的一条短信：“我边上的领导睡得像头蠢驴，太搞笑了！”

这个人很生气，老婆一回家，就跟她大吵，老婆被他吵蒙了，问：“你这是干什么呀？莫名其妙的！”

于是，这个人将老婆发的那条短信打开，老婆一看，惊呼：“天哪！这是我当天下午开会时发给你的短信，你怎么半夜才看到？”（宋　琪）

太迟了

有位教授要去医院讲课，从实验室借了骷髅标本，他把骷髅放在旁边，正要发动汽车，发现路边有个人死死地盯着这具骷髅，教授见了，就解释说：“我带它去医院。”

这个人冷冷地盯着教授，说：“现在才送它去医院？你不觉得已经太迟了吗？”

（王　敏）

质量可靠

有一个人搬东西下车时，不小心砸了旁边一个人的脚。

砸下去的东西很沉，这个人非常紧张，对被砸的人说：“真对不起，砸伤你没有？”

被砸的人满不在乎地说：“没事，不会受伤的。”

这个人还是不放心，又问：“真的没事？要不要到医院检查一下？”

被砸的人不高兴了，说“我说没事就没事！我这只脚是东风假肢厂的最新产品，质量可靠，实行三包！”

（宋　琪）

太厉害了

妈妈到幼儿园去接儿子，儿子开心地告诉妈妈，他中午吃了两碗饭，得了一朵小红花。妈妈很高兴，晚饭时给儿子做了他最爱吃的基围虾，没想到儿子横竖不吃，妈妈问儿子为什么不吃，儿子说：“我想饿一饿，这样明天又能多吃点儿，再得一朵小红花。”

妈妈连忙开导儿子，说“并不只是吃饭能得小红花，唱歌、跳舞、做游戏，都可以得小红花呀！”

儿子叹了一口气，说：“我们班上的小朋友们太厉害了，他们样样都拿手，我还是靠吃饭得小红花比较容易些。”

（王晓红）

鼻子着火

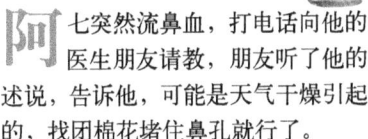

阿七突然流鼻血，打电话向他的医生朋友请教，朋友听了他的述说，告诉他，可能是天气干燥引起的，找团棉花堵住鼻孔就行了。

第二天，阿七在路上遇到了这位朋友，他怒气冲冲地指着朋友埋怨道：“你真不够意思，坑害我！”

朋友大惑不解，问：“我怎么会坑害你呢？”

阿七指指自己的红鼻子，说：“你看看，我听了你的建议，用棉花把鼻孔堵起来，可我抽烟点火时，烧着了棉花，把我的鼻子都烧红了！”

（陈　聪）

锈锅

这天，食堂厨师对老板说：“单位食堂的锅应该换了。”

老板问：“为什么要换？”

厨师说：“那口锅很久不见油水，已经快锈完了。”（张海妃）

最佳合作者

老虎要开公司，想找个合作者。马找上门来，老虎说：“不行，咱们合作，马马虎虎，成不了大事。”

蛇也找上门来，老虎又说：“不行，咱们合作，虎头蛇尾，没有前途。”

老虎主动上门找龙，说：“我们才是最佳合作者，龙腾虎跃，多吉利啊！”

马和蛇听说了，哈哈大笑，说：“它俩合作能有好吗？天天龙争虎斗的，我们等着看热闹吧！”（王　敏）

没有时间

妻子跟邻居站在门口聊了三个多钟头，回到家直喊累。

丈夫说：“你怎么不请她到家里，坐着聊呢？”

妻子叹了口气，说：“是啊！我请她进家里坐，她说她没有时间。”（花　生）

好看的裙子

有个女孩买了条裙子，兴高采烈地穿着上班，没想到同事们都说不好看，让她很懊恼。这时，一位年轻的女同事走进来，看到了她的裙子，大叫：“哇！你这条裙子真好看，在哪买的？”

女孩顿时心花怒放，说：“还是你有眼光！”

女同事点点头，说：“我正准备给我奶奶买条裙子，你这条裙子的颜色款式非常适合她……”（徐翠英）

有完没完

有个人走路的时候，拿着串钥匙在手里抛着玩，把钥匙抛得丁零当啷地响，他玩得有滋有味，觉得特别有意思。突然，走在他前面的一位大嫂停下来，猛地转过身，朝他吼道：“我不是早就给你让路了吗？你怎么打起铃来没个完？”

（李彦锋）

渴望被揍

爸爸好不容易把儿子哄上床，刚回到自己的卧室，便听到儿子喊他，他问：“什么事儿？”

儿子说“我口渴，请给我拿杯水过来。”

爸爸说：“你刚才不是喝过了吗？快睡觉！”

不一会儿，儿子又喊：“爸爸，我口渴……”

爸爸不耐烦了，说：“快睡觉，再喊我揍你！”

又过了一会儿，儿子怯怯地喊：“爸爸！”

爸爸很生气，问：“又怎么了？”

儿子说“你过来揍我时，请带杯水过来！”（赵思军）

跟着师傅打

铁匠师傅收了个徒弟，他提醒徒弟说：“你看准我的小锤子，我的小锤子打在哪，你的大锤子就跟着往那个地方打。”

徒弟学得很用心，一直按师傅说的做，师傅非常满意。

这天，师徒二人又在打铁，师傅突然觉得脑门奇痒，原来是一只飞虫在叮他，师傅顺手用小锤往头上一挥，想撵走飞虫，说时迟，那时快，徒弟的大锤紧跟着就来了，一锤打在师傅头上……（张庆明）

等一会换回来

有个小女孩看见一个小男孩手里的望远镜很好玩，便拿着一根香蕉，跑过去对小男孩说“我用这根香蕉换你的望远镜玩一会，好不好？”

这根香蕉又黄又大很诱人，小男孩连忙说好。于是，两个小孩非常开心地交换了手中的物品。

小男孩接过香蕉，美滋滋地正要剥开吃，小女孩见了，赶紧说：“别剥！等一会我要换回来的。”

（徐翠英）

本栏欢迎来稿，读者、作者可将有新鲜感、有精彩细节的笑话佳作投寄给我们。来稿一经采用，最高稿费为一则100元。本期责任编辑电子信箱：zjw002@vip.163.com。

·我的故事·

诱人的汉堡包

□汪小宝

“面包”

我的家是个单亲家庭，妈妈带着我和三岁的妹妹从乡下进城打工，她特别疼我和妹妹，日子虽然过得苦，但苦中有甜。

今年我上了初一，妈妈的担子又重了，她为了多挣钱，每天要跑四五户人家做家政，很累，我看着非常心疼，但我现在能做的，只能是努力学习，让妈妈每次看到我的成绩单时，能露出甜甜的笑容。

这天，我放学回家，看见妹妹围着妈妈直嚷嚷，说是要吃白胡子老爷爷的面包，妈妈弄不明白妹妹说的是什么，我拉着妹妹的小手，问她：“什么是白胡子老爷爷的面包？”妹妹说，今天有个小朋友的妈妈送来一个画着白胡子老爷爷的盒子，里面装着好吃的“面包”。

原来妹妹说的是肯德基汉堡，我蹲下来，耐心地告诉妹妹，那样一个“面包”得花十几块钱，够家里吃两天呢！可妹妹根本听不进我的话，只是拿着小手抹眼泪。妈妈看不下去，从瘪瘪的钱包里拿出十五块钱，说：“小宝，你明天下午放学时，到肯德基买只汉堡回来，给妹妹吃。”

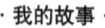

妹妹一听，马上止住了哭声，我接过妈妈的钱，看到她的手上长满了冻疮，又红又肿，有个地方还裂了道口子，在渗血，就把钱一推，说：“妈，你还是拿这钱去买盒冻疮膏吧！”妈妈笑着摇摇头，说：“我做家政要经常沾水，搽了药也没用，等过了冬季，冻

疮自然就没了。”

球鞋

第二天上午，我们最后一节是体育课，班上的足球队队长李帆召集大家练球。李帆家里很有钱，身边总围着一帮小跟班，我平时不怎么跟李帆来往，但我的球踢得好，几乎每次比赛都能进球，所以，不论练球还是比赛，李帆都会叫上我。这次，我们练了一阵子后，李帆拍了拍手，说：“大家注意了，这个周末我们要和7班打一场比赛，这回一定得赢，大家回去以后好好准备，到时候要穿戴整齐，特别是鞋子，一定得刷干净。踢球嘛，看的就是一双脚！”

李帆刚说完，有几个队员就叫了起来，说：“这么冷的天，还得刷球鞋啊？”李帆听了一挥手，说“那好吧，今天我就发发善心，大家的球鞋不用自己刷，我全包了！”李帆说完，叫一个队员找来只袋子，让大家将球鞋换下来，扔进袋子里。只有我把换下来的球鞋一声不响装进自己的书包里。

中午放学后，李帆带着一袋子球鞋回了家，我在外面买了只馒头，三两下吃完，填饱肚子，又回到教室做作业。

转眼间，一个下午又过去了，放学时，我一边收拾书包，一边想着去肯德基给妹妹买汉堡包的事，这时，李帆大声吆喝开了：“谁来帮我扫地？我请吃肯德基！”看来今天又轮到他这一组打扫教室卫生了，每次轮到他干活，他都用这种方式。这不，他这样喊一嗓子，马上就有几个同学放下书包，拿起扫帚拖把打扫起来。

说实话，我看不起李帆这种做法，也看不起帮他打扫卫生的同学，以前他这样喊叫时，我都是昂着头走出教室，但这次李帆喊出的“肯德基”几个字，却让我十分心动，正在犹豫时，李帆拿着一百块钱走过来，说：“汪小宝，你帮我跑个腿，去肯德基买些汉堡包，我会给你好处的。”

看着李帆趾高气扬、目空一切的样子，我真想一巴掌打落他的钱，但妹妹想吃汉堡的样子突然浮现在我眼前，让我一下子没了脾气。我接过钱，来到学校旁边的肯德基店，将这些钱全买了汉堡包，细细地一数，李帆和帮他扫地的同学一人一个分下去，正好还剩一个。我心里突然觉得不委屈了，美美地想：李帆不是说给我好处吗？这剩下的一个，他肯定会给我的，这样，我就能省下十多块钱，多好啊！

我提着汉堡回到教室，交到李帆手中，李帆得意地把汉堡一一分给大家，轮到我时，袋子里还有最后一只汉堡，没想到李帆拿出汉堡，在我面前一晃，说：“只剩一个了，这只汉堡我要派用场，不能给你了，反正你也没怎么出力，下次再说吧！哈哈哈！”

几个拿到汉堡的同学一边狼吞虎咽地吃着汉堡，一边跟着哄笑起来，我一把从李帆手里抢过袋子，从里面拿出那只装汉堡的纸盒子，说：“我虽然只是跑了腿，但也不能白跑，我可以不要汉堡，但要这只装汉堡的盒子！”

李帆和几个小跟班愣了一下，又一起大笑起来。

报 偿

我没理他们，拿着那只纸盒子，跑出了教室。出了校门，我到一家药店用六块钱买了盒冻疮膏，又去日杂店用九块钱买了双最好的胶皮手套，把这两样东西装进那只盛汉堡的纸盒子里。

然后，我背着书包回到家，妈妈带着妹妹早回来了。妹妹站在门口，已经等了我好久，她看见我手里的盒子，马上拍起手来，高兴得又叫又跳。

我在妹妹跟前蹲下，打开手里的盒子，拿出里面的冻疮膏和胶皮手套，说：“妹妹，你看看妈妈的手，裂开的口子在流血，还要不停地干活，她多疼啊！我们先用药治好她的冻

疮，再让她不受冷，不得冻疮，这样，她就能赚更多的钱，让我们多吃白胡子老爷爷的面包，你说好不好？”

妹妹似懂非懂地听着我的话，委屈得眼泪在眼眶里直打转。

这时，妈妈跑过来，从包里拿出一只汉堡，在手里不停地晃着，对妹妹说：“谁说没有白胡子老爷爷的面包？这不是吗？”

我忙问：“妈妈，你不是让我买吗？怎么也买了？”

妈妈朝我笑笑，说“今天中午我到一户人家做保洁，户主的孩子从学校拎了十几双球鞋回来让我刷，下午放学时，他给了我这个没纸盒的汉堡。”

原来是这么回事！李帆不肯给我的那个汉堡，他给了我妈妈，这是妈妈为他刷了十几双球鞋的报偿！我从妈妈手里拿过汉堡，放进装汉堡的盒子里，果然严丝合缝，然后，我把盒子交给妹妹，说：“你看，这就是白胡子老爷爷的面包，快吃吧！”

妹妹打开盒子，拿出汉堡，打开包装纸，放在鼻子跟前使劲地嗅了嗅，然后递到妈妈跟前，说：“妈妈，你吃！”

妈妈接过汉堡，怜爱地看了我一眼，对妹妹说：“哥哥读书很辛苦，让他先吃，可以吗？”

妹妹点点头，我接过妈妈递来的汉堡，又递给妹妹，说：“妹妹最小，你先吃！”

就这样，一只汉堡你一口我一口的，在我们一家三口之间传递着，也不知是怎么回事，我们每个人的眼里都含着泪水，小小的一口咬得特别慢，觉得特别香……

（**题图、插图**：安玉民　梁　丽）

·**本刊信息传真**·

征稿：写一个故事吧

你喜欢《故事会》吗？你想成为《故事会》的作者吗？你想把自己知道的故事写下来让千千万万的读者分享、分担你的喜怒哀乐吗？

投稿的方式有以下几种——

1. 你可以邮寄，地址是：上海市绍兴路74号《故事会》杂志社（邮编：200020）；
2. 你可以发电子邮件，各编辑的电子邮箱见本刊第27页；
3. 你可以登录“故事中国”网，那里有一个“在线投稿区”。

除了自己创作，你也可以把在各类报刊和网络上看到的笑话、3分钟典藏故事、快乐辞典、感动中学生的故事、外国文学故事鉴赏等作品推荐给我们，一经发表，你都将获得推荐费。

街谈巷议、市井邻里，饭桌酒席、旅途行程，生活的时时处处都蕴涵着“故事”的“影子”，写一个故事吧，你将在写故事中获得快乐，同时你的故事也将给别人带来快乐！

本刊编辑部

·手机版故事·

别样的演奏

有位小提琴家从外地演出回来，刚下车，就走来一个老乞丐向他乞讨，他想了想，让老乞丐坐在广场的椅子上，又打开小提琴的盒子，取出琴，演奏起来。

小提琴家给老乞丐拉了一首又一首动听的曲子，他拉得实在太好了，路人们禁不住停下脚步，围拢过来，人越聚越多，这时，琴声戛然而止，小提琴家给大家鞠了一躬，说："如果大家觉得我拉得还可以，就请帮助一下这位可怜的老人吧！"

原来小提琴家是为老乞丐募捐的，围观的人群里顿时响起了热烈的掌声，接着，大家你五元我十元，纷纷拿钱给老乞丐。

一位路人问小提琴家："你怎么会想出这个办法来？"

小提琴家说："我回来的路上钱包被偷了，根本没钱施舍给这位老人，但我面对这样一位弱者，不能一走了之，就想出了这个办法。"

（作者：陈　新）

如何回家

王奶奶是个目不识丁的农妇，她的村子在城市化改造中被拆迁，住进了统一规划建造的住宅小区，这里每幢楼房都像一个模子里脱出来的，王奶奶回家时，老是走错门。后来，她想出了一个法子：在自己家的门把手上系一块红布条，这样就不会认错门了。

这天，邻居看见了红布条，就问王奶奶："你在门上系根红布条干什么？"

这句话把王奶奶问住了，她想，要是说自己连家门都不认得，只怕要被人当笑话讲了，于是，她脑子一转，就说："我们不是刚搬家吗？这红布条是用来辟邪的。"

没想到过了几天，王奶奶又不认得自己家门了：这个小区家家户户的门把手上，都系着一根红布条……

（作者：张功伟）

离奇失踪

晚饭后，小两口子呆在房间里玩电脑，让女儿一个人在客厅玩，过了好一阵子，妻子从房间出来，发现女儿不见了，哪里也找不到，她急了，让丈夫赶紧一起找，找遍家里每个角落，再跑到楼下，逢人就问，见地儿就找，根本没有女儿的踪影。

丈夫赶紧给女儿的爷爷奶奶外公外婆打电话，两处地方都没有。夫妻俩急得像没头的苍蝇，在小区里乱转，不一会，女儿的爷爷奶奶外公外婆全赶来了，听说还没找到，都急得哭了起来。

这时，一位拎着酱油瓶的女人正好经过，见了这个情况，说“别哭了，你们家的孩子在我家里玩。”

妻子大吃一惊，怔怔地望着眼前的陌生女人，问：“你是谁呀？”

年轻女人微微笑道：“我就是你们对门的邻居呀，搬来快一年了，你怎么到现在连我都不认识？”大家连忙赶到邻居家，只见女儿和一个小男孩玩得好不开心，妻子上前抱住女儿，问：“刚才那么大声喊你，你都没听到？”

女儿撅着小嘴巴，说：“我听到了，但我不想回答。你们玩时不理我，我玩时，也不想理你们。”

（**作者**：徐翠英）

证 明

吴科长是局人事科科长，经常有饭局，但他都谢绝了。

这天晚上，老婆跟吴科长说：“有饭局你还是参加吧，我的小姐妹小芬家边上有一家大酒店，你们局的人天天去那儿，她说从没看见你在那里吃饭，觉得你特别没出息。”

吴科长听了“哈哈”大笑，说：“那还不容易，明天我就去吃饭喝酒，让她瞧瞧。”

第二天，吴科长果然和单位的领导一起去吃饭，一直吃了两个半小时，一顿饭总算吃完了。

回到家，吴科长身心交瘁，但佯装神采飞扬，说：“老婆，我今天陪领导喝酒，真过瘾啊！”

老婆却哭丧着脸，说：“算了，以后你还是少去喝酒吧！”

吴科长大惑不解：“这是为什么呢？”

老婆说“刚才小芬来电话了，她说看到你喝酒了，你站在领导中间，一点领导气质都没有，一看就是个陪酒的。”

吴科长目瞪口呆。

老婆连忙安慰吴科长，说：“算了，我也明白了，做人何必在吃吃喝喝上证明自己呢？”

（**作者**：徐翠英）

（**本栏插图**：刘斌昆）

·中国新传说·

有些事不能原谅

□张维超

有个叫徐文正的年轻人，结识了一个名叫舒婕的女孩，两个人情投意合，只觉相见恨晚，过了不久，便约定一起去探望徐文正的父母。

徐文正家在另一座城市，一到徐家，舒婕就进了厨房，说："阿姨，我来帮你！"徐文正的妈妈却一把将她推出来，按在沙发上坐下，端上零食，打开电视，说："菜早就备好了，热热就行了，你好好地歇着吧！"

没过多长时间，徐妈妈就张罗了一桌丰盛的菜肴，舒婕一看，自己最爱吃的几个小菜，桌子上全有，她疑惑地看着徐妈妈，徐妈妈笑着说："我早向文正打听过了，你吃的玩的用的，都按你最喜欢的准备好了……"

舒婕听了，心里一阵阵感动。

这时，茶几上的电话响了，徐妈妈拿起电话，大声说："老头子，怎么还不回来？还在开会？是你开会的事大，还是孩子们的事大？"

徐妈妈放下电话，叹了一口气，说："你爸爸局里有个重要会议离不开，只能回来吃晚饭。"

舒婕忙说："没关系的！"

三个人一起吃好饭，又到公园玩了一下午，刚到家，正好电话响了，徐妈妈接了电话后，说："你爸爸一会就回来。"

舒婕点点头，马上帮徐妈妈料理起来，不一会，丰盛的晚餐又摆到了饭桌上。正在这时，门开了，徐文正

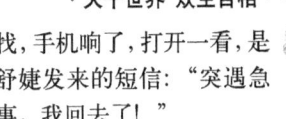

的爸爸走进来，徐文正连忙拉着舒婕走上前，得意地说："老爸，这是舒婕！"

徐父看了舒婕一眼，神情慌张地点点头，径自进了卧室。

徐文正见舒婕在一旁呆呆地站着，以为是爸爸让她觉得受了冷落，连忙凑到她耳边，说："他一直这样的，以后时间长了就习惯了。"

舒婕像是没听见徐文正在说话，还在发呆，徐文正又拍了拍她的肩膀，她才惊醒过来，说："哦，我到楼下买点东西去。"说完，拿起自己的包，匆匆走了出去。

徐文正追出来说："我陪你去！"

舒婕一边急匆匆往楼下奔，一边说："你别来，我一会就好……"

徐文正只好回到家里，过了好一阵子，还不见舒婕回来，正要下楼去找，手机响了，打开一看，是舒婕发来的短信："突遇急事，我回去了！"

徐文正一看就急了，连忙拨打舒婕的电话，电话一拨就通了，但对方马上就挂了电话，接着再拨，却怎么也拨不通，他急匆匆跑下楼，拦住一辆的士，直奔火车站，进了候车室，却怎么也找不到舒婕，突然，他看到窗外的站台上，舒婕站在一列火车的车厢门口，正要上车，徐文正急得一纵身从窗口跳到站台上，跑过去一把拉住舒婕，问："你这是怎么了？"

舒婕一见徐文正，眼泪就刷刷地流了出来，徐文正接着问："你究竟是为什么呀？是不是家里出了什么事？"

旅客们正陆续地上车，舒婕看看徐文正，又往车上走，徐文正把舒婕拉到一边，掏出手机，说："一定是你家里出事了，你再不说，我就给你爸爸打电话！"

这时，火车一声鸣叫，催促乘客上车，舒婕无力地摇摇头，非常艰难地说："别问我爸，还是回家问你爸！"

说完，她朝徐文正挥挥手，上了列车……

徐文正愣住了，他做梦也没想到，舒婕在认识徐文正之前，曾经误入歧途，在夜总会当过坐台小姐，她接的最后一个男人，不是别人，正是徐文正的爸爸……

（**题图、插图**：安玉民　梁　丽）

有一种伤害

培训班的班会上，大家在做一个游戏：说出自己在班里最喜欢的异性，如果相互喜欢的，就算配对成功，成功的对子得请大家吃夜宵。

赵伟说："我最喜欢的是王玲。"大家鼓起掌来，因为王玲和赵伟正在谈恋爱。

轮到王玲时，王玲环视一眼大家，说"我最喜欢的男孩是司马望。"司马望是班上的残疾人。

大家忙看赵伟，赵伟得意地摊摊手，假装无奈地说："王玲不喜欢我，她喜欢的是司马望！"

班里有五个这样的对子，这几个女孩既不愿花钱请客，又怕男朋友误会，王玲这样说，大家就纷纷仿效她，都说喜欢司马望。

游戏结束时，大家纷纷要司马望请客，因为五朵金花全部喜欢他。

司马望突然哭起来，跑出教室。

班主任知道后，说"你们伤害了司马望！"

其实，"不喜欢"不是伤害，假装喜欢才是真的伤害。（**作者**：湛鹤霞）

价值

有个大学生，毕业后到一家知名品牌公司打工，几年后成了公司的骨干，业务越做越大，老板给的薪水也越来越多了。这时，他觉得公司已经离不开他了，一次次提出加薪，刚开始，老板都同意了，但最后一次，老板拒绝了他的要求。

他辞职了，带着骄人的业绩投奔另一家公司，这家公司接纳了他，但开出的年薪只有10万，他对这家公司的老板说："你们应该知道我的价值，我以前的年薪是30万。"

老板让人给他端来一杯咖啡，说："这杯咖啡，在高档酒吧是80元一杯，在火车上是15元一杯，在我们这儿却是免费的。你的价值也如此，在我们这儿，你只能拿这个薪水。"

他猛然醒悟：人的价值是由环境决定的。（**作者**：范精华）

·中国新传说·

当官先做人

□ 刘祖光

新公务员

都说官场上的讲究多，干巴巴的没趣味，可有个叫张才顺的公务员，在他身上发生的故事，让好多人津津乐道！

张才顺大学刚毕业，就和班长黄嘉伟一起考上了公务员，巧得很，他们考进了同一个局。黄嘉伟考上公务员，大家不奇怪，因为他是班长，老爸又是局长，既有能力又有靠山，似乎天生就是公务员的命，但张才顺考上公务员，进了官场，同学们却都替他捏了把汗：就张才顺那臭脾气，怎么能在官场混啊？

果然，黄嘉伟上班没几天，就得到领导表扬，说他工作态度很端正，下了班还要在办公室里呆上半小时，不像张才顺，一下班就跑到后面的家属院打篮球……

领导话刚说完，张才顺就要求发言，他说："既然我们的工作多得需要加班才能完成，我建议大家都像黄嘉伟那样，延迟半小时下班！"

张才顺话刚出口，领导就浑身不自在：下班时间是有规定的，局机关的人都盼着早点下班，下班铃一响，全都脚底抹油——开溜，如果哪个领导规定推迟半小时下班，肯定会惹众怒，但这么一来，大家都看出黄嘉伟的加班是在"作秀"。

散会后，黄嘉伟拉住张才顺，红着脸说："你损我不要紧，怎么能当众让领导下不了台呢？你就不怕领导说你不懂事？以后，多向我学着点……"

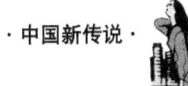

张才顺笑着说："我是在向你学啊！你这么卖力，不就是为了加深领

导对你的印象吗？今天我让他下不来台，也是想让他对我加深印象啊！哈哈！”说完，他掉头就走。

黄嘉伟看着张才顺远去的背影，突然笑了起来，说：“真是个傻瓜，给领导留印象，得留好印象呀！”

各有千秋

不久，市里选派机关干部下乡蹲点，局里也下了名额。乡下条件艰苦，而且离开了领导的视线，有好事也轮不到自己，因此谁都不愿意去，这时，领导想到了“印象深刻”的张才顺，马上在他名字下面打了个勾。

黄嘉伟想在履历表上加点分量，也主动报了名，这样，他和张才顺被一起分到最偏远的地方蹲点。

到了蹲点的地方，黄嘉伟过得很舒服。因为来之前他已经在笔记本电脑里存了几十部影视剧，他每天的工作就是看影视片。张才顺却每天都跑来跑去，了解情况，搜集资料。黄嘉伟见了总劝他：“咱们拉不来钱，说不上话，连村支书都看出来咱俩是虾兵蟹将，下来应付一下的，从来不对我们提要求，你何必这么当真！”

张才顺傻傻地笑着，说：“闲着也是闲着，多跑跑也没啥坏处。”

黄嘉伟说：“那你跑吧！我来这里就应付应付，为将来积累点资本。”

还别说，黄嘉伟虽然白天闲着没事，到了晚上他又忙了，忙啥？给领导打电话呀！他每天晚上一到点，就给局领导打电话，汇报他一天的工作，比如跑了哪些地方，到哪个养殖户搜集资料等，事无巨细，说得有条有理，形神兼备，局领导听了非常满意，不住地说：“好！你在下面表现很好！对了，和你在一起的张才顺，他都做了些什么事？”

黄嘉伟说：“他也做了不少事，比如说，他会给村民们放电影，也经常带村里的孩子们打篮球……”

领导一听就火了：“在上面玩，下去还是个玩！这小子……”

这天，黄嘉伟正在屋里看电影，突然电话响了，一接，是局领导亲自打来的，他急切地问黄嘉伟：“你在哪儿？刚才市长去了你们那个点，却不见你人影，只看见挽着裤腿帮老乡插秧的张才顺……”

黄嘉伟一听，关了笔记本电脑就往外跑，到了地头上，正看到市长在和张才顺说话，黄嘉伟讪讪地走上去，正要介绍自己，不想市长见他就是一通训：“你蹲的什么点？这个点咱们派下来两个人，可村民们却只知道张才顺一个人，你一个大活人，人家竟然都不知道你是谁，你这是干啥来了？”说完，他根本不听黄嘉伟解释，径直上车走了。

黄嘉伟心里叫苦不迭，他看看张才顺，突然发现张才顺整整瘦了一

圈，显然是这些天来上山下塘风吹日晒的结果，他再摸摸自己的脸，依旧白白嫩嫩的，再笨的人也能看出谁在出力，又是谁在躲着享福……

张才顺为了争取到对蹲点地方的援助，到市里跑了好几个局，他不懂规矩直来直去的风格，让几个局大大小小的领导都记住了他。结束蹲点后，张才顺回到局机关，又开始了在机关不入流的生活。

这天下班后，张才顺在家属院打了会篮球，正要回去，一位漂亮的女孩子跑过来，问:“喂，你怎么老是一个人在这里打球呀？你们局每天都有饭局，你怎么不去呀？”

这女孩张才顺认识，是副局长的宝贝女儿，音乐学院的钢琴老师，追求者很多，据说黄嘉伟也是其中之一，张才顺却不冷不热的，朝女孩点点头，拎着衣服径直走了。

张才顺越这样，女孩子越着迷。这之前，她爸爸在家里说了张才顺不少好玩的事儿，让她觉得这个人有特点，很有趣，就主动跟他接近了。

这天，女孩又拦住打好篮球的张才顺，真诚地说:“咱们做朋友吧！”

张才顺吓了一大跳，说:“我哪敢高攀你？”说完，他掉头就走。

女孩从小到大从未这样被人拒绝过，怎肯如此收场，马上加强攻势，再加上她本来就很优秀，张才顺哪有不喜欢的！接触一段时间后，两个人合了脾气，真的相爱了。

对于他俩的事，女孩的父母都没反对，这张才顺虽然不是官场中人，但作为一个普通人却没啥好挑剔的，是个有担当、能负责任的男人，值得托付女儿的终身。

黄嘉伟没想到张才顺打篮球都能打到这么好的一个女朋友，直接跟副局长攀上了交情，真是傻人有傻福啊！但他还是不服气，想：就算你张才顺有傻福，但你这样傻到底，照样不可能在官场上有出息。他想啊想，

想到了一个好法子，决定给张才顺挖一个坑。

第二天一下班，黄嘉伟把张才顺拉到一间茶馆，摆出一副推心置腹的样子，说：“上班转眼就两年了，你怎么还没交入党申请？”

张才顺说：“我老觉得不够格。”

黄嘉伟把杯子往桌上一顿，说：“这叫什么话？你不向组织靠拢，组织怎么培养你嘛？”

张才顺觉得黄嘉伟说得有理，点点头，说：“其实，我女友的老爸也跟我说了，让我写入党申请，我都写好一大半了。”

黄嘉伟连忙说：“这就对了！写好后，你得好好表现表现，另外，几个关键人物，一定要注意疏通打点。”

张才顺又不懂了：“疏通打点？什么意思？”

黄嘉伟指着张才顺，“哈哈”大笑：“老兄啊，你就别当山顶洞人了，好不好？疏通打点，说白了就是请客送礼，而且这礼还不能轻！如今这世道，你不送别人一点甜头，别人凭什么为你出力？”

张才顺惊讶得眼珠子差点没掉出来，脖子一梗，说：“连入党都搞这一套？那我宁肯不入了，我回去就把写了一大半的申请书撕了！”

两人不欢而散，黄嘉伟分外开心，马上把张才顺怒撕入党申请书的事向局长作了汇报。局长听了，好一会没吱声，最后说了两个字：“幼稚！”

局长这一说，黄嘉伟知道张才顺两三年里不可能入党了，他心里好不得意，心想：你连党员都不是，就算找到了副局长当丈人也没用，照样升不上去。

结局不同

又过了大半年，市政府要成立一个扶贫工作领导小组，成员从各局抽调，这是个没有油水的部门，黄嘉伟趁机向局领导推荐张才顺，领导征求意见，张才顺欣然从命。这样，张才顺就顺理成章地进了扶贫工作领导小组，不久，市政府的文件下来了，扶贫工作领导小组的组长由市长兼任，副组长居然是张才顺。

在传达会上，市领导说明了任命理由：一、张才顺有过下乡蹲点的经历，工作踏实，熟悉情况；二、他熟悉政府相关部门的情况；三、张才顺是无党派人士，符合上级要求。

大家明白，达到前两项条件的人有很多，但在政府部门里找一个无党派人士，真的很难……

就这样，一直不被看好的张才顺工作没几年就成为市里最年轻的处级干部，而八面玲珑、背景深厚的黄嘉伟，至今还是个普通科员。

看来，做人本分点，还是有好处的。

（**题图、插图**：谭海彦）

好一个80后

□王兴菜

遭遇难题

阿强是个80后，大学毕业后，他使出了吃奶的力气，在一家咨询公司谋到了一个小职位。他工作后令人刮目相看的第一件事，得从5000个信封说起。

这天下班，阿强在门口遇上了外联部的小张，他垂头丧气地拎着两大捆信封，正往外走着，阿强笑嘻嘻地问：“张哥，你今天是咋的了？看上去气色不大好啊！”

小张气呼呼地把手中的两捆信封往地上一扔，说：“唉！别提了，快下班了，头儿让我连夜在这5000个信封上抄上客户的地址、姓名，抄一个信封才给一毛五分钱，明天一早上班后，就要运到邮局发出去，一夜的时间，抄5000个信封，我就是有三头六臂也完成不了啊！”

阿强一听，胸中的那股哥们义气立刻化成了万丈豪情，他一拍胸脯就嚷嚷道：“张哥，我跟你说，你的事就是我的事，我来帮你！”

一听这话，小张十分感激地说：“阿强兄弟，光咱们俩也不行啊，一个人一晚上最多抄五六百个……”

阿强一听不开心了，上前就去拎那两捆信封：“你咋对我这么不放心呢？明天早上，我可以保证你一上班就能看到写好地址、姓名的5000个信封！”

小张一听，眼珠子都瞪圆了：这怎么可能？一个人一晚上抄5000个信封？他对阿强说：咱们交情归交情，但这工作量明摆着，不是几句仗义话就能打发的……阿强二话没说，拎着

两捆信封就走，临走甩下一句话：“一个信封一毛五，明天早上别忘了付我！”

小张心里想：你要是真的完成了，别说一毛五，就是让我再搭点钱进去也行啊！小张回到家，越想越不安，阿强是个80后，爱说点大话，可这事如果没完成，板子打的不是阿强，而是他小张，但事已至此，只能硬着头皮等。

第二天，小张一大早就往单位赶，来到单位大门口，远远看见阿强正从公交车上下来，拎着两大捆信封，吃力地往这边走。小张赶紧迎上去，焦急地问：“阿强，怎么样了？”

阿强一脸得意：“放心吧张哥，你就等着接受领导表扬吧！”

小张把两大捆信封拿回办公室，打开一看，简直不敢相信自己的眼睛：信封抄得工工整整，还用了不同的字体，有俊秀的、有豪放的、有正楷的、还有隶书的，小张怎么也没想到，这个平日里爱说大话的80后，真的用一个晚上把5000个信封全抄完了！

奇迹呀奇迹！顶头上司把小张狠狠地表扬了一番，小张开心地付给了阿强750块钱，还乐呵呵地请他吃了顿大餐。

阿强喝了两瓶啤酒后，一拍胸脯，说：“张哥，以后有啥粗活累活，你不想干的活都交给我，有我阿强在，没有办不成的事儿。不过，劳务费你可得付我！”

七朵玫瑰

自此以后，小张有些抄信封、录数据之类的活全交给了阿强，公司其他人也渐渐发现了阿强这个人才，于是经常把一些无关痛痒、又耗费时间的粗活交给他。要说阿强这小子，不仅敢拍胸脯，还真能办实事，交给他的，样样都能出色完成，此外，大家还发现了阿强的一个过人之处：这家伙简直无所不能，比如单位的出纳大姐手机坏了，找人修要300块钱，阿强主动请缨，一晚上的时间就把手机修好了，还只花了35块钱的材料费。

就这样，阿强在公司里一天天地火起来了，加上他相貌不错，一米八的大个头，惹得单位里那几个单身女孩天天围着他转。

可不知怎么的，无论这些女孩说话多么甜，媚眼多诱人，阿强总是不为所动，而且口口声声说自己这坨牛粪上已经插了朵鲜花啦，惹得这帮女孩一腔妒火。

情人节这天，阿强在单位打电话订玫瑰花，恰好被一个女同事听见了，在电话里，阿强向花店订了七朵玫瑰花，花店那边说可以再免费送他两朵，凑够九朵，代表着“长久”，可没想到阿强死活不同意，他说：“就要七朵，一朵也不多要，一朵也不能少要，‘七’这个数字意义十分重大。”

“七”这个数字有什么意义？七朵玫瑰代表啥意思？那帮女同事死活也猜不明白，最后几个人一合计，反正都是单身，不过情人节了，阿强不是说已经有朵“鲜花”插在他这坨牛粪上了吗？干脆来个大跟踪，上他家去，一来可以看看他家的那朵“鲜花”究竟长得咋样，二来再“侦查侦查”这家伙为啥要买七朵玫瑰花！

下了班，阿强开心地拿着七朵玫瑰离开了单位，出乎大家意料的是，这七朵玫瑰是分开包的，几个女同事哪见过这么送花的？不由分外好奇，又见阿强上了出租车，于是她们也马上打了两辆出租车，跟了上去。阿强坐的车子七拐八拐，开到了南城一个破旧的小院子前，下了车。

几个女同事坐在出租车里，看到阿强下了车，拿着那七朵玫瑰花，拍了拍院门，兴冲冲地喊道：“喂，我回来了，走，去过情人节啰！”看来院子里的人等了好久啦，话音刚落，院门就开了，走出一个漂亮的女孩来。阿强赶紧把花送上，就在这女孩刚刚接过花的时候，院子里又走出一个女孩来，阿强又送了那女孩一朵花，接下来，第三个，第四个……天哪！整整七个女孩！阿强这小子行啊，不愧是80后，这情人节里，居然有七个女朋友要送花，天哪，这简直就是现代版的《鹿鼎记》啊！几个跟踪的女孩，顿时醋意大发，没想到这个阿强，艳福大大的啊！

再说阿强领着七个漂亮的女孩，喜滋滋地走进附近一家饭店。几个跟踪的女同事站在饭店门口，想进不敢进，不进不甘心，几个人正在门口商量，恰巧阿强出来买烟，看见了她们，惊讶地问：“你们怎么也在这里？”

几个女同事见阿强发现了她们的行踪，索性明着来，你一言我一语，叽叽喳喳，“声讨”起来，阿强招架不住了，他说：“我和几个女孩一起在里面

吃饭，要不大家一起聚聚吧？”

阿强本以为几个同事会推辞，哪料到她们齐刷刷地拍手称好。

一群人走进包厢，刚才那七个拿到玫瑰花的女孩正围在一起点菜，抬头一看，哟，阿强又领来了四五个如花似玉的姑娘，正在疑惑，阿强红着脸解释说：“这几位是我的同事，正好遇上了，我就邀请她们一起来吃饭。”大家都坐下之后，阿强这才娓娓道来，于是，一切水落石出了——

原来，阿强大学毕业后，宿舍里七个人工作都没着落，商量了一下，哥七个搬出来，在偏僻的南城共同花钱租了这个院子，过起了相依为命的“蚁族”生活，有难同当，有福同享，加上每个人都有女朋友，小小院子里就住了十四个大学生。之前，阿强帮单位干的那些耗时间的活，都是这些幕后英雄帮着做的，阿强揽下这些活，为的就是能够让这个“蚁族”挣点外快，说到底，阿强这个80后之所以“难不倒”，是因为他背后有一个同甘共苦的团队啊！今天是情人节，不巧那哥六个正在外地为一个剧组做群众演员，赶不回来，因此嘱咐阿强替他们给自己的女友送玫瑰花，然后请女友们吃顿饭，就这样，阿强一个人领着七个姑娘出来过情人节了。

这天晚上，阿强被一群女生你一杯我一杯灌多了，他得意极了，一个80后的大男孩过情人节，身边有一群妙龄女郎陪着，这是多么幸福的一件事啊！想到这里，阿强不禁洋洋得意起来，手一抬，开心地喊道：“老板，再给我加两个菜……”

（题图、插图：魏忠善）

·本刊信息传真·

2010年中国最佳故事评选

为了繁荣故事文学、推动故事创作，2010年，故事中国网(www.storychina.cn)继续举办年度中国最佳故事评选。

评选标准：在情节性、艺术性、思想性、文学性方面有突出表现，能够代表年度故事创作最高水平的各类故事作品。参赛作品分为中篇（8000字以上）、短篇（1000-8000字）、超短篇（1000字以下）三组。参选条件：2010年1月1日至2010年12月31日期间在国内正规报刊（省级以上）发表的故事作品均可参加，不限题材、风格、篇幅。参加方法：1、作者本人通过故事中国网的原创地带或人气写手板块提交作品；2、推荐别人的作品，需事先征得作者本人的同意，通过故事中国网的网文搜罗板块提交；3、各家故事报刊编辑部可直接向故事中国网推荐作品，推荐信箱：storychina@gmail.com。

年度最佳故事作者获得特别荣誉证书及奖金（中篇2000元、短篇及超短篇各1000元），所有优秀作品将结集出版《2010年度中国最佳故事》一书，并支付稿费。更多详情请登录故事中国网查看。支持媒体：新华网读书、新浪读书、腾讯读书、搜狐读书、和讯读书、凤凰读书。

过年一定得回家

□胡斯庆

李二憨是位家政服务员，好几年没回家了，眼下又快到年关节下，这天上午，他接到了老伴打来的电话，马上下定决心：今年一定得回家过年！

二憨正这么想着，门外突然传来“嘟嘟”的喇叭声，他知道，东家王老板回来了，这王老板年纪轻轻的，说是开着家公司，经常七八天不见人影儿，回来了也是晃一下就走，把瘫痪在床的父亲完全交给二憨，连过年也不让二憨回家。二憨见王老板回来了，牙一咬，想：你回来了正好，这次我可不管你什么王老板李老板，今年过年我无论如何得回家了，你照顾几天生养你的老父亲，也是应该的！

二憨还没想完，王老板已经进了屋，一进来就先拿出一沓钱，说：“老李，这是你这个月的工资。”二憨接过来，还没数，王老板又拿出两百块钱，往二憨面前一拍，说：“老李，这是你的春节加班费，提前发给你。今年你就别回家过年了。”

每回王老板都这样，二憨见得多了，他摇摇头，对那两百块钱看也不看，正要说话，王老板又往上加了一张百元钞，粗着嗓门说：“我说老李，别给我说理由，眼下你无论如何得帮我这个忙，今年我的公司实在太忙，忙得不可开交啊！”

二憨这下急了，说：“可是——可是——”

王老板根本没理他的“可是”，回头就出了门，二憨连忙追到门外，王老板已经发动了汽车，一溜烟似的走了！

二憨急得抓耳挠腮，这时，电话又响了，一接，是女儿小霞打来的，小霞说：“爸爸，你今年过年一定得回家，我也要回家，还要带一个特别的人回去呢！”

小霞说的这个人，老伴刚才在电话里已经说了，是小霞的男朋友，春节带回家，那意思自然再清楚不过，女儿这是让爹娘把关呢。小霞和二憨都在这个城市打工，因为忙，平时联系并不多，这次特意打来电话，说明她非常重视，事关女儿终生幸福，二憨是怎么也得回去看看的！可是，他看一眼躺在床上的老人，又没了主张：人家都这个样子了，总不能扔下他一走了之吧？

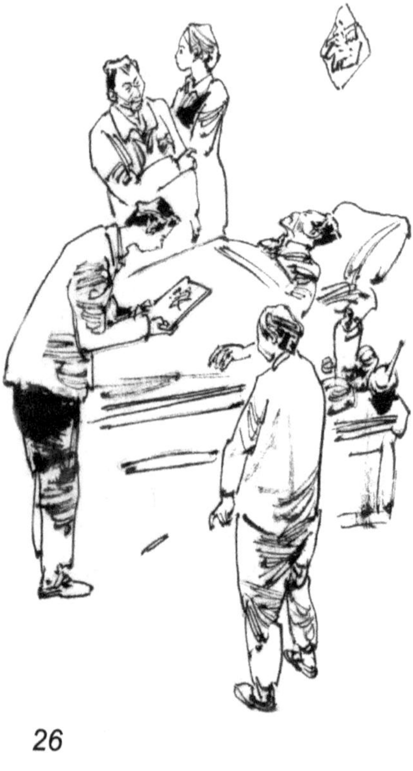

正在长吁短叹时，二憨忽然感到有人在拽他的衣角，扭头一瞧，原来是躺在床上的王伯。

王伯一边拉他的衣角，一边用另一只手不停地在床头柜上比划，二憨明白了：王伯这是要纸笔写字，连忙在家里找出一张硬纸片，铺在床头柜上，又找出一支铅笔，塞在王伯的右手里，老人抖索着手，一笔一画在纸片上艰难地写道：“我能去你家过年吗？”

二憨是厚道人，几年来不嫌脏不怕累，把老人照料得清清爽爽，屋子也弄得干干净净，井井有条。虽说这老人因中风说不出完整的话，但心里很明白。二憨明白王伯是听到了刚才老伴和小霞打来的电话，心里十分感动，他不想拂了老人的好意，再说，到了家里，跟平日一样，照料好老人就是。他望着王伯，关切地问：“你这身子，能行吗？”

王伯的头在枕头上动了几下，算

是点头同意。

二憨赶紧出门联系车子，他联系了好几辆面包车，但司机听说是运一位中风瘫痪的老人到乡下，都把头摇得像拨浪鼓，好不容易有一个勉强答应的，要价却高得离谱：六百块，少一个子儿也不成！

王老板只给了三百块加班费，但二憨急着回家，一咬牙，对司机说：“行，六百就六百！”

接下来，二憨给老人换上“尿不湿”，然后在车子后座垫上一床棉被，铺平整了，这才背着老人出了门，让王伯躺在后座上。

一路上，二憨蹲在车子后座边，一会摸摸王伯的脉搏，一会看看王伯的脸色，眼睛都不敢眨一下，一路颠簸着，总算带着王伯回了家，他让老伴赶紧把靠近厅堂的厢房清理出来，换上棕绷床，然后回到车上，弯下腰，小心翼翼地背起王伯……

送走面包车司机，安顿好王伯，二憨和老伴已经累得直喘粗气了，刚端起杯子喝了口水，屋外又传来一阵清脆的汽车喇叭声，小侄子欢呼雀跃地跑进来，说：“小霞姐姐回来了，是坐小轿车回来的，还带来个——带来个——”

二憨“哈哈”笑着，故意逗他：“带来个谁？你姐带来个谁？”

这时，小霞已经进了屋，兴奋地喊：“爹！娘！”接着，大方地把身后的人拉过来，说“这是——”

没等小霞说完，二憨和来人四目相对，顿时呆住了，问：“怎么是你？”

小霞非常惊讶：“原来你们认识？”

二憨冷冷一笑，说：“我的东家王老板，我怎么会不认识？”

接着，二憨把王老板带到厢房，朝床上的王伯一指，说：“你爹也来了，是他让我接到我家里过年的……”

这时，王老板的一张脸顿时涨成了紫茄子，尴尬地朝王伯叫了一声：“爹——”

王伯嘴里“唔唔”地叫着，一只手在空中抖抖索索地乱抓，二憨马上明白，王伯这是要纸笔写字呢，赶紧找出一块硬纸板，一枝铅笔，摆在王伯旁边。

王伯抖索着手，一笔一画地在纸上写，写完后，把笔一丢，瞪着眼，怒视着王老板。

二憨朝硬纸板上一瞅，上面只有一个字：“滚！”

（题图、插图：刘斌昆）

红版编辑部各编辑邮箱：

姚自豪：yaobianji@126.com；
郑继文：zjw002@vip.163.com；
吕　佳：lujia411@yahoo.com.cn；
叶小萌：xiaomeng.ye@gmail.com；
李天然：chin_poet@163.com。

一场大地震，引发很多家庭悲剧，不少破碎的家庭在震后重新组成了新家，这些经历过生死考验的人们，在新的家庭中，又会上演怎样的人生悲喜剧呢？

奶奶给了零花钱

□任黎明

有两个小朋友，一个叫兵兵，一个叫小宇，本来互不相识，在2008年汶川大地震中，他们都痛失亲人，地震后，兵兵爸爸和小宇妈妈结婚，组成了一个新家，兵兵和小宇就成了在一个锅里吃饭的兄弟。

这个周末，小宇妈妈回娘家去了，恰好兵兵奶奶从乡下来城里看孙子，奶奶很久没看见兵兵了，一见他就又是搂又是抱的，亲得不得了。没想到兵兵一下挣脱奶奶的怀抱，赶紧躲开了。

奶奶不明白兵兵为什么要躲开，正在疑惑，爸爸悄悄将奶奶拉到一边，指指小宇的屋子，说："妈，兵兵是顾着小宇的感受呢，小宇的奶奶在地震中没了，要是他看见你对兵兵这样亲，他会触景生情，心里难过。再说了，小宇现在也是你的孙子，你可不能这样偏心眼儿！"奶奶点点头，悄悄看了看小宇，小家伙果然默默地坐在书桌旁发呆，她说："我知道，小宇也得有人疼，可我现在跟他刚见面，还有距离感，兵兵毕竟是我的亲孙子，我忍不住就想抱想亲呀！"

到了中午吃饭时，奶奶特别注意自己的言行，她把菜左一筷子夹给兵兵，右一筷子夹给小宇，对小宇也是一口一个"乖孙子"，小宇很快就跟奶奶熟起来，不停地说"谢谢奶奶"。吃完饭后，奶奶拉着两个孙子坐在客厅里，给他俩讲故事，客厅里充满了欢声笑语，爸爸看在眼里，喜在心里：要知道，农村老太太比较传统，一般会觉得血脉相连的才是亲人，奶奶能以平等的心态对待这两个孩子，很不容易。

奶奶的故事说完了，两个孩子各自回到自己的房间写作业，奶奶见爸爸在客厅看电视，她就起身进了兵兵的房间，并轻轻关上了门。兵兵见奶奶进来，忙放下手里的笔，笑着问奶奶有什么事，奶奶蹑手蹑脚凑到兵兵面前，悄悄地说："乖孙子，奶奶给你点零花钱，别让你爸爸知道，他老是不让我给你零花钱，说是怕惯坏了你。哼！我的孙子乖着呢，哪会有几个钱就惯坏了嘛！"奶奶说完，从兜里掏出一块包着的手帕，打开，拿出五十块钱，塞到兵兵手上。她每次来都这样，只要见到兵兵，就会悄悄塞给兵兵钱花，兵兵如果不要，她会急得直跺脚。

给兵兵塞完钱，奶奶赶紧打开门，走了出来，爸爸见奶奶一副神秘的样子，就笑着问："妈，你刚才进兵兵房间干什么？"

奶奶跟着也笑笑，说："我看兵兵写作业呢。你别老以为我偏心，我也看看小宇去。"说着，又笑眯眯地进了小宇的房间。

不到两分钟，奶奶就从小宇房间出来，径直朝门外走去，到了门口又回转身，对兵兵爸爸说，她要下楼去一趟。

这时，兵兵从自己房间走出来，一蹦一跳地跑到小宇房间，推开门，又轻轻关上，悄悄问小宇："小宇，奶奶给了你零花钱没？"小宇看看兵兵，摇了摇头，兵兵又说："奶奶给了我五十块！"

小宇脸上流露出羡慕的神情，说："五十块呀？真多！我要是有零花钱就好了。"

兵兵拿出奶奶刚才给的那张五十块钞票，递给小宇，说："看，这是什么？"小宇看了一眼，不开心了，说："就算奶奶给了你零花钱，你也用不着这样显摆嘛！"

兵兵把钱往小宇手里一拍，说："显摆？这是奶奶让我给你的！她说，我五十，你也得五十，一分也不能少！"

小宇一听，开心极了，说："原来奶奶也给了我零花钱啊？奶奶真好！奶奶对我真亲！"

兵兵连忙将钱塞到小宇的衣兜里，压低声音说："嘘！小声点，爸爸一直不让奶奶给我们零花钱，怕我们乱花，这钱是奶奶悄悄给的，千万别跟人说哦！爸爸要是知道了，他又要说奶奶了。"

小宇用心地听着，认真地点了点头。

兵兵做好这件事，开心地哼着小曲，回自己房间去了，爸爸看兵兵这副得意的样子，心里直冒火：这祖孙俩真不像话！刚才奶奶蹑手蹑脚进兵兵房间，还关上门，爸爸就觉得不对劲，悄悄贴到门缝上一看，正好看见奶奶给兵兵零花钱，这还不算，她怕儿子怀疑，还故意进小宇房间晃一圈；兵兵这小家伙也是，有了钱就藏不住高兴，连忙跑到小宇房间去显摆。他们也不想想，这样小宇心里会多难过！

爸爸再也坐不住了，他从钱包里掏出五十块钱，走进小宇房间，然后轻轻关上门。

小宇见爸爸进来，连忙笑着问："爸爸，你有什么事吗？"爸爸没答小宇的话，反问道："小宇，兵兵刚才来你这儿做什么？是不是跟你显摆，说他有钱？"

小宇想起兵兵的叮嘱，连忙紧张地说："没——没有呀！"

爸爸见小宇连话都说得结结巴巴的，想，这孩子心里肯定不开心，叹

了一口气，把五十块钱轻轻放在小宇手上，轻声说："小宇，你别难过，你和兵兵都是奶奶的乖孙子，她给了兵兵零花钱，当然也会给你！刚才她进你房间，见你正专心地写作业，就没打扰你，出来后把五十块钱放在我这里，说等你写好作业后，让我交给你。"

小宇没想到爸爸也给了五十块钱，脑子一下糊涂起来，正要说话，这时奶奶从外面回来了，爸爸赶紧对小宇"嘘"了一声，说："这钱你先不要跟奶奶说，我们跟她开个玩笑，骗骗她！"爸爸说完，就出了房间。小宇越想心里越纳闷：为什么奶奶让兵兵给了我五十块钱，又再让爸爸给我五十块钱，还都不让我说呢？奶奶年纪大，一定是记错了，不行，我不能多要奶奶的钱！

这时，奶奶笑眯眯地走进来了，小宇连忙从兜里拿出五十块钱，正要退给奶奶，谁知这时奶奶凑上来，一边打开手帕包，一边悄悄对小宇说："乖孙子，奶奶刚才给了兵兵五十块零花钱，你也是我的乖孙子，来，拿着，奶奶也给你五十块！"

小宇这下完全糊涂了：这到底是怎么一回事啊？奶奶看小宇在发愣，就着急地说："乖孙子，你快拿着呀！别让爸爸看见了，这是奶奶悄悄给的钱，你自个拿着用，想买啥就买啥！"

小宇推开奶奶的手，从自己兜里掏出两张五十块钞票，放在桌子上，说："奶奶，你是不是记性不好呀？你叫兵兵给我五十块，又让爸爸再给我五十块，怎么你自己还给我五十块啊？"

这样一来，奶奶也愣住了。

这时，门被推开了，兵兵和爸爸一起进来，把奶奶拉了出去。

在兵兵和爸爸的解释下，奶奶总算弄明白是怎么一回事了，她将两张钞票分别交到兵兵和爸爸手里，说："你们呀你们，真是太小看我了，我刚才给了兵兵钱后，接着就要给小宇，结果进了他房间，才想起包里只有张一百块的钞票，就下楼去换了零钱，哪知就这一会儿工夫，让你们折腾出这么多事来！"

奶奶这一说，爸爸笑了，兵兵笑了，正躲在门后偷听的小宇，跟着也笑了。

（题图、插图：魏忠善）

千万别走太远

□李茂华

不离左右

林志鹏从记事开始，爸爸就一直在他身边，上小学时，爸爸除了接送他上学，还在校门口卖糖葫芦；上初中时，爸爸在学校对面开文具店。爸爸对林志鹏的要求不是考第一，而是让林志鹏一直生活在他的眼皮底下。

初中毕业后，林志鹏考上了市里的高中，爸爸竟然跟到市里，租了一套房子，还是跟林志鹏住在一起。

林志鹏被爸爸这样管着，一点自由都没有，就对爸爸说："我都这么大了，别老把我当小孩！"

爸爸却笑眯眯地说："不管你多大，都是我的宝贝儿子。"

这天，林志鹏放学刚出校门，就看见爸爸推着一辆破三轮车，车上摆着个烙饼炉子，一见林志鹏出来，就递过来一块热乎乎的烙饼，说："儿子，咱们回家！"

林志鹏生气地推开爸爸的手，问："你怎么干起这个来了？"爸爸讨了个没趣，知道儿子是嫌他卖烙饼丢人，从这以后，他每天只是远远地跟着林志鹏。

到了星期五，班上有个女孩要过生日，邀林志鹏参加生日派对，林志鹏回家跟爸爸一说，爸爸却说："你可以去，但要带上我！"

林志鹏简直哭笑不得，只好放弃

了这次活动。

这天，林志鹏偷偷拨通城管局电话，举报学校门口的烙饼摊违法占道，扰乱学校秩序。

果然，下午放学时，爸爸的烙饼摊不见了，林志鹏暗自松了一口气。没想到第二天放学时，他看到爸爸竟然站在学校对面的包子铺前朝自己招手，身边放着个烙饼炉子！回到家，爸爸得意地告诉林志鹏，说他租了包子铺的地儿卖烙饼，每天付点租金，这下不用怕城管了。

林志鹏叹了一口气，暗自说：“爸爸，儿子要对你不起了！”

第二天，他找到班上的一个小混混，掏出自己的手机，说：“在包子铺卖烙饼的小贩上次找了我一张假币，事后不认账，气死我了，你喊几个小兄弟去砸了他的摊子，让他没法做生意，记住，只能砸摊子，不能打人！你如果做得到，这只手机就是你的。”

小混混接过手机装进兜里，说：“行！我一准帮你搞定！”

下午放学时，林志鹏过了好一会才出校门，看见爸爸正推着那辆三轮车往前走，不像有伤，暗自松了一口气，上前问道：“爸，今天还好吧？”

爸爸苦笑一声，说“几个毛孩子来收保护费，把炉子都砸了。”

林志鹏赶紧说：“爸爸，那些小混混不好惹，以后不要在这里卖烙饼！”

爸爸一听就笑了，说“这几个小毛孩越是闹，我越是要来这里看着你！想我不来，除非让我死！”

羽毛已丰

又过了几天，这天放学后，林志鹏约了几个同学去电玩城打游戏，故意从操场后面的围墙翻出去，他们一直玩到电玩城关门才回家，打开门，突然感觉家里异常冷清，连个人影也没有。林志鹏长这么大，第一次遇到这情况，连忙用家里的座机拨通爸爸的手机，爸爸一听林志鹏的声音就哭起来，哽咽着说：“孩子，你回家了？太好了！你没事吧？”

不一会，爸爸从外面回来了，是警察送他回来的，警察看了看林志鹏，对爸爸说：“你看看，你孩子不是好好的吗？这么大的孩子了，几个小时没回家有什么关系？犯得着到派出所哭？还给我们下跪？”

爸爸一个劲地点头称是，不停地说着“谢谢”，警察一走，他就一把将林志鹏搂在怀里，说：“孩子，你可吓死我了！你的手机呢？”

林志鹏一把挣开爸爸的拥抱，虎着脸说：“爸，我已经是高中生了，你不能这样管我！”

爸爸不理林志鹏的话，只是将自己的手机掏出来，一把塞给林志鹏，说“你把这个手机拿着，以后再有什么事，我能找到你。”

林志鹏气得把手机往地上一摔，大声吼道：“我以后再也不要你管了！我要是看到你上学放学再跟着我，我就永远不回家！”说完，走进自己房间，“砰”的一声，狠狠地关上了门。

爸爸难当

第二天上学时，林志鹏发现爸爸果然没有跟着，正在高兴，不想下午刚上完一节课，邻居就打电话到学校，告诉林志鹏，说他爸爸进了医院，林志鹏急忙向老师请了假，慌慌张张赶到医院。

护士告诉林志鹏，他爸爸吃了过量的安眠药，在陷入深度睡眠前，心生悔意，主动打了急救电话，被接到医院清洗肠胃后，现在身体已经没有大碍。医院给他安排了一位心理医生，正在进行心理治疗……

护士把林志鹏领到心理治疗室门口，林志鹏轻轻推开门，看见爸爸闭着双眼，躺在一张治疗床上，给医生讲一个故事——

“十多年前，我带着刚两岁的儿子上街，只上了趟厕所，从厕所出来就看不到孩子了，为了找这个孩子，我们夫妻俩跑遍了大江南北。这天，我们得到消息，说孩子被卖到一个偏远小镇，连忙赶到那里，发现原本白白胖胖活泼可爱的孩子，变得麻木迟钝，只有眉角的那块胎记证明他是我们丢失的孩子，我们的心像刀剜一样难受，妻子上前紧紧抱着孩子，再也不肯松手，这时，买了孩子的那户人家不干了，蛮横地赶我们走，我们当然不肯走，那户人家的男人举着根木棒冲过来，对着我妻子当头砸下，我妻子只顾抱着孩子，根本没想到避让，木棒砸在她的头上，她当即倒在血泊中，临死前，她不停地叮嘱我：‘照看好孩子，好好跟着他，别让他再走丢了……’从此，我牢记妻子临终叮嘱，每天都形影不离地跟着孩子，这么多年下来，只要看不见孩子，我就心惊肉跳，坐卧不宁，只有跟孩子在一起，我的心才能安静下来……”

林志鹏从没听说过这个故事，他知道故事里的孩子就是自己，他知道人只能记住四岁以后的事，他只隐隐约约记得，他们的老家在一个遥远的地方，爸爸很早就带着他搬出来，远离人群，父子俩相依为命过了这么多年……

这时，林志鹏听到心理医生对爸爸说：“你一直让自己生活在一个梦里，不肯从这个梦里走出来。现在，你好好睡一觉，睡够了，就让自己走到阳光下，自由自在地呼吸……”

林志鹏再也忍不住，他悄悄退出来，躲进洗手间哭了起来，边哭边说：“爸爸，快点走出从前的阴影，开始真正的生活吧！”

（**题图**：谭海彦）

起死回生

□江四来

三个规矩

东济镇有个奇人，名叫万保贵，他有一手祖传的好医术，据说，不论在大医院多难治的病，只要万保贵肯出手，不出一个月，命如悬丝的病人，就会变得生龙活虎。

不过，万保贵医术好，脾气也大，他并不是有求必应，来者不拒。按照祖训，他立下三条规矩：第一，万家不留客，不管你有什么病，也不能在万家住院；第二，客大不欺主，不管你多大的来历，不能在他这摆谱儿；第三，“死人”不给医，已经病入膏肓、无药可救的人，他不接。规矩虽大，找他看病的人，从达官贵人到平民百姓，每天络绎不绝。

万保贵名声这么响亮，按理说应该活得很开心，但他生活中却有不少苦恼，最大的一个苦恼，是他唯一的儿子对万家的祖传医术不感兴趣，不听父亲苦劝，跑到外面上大学，学的是跟医学无关的专业，眼看着万家传了二十八代的医术要断在自己手里，万保贵心急如焚，却束手无策。后来，镇上有个叫高胜的年轻人想学万家医术，成了万保贵的入室弟子。

高胜为人忠厚，万保贵很喜欢这个徒弟，悉心传授他医术，五年后，万保贵告诉高胜，已把万家医术倾囊相授，他可以出师到外面自立门户了，高胜却说，恩师的医术博大精深，不是他三年五载可以学得会的，再说，恩师每天这么繁忙，身边也需要帮手，他愿意再追随恩师五年。万保贵听了非常感动，又留下了高胜。

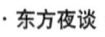

其实，高胜是个聪明人，他留下来还有另外一个目的：万保贵还有门绝活没传给自己。

高胜在万家五年，曾亲眼目睹三个被现代医学判了死刑的人，被万保贵救活，以高胜学到的医学知识，他觉得不可思议，所以，他想留下来学万保贵这门绝活。

这天，高胜正在前院为患者治病，两个男子抬着个病人进来了，他们拨开正在排队候诊的患者，冲到前面，领头的一个高声嚷道："医生呢？我们是来看病的！"

高胜皱起眉头，说"请你们到后面排队去！"

这两人对视一眼，问："万保贵不是一老头吗？快去叫他出来！"

高胜见他们这么没礼貌，懒得再理他们，继续看病。没想到领头的瞪大了眼睛直吼："病人都抬到这了，你瞅都不瞅一眼？怎么当医生的？"

高胜不耐烦地说"对不起，请按秩序，到后面排队候诊。"

领头的更不耐烦了，大叫："什么？我们还用排队？"

这时，万保贵从屋里走出来，皱着眉头问："怎么这样吵？"

没等高胜开口，领头的那人又嚷开了："你就是万保贵？快来看看！"

万保贵一听这口气，厌恶地摇摇头，转身准备进屋。

这时，另一个男子走上前，在万保贵耳边说了几句话，万保贵一愣，跟着挥了挥手，示意他们将病人抬进里屋去。不一会，万保贵出来一招手，把高胜也叫了进去，指指病人，对高胜说："这个病人，你也看看。"高胜连忙上前，一番望闻问切，便知病人已病入膏肓，百药无救，他摇了摇头，说"师傅，还是让他们回去准备后事吧！"

这话一出，那两个人都跳了起来，朝高胜怒道"你胡说什么？知道他是谁不？"

高胜冷笑一声，说"医生眼里只有病人，不管他是谁！"哪知高胜话还没说完，万保贵便示意他不要再说，沉吟半晌，缓缓说道："这样吧，让他住在我家里，我再想想办法。"

高胜好不诧异：为了这个病人，师傅竟然连破自己立下的三条规矩！

历代传人

到了晚上，高胜去给那两个人送饭，刚到客房门口，就听到里面那两个人在说"还以为万老头有多牛，一听张局长的名头，就乖乖地收下了。早知这样，该打个电话让他上门。"

另一个说："不知道这老头是不是像传说的那样有本事。"

早先那个说:“他能治好李教授,应该有两锤子的。”

高胜听到这里,心里不禁一动:李教授这个病例他是知道的,当时也是被人抬进来的,起初师傅不想接,不想病人家属跟师傅说了几句话,师傅便破了规矩,让其住在家中,每天晚上都避开高胜,独自给他治病,只用了个把月时间,便把那个李教授治好了。这次,师傅又收下这个张局长,看来又要用上他的绝招了。高胜想,机会难得,这回一定要想法把师傅的绝招学到手。

于是,高胜每天晚上都盯着张局长的病房,只要师傅一进去,他便马上溜过去偷听。

这天半夜时分,高胜突然听到门外有脚步声,立即从窗口望去,正好看到师傅走到张局长病房门口,打开房门,走了进去。

高胜悄悄来到病房门口,透过门缝向里看去,只见师傅在病房里走来走去,眉头紧锁,不住地摇头,一副束手无策的样子。

过了一会儿,万保贵拿出几炷香点燃,突然跪在地上,高高举起,口中念念有词:“万家列位先祖在上,后人保贵又遇上一个绝症病人,束手无策,恳请各位先祖前来相助……”说罢,点上香,在香炉中插好,然后一个接一个地磕头……

门外的高胜看得真切,师傅足足磕了一百个响头,把额头都磕出血来,身体摇摇晃晃的,像是随时要倒下去。他正要冲进去扶起师傅,身旁忽然一阵阴风刮过,待再往屋里看时,屋里竟然出现了十几个人,这些人的衣着都很奇怪,明代、清朝、民国,各个时期都有,他们围着张局长,全都一声不吭。

过了好一会儿,这些人又七嘴八舌地说开了,都在说各自的看法,然后一起讨论,足足讨论了三个多小时,最后定了一副药方。

这时，有个身着明朝服装的老人对万保贵说："这几年你唤我们好几次了，你也是六十开外的人了，这样伤身体的事，切切不可多用啊！"

万保贵连连点头，说："不是没办法，我哪敢惊扰你们！只望这次过后，不要再惊忧你们！"

还不了的债

万家先祖离开后，万保贵打开门，把门外呆若木鸡的高胜拉进来，问："你都看到了？"

高胜点点头，万保贵叹了一口气，说"我知道你一直想学我起死回生的法子，现在你该知道，这个法子我没办法教你。"

万保贵接着说，万家医术有数百年历史，博大精深，并不是每个人都能学全的，为了不使万家医术衰落，有人想出了一个法子，如果哪代传人在行医中遇到疑难，可以焚香磕头，请出历代先人，一起施诊，但毕竟阴阳两隔，此法用一次，召唤先祖的那个人将折寿三年，所以，不到万不得已，这个办法是绝不会使用的。

高胜大为惊讶，说："师傅，我记得最近五年你救了三个被医院判了死刑的病人，难道你每次都用的这个法子？你以折寿的代价来救跟自己不相干的人，这是为什么呀？"

万保贵长叹一声，摇了摇头。

一个月后，病体痊愈的张局长准备回家了，临行时，他对万保贵千恩万谢，说："多余的话我就不说了，你儿子的事虽然有难度，但我会尽全力办到，你就放心吧！"接着，送他来的一个人掏出厚厚一沓钱，放在万保贵手里。

万保贵像是被这沓钱烫了手，惊得差点跳起来，双手直摇，说："万万不可！张局长，我怎么能收你的钱！"

张局长点点头，随从忙将钱收了回去，万保贵一直把他们送到大门口，看着他们的车子走得没了影子，这才转身进了屋。

高胜看得呆了，张局长不过是相隔千里的一个局长，师傅犯得着为他折三年阳寿，并且分文不收吗？

万保贵像是看出了高胜的疑问，叹了一口气，半天才说："你以为我折十二年阳寿救的人真的跟我不相干？我救的第一个是儿子女朋友的父亲，第二个是儿子的系主任，第三个是儿子入党介绍人的父亲，第四个，也就是那位张局长，是儿子一心想要进去的那个局的头头。关系到儿子前途的事，再大的难处也得想办法啊！"

高胜这时突然发现，刚过六旬的师傅已是满头白发，原本挺拔的腰已经开始佝偻了。

这时，门外又传来一声喊："万大夫在吗？你儿子介绍我们来的！"

（**题图**、**插图**：谢　颖）

偷油贼

□ 韦凤新

不速之客

黄茂财在城郊开了一家加工厂，虽然手下只有四五个人，生意却一直不错。

这天晚上，他送了满满一车货到一家粮油批发部，接过厚厚一沓钱，慢慢数了一遍，抽出三张大钞，拍到打工仔小赵手上，说："今天晚上我们不做工了，你去弄些酒和菜来，我们好好吃一顿。"小赵接过钱，兴冲冲地开着车走了。

没多久，小赵带着酒菜回来，两人一起回到加工厂，又叫上另外几个打工仔，支开一张桌子，开始吃吃喝喝，好不畅快。这时，只听外面传来"嘭"的一声响，小赵回头一看，外面一条黑影在晃动，便大喊了一声："谁在外面？"

接着"哗啦"一声响，什么东西摔到了地上，众人急忙冲出屋来，只见一条人影冲进不远处的卫生间，"啪"地一声将门关上了，眼前的地面上一只装油的大桶倒下来，桶里的食油往外直淌。

来了偷油贼！众人怒喝一声，直冲卫生间，小赵飞起一脚，踢开卫生间的门，不想里面空空如也，根本不见偷油贼的影子。

这边，黄茂财急忙上前将倒下的油桶扶起来，但满满的一桶油此时已经见了底，淌在地上的油沿着排水沟一直流进了下水道。现在油价贵，一桶食用油能卖不少钱，黄茂财心里好痛，大骂道："这个该死的贼，竟然在我们眼皮底下行窃，下次抓住他，一定好好收拾他！"

大家在厂子里四处找一遍，再没看见一个人影，再看那卫生间，四面的墙都很厚实，除了门和另一面墙顶上开的气窗，根本没有出路，但那个气窗也就一尺来见方，人是无论如何也钻不出去的，偷油贼怎么可以逃走呢？

黄茂财说："这个贼虽然这次被我们发现，但说不定还会来的，以后大家小心点。"

再次光顾

次日晚上，大家忙了一天，回到房里，正要上床睡觉，外面突然发出一声轻响，小赵耳朵灵，最早听到，他竖起食指放到嘴边，做了个噤声的动作，又指了指外面，屋里顿时安静下来，仔细一听，外面果然有轻微的脚步声。

众人相互望了一眼，都握紧了拳头。这时，就听隔壁仓库的门轻轻响了一下，黄茂财对大家一使眼色，猛地将门拉开，大家一起冲了出去。

只见月光下站着一个人，用黑布蒙着脸，手上正提着一桶油，这人长得特别瘦，衣服穿在他身上，就像是挂在一个衣架上。他看到众人冲出来，就将手里的油桶朝众人砸过来，转身就跑，冲到前方放杂物的屋子前，纵身一跃，直接从窗口蹿进了屋子，身手之灵活，比起电影里飞檐走壁的侠客还厉害。

众人闪身避过油桶，油桶掉在地上，里面的油"哗"地一下就流了出来，黄茂财这个心疼啊，刚想上前扶起油桶，油已流得满地都是，他站立不稳，身子重重地摔在地上，身上也沾满了油，只好眼睁睁看着这些油流进排水沟，流进了下水道。

他大怒，吼道："快抄家伙，抓住他！"

这时，几个打工仔拿着木棍，已经扑了过去，小赵一脚踢开杂物间的门，就见黑影一闪，偷油贼从里面蹿了出来。

一名打工仔手持木棍，挡在面前，偷油贼突然低下身子，猛地往前一撞，打工仔没料到他使出这一招，被撞了个措手不及，胸口一闷，接连退了好几步，偷油贼趁大家一愣神的工夫，拔腿狂奔。

小赵紧追不舍，追到偷油贼身后，挥起手中的棍子，砸了过去，只听一声闷响，木棍打在偷油贼背上，把偷油贼打倒在地，小赵纵身扑了上去，骑在他身上，伸手扯下蒙在他脸上的黑布。

猛然间，就听小赵"啊"地一声惨叫，身子往后一倒，只见偷油贼的身子往旁边一滚，再往前一蹿，眨眼间没了踪影。

众人扶起小赵，只见小赵牙关紧闭，已经昏了过去，连忙将小赵送到医院，好在小赵只是惊吓过度，不多时便醒了过来。

黄茂财问：“你认识那个偷油贼吗？怎么会昏过去了？”

小赵还是一副惊魂未定的样子，颤声叫道：“他、他根本不是人！”

黄茂财大惊，问：“不是人？那是什么？”

小赵使劲抓着自己的头发，好半天才平静下来，缓缓地说：“我扯开他脸上的黑布，看到的是一只老鼠的头，和人头一样大的老鼠头！”

黄茂财一听就连连摇头，说：“你一定是惊吓过度了，哪有这样的老鼠嘛！就算你看到的是真的，也完全有可能是小偷戴着鼠头面具来作案。”

大家听了，觉得黄茂财说得有道理。

回到加工厂，黄茂财吩咐大伙晚上要多留个心眼。

这天深夜，黄茂财和几个打工仔收了工，刚回宿舍，便听到外面传出“吱吱”的惨叫声，出去一看，原来是放在仓库门口的捕鼠夹夹住了一只大老鼠，这老鼠正拼命挣扎，发出阵阵惨叫。这老鼠瘦瘦的，身上的鼠毛如同乱草。

黄茂财提起鼠夹，笑道：“俗语说马瘦毛长，想不到老鼠瘦了，毛也很长啊！”众人跟着大笑起来。

就在这时，一只手突然从后面伸过来，一把将黄茂财手中的鼠夹夺了过去。黄茂财一愣，转身一看，身后站着一人，瘦长的身上，却长着一颗鼠头，几个打工仔看到这怪人的模样，都发出一声惊叫。

这时，黄茂财想起小赵在医院说

的话，心里有了底，不再惊慌，突然伸手抓向怪人的脸，想将对方的鼠头面具扯下来。

谁知，鼠头人发出一声怪叫，张开大嘴，露出尖利的鼠牙，朝着黄茂财抓过来的手咬下去。

黄茂财这才明白对方长的就是一颗鼠头，心下大惊，急忙收手，鼠头人咬中了他的袖子，猛地一扯，扯下了黄茂财的一片衣袖。接着，鼠头人将手中的老鼠夹子拉开，将被夹的老鼠放了出来，嘴里又发出一声怪叫。

灾祸之源

刹那时，加工厂里涌进无数只老鼠，不多时，每个角落全是老鼠，黑压压一大片，在场的人全都吓得丧魂落魄，发一声喊，夺命狂奔。

黄茂财慌不择路，脚陷进排水沟，扭了脚脖子，倒在地上，霎时间，无数的老鼠蜂拥而来，爬在他身上，将他的衣服咬成了碎片，黄茂财肝胆俱裂，大喊救命。

突然，撕咬黄茂财衣服的老鼠全停了下来，鼠头人走到黄茂财跟前，狞笑一声，说："别叫了，谁也救不了你的！我们只想要油，并不想要你的命。"

黄茂财没想到鼠头人会说人话，急得大叫："你到底是哪路神仙？为什么要来我这里拿油？"

鼠头人冷笑一声，说："我是鼠王，本来我们生活在城市的下水道里，吃点人类的剩油活命，自从你办了这个加工厂，把地沟油全部捞走，一滴油也不留给我们，我的兄弟全饿得皮包骨……"

鼠王说到这里，只见厂里的老鼠一阵吱吱大叫，一个个显得义愤填膺、怒不可遏。这时，鼠王一挥手，老鼠们一哄而散，纷纷涌进黄茂财的仓库和厂房，不大一会儿，一股一股的油像水一样，从地面涌到车间和仓库的大门，又从大门流入排水沟，汩汩流入了下水道……

黄茂财眼睁睁看着这些老鼠咬破盛油的塑料桶，咬坏提炼地沟油的装置，一声也不敢吭，只盼着这些老鼠早早离开，哪晓得，加工厂里的老鼠不见减少，却越来越多，只见鼠王又发出吱吱的狂叫，这些黑压压的老鼠又兵分两路，一路涌进仓库，一路涌进车间，纷纷围着门、柱子和墙壁，狂咬起来。

不大工夫，只听忽拉拉一阵响，黄茂财加工厂的仓库和车间接连倒了下来……

第二天，这座城市出了个疯子，只见他披头散发，在街上乱窜，有时还跑到饭馆前大喊："别跟老鼠抢油啊！"不少认识他的人感到奇怪：这不是经常带人在地沟收泔水的黄老板吗？怎么说疯就疯了呢？

（题图、插图：刘斌昆）

2010年最牛QQ签名

◇ 不要迷恋哥，嫂子会揍你；
◇ 多谢你的绝情，让我学会死心；
◇ 都说女人是衣服，姐是你穿不起的牌子；
◇ 姐从来不说人话，姐一直说的是神话；
◇ 性别：男，爱好：女；
◇ 保护自己，爱护他人，请不要半夜出来吓人；
◇ 暗恋是成功的哑剧，说出来就成了悲剧；
◇ 格式化自己，只为删除你；
◇ 我没逼你长成李嘉欣，你也没理由逼我盖过李嘉诚；
◇ 我曾经跟一个人无数次擦肩而过，衣服都擦破了，也没擦出火花；
◇ 最近有什么不开心的事？说出来让大家开心一下；
◇ 你不是仙人掌，又何必那么坚强？

（**推荐者**：清　茶）

俗话说得好

◇ 俗话说：男子汉大丈夫，宁折不屈；可俗话又说：男子汉大丈夫，能伸能屈！
◇ 俗话说：兔子不吃窝边草；可俗话又说：近水楼台先得月！
◇ 俗话说：瘦死的骆驼比马大；可俗话又说：拔了毛的凤凰不如鸡！
◇ 俗话说：浪子回头金不换；可俗话又说：好马不吃回头草！
◇ 俗话说：苦海无边，回头是岸；可俗话又说：开弓没有回头箭！
◇ 俗话说：金钱不是万能的；可俗话又说：有钱能使鬼推磨！
◇ 俗话说：后生可畏；可俗话又说：嘴上无毛、办事不牢！
◇ 俗话说：人定胜天；可俗话又说：天意难违！
◇ 俗话说：条条大路通罗马；可俗话又说：一条道走到黑！
◇ 俗话说：礼轻情谊重；可俗话又说：礼多人不怪！
◇ 俗话说：一口唾沫一个钉；可俗话又说：嘴是两张皮，咋说咋有理！
◇ 俗话说：人往高处走；可俗话又说：爬得高，摔得重！

（**推荐者**：汪　志）

词语新解

◇ 钱——少了发愁、多了担心的一种兑换券；
◇ 化妆——给你点颜色看看；
◇ 情书——搜肠刮肚写成的软绵绵的文字；
◇ 道歉——给别人低头；
◇ 水果——吃的速度与腐烂程度成正比；
◇ 眼科——专门解决目前问题的机构；
◇ 讽刺——比骂人更恶劣的文明语言；
◇ 整容——装修门面；
◇ 耳朵——噪音接收器；
◇ 帮忙——比雇工花费还要多的一种义务劳动；
◇ 家——锅碗瓢盆磕磕碰碰之后啥事也没有的小团体；
◇ 吝啬鬼——生活在钱眼里的节约模范。 （**推荐者**：王玉龙）

幽默造句

◇ 经理：别说了，我已经理解你的意思；
◇ 作家：她把一面好端端的锦旗改作家电的罩子；
◇ 名医：小丁生病了，看过几名医生都不见效；
◇ 市长：我是在北京市长大的；
◇ 工人：厂里规定，对于误工人员一律扣罚当月奖金；
◇ 乡长：他是沙土乡长大的农村孩子；
◇ 公安：老公安排的家务事我能不按时完成吗？
◇ 小学：年龄越小学起来越快；
◇ 中学 你天天上网玩游戏，到底能从中学到什么呢？
◇ 大学：他从小到大学习一直很差；
◇ 李白：你看，小李白干了整整一上午；
◇ 对手：张主任对手下人办事不力十分恼火；
◇ 长沙：老爸躺在长沙发上看报纸；
◇ 夜总会：为什么秋天的夜总会月明星稀？
◇ 天真：蓝蓝的天真是美极了；
◇ 天才：天才蒙蒙亮，妈妈就起床了；
◇ 伟大：听说奶奶生病住院，小伟大哭不止；
◇ 和平：他那专注的神情和平时没有两样；
◇ 下巴：我才拍两下巴掌，小林就出来了；
◇ 下流：她那件超短裙是时下流行的最新款式；
◇ 人才：只有心地狭隘的人才不会道歉；
◇ 工作：罗厂长向几百名职工作了动员报告。 （**推荐者**：梅承鼎）

（**本栏插图**：佐 夫）

·阿P系列幽默故事·

□路　华

阿P搬柜子

心生妙计

最近，阿P搬了新家，小兰指示说，旧房子里的东西，一只图钉也不可以浪费，都得拿走。为了省钱，阿P亲自动手，搬了好几个来回，一直忙到天快黑，才搬得只剩下一只铁柜子。

这只铁柜子其实是只坏掉的保险柜，阿P三年前当垃圾捡回来放杂物，保险柜很沉，少说也有两百斤，小兰打听过，拉到废品站估计能卖两百块钱，可是，这么沉的东西，他阿P使出吃奶的力气也是搬不动的。但这样的小事，显然难不倒聪明的阿P，他一下楼，不一会就喊上来两个民工。

没想到民工开价八十块，任凭阿P好说歹说，就是不松口，最后还扔下句气话："八十块算便宜了，你要觉得划不来，那就自己扛下去，一分钱都不用花！"

阿P一听这话就来了气，这点事没有你们难道就办不成？正好这时他朝窗外一望，顿时眼睛一亮，朝两个民工笑着说："好，你们走吧！我一分钱不花，也能把柜子搬到楼下去！"

民工一走，小兰就埋怨阿P说："这年头，哪有人会免费搬运？我看你怎么收场！"

阿P拍拍胸脯，说："这种事能难住别人，难得住我阿P？"接着，他朝窗外指指，说，"你看到那几个人了没有？等下我去叫他们一起来扛柜子，你先在暗处躲好，等他们扛到楼下，你就出来大喊一声，他们肯定吓得屁滚尿流落荒而逃……"

小兰不相信，问："你玩什么名堂？"

阿P说："这你就不懂了吧？他们是一群小偷，现在，我要让小偷变成我的搬运工！"

原来，阿P家对面有片正在施工的工地，经常有小偷来偷钢筋，阿P经常看到这些小偷，已经认得那几个人了，刚才灵机一动，想出了这个办法。

小兰点点头，说：“你要小心点，跟这帮人打交道可不是好玩的！”阿P拍拍胸脯，说：“你放心！凭我阿P的本事，别说跟小偷打交道，就是当间谍都没问题！”

小偷入套

阿P说完，找了几根电线，一圈圈缠在肚皮上，然后下楼来到那处工地，走到这群人跟前，把衣服一撩，露出缠在肚皮上的电线，问其中一个长络腮胡子的男人：“兄弟，请问哪里收这东西？”

络腮胡看了阿P半天，说：“你连这都不知道，还当贼？”

阿P连忙给他们每人敬了一支烟，说“其实我只是试探一下你们是不是同行！实不相瞒，兄弟我有一单生意，一个人做不了，所以想跟你们合作，不知各位是否愿意？”

络腮胡问是什么生意。阿P指指自己家的方向，说：“那边有户人家，刚搬了新家，现在家里还有一个保险柜，估计有几百斤重，我们一起把那个柜子偷去卖了，能赚几百块钱！”

络腮胡一听，连声说好，阿P好不高兴，突然，络腮胡把手里的香烟一扔，扬手就给了阿P一个大嘴巴，恶狠狠地说：“看你白白胖胖的像个干部，你会是贼？再说，大庭广众的，就这样去人家家里扛保险柜，你怎么一点都不害怕？你哄鬼啊？我看你八成是公安的线人，想钓鱼呢！”

阿P没想到络腮胡这么狠，但他见多识广，很有定力，说：“我没听说长得白白胖胖就不能当小偷，我们做贼的，要学会反其道而行，明目张胆地去偷，人家反而不会怀疑。再说，我在那片小区当过保安，小区里的人都认得我，万一有人问起，我就说是帮人扛的，保准没有问题！既然你们不信我，我只好找别人了！”说完，阿P转身就要走。

络腮胡忙把阿P拉住，笑道：“兄弟，刚才我多了个心眼！好，我们相信你，现在天也快黑透了，咱们现在就去，怎么样？”

于是，阿P带着几个小偷来到自己家，掏出钥匙打开门，络腮胡一看，眼睛瞪得老大，问：“你怎么这样熟？就像是在开自己家的门！”

阿P一听就乐了，说：“我用的是万能钥匙，这有什么好奇怪的！”络腮胡一想，连连点头，说：“也是，没有人会找贼来自己家偷东西！”

络腮胡说完，就命令阿P和另外几个小偷一起扛柜子，他负责望风，阿P好不情愿，可也没办法，只得使出吃奶的力气来扛，他从没干过重活，才走了几步，就双脚发抖，只得放下柜子喘气，络腮胡瞪了阿P一眼，和另几个小偷一起，顺利地把柜子扛到楼下，这时，小兰已经在暗处躲了多时，见柜子已经扛下来了，连忙冲出来，高喊：“抓小偷，快来抓小偷啊！”这时好多邻居都在家里，听见喊声，纷纷把头从窗口伸出来。

狼狈收兵

真是做贼心虚，小兰这一喊，几个小偷吓得都松了手，只听“咚”的一声，柜子掉到地上，砸在络腮胡的左脚上，疼得他龇牙咧嘴，直抽冷气。

毕竟是老贼，络腮胡只惊慌了一下子，马上恢复了镇静，突然掏出牛角刀，顶在阿P的腰眼上，低声喝道：“现在是你证明自己的时候了，如果耍花招，小心我捅死你！”

阿P吓得差点尿了裤子，只得对小兰猛打手势，说：“大妹子，你误会了！我们不是小偷，是三楼小兰搬家，她叫我找人来帮她搬东西的，你别多心，快做自己的事情去！”

小兰见阿P这样子，知道他惹上麻烦了，不敢蛮干，只好回到家里，偷偷从窗口往下面张望，邻居们虽然觉得这事有些蹊跷，但见小兰都不出声了，也不多问，都把头缩了回去。

小兰走了，络腮胡顶在阿P腰上的牛角刀却没放下，阿P强作镇定，问络腮胡：“大哥，你知不知道‘破伤风’这种病？”

络腮胡摇摇头，阿P严肃地说：“大哥，破伤风这病可厉害了，得了它，就只有等死，而且死得很难看！这种病都是受伤后不消毒引起的，消了毒就什么事都不会有了！”

阿P说着，从口袋里掏出两百五十块钱，说：“今晚这事，都是我引起的！现在你受了伤，应该赶紧去医院消毒！柜子就不要搬废品站了，大家散了吧！”

络腮胡一把从阿P手里抢过钱，哈哈大笑，说：“你以为我连破伤风都不知道？那是有钱人才会得的病，我的命大着呢，这点伤算个屁！”

络腮胡说着，让一个小偷到街上找来两个民工，要民工把保险柜运到

废品站，又指指阿P，说："他是老板，你们跟他谈价！"

这两个民工一见阿P就笑了起来，说："我们刚才说了，又没多收你的，可你偏不信！现在又找我们了不是？"

阿P哭笑不得，原来，这两个民工正是刚才他请过的！阿P连忙又掏出一百块钱，塞到他们手里，说："别啰嗦了！快干活！"

民工好不高兴，连忙抬起柜子送往废品站，阿P这才逃也似的离开了。

这事过去半年光景，这天，阿P正在街上闲逛，忽然被人拍了下肩膀，回头一看，却是那个络腮胡小偷，络腮胡把阿P拉进一家饭馆，点了几个小菜，几杯酒下肚，对阿P说："大哥，我看你这个人很够义气，本质上不坏，你就听我一句劝，以后千万别做贼了！你看我都金盆洗手了，现在开了个电器维修店，赚良心钱，睡安稳觉，多好呀！"

阿P好奇心顿起，连忙问络腮胡怎么不做贼了，络腮胡说："那次被铁柜子砸了脚，我硬撑着不去医院，结果发了炎，差点被截了肢，后来总算保住了脚，却成了个瘸子，跑也跑不快，又翻不了墙，没法做小偷，狠下心来学了门技术，竟然找到一个好饭碗！"

阿P一听，起身就朝家里跑，他要马上回去告诉小兰：虽然那次请小偷搬铁柜子吃了点小亏，但他却让一个贼浪子回头，那笔生意其实是赚大了……

（**题图、插图**：顾子易）

·本刊信息传真·

阿P系列幽默故事征文

阿P系列幽默故事栏目开辟二十多年来，深受读者欢迎。阿P是个有多重性格的喜剧人物，他正直、朴实，却又染有许多不良习气；他自作聪明，却又往往事与愿违，弄巧成拙；面对屡屡受挫的现实，他却能自我解嘲，很有点阿Q的精神姿态，让人啼笑皆非。

为了把这个栏目办得更好，本刊再次面向全社会征稿，希望有更多的人来关注阿P，把您身边的阿P故事写得更精彩，更有现实意义和典型意义。

来稿方法：1. 从邮局寄发，请在信封上注明"阿P故事征文"字样，本刊地址：上海市绍兴路74号《故事会》杂志社，邮编：200020。2. 从网上传递，可寄以下信箱：wulun@vip.sohu.net，请在主题上注明"阿P故事征文"字样。凡已和我刊编辑有联系的作者，稿件可继续投给联系的编辑。

奇特的纤夫

□华登喜

官船搁浅

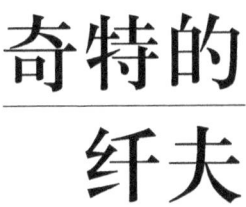

唐朝末年，礼部侍郎张熙德因年事已高，在这年秋天告老还乡，张熙德老家在湖北樊城，位于长江、雷江交汇处。他乘着官船，带着一家老小，从水路返乡。

官船顺水南下，十来天后进入雷江。时值深秋，雷江进入枯水季节，水位很浅，官船吃水又深，终于，在一个急弯处，艄公一个不小心，官船搁浅了。

这里是一片峡谷，两岸均是悬崖峭壁，张熙德走上船头，不由得愁眉紧皱，他唤来管家老寇，问："船在此处搁浅，可有办法？"老寇说："我已安排家丁下船，前去寻找纤夫。"

过了好一阵子，家丁带着一位瘦弱汉子上了船，禀报说："此处人烟稀少，找了许久，只找到这个男丁。"

瘦弱汉子对张熙德行了个礼，说："在下李宝昌，不知大人唤我，有何贵干？"

张熙德朝他笑笑，和气地问："我的船在这里搁浅了，不知附近可有纤夫？"

李宝昌指指两岸的悬崖峭壁，说："大人，你看两岸如此险峻，就算能找到纤夫，也不能在上面行走呀！"

接着，李宝昌看了看官船，又说："大人，你的船吃水不浅啊！"

老寇在一旁接过话头，说：“这是因为我家大人酷爱奇石收藏，在船上装了许多奇石，所以船身吃水较深。我家大人一生为官清廉，船上可没装什么金银财宝！”

李宝昌看着华美的官船，微微一笑，不再做声。

张熙德接着问李宝昌：“你可有法子将船只拉出峡谷？”

李宝昌说：“法子倒是有，不过，大人的船吃水太深，要多费不少气力，这费用——”

张熙德满口应承：“只要你能让我的官船走出峡谷，费用不在话下。”

李宝昌一听，当即从袖中掏出一支长笛，吹了起来，只听笛声悠扬，响彻峡谷，不一会，两边悬崖上涌出一大群猴子来，蹦来蹦去，“吱吱喳喳”地乱叫，李宝昌收起长笛，指指群猴，说：“这群猴子便是这峡谷中的纤夫，由我养大，颇有灵性……”

张熙德很不放心，说：“猴子气力弱小，能拉得动我的官船吗？”

“大人有所不知，这群猴子都有一把蛮劲，而且能听我号令，懂得齐心协力，除了它们，再无人能攀援上这里的悬崖峭壁，大人若肯让它们拉纤，得付五十两纹银……”

张熙德点点头，老寇赶紧给李宝昌送上五十两银子，李宝昌接过银子，指挥家丁在船头拴好绳子，然后用劲将绳子一一扔给峭壁上的猴子，想不到这些顽皮的猴子真的很乖巧，一个个蹦跳着接过绳子。

接着，李宝昌站立船头，吹起了长笛，随着笛子曲调的变化，这群猴子的动作渐渐整齐起来，接着，笛声逐渐激越昂扬，猴子竟也像人一样弯下腰来，负重前行。没多久，这艘搁浅的官船竟一点点向前挪动了。

正在这时，峡谷中突然传出一声雄浑的虎啸，这群猴子慌忙扔下纤绳，眨眼间逃得不见踪影，李宝昌的笛声随之也停了下来。张熙德脸色大变，说：“怎么这时候来了猛虎？”

李宝昌摇摇头，说：“山中并无猛虎，这是一群绿林好汉，假作虎啸，吓走猴子，只怕要对大人不利了……”

绿林好汉

张熙德一看，果然有十几只小船飞快地向官船驶来，老寇马上喝令家丁拿起刀枪，准备与这群强盗决战，张熙德挥挥手，说：“罢了，放下船锚，将船停住，让他们上来吧！”

不一会，十几条小船便赶了过来，围住大船，为首的头目跳上官船，大声喝道：“我乃浪里飞鱼曹学义，留下买路钱，放你们一条生路！”

老寇上前，先赔了个笑脸，说：“我家大人一生为官清廉，两袖清风，船上并没有什么值钱之物。”

曹学义哈哈大笑：“当官的我见

得多了，嘴巴上都说自己是天下第一等清官，行李中却塞满了民脂民膏。来人，给我把金银珠宝全部搜出来！”

这时，张熙德从舱里捧出一个盒子，放在曹学义跟前，说：“大王，这盒中是本官的毕生积蓄，你们拿去便是，还望不要惊扰了舱内家眷……”

曹学义“哈哈”大笑着拿过盒子，放在一边，手一挥，一群手下像下山猛虎，向船舱扑去。不想这些人把船舱翻了个遍，除了满船的石头，再没找到任何金银财宝。曹学义盯着官船上下打量，思谋着在船上藏金银财宝的地方。这时，一个手下凑上来，说：“大哥，你看这满舱的石头怪不怪？石头里也能藏东西啊！”

曹学义点头称是，一个手下拿着把大铁锤站在甲板上，另外的人将舱中的奇石搬过来，持锤人一锤砸下，再把砸碎的奇石扔到江中，这样一块块砸过来，张熙德在一旁急得直跺脚，叫苦不迭，却不敢上前阻拦。不一会儿，舱里的石头全部砸完，扔到了江中，仍然没有找到金银财宝。官船上没了这些石头，载重一轻，船身的吃水一下浅了不少。

突然，曹学义将放在一边的盒子还给张熙德，朝张熙德深深鞠了一躬，说：“大人果然清廉，为官一生，竟然只有这点资财，我等惊扰了大人，还望海涵，这就助大人驶过这道峡谷……”

这时，一直在旁不吭声的李宝昌也上前拱了拱手，将刚才老寇给的五十两纹银拿出，交给老寇，说：“没想到大人如此清廉，我等唐突之处，还望包涵，这银两是不能再收了！”

张熙德正在疑惑，李宝昌和曹学义对视一眼，哈哈大笑起来。曹学义指着李宝昌，说：“他是我们的大哥，我们跟踪大人船只已有不少日子了，因你的船一路上吃水很深，以为上面藏着金银财宝，于是，谋划在这峡谷中动手。其实，你的官船搁浅，也是因为我们在河滩上做了手脚……”

张熙德向周围作了一圈揖，说：“各位果然是义薄云天的好汉！”

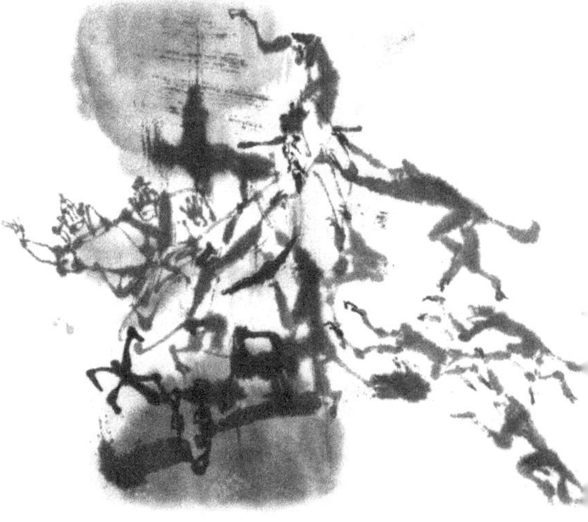

曹学义带着手下下了官船，将刚才猴子扔下的纤绳拴在自己的船尾，手下一齐用力，往前划去，再加上官船吃水已浅，官船很快便越走越快了。

不一会，官船逐渐进入了深水区，李宝昌向张熙德行了一礼，说：“大人，前方不远是官家渡口，现在东风渐起，扬帆便能前行，在下就不远送了。”张熙德还了一礼，说：“多谢盛情，还望珍重！”

李宝昌一声唿哨，一条小船便到了官船旁边，李宝昌纵身一跃，跳上小船，这时，其他小船上的人纷纷解开纤绳，老寇指挥着官船挂起风帆，借助风势，飞快地顺流而下……

机关用尽

李宝昌和曹学义并肩站着，看着张熙德的官船越走越远，这时，正好太阳钻出云层，曹学义突然看到，官船船头上的那只特别大的铁锚，竟然在太阳下闪了一下光，他顿感不妙，叫道：“不好，我们上当了！”

李宝昌忙问原由，曹学义道：“寻常铁锚都是锈迹斑斑，咋能在太阳下闪光？那锚必是黄金所铸，刚才搜查时锚在水中，没能看到……”

李宝昌忙取过弓箭，张弓搭箭，便向船头的那只大铁锚射去，这李宝昌好大的力气，只听“嗖”的一声，箭头竟然射进了锚体。

曹学义大叫：“这锚头必是纯金打造，黄金质地柔软，箭头方能射进！快追那姓张的贪官。”手下得令，急忙划起小船，向张熙德的官船追去，但这时官船已经距离甚远，再加上满帆顺风，越驶越快，只要出了峡谷，前方便是官家渡口，有官兵把守着，那时便回天无力了。

张熙德站在船尾，看着后面距离越来越远的小船，“哈哈”大笑。

这时，李宝昌又掏出笛子，只听一阵尖厉的声音破空而出，在峡谷间回荡，眨眼之间，峡谷两岸的悬崖峭壁上，又涌出一大群猴子来，李宝昌的笛声越来越尖厉，犹如战场上的杀声，惊天动地，令人胆寒。说时迟那时快，正在峭壁上纵跳的猴子一个个如同离弦之箭，纷纷朝着官船跳下，张熙德的一群家丁挥舞刀枪，向这群猴子冲来，但猴子在笛声的指挥下，两三只猴子对付一个家丁，进退很有章法，只见一个个家丁被猴子们缠住，有几个惊恐万状的家丁，被吓得跳进了江里。

这时，一只大猴子纵身跳上官船，凶狠地向张熙德扑了过来，张熙德吓得连连后退，收脚不住，只听一声惨叫，整个人掉入了江中……

李宝昌见状，收起笛子，那些猴子马上不再纠缠张府家丁，纷纷从船上跃上峭壁，消失在悬崖峭壁之间……

（题图、插图：黄全昌）

大哥当不得

□李太磊

富人上门

俗话说，利令智昏。从古至今，这人心里只要塞满一个“贪”字，不论他多么聪明过人，到头来都免不了丧失理智，搬起石头砸自己的脚。

话说明朝万历年间，吴江县富观桥有一个王瞎子，在当地很有些名气。他能言善辩，以算卦为生，几十年来走南闯北，硬是凭着他一张嘴，竟然攒下了万贯家产。

这年夏天的一个傍晚，王瞎子刚吃完晚饭，觉得浑身燥热，正想到后院的大槐树底下喝茶乘凉，门房张二来报，说有两个人前来求卜。

王瞎子一听就不高兴了，他现在名声在外，号称“半仙”，一般的人已经请不起他，来找他的都是有身份有地位的人物，还得用八抬大轿请了去，山珍海味招待着，恭恭敬敬地听“半仙”说法，临走时，再奉送丰厚的卦金。像这样贸然前来的，全都拒之门外。

这次王瞎子当然也不会破例，他手一挥，说：“让他们明天再来！”

张二犹豫了一下，又说：“这两个人外表不凡，衣服上缀的不是金银就是珠玉，老爷，你看——”

王瞎子心里一动，故意沉吟一下，说：“那就让他们进来吧！”

不一会，两个求卜的人进来了，王瞎子只听得来人身上丁当作响，知道这是挂在身上的金银珠玉发出的声音，急忙站起来，拿起手杖，朝着响声大步迎了上去，大声说：“怠慢，怠慢！两位光临寒舍，不知有何见教？”

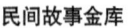

来人停下脚步，说："王先生客气了，我们是过路的客商，贸然来访，还请见谅。我大哥现在正为一件事急得吃不下饭，听说先生有半仙之名，能洞测天机，还望王先生随我们到船上一叙，为我大哥指点迷津！"

王瞎子捻了捻稀疏的胡须，故作沉吟，说："你看这天色已晚——"

这时，一个人掏出两锭银子，往桌子上一放，发出清脆的响声，说："王先生，这是二十两银子的定金，不成敬意，还望王先生屈尊驾临我们的客船，不吝赐教。"

王瞎子算卦，从来都是先算好再根据准确性付卦金，这两个客人连算什么都没说，就先付二十两银子的定金，看来真不是一般的有钱人，到时只要见机行事，凭着三寸不烂之舌，准能说得他服服帖帖，心甘情愿掏出大把银子。这么一想，王瞎子就收下定金，点头答应下来。

接着，王瞎子跟着这两人出了庄园，两个人一边一个，像架小孩似的，架着王瞎子往前走，拐弯抹角走了好大一会，王瞎子听这两人一声不吭，顿觉不妙，掉转身想往回跑，不想这两个人像抓小鸡似的，抓起王瞎子，往前直奔。王瞎子这下吓得腿都软了，心里走马灯似的转着主意，口中却说："两位孔武有力，行走如风，如果从军，一定会步步高升，光耀门庭……"但这两人却像没听见，还是一声不吭，只管挟着王瞎子朝前走。

突生变故

王瞎子吓得浑身发抖，哀求道："两位都是大有前程的壮士，何必跟我这废人一般见识？要了我的命，坏了两位的大好前程，不值！大大的不值啊！"

这时，左边上一人压低声音，说："你啰嗦够了没有？我们要你的贱命有何用？你乖乖地听话，莫要高声，否则叫你有去无回！"

看来性命无忧！王瞎子顿时放下一大半的心，不再乱说。不多时，两人把王瞎子带到了一条船上，大声喊道："大哥，人来了！"

王瞎子眼睛虽然看不见，但耳朵能听，鼻子能嗅，他感觉到有很多人正围着自己，有个人正"吧唧吧唧"地吃着东西，好不容易吃完了，这才和和气气地说："王先生莫怕，我们明人不做暗事，不妨告诉你，我姓陈，名叫陈琦。我们这伙人都是做贼的，今日请你来，是要你来做我们的大哥。"

王瞎子听了这话，吓得脸上的肉都扭曲了，连忙说"大王啊！您看我这老瞎子不光眼睛瞎，这身板骨，一阵风都能吹到江里去，跟你们在一起，只会是你们的累赘，就别为难我了……"

哪知话没说完，王瞎子就觉得脖

子上有个冷飕飕的东西顶上来了，接着，有个人暴喝一声，骂道："老瞎子再不识抬举，老子把你剁成细末末，扔到江里喂鱼！"

王瞎子"扑通"一声跪下，叫道："不敢！不敢！好汉饶命！大王让我做什么，我就做什么，绝无二话！"

"这就对了！"陈琦满意地说，"我们是真心让你当大哥，你如此推脱，岂不让兄弟们寒心？我知道你看不见，但你耳朵好着呢，嘴巴更利落。到时你只管闲着，我们要做什么，向你请示时，你只管说'好，很好'就行了，弟兄们自有办法把事情做得妥当，到时候大秤分金，大哥你是头一份。哈哈哈……"

王瞎子听了陈琦的话，脑子里思谋一番，想，现在的确有不少土匪强拉奇人异士当头领，他们有的是图吉利，有的是壮声势，我的名声这么大，又能洞测天机，他们肯定是要我作靠山，既图个吉利，关键时候，还能算上一卦。反正跟着他们能大秤分金，万一落入官府手中，也能说成是被裹胁。这事情，稳赚不赔啊！这样一想，他就答应下来。

陈琦好不高兴，大声说："好！开船，我们发财去！"

船行走了一会就靠了岸，先前那人走到王瞎子跟前，道："大哥，我领着他们先去探路，你让这几位兄弟领着，随后来收拾金银财宝。"

王瞎子连连点头，说："让弟兄们好好做，事成都有重赏！"

不一会儿，有人来接王瞎子他们下船，王瞎子跟着他们进了一个院子，只听得里面乱哄哄的，正在搬东西，有人扶他到桌案边，坐在一把太师椅上。

这时，陈琦过来问道："大哥，这个紫檀木柜子要不要搬上船？"

王瞎子点点头，说："好！搬！"

不一会，陈琦又过来问："大哥，几个唐三彩陶器我已经让人细心地包

起来了，也搬到船上去吧？”

王瞎子又说：“好，搬！”

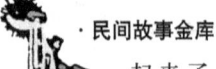

陈琦每过一会就过来问一声，要搬的都是贵重物品，王瞎子心想，这户人家的富裕，竟然跟自己家差不多，事成之后，定能分到好大一笔财宝，心里忍不住直乐，嘴巴跟着连声说好……

这帮土匪一直搬了近一个时辰，这才逐渐停下来，只听陈琦又说：“大哥，今晚我们得到的东西真不少，我先上船去安排一下，随后回来接你上船。”

王瞎子连连点头，说：“好，很好！”

大出意料

王瞎子一个人坐在太师椅上，等了好久，也不见陈琦派人来接，心里觉得有点不对劲，再也沉不住气，高声喊道：“人都跑哪儿去了？快来人呀！”

他这一喊，马上跑过来一个人，说：“老爷，我来了，你有什么吩咐？”

王瞎子一听这声音，不由得浑身颤抖，惊得张大了嘴，却说不出话来。

说话的不是别人，正是自己家的门房张二！

王瞎子浑身哆嗦着，问：“张二，我这是在哪？难道是在我自己家？”

张二说“老爷，你当然是在你自己家里呀！刚才不是你让你老家的兄弟把东西搬走的吗？”

王瞎子气得要死，大骂张二：“混账东西，那帮强盗在我们家搬了这么久，你怎么连屁也不放一个？”

张二这才知道主人家里刚才来的是一帮强盗，也吓得不轻，他战战兢兢地说：“刚才你回来之前，先来了一帮人，说是你老家的兄弟，是你让他们来搬东西的，起初我们还不信，他们说，过会你就回来，我们一看就明白了。后来，你果然回来了，他们问什么，你全说‘好’，我们怎么能不信呢？再说了，平日里你老是警告我们，在你做事或动脑子时，不许我们发出一点声音，我们又怎么敢说话呢？”

只听“咕咚”一声，王瞎子急得一口气提不上来，猛地栽倒在地上。

（**题图、插图**：黄全昌）

您手中有没有得意之作？本刊辟有二十多个原创性栏目，如中国新传说、我的故事、情感故事、东方夜谈、幽默世界、16岁故事、海外故事和中篇故事等；您读到或听到什么趣事可以和大家一起分享吗？3分钟典藏故事、第一推荐、外国文学故事鉴赏和快乐辞典等都是本刊推荐性栏目。热忱欢迎来稿，可从邮局寄发，也可从网上传递。邮寄地址：上海绍兴路74号《故事会》杂志社，邮编：200020；如为电子邮件，本期责任编辑信箱：zjw002@163.vip.com。

·海外故事·

特别心愿

□嘉 欣

警察瓦伦提诺被派到一个小镇的警署工作，这是个古老的镇子，年轻人都到大城市工作去了，只有一些老年人留守在镇里。

这天上午，瓦伦提诺正在警署值班，突然接到报警，报警人自称是拜尔太太的儿子，说他刚从外地回来，一进门就发现妈妈和外婆死在家中。

瓦伦提诺急忙和同事一起赶到现场，只见拜尔太太倒在卧室地上，旁边有一个打碎的农药瓶，而拜尔太太的老母亲死在另一间卧室的床上，两人的尸体都已腐烂。初步判断，死亡时间在三个月前，现场没有打斗痕迹，但关闭的窗户却有明显的撬痕，窗根还有一个男人的脚印。

镇上有个叫塔特的老头进入了警方的视线。据调查，塔特有段时间跟拜尔太太来往密切，甚至传出两人要结婚的消息，这件事后来不了了之，但显然给塔特很大的刺激。拜尔太太的邻居说，她有次看到塔特喝醉了酒，站在拜尔太太家门口骂人。

瓦伦提诺特意上门，拜访塔特。塔特是个七十来岁的老单身汉，说起话来满嘴酒气，一看就是整天泡在酒杯里的人。说起拜尔太太，塔特非常激动，说："拜尔太太？那是多么好的人啊！实话对你们说吧，我和她情投意合，本来应该在一起生活的，就因为她那个混账儿子，竟然说，他已经赡养了两个老人，如果再养一个的话，只怕要饿死！硬是把我们拆开了。你看，那小子自己没饿死，却把他妈和外婆活活饿死了！"

瓦伦提诺一怔，问："你怎么知道她们是饿死的？"

塔特听了，神情很不自然，说：

“不是饿死，就是给人害死的，反正不是好死的！要是有我在旁边照应着，拜尔太太不会这么惨，两个老人现在都能活得好好的！”

瓦伦提诺把两人的谈话做了笔录，临走时，请塔特在笔录上签了字，回到警署后，瓦伦提诺马上在签字笔上提取了塔特的指纹，一对照，竟然跟拜尔太太尸体旁农药瓶碎片上的指纹分毫不差。

瓦伦提诺马上把这个情况报告上级，上级警署命令拘捕塔特，瓦伦提诺和同事带着拘押证来到塔特家，却发现塔特早就等着，一见他们，就乖乖地伸出了双手。瓦伦提诺还在塔特的床底下找到了一双鞋子，一看鞋底，与留在现场的鞋印看上去很吻合。到了警署，没等瓦伦提诺发问，塔特就全招了，说自己求婚被拒绝后，对拜尔太太心怀不满，谋害了拜尔太太和她的母亲。

本以为案子就这样结了，谁知，上级警署发来拜尔太太的验尸报告，瓦伦提诺一看，大吃一惊：拜尔太太死于心肌梗塞，而她瘫痪在床的老母亲，竟然是在她死后活活饿死的！

瓦伦提诺又从监室提出塔特，问：“本来跟你毫不相干的事，你为什么要揽到自己身上？”

塔特知道穿了帮，干笑几声，说“我有段时间没见到拜尔太太了，那天偷偷跑去看她，哪知她躺在客厅的地上，已经死了，我当时非常难过，平静下来后，更加痛恨拜尔太太的儿子，就故意制造了拜尔太太自杀的现场，坏坏那个臭小子的名声，也让他心里难过一下。”

瓦伦提诺生气地说：“你知道吗？这样做是在犯罪！”

塔特顿时眼睛一亮，问：“我犯罪了吗？太好了，我愿意接受处罚！”

瓦伦提诺打开塔特的手铐，说：“走吧，你自由了！”

塔特显然没想到自己这么快就被释放，他抖了抖重获自由的双手，疑惑地问：“我不是已经犯罪了吗？你怎么还把我放了呢？”

瓦伦提诺不屑地看了塔特一眼，说：“这是轻罪，够不上羁押条件，但你很快就会收到罚款通知的。”

塔特听了哈哈大笑：“想让我交

罚款？做梦！有种就把我关起来！”

过了一段时间，警署接到通知，说寄给塔特的罚款通知被退回了，警长命令瓦伦提诺亲自送达。瓦伦提诺开着警车，带着罚款通知，来到塔特家，对塔特说“塔特先生，公民犯罪，必须接受处罚，何况这一千美元你有能力支付。”

塔特接过罚款通知，哈哈一笑，说“一千美元？我有，我有！”说完，就在身上掏摸起来，没想到竟然摸出个打火机，“咔”的一声打着，当着瓦伦提诺的面，一把就将罚款通知烧了，接着，他拿出一张千元面值的钞票，跟着也一把火烧了，“哈哈”大笑着说：“我有钱，但我不交！你能把我怎么样？”

瓦伦提诺气坏了，坐进警车，一边发动车子，一边说：“好，你等着，法庭会告诉你会怎么样的！”

塔特突然从地上捡起一块石头，朝着警车狠狠砸去，指着瓦伦提诺骂道：“臭警察，你敢吓唬我？”

这还了得！瓦伦提诺马上以袭警为由，拘押了塔特，但瓦伦提诺怀疑塔特有精神问题，提议给他作精神鉴定，没多久，鉴定结果出来了，塔特没有任何精神问题。最后，塔特以藐视法律和袭警双重罪名被判了重刑，关进了监狱。

几年后的一天，瓦伦提诺接到关押塔特的监狱打来的电话，说塔特得了不治之症，临死前一定要见瓦伦提诺和拜尔太太的儿子一面，并告诉他们一个秘密。

两人赶到监狱，一见面，塔特就对拜尔太太的儿子说：“孩子，我对不起你妈妈和外婆，请你原谅我！”

拜尔太太的儿子大吃一惊，问：“这话从何说起？”

塔特说：“那天发现你妈妈死亡后，我在现场扔了个农药瓶，其实我并不想制造自杀现场，而是想让警察怀疑是谋杀，我一直以为尸体腐烂后，就没法查出死亡原因，这样，我就会被作为杀人疑犯判处终身监禁……”

接着，塔特把头转向瓦伦提诺，说：“用第一个办法没能入狱，我只好又想一个办法，在你的跟前触犯法律，总算进到这里来了！”

瓦伦提诺大感意外，问：“你怎么喜欢进监狱呢？”

塔特艰难地喘着粗气，说：“我有心脏病，但我雇不起保姆，又没钱进敬老院，只有监狱才是最适合我的地方，因为住在监狱里，每时每刻都有人关注我，发了病也能及时救治。如果让我一个人呆在家里，万一哪天发病突然死在家里，只怕也会像拜尔太太一样，尸体腐烂了也没人发现！”

当天晚上，塔特平静地离开人世。

（**题图**、**插图**：佐　夫）

·银手指·金点子·

狐狸的窗户

□原著:〔日〕安房直子

猎人在追赶一只狐狸时，狐狸突然消失了，他的眼前出现了一片蓝色桔梗花的花田，猎人迷惑地看着眼前的景色，这时身后传来了招呼声:“您来啦?”

猎人回头看去，身后有个小商店，门口有块招牌，写着“印染·桔梗店”，一个小店员在和他打招呼，猎人马上明白:小店员就是那只狐狸变的。猎人心想:我装着上当，把他捉住。于是猎人走进店里，问:“这印染店，是染什么的?”

狐狸挠挠头，说:“什么都能染，给您染染帽子吧?”

猎人说:“我不戴蓝色的帽子。”

狐狸有点不知所措，突然他像是想到了什么好主意，高兴地说:“要不，我给您染染手指头吧?”

染手指头?猎人正在纳闷，狐狸伸出了自己的双手，只见他两只手的大拇指和食指染得蓝蓝的。狐狸把两只手靠在一起，用染蓝的四根手指头，组成菱形的窗户，然后把窗户架在猎人眼上，快乐地说“喏，您看!”

用手指组成的小窗户里，能看到一只白色狐狸的身姿，那是美丽的狐狸妈妈，轻轻地摇着尾巴。狐狸凄然地说:“这是我的妈妈……很早以前，挨了一枪。”他无力地垂下头，接着说，“尽管那样，我还是想再一次见到妈妈。染了手指以后，我再也不寂寞了，因为从窗户里，我什么时候都能看见妈妈。”

猎人十分感动，点了好几次头。实际上，他也是独自一人，于是猎人也染了手指。染完后，猎人的心扑通扑通直跳，他把手指组成了菱形的窗户，然后，战战兢兢地架在眼睛上。

突然，小小的窗户里，映出一个少女的身影，穿着碎花连衣裙，戴着有飘带的帽子，她眼睛底下有颗黑痣。猎人跳了起来，那是他从前特别喜欢、而现在绝不可能见面的少女！

猎人感叹道："太了不起了！"他想付点报酬，就去摸衣兜，但一分钱也没有。狐狸说："请把枪给我吧！"

枪？猎人想了想，又看看自己蓝色的手指，慷慨地把枪给了狐狸。

猎人高高兴兴地往回走，一面走，一面又用手指组成窗户。这回窗户里下着小雨，朦胧中，猎人看见了那个令人怀念的院子，院子里有妈妈种的小菜园，家里有一点亮，断断续续地传来两个孩子的笑声。那是猎人小时候的声音，另一个，是死了的妹妹的声音……

猎人叹一口气，放下双手，眼泪涌上了眼眶，他还是孩子时家就被火烧掉了，那院子，现在已经没有了。

要永远珍惜这手指头，猎人想着回到了家。不料想，一进屋，猎人首先干的事是什么呢？啊，他完全无意识地洗了自己的手，这是长期养成的习惯。

"不好！"当他刚想起来的时候，已经太晚了。蓝色立即褪掉了。洗干净了的手指头，不管怎样组成菱形的窗户，里面只能看到小屋的天花板。

第二天，猎人想再到狐狸家去，请他给染染手指头。但是，不论在树林里怎么走，哪儿也找不到那片桔梗花田……

从那以后，猎人养成了不时用手指头组成窗户看的习惯，他想，没准儿会看到什么……

"银手指"点评：很多读者看完这篇故事，第一反应是扼腕叹息：猎人怎么就把手指上的蓝色洗掉了呢，真是太可惜了！

无意中洗掉了有魔力的蓝色，这是一个偶然事件。偶然事件不必很复杂，常常只是一个简单却充满震撼的行动，比如，失去联系的老友的一次相遇，死敌决斗前的一个拥抱，这篇故事里，偶然事件只是看似平淡地洗了洗手。

故事情节的发展少不了偶然事件的参与。偶然意味着突变，意味着转折，看似偶然的事件，往往蕴含着作者精心的设计。就像这个故事，如果写到猎人满意地带着蓝色手指回家就戛然而止，故事起码要少一半的韵味。

精心设计的偶然事件里常常隐藏着必然因素。蓝色桔梗花的汁液被洗掉了，这个偶然中不正蕴含着人生的必然吗？即便猎人永远不洗手，即便他永远能够透过小窗看到妹妹，又怎么样呢？一次次地看见，却又一次次地伸手无法触及……遗憾正是人生中的必然因素，因为有遗憾，怀念才显得格外珍贵。（**题图**：谢　颖）

两口子打官司

□陈明强

刘海的妻子郭丽是一个股票迷，这些年一直泡在股市里，亏得连油盐酱醋都快买不起了。这天，刘海下班刚进家门，郭丽就神秘兮兮地说："老公，我今天听人讲，有一只股票马上就要大涨，只要买这只股票，不出一个月，一定能把以前的亏损扳回来。"

刘海早就不信妻子的话了，不冷不热地"嗯"了声，郭丽一本正经地说："你得帮我！"

家里的存款早就被妻子折腾空了，这个忙怎么帮？莫非去抢银行？

郭丽一撇嘴，说："抢什么银行，你爹不是给你留下遗产了吗？"

郭丽这么一说，刘海呆住了。原来，前些日子，刘海他老父亲得急病去世了，刘海和郭丽赶回老家奔丧。处理完丧事后，村里的支部书记悄悄找到刘海，给他一张存折，说"刘海，你爹有遗嘱，这五万块钱，是他留给你的。"刘海拿着存折，想起爹对自己的养育之恩，心里沉甸甸的，他当下就决定将这笔钱留给儿子读书用。刘海怕郭丽知道了再拿去炒股，所以回来后，一直没说，想不到这个秘密还是让郭丽发现了。

郭丽见刘海不吭声了，更来气了，她大声嚷道："刘海，你什么意思？我和你夫妻十多年了，家里有这五万块钱的存折，你气都不给我吭一声！"

刘海只好解释道："不是我不给

你说，这钱是我父亲临终前留给我的，这两天我心情不好，还没来得及给你说。”

郭丽一听，嘴巴都要笑歪了，说：“请注意用词，咱们是夫妻，不能说你父亲是把钱留给你的，应该说是咱们夫妻俩的，知道吗？”接着，郭丽得寸进尺，马上说道：“这五万块先给我，我拿去买那只股票。”

一听又要买股票，刘海不干了：这是爹一辈子省吃俭用攒下的钱，怎么也不能乱折腾，就说：“就算是咱俩的，也不能乱用！我要留着给儿子上大学！”

郭丽不管一切，一定要取出这笔钱，刘海不论郭丽如何蛮横不讲理，他就是一句话：“这钱是父亲留给我的，我就是不拿出来！”

夫妻俩的吵闹惊动了邻居，大家一起过来，纷纷好意劝解，但郭丽硬要拿钱去买股票翻本，争过来争过去，最后，郭丽说：“我和你是夫妻，根据法律，家里的财产夫妻共有，那五万块也有我的一半，我拿走一半，总行吧？”

邻居觉得这话说得在理，都劝刘海拿一半钱给妻子，但刘海一想起父亲，态度更加坚决：“不行，就是不行！”被股票迷了心窍的郭丽恶狠狠地指着刘海说：“那咱们干脆都不讲情面了，你也不要太专横，我上法院告你独吞夫妻共有财产。”说完，她扬长而去。

原本以为郭丽说的是一句气话，想不到过了几天，刘海真的收到了法院的传票，郭丽起诉他独吞家庭共有财产。

开庭这天，邻居们都赶到法院，想瞧瞧这件稀奇事会是怎么个结果。

法官听取了两人陈述后，很快作出了宣判：根据《婚姻法》第18条规定，遗嘱或赠与合同中确定只归夫妻一方的财产，对方无权分割。也就是说，父亲明确给刘海的五万块钱，且有明确证人作证，这钱就归刘海一人所有，不是夫妻共有财产。

律师点评：

根据继承法有关规定，法定继承第一顺序为配偶、子女、父母。公民可以依照规定立遗嘱处分个人财产，并可指定遗嘱执行人。根据婚姻法有关规定，遗嘱或赠与合同中确定只归夫或妻一方的财产为夫妻一方的财产。由此我们看《两口子打官司》便不难分析：无论法定继承还是遗嘱继承，刘海的妻子郭丽均无继承权。刘海父亲的遗产，如有遗嘱要依据遗嘱内容继承，而遗嘱明确是给刘海的；如果没有遗嘱，则依据法定继承，那么先从第一顺序着手，也应当是从刘海父亲的配偶、子女、父母这个顺序开始继承遗产。

（**题图**：刘斌昆）

·中篇故事（精编版）·

就算是你亲眼所见，也不一定是真的！一场不可思议的阴谋，瞄准的是人性的弱点……

百万诱惑

□石高杰

1. 神秘的短信

刘天利下岗后，千辛万苦开了家文具店。这天上午，他的手机突然“嘀嘀”响起来，打开一看，是个陌生人发来的一条短信：福利彩票3D第128期将于明天开奖，中奖号码第一位数字是9。

刘天利一看，说了声“骗子”，没再理会。他买过几次彩票，连个末等奖都没中，后来就不再买了。

过了两天，刘天利看到报上一条消息，说一位彩民只花两元钱就中了个特等奖，突然想到前天手机上收到的那条短信，好奇心顿起，翻到刊有3D彩票开奖信息的那一版，一看还真让他大吃一惊：第128期的开奖结果是903，第一位数字果然是9。福利彩票的3D游戏是一天一开奖，号码只有三位数，总共一千种排列方式，如果真的能确定第一位数字，就只剩下一百种排列方式，把这一百组号码全买下，两元一注，只用花两百元，就能赢得一千元的奖金，除去两百元的成本，还赚八百元钱呢。刘天利又一想，中奖号码是随机抽取的，那个短信猜出的数字，肯定是碰巧了。

刘天利正这样想着，手机又响起了短信提示音，刘天利打开一看，又是那个陌生号码发来的短信，不过内容有了变化：福利彩票3D第131期将于今晚开奖，中奖号码第一位是5。这次，刘天利有些动心了，他匆匆关了店门，来到一家投注站，手里捏着两百元钱徘徊了几分钟，吃不准是不是有人在搞恶作剧，最终还是没有买。

第二天一早，刘天利打开报纸，直接翻到刊有3D彩票开奖信息的那一版，一看，第131期的中奖号码是572，第一位数字恰好是5！难道真的有人能猜出其中的一个数字？这也太神了！

接下来，刘天利不时翻看手机，期待那个陌生的手机能再发来短信。真是天随人愿，到了下午两点钟，手机终于又响起“嘀嘀”声，刘天利连忙掏出手机，果然，那个陌生号码又发来短信：福利3D彩票第132期将于今晚开奖，中奖号码第一位数字是2。

这一次，刘天利没再犹豫，关了店门，直奔那个投注站，掏出二百元钱，让老板打一百注3D。

老板问：“打什么号码？”

刘天利说：“从200开始，一直打到299。”

老板听了有些吃惊，看了看刘天利，见他不像是在开玩笑，就说：“看来你很有信心啊？你怎么就知道第一位数字一定是2呢？”

刘天利笑笑，说：“凭感觉！”

老板也笑了，说：“你可想好了，如果第一位数字不是2，你这二百元钱可就打水漂了。”

刘天利装出一副满不在乎的样子，说：“没事儿，不就二百元钱嘛！”

打好彩票，刘天利早早就回了家，守着电视机，等着福彩开奖的现场直播，到了八点半，摇奖机器准时启动，白色的小球在透明的摇奖机里转个不停，刘天利屏住呼吸，等着第一个号码球的摇出，不一会，一只白色的小球滚了出来，上面的号码正是2，刘天利兴奋得哈哈大笑，他老伴正在厨房洗碗，听了他的大笑很是不解，问：“啥事儿把你乐成这样了？”

刘天利兴高采烈地对老伴说：“哈哈，今天下午我买了二百元钱的彩票，中了一千元钱。”

老伴问：“以前没见你买彩票啊？今天怎么想起来要买？”

刘天利就把手机收到神秘短信的事儿告诉了老伴。老伴连连摇头，不信世上有这样的好事。

刘天利一个劲地说：“这是千真万确的事，现在有贵人相助，我们的好运来了！”

次日一大早，刘天利来到那家投注站兑奖，投注站老板一眼认出了刘天利，兑过奖，老板又问刘天利：“你的感觉真准，今天你感觉会出什么号？给大伙说说，我们跟着你一起买，沾沾喜气。”

刘天利不好意思地说：“现在我也说不准，等有了感觉再买吧！”

老板讨好地说："那好！你有了感觉，别忘了跟我们说一声啊！"

"好！好！"刘天利应答着出了投注站，此刻，他非常期待那个神奇的短信能再次到来。

2.上天降好运

上午十点多钟，刘天利的手机又响起了"嘀嘀"声，他迫不及待地打开，还是那个陌生号码发来的短信，不过，这次不是提供中奖号码的信息，而是来要钱的，上面说，前三次是免费服务，如果想继续得到服务，请在下午两点钟前给他汇去六百元钱，同时服务也升级到提供两个准确的中奖号码，后面附着银行账号和持卡人姓名。

看到要交钱，刘天利又怀疑对方会不会是骗子,可又一想，一次猜对也许是偶然，两次猜对也可能是巧合，但对方连续三次准确无误地提供了准确信息，天下哪有这么高明的骗子啊？再说，昨天花了二百元钱中了一千，刨去成本还赚了八百元，就算汇去六百元，自己还能赚二百元钱。反正没赔钱，如果他接下来提供的信息更准确，那就能赚更多了！他当机立断，到银行按对方提供的账号汇去了六百元钱。

对方果然守信用，下午5点多，刘天利又收到短信，说第133期3D中奖号码前两位数字是08。

刘天利不想引起别人的注意，就去了另一家投注站。这一次有两位确定的号码，就只需要买十个号，花二十元钱就肯定可以中一个千元大奖。不过，有了上次的经验，刘天利这回的胆子一下大起来，拿出二百元钱递给投注站的老板，让他把080到089十个号码各打了十遍。他想，如果短信上的信息是假的，他只不过把上次赚的又退了回去，如果是真的，他就能中十注千元大奖，赚到一万元奖金。

晚上八点半，刘天利又准时守候在电视机前，不一会，第一个白色小球出来了，号码果然是0，紧接着第二个小球也出来了，号码是8……

刘天利一下子中了一万元奖金，但这回他一点也不激动，甚至有一点点后悔，想：如果刚才买彩票时他魄力能够再大一点，一次买上两千元钱，那得到的奖金就不是一万，而是十万了！这样，儿子整个大学期间的费用都够了。

这一夜，刘天利辗转难眠……

刘天利顺利领出了一万元奖金，同时也下定了决心，如果再有信息，下注时一定要下狠手，既然有这么好的机会，至少也要弄它个五六十万。然而，他一直等到天黑，也没等到信息，却接到一位自称叫王建国的人打来的电话。王建国说，他就是给刘天利发中奖号码的人，当他得知刘天利

只中了一万元奖金时，感到非常惊讶，说刘天利的胆子太小了，这年头撑死胆大的，饿死胆小的，以前他与别人合作时，最少的也中了七十多万。刘天利听了，连肠子都差点悔青了，连忙请王建国再给一次机会。

王建国说："要玩就玩大的，几万几十万的太小儿科，不值得冒这个险。"

刘天利问："怎么玩？"

王建国说："这回咱们玩双色球，最少要拿几百万奖金。"

刘天利一听，激动得心要蹦到嗓子眼了，连声说好！不过，刘天利对王建国怎么能提前得知中奖号码感到疑惑，莫非王建国是传说中的具有神通的超人，能够预知未来？王建国哈哈一笑，说："哪有这么玄乎！实话跟你说吧，我是福利彩票中心的工作人员。每期的中奖号码都是我们提前拟定的，所以我能提前得知结果。"

刘天利想起民间的确有中奖号提前内定的传闻，但还是不敢相信，就问王建国："不是每期都是电视现场直播吗？我们看到的中奖号都是随机摇出来的啊！"

王建国一听就笑了，说："你真是个厚道人，以现在的高科技，想在摇奖上做点手脚还不是轻而易举的事儿？我们这样做主要是为了福彩中心的收益最大化，像双色球这样的高奖金彩票，我们会在开奖前十几个小时找到没有投注、或是投得最少的一组号，设为中奖号码，如果你能在我们设定中奖号码后迅速买下这组号码，那你马上就是百万，甚至是千万、亿万富翁了。"

刘天利太高兴了，连忙问："那你能告诉我双色球的中奖号码？"

王建国轻轻地说："当然可以，不过有个条件——"

"什么条件？"

"中奖之后，你得把奖金分给我三分之一。"

刘天利想都没想，就爽快地答应了，但是，王建国接着又提出让刘天利先交二万元保证金，刘天利一听，

就有些犹豫了。

王建国似乎察觉到了刘天利的犹豫，就说：“我们中心的管理非常严格，我这样做要冒很大的风险。如果你中了奖不按约定分给我奖金，我也没法告你！所以，必须先交点保证金。”

刘天利还是有些不放心，又问：“你为什么不与你的亲朋好友合作呢？”

王建国又是轻轻一笑，说“我们中心会对每个中大奖的人进行身份登记，如果发现中奖者和我有关系，肯定会调查我，这太冒险了！你还记得双色球第2009118期，河南省一位彩民中了八十八注头奖，中奖总金额高达三个多亿的新闻吗？”

这条新闻轰动一时，很多人怀疑里面有黑幕，刘天利当时心里也犯嘀咕，不过更多的是眼热。

王建国说：“那位彩民花了一百七十六元钱，把一注号码投了八十八倍，中了三亿多，你以为他真的有那么好的运气吗？实话告诉你吧，那注号码就是我提前告诉他的，当时我提醒他，投个一两倍就行了，否则会有人怀疑，没想到他真贪心，一下子投了八十八倍，害得我差点露馅。更可气的是，他一个子儿也没给我。所以，我现在得先要一点保证金。你要是还不放心，我把我们福彩中心的内部网址和我的登录密码发给你，你进去看看，明天我们再联系。你先好好想想，不用着急，我负责的那期双色球还有一个多星期的时间。”

晚上回到家，刘天利根据王建国提供的网址和登录密码，轻易进入了福彩中心的内部网络，上面不但有王建国的照片，还有他的详细个人信息。刘天利特意用相机把网页上王建国的个人信息拍了下来。这下，刘天利不怕了！因为他有了王建国的个人资料，还有王建国发来的短信和通话记录，有了这些证据，如果王建国敢骗他，就可以向有关部门举报。

3. 机会在眼前

第二天，刘天利给王建国汇去了两万元钱，刘天利多留了个心眼，特意把汇款的票根保存下来，以防万一。王建国答应刘天利，七天后把第52期双色球的中奖号码提前发给他，并一再嘱咐刘天利，投个一两倍就行了，不要太贪心，不要告诉第二个人，否则对他和刘天利都不利。

这两天，刘天利精神百倍，仿佛自己已经成了百万富翁似的。没想到第三天上午，王建国又打来电话，说：“实在抱歉，我以前的一个合作人，这次给了我五万元保证金，还说愿意把奖金跟我四六分成，让我把第52期双色球的中奖号码提前发给他。你汇来的那二万元钱，我还是还给你吧！”

刘天利一听有人跟自己抢，顿时

急了："你怎么能这样？我们都说好的……"

王建国一个劲道歉，说："刘哥，真的对不住，我也是没办法，你还是把你的银行账号告诉我，我把钱给你汇过去，我另外再多给你汇两千元钱，算是我对你的补偿。"

刘天利想了想，狠了狠心，说："这样吧，他不是给你五万吗？我给你六万元保证金，奖金五五分，这总行了吧？"

王建国犹豫了好一会，才说："好！到时候我还是把双色球的中奖号码给你。"

刘天利怕王建国再变卦，急忙回家找出存折，把多年的积蓄全部取了出来，打入了王建国的账号。

然而，仅过了一天，王建国又打来了电话，说那个人愿意出八万保证金，奖金也是五五分成，问刘天利怎么办？

这下刘天刘为难了：这样加个没完，自己吃不消啊！积蓄差不多全给王建国汇了过去，再往上加就要负债了，但百万大奖的诱惑实在太大，他不忍心放弃，真是左右为难！

王建国真是个聪明人，像是看透了刘天利的心事，建议说："要不这样吧？这两天你再给我汇四万元保证金过来，奖金还是五五分，这样我对他也好有个交待，这事儿就到此为止，谁也不能再往上加钱了，第52期双色球的号码就是你一个人的！"

刘天利又犹豫了一下，咬咬牙，说："好！过两天我就把钱给你汇过去！"

接下来，刘天利开始四处借钱，他怕别人不借给他，不敢说是为了买彩票，就编了个谎话，说要和一位朋友合伙投资做生意。这事很快传到了刘天利老伴的耳朵里，就问刘天利为什么要借钱，刘天利吞吞吐吐地说，要跟朋友合伙做生意。老伴说："家里不是还有几万元钱存款吗？为什么还要出去借钱？跟谁合伙做生意？"

刘天利招架不住老伴咄咄逼人的追问，只得说了实话。老伴得知刘天利为了买彩票，花了好几万元钱，顿时慌了手脚，急得差点背过气去。刘天利赶紧劝慰她，说："上一次中的一千元钱，还有那一万元钱，都是王建国发短信告诉我号码才中的，如果这一次中了，就是几百万的大奖！不但咱俩这辈子衣食无忧，就连咱儿子也能跟着享一辈子的福呢！"

老伴听了，有些心动，但还是不放心，又说："要是不中呢？十万元钱不就打水漂了？那可是咱这些年省吃俭用，给儿子存的上大学费用啊！"

刘天利拍着胸脯，说："不会打水漂，咱们一定会中大奖的，你想想，他连续四次都准确无误地给我发来中奖号码，怎么会骗我们呢？"

老伴还是觉得有点儿不靠谱。刘天利说："现在就是饿死胆小的，撑死胆大的，当初我就是吃了这样的亏，这次，我不能再胆小了，要是错过了这个机会，我会后悔一辈子的。"

这时，刘天利的儿子刘文功回来了。刘天利以为儿子也知道了这事，心虚地问："文功，你怎么回来了？"

刘文功说："今天是五一劳动节，学校放假。"

刘天利悄悄松了口气，不想老伴见儿子回来，忙说："儿子，你回来了正好，赶紧劝劝你爹。"

刘文功问："我爹怎么了？"

老伴就把整个事件的来龙去脉说了一遍。

刘文功一听就急了，斩钉截铁地说："那个王建国肯定是个骗子！"

刘天利还是不相信，说"如果他是骗子，怎么他连续四次发来的中奖号码都是正确的？总不会都是巧合吧？"

刘文功也说不清这是怎么回事，他拿来父亲的手机，翻来覆去看了好几遍，也找不出问题所在，便把这些短信全部转发到自己的手机上，又把王建国的手机号也记了下来，打算好好研究一下，找出他的破绽。

为了说服儿子，刘天利把汇款收据的票根全找出来，交给了儿子。

4.人性的黑洞

刘文功无法说服父亲，仍觉得这事儿可疑，就拿着汇款票据到派出所报了警。民警查看了那些短信，又查王建国的手机号，发现手机号码的归属地并不是北京，而是南方的某个城市，民警留下刘文功带来的证据，正式立案调查。

刘天利得知儿子报警了，非常生气，说："手机号不是北京的很正常，王建国说过，他这么做是为了避开监管人员。你小子坏了我的好事儿，我饶不了你。"

刘文功哭笑不得，说："爸，你快

醒醒吧！天上只会掉陷阱，是绝不会掉馅饼的。”

刘天利瞪着眼，气愤地说：“有本事你给我连续四次猜对中奖号码，我就相信你！”

刘文功两手一摊，无奈地说：“我做不到。”

刘天利不再理会刘文功，揣上借来的四万元钱走了，明天第52期双色球要开奖，今天是最后的机会，百万大奖啊，他可不想错过！

钱汇出去了，刘天利再也没心情去看文具店，闷在家里，手里死死握着手机，等着王建国发来短信。一直到下午四点多钟，刘天利才收到王建国发来的信息。刘天利急急忙忙来到投注站，按照王建国发来的号码投了十注，出了投注站的门，他一咬牙折回投注站，又投了十注。

投注站老板见他同一个号码投了二十倍，开玩笑说：“看来你对大奖志在必得啊！祝你好运！”

刘天利笑了笑，走出了投注站。

回到家里，刘天利饭也不吃，早早地守在电视机前，拿着彩票，一言不发地等着看开奖的现场直播。

见刘天利这副模样，刘文功和母亲都很担心，既怕刘天利中了大奖顶不住，更怕不中，他扛不住。

晚上九点半，双色球摇奖开始了，号码球开始滚动。然而这一次幸运之神并没有再次降临，王建国提供的七个号码，只中了一个红球，连个五元钱的小奖都没中。刘天利瞪着眼睛，死死盯着电视机，大吼了一声，昏了过去……

刘天利醒来时，已躺在医院里，当他看到陪在病床边的老伴和儿子时，内疚得流下了眼泪，哽咽着说：“我——糊涂——财迷心窍啊！没听你们的话，钱——都没了——”

刘文功赶紧安慰父亲，老伴也拉着刘天利的手，说：“我们不怪你，钱没了，咱们还可以挣，当初那么穷，还不是一样挺过来了？你无论如何不能倒下啊！”

正在这时，一位警察走进病房，对躺在病床上的刘天利说：“大叔，你

就安心休养吧，你那十万元钱，我们已经给你追回来了。”

刘天利喜出望外，连忙问：“你在说什么？你说的是真的？”

“是真的！”警察说，“多亏你儿子及时报了警，我们通过你儿子提供的你汇钱的账号，找到了犯罪分子取钱的银行，调取了当时的录像，然后开始排查，当我们找到王建国时，他提着一大包钱，正准备潜逃。”

刘天利还是不甘心，又问：“那个王建国真是个骗子吗？”

警察点点头，说：“那个自称王建国的家伙根本不是福彩中心的工作人员，他的真名叫李明天，他骗的不止你一个人。被骗六百元钱的有好几百人，还有十六人被骗两万到三十万不等。骗到的总金额超过百万呢！”

刘天利还是不明白：“他既然能提前猜出开奖号码，如果真的想发财买彩票就可以了，为什么要骗人呢？”

警察连连摇头：“你把他看得太厉害了，他哪里有这等本事！”

刘天利说：“但他确实连续四次都猜中了开奖号码！”

“我给你讲讲他是怎么做到这一点的吧！”警察说，“三年前，李天明买了四台短信群发器，靠帮一些办假证的人发广告短信挣钱，然而挣来的钱并不多，都被他赌博、买彩票花光了。为了来钱更快，他又动起了歪脑筋。他把数千万个手机号码分成十个号段，开始发送福利彩票3D某期的中奖信息，短信内容唯一不同的，是这十个号段发送的3D福彩中奖号码的第一位依次是0、1、2、3、4、5、6、7、8、9，如果开奖结果第一位是9，他就把发送其他中奖号码的手机号段抛弃不用，只留下发送9的那一组手机号，然后再把这组分成十个号段，采用同样的手法，发送十个不同的下一期的中奖结果，依次类推。发送两位数也是这个道理，唯一区别的是把上次发送正确号码的那组手机号又分成了一百组，发送的答案也是从00到99一百个不同的数字，然后他挑选符合中奖信息的那一组手机号码，再伪装成福彩中心的工作人员进行诈骗。那个让你看的福彩中心内部网也是他假造出来的。现在你明白了吧？他并不能猜到中奖号码，只是用这个办法找到一些连续四次被选中的人，这些连续被选中的人，已经在潜意识里形成他能够准确得知中奖号码的错觉……”

刘天利这才恍然大悟，说：“现在的骗术真是五花八门，防不胜防啊！”

民警微微一笑，说：“只要心里没有贪念，不管骗子的手法多么高明，他都不可能得逞……”

（题图、插图：张恩卫）

世上从来没有鬼，怕就怕人心里藏着鬼……

鬼市客

□王楚英

1．滞留异乡

清末民初，湖北蕲水有一对表兄弟，一个叫马鸣权，一个叫牛得福，两人一起做古董营生，这年春末，一起来到广东冈州碰运气。

当时，冈州被称为中国四大鬼市之一，所谓鬼市，就是每天子夜开市，黎明一到即散，那里什么都卖，古玩、杂品、旧衣，甚至女人。这些货或偷或抢、或坑或骗，大多来路不正，此外，还有一些破落家族的子弟好面子，偷偷来鬼市卖祖辈传下来的老物件儿。卖家和买家各怀心事，不言不语，靠拢在袖子里打手势讨价还价，整个街市尽管人流如织，却异常寂静。

马鸣权和牛得福本以为一来就能捡到便宜货，发笔横财，不想一住就是大半年，也没捞到一件值钱的东西，眼看要到年根，二人越来越心急。

这天，他们又在鬼市上逛到凌晨时分，两手空空地回来，推开居住的蕲黄会馆大门，差点绊了一跤，回身一看，原来是一个人蜷缩在门口。

此时已是深秋，夜间颇有几分凉意，此人旁边搁着一幅白底黑边的布幡，还有一根拐杖，衣衫单薄，正在瑟瑟发抖，牛得福这个人心肠软，见不得人落难，正要上前，马鸣权却将他拦住，说：“我们人生地不熟的，别管闲事！”

牛得福没搭言，还是上前扶起这个人，搀进会馆，叫醒会馆的伙计，烫了壶酒，点了几个小菜，请这个人坐了下来，借着灯光，这才看清是个驼背瘸脚的道人，牛得福也不介意，为他斟上酒，布了菜，让他暖暖身子。

道人也不推辞，几杯热酒下肚，渐渐回过神来。牛得福问："先生贵姓？"此人头也不抬，一边狼吞虎咽，一边支吾着说："不好意思，不好说。"马鸣权没好气地说："有啥不好说的！"道人抬头白了马鸣权一眼，说："说出来，怕你吃了！"

牛得福一听乐了，问："难道先生姓米？"道人摇摇头："不是！不过是米变的！"

牛得福又问："那先生姓范？"

道人还是摇头："不是！"

马鸣权再也忍不住，说"你这人好不晓事，我们好酒好菜招待你，你怎么说起话来，像驴子拉屎？"

道人一听，立时放下酒杯，竖起大拇指，说："还是这位先生高明，一猜就猜出来了，不错，老夫就是姓史！"

牛得福禁不住哈哈大笑："史先生说话真是有趣，不知先生名讳如何？仙乡何处？"

道人举了举手中的布幡，只见上面写着两行字：鄙吝一销，白云亦可赠客；渣滓尽化，明月也能照人。中间一个大字：史。他说："贫道行走江湖，掐八字算命、捉妖打鬼糊弄人，不知多少年了，早就将俗家的名字忘了，你要是看得起在下，就叫我一声史铁嘴。"

接下来，史铁嘴的话慢慢地多了起来。原来他的老家在与蕲水一江之隔的江州，是个游方道人，前不久偶感风寒，身无分文，流落街头，夜间只好蜷缩在蕲黄会馆门前。牛得福一听，禁不住动了恻隐之心，说："原来是一衣带水的老乡，我们兄弟在这里租住了一间厢房，道长如若不嫌弃，索性就与我们挤一挤，虽说不能餐餐大鱼大肉，粗茶淡饭还是有的。"

史铁嘴连推辞的话也没一句，一口就应承下来。

2.指点迷津

接下来一段日子，牛得福白天为史铁嘴延医问药，到了晚上，仍和马鸣权逛鬼市，还是一无所获。史铁嘴像是赖上他们似的，病已经好了，却还是不走，每天只是呼拉拉睡大觉不说，吃饭时还点菜要酒、挑三拣四。马鸣权本来就对表兄收留此人不乐意，这样一来，脸上更是挂不住，对史铁嘴横眉冷对，不时冷言恶语相加，牛得福总是好言相劝，说史铁嘴说起话来虚虚实实，像个江湖高人，说不定日后用得着。

这天凌晨，牛得福兄弟二人从鬼市空手而归，不想史铁嘴已备了一桌酒菜等着他们。酒至半酣，史铁嘴见他们还是眉头紧皱，突然问道："你们可知四大鬼市在哪？”

牛得福说：“这谁不知？北在北平，西在西安，东在金陵，南边的就是这冈州。”

“好！那我再问你，为何其他鬼市都在故都繁华之地，只有南边的却在偏僻的潮汕之地呢？”

牛得福摇摇头，说“此事我们也很纳闷，请道长明示。”

史铁嘴美美地喝了一杯酒，才说：“这事儿说起来与冈州境内的崖山有关。当年，南宋最后一个小皇帝赵昺，被元朝的铁骑围追堵截，仓皇南逃，带着宫眷和奇珍异宝，一直逃到冈州，走投无路之际，在冈州崖山的海面凿穿船底，以死全节。数百年来，不时有宫廷旧物随着潮汐卷上岸来，流落到民间，久而久之，这里就形成了鬼市……”

史铁嘴接着说：“这里偶尔一现的宝贝，多是宋代宫廷的旧物，别看鬼市上有什么春秋铜鼎、秦砖汉瓦、明清瓷器，全是仿品，在这上面打了眼，弄不好就血本无归。”

马鸣权听得直点头，说“要是能淘件宋代的宝物，那是求之不得，可我们来了大半年，一件也没撞上。”

史铁嘴瞪了他一眼，说“你以为宝物是集市上的大萝卜？几百年了，还能有多少？即使有，也多被当地富户束之高阁，秘而不宣。这鬼市上一年半载能不能出来一件，都很难说。”

牛得福一听，站了起来，向史铁嘴重重地一揖，说：“请道长给我们兄弟指点迷津！”

史铁嘴沉吟片刻，说“半个月后是农历腊月初八，是个大日子，不管是穷人还是富户，都要开始置办年货，这些年国运颓废、兵祸连连，很多富户只剩下空架子，平日里可以勒紧裤腰带，但过年的排场还是要讲的，但他们好面子，不敢在大白天进当铺，只好夜里出来上鬼市。你们能否碰上，就看造化了。”

牛得福和马鸣权一听，觉得言之有理，决定依言而行。

腊八节这天，兄弟俩备足银两，在子夜时分准时来到鬼市，不想从开

市一直逛到快要罢市，还是没撞上一件亮眼的东西。正在心灰意冷，马鸣权突然看见街尾一个不起眼的角落里，蹲着一个老妇，面前放着一个遮着红布的竹篮。

马鸣权连忙上前，一打量，这名老妇人脑后梳着个抓髻，身上穿的衣服虽然破旧，但袖口的绣花却十分考究，一看就不是蓬门小户出来的，他连忙蹲了下来，小声问道:“夫人有东西要卖吗？”

老妇人不好意思地笑了笑，掀开竹篮上的红布，露出一对雕得栩栩如生的虎尊。马鸣权拿到手中一掂量，这对虎尊是铜铸的，不禁有些失望，正准备放手，这时，天上的新月正好钻出云层，虎尊的眼睛竟然反射出一缕光晕，他心里一动，试探着用手一按，这眼睛居然是活动的，他将四颗虎眼取下来，揣在手中，很是温润，当即心脏狂跳!

老妇人见他迟迟不语，似是犹豫不决，就叹了口气，说，她家过去也是书香门第，这对虎尊是祖传的心爱之物，平日摆在先生书房里，用作镇纸，从不轻易示人。今年轮到她家操办春节的祭祖大礼，但这些年下来，家里早只剩个空架子，她只好瞒着先生，偷偷来这里将这东西卖了。

一边站着的牛得福听了，不动声色地走上前，拱了拱手，说:“原来是秀才娘子，失敬！失敬！这东西不知您想卖多少钱？”老妇人扳着指头算了算，说:“我们是大族，这次祭祖大典，少说要花一百两纹银，那就一百两吧！”

马鸣权一听，正想应承下来，牛得福暗地里拉了拉他，说:“老夫人，实话跟你说，你这对虎尊也不是什么稀罕物，如果说能值点钱，全在这四颗眼珠子上。俗话说得好，君子不夺他人之美，既然这是你家先生的心爱之物，你又是瞒着他拿出来卖的，他知道了，一定会责怪你的。要不这样，我这兄弟出八十两银子买下这四颗珠子，你回去再找四颗相似的玻璃球装上去，这不就两全齐美了吗？”

老妇人想了想，连忙答应。马鸣权交了银两，拉着牛得福起身就走。牛得福却苦着脸说:“你算是捡到了宝贝，我却还是两手空空，你先回去吧，我再逛逛。”

3. 喜获至宝

马鸣权一路小跑回到蕲黄会馆，把还在睡梦中的史铁嘴拉了起来，要请他喝酒。史铁嘴一看他满面春风的样子，就笑嘻嘻地问:“你一向吝啬，突然请我喝酒，看来你是撞上大宝了。”马鸣权兴冲冲地将四颗珠子一亮，史铁嘴接过一看，也呆住了，惊呼道:“这是可遇不可求的蓝田玉珠，又叫苍海泪，你竟然一下子捡了四

颗，你是咋撞上的？”

马鸣权得意洋洋地说了经过，史铁嘴一听，摇头不止，说：“你傻不傻呀？你这不是买椟还珠吗？俗话说，好马配好鞍，你也不想一想，眼珠子都是宝贝，那虎身能不值钱吗？”

接着，史铁嘴又问：“你表兄牛得福怎么没回来？”

马鸣权懊丧地说：“他没我运气好，还在鬼市上逛。”说着，他就起身要重回鬼市，想再去把虎身买回来。史铁嘴拦住他，摇着头说：“迟了！你这位表兄可比你精明，想必他等你一走，就把那虎身买了，不信你就等着瞧！”

正说着，牛得福回来了。他见二人没有睡觉，微微一愣，打着呵欠，长叹一声，说：“我这一年，算是血本无归，啥也没撞着，睡吧！”史铁嘴似笑非笑地盯着他鼓鼓囊囊的腰包，说：“不会吧？我看你印堂发亮，全身宝气灿灿，你就把宝贝拿出来，让我们开开眼吧！”

牛得福不好意思地瞧了马鸣权一眼，干笑着说：“能有啥宝贝？我到这里快一年了，总不能空入宝山吧？这东西是我家兄弟瞧不上眼的，我就回头买了，最不济能换点盘缠。”说着，从怀里掏出来，果然是那对虎尊。

史铁嘴接过去一看，疑惑地“咦”了一声，拿起桌上的酒壶，将一壶热酒全浇在上面，撩起衣袖一擦，拿到灯下一照，顿时眉开眼笑，接着又目瞪口呆，惊呼道：“你这次不是发了，而是发大了！”

二人一听，赶紧凑了上去。史铁嘴指着虎尊，说：“这虎尊虽然是铜制的，但它不是一般的铜尊，而是虎符！”接着，他把两只虎拼在一起，底座上的四个宋体大字便显了出来：调兵之符。两只虎背上都有篆刻铭文，一只是：左在帝昺；一只是：右在君实。这些字显得有些模糊不清，但还是依稀可辨。

史铁嘴仿佛是自己得到宝贝一样，兴奋得手舞足蹈，他说：“这帝昺，就是指南宋最后一个小皇帝赵昺，这君实是丞相陆秀夫的表字，他们君臣二人各执一枚，合并在一起，就能指

挥天下的军马粮草。想不到传说中的朝堂重宝，终于现世了！”

牛得福一听，脸上顿时一会儿红一会儿白。马鸣权狠狠地看了他一眼，又问史铁嘴：“道长，你既然能瞧出来，那你说说能值多少钱？”

史铁嘴摇头叹息，说：“可惜呀，可惜！你们兄弟二人，一个买了虎眼，一个买了虎身，如果各卖各的，那就是燕窝卖成豆腐价！要是合二为一，那价钱说出来吓死你，不信？你们明天就拿到冈州城东的齐宝斋去卖，最少也能卖个五万两白银！”

牛得福和马鸣权听了，全都张着嘴，半天说不出话来。牛得福伸手将马鸣权一拉，双双跪倒在史铁嘴面前，激动地说：“道长……俗话说，见者有份，我们兄弟二人如果没有你的指点，怎么能撞上如此大宝？我们明天一早就到齐宝斋卖了，不管多少钱，我们三人平分……”

史铁嘴将二人拉起，哈哈大笑，说：“好说，好说，等宝贝卖了再说分钱不迟，我们现在喝酒！”

三个人开怀畅饮，一醉方休。

第二天，兄弟二人早早地起来，与躺在床上、宿酒未醒的史铁嘴打了一声招呼，揣着宝贝直奔城东的齐宝斋，二人走到半路上，突然，牛得福拉住马鸣权，往向南的一条巷子疾走。马鸣权一看方向不对，急忙喊：“错了，错了！齐宝斋在东面大街。”

牛得福虎着脸，低吼一声：“别嚷嚷！我们现在就从南面出城，再转道回家。”马鸣权一听，又嚷嚷道：“你怎么不早说？行李都在会馆里。”牛得福咬着牙骂道：“你傻不傻？我们有这宝贝，还在乎那点破烂？再不走就迟了！”

马鸣权糊里糊涂地跟着牛得福，在冈州南门口的骡马市场上，急急忙忙地买了两匹牲口，快马一鞭，出城而去，再折向东面，一路狂奔三百余里，直到临近日暮时分，看到远处有一个小小的镇子，才勒马停了下来。牛得福跳下马，擦了一把额头的汗水，回身看着马鸣权，心有余悸地说：“好险！总算逃出了险境！”

4.一声长叹

此时的马鸣权，一路上滴水未进，早就渴得嗓子冒烟，饿得前胸贴后背，他一头雾水地问：“什么好险？不是说好了到齐宝斋卖宝贝，怎么一声不吭就跑了？”刚说完，他又一想，明白过来，一拍脑袋，说：“哦！我知道了，表哥是不想和那个史铁嘴分账，所以就两脚抹油开溜！可话既然说出去了，怎么能不算数呢？”

牛得福看着马鸣权，“嘿嘿”冷笑，说“你知道个啥？你以为那个史铁嘴就是想分一杯羹那么简单？他是想杀人越货，一人独吞！要不是我们跑得快，给了他一个措手不及，恐怕我们俩早就身首异处了。我猜他八成是一个鬼市客！”

马鸣权一听，倒吸了一口凉气，但还是有点不相信地说：“他一个又驼又瘸的糟老头子，会是鬼市客？不可能吧？”这大半年来，他听到一个传说：在鬼市上，除了做买卖的，还有一批人隐在暗处，或装扮成古董商人，四处盯梢，看谁撞上了宝贝，就趁其不备，半路截杀。有的还装扮好人，对那些时运不济的买家，略加指点，待他们做成了一桩大生意，再螳螂捕蝉，黄雀在后。他们从不以真面目示人，做的是 个了儿也不花的无本买卖，劫人钱财，从不留活口，道上的人称他们为鬼市客！

牛得福说：“你也不想一想，那天，我们从鬼市上空手而归，他迟不来早不来，单等我们凌晨回来时躺在门口，绊我一跤，我当时就有点怀疑，就将计就计，与他虚与委蛇，对他礼遇有加，我一来是想讨好他，二来是想通过他的指点，能够撞上一件大宝，再伺机脱逃。昨天晚上，你以为我是算计你呀？实话告诉你，以我的眼光还看不出这对铜虎尊是宝贝？你这个人把喜怒都摆在脸上，怕被他瞧出来，所以才把你支开，分头购买，没想到还是被他看出来了，所以，我才演了要卖宝分钱的一场戏，故意把行李留在会馆里，跟他来了一个金蝉脱壳。”

马鸣权听表哥这么一说，吓得脸色煞白，很是后怕，赶紧说：“表哥，我们身揣宝贝，还是小心为上，万一他发现我们跑了，追上来了怎么办？我们现在就快马加鞭，日夜兼程速速回乡，再将这宝贝卖了，带着妻儿老小，远走他乡，隐姓埋名，好好过日子。这鬼市再也不来了！”说着，他就要提缰上马。

可牛得福却站在那里不动，笑嘻嘻地对他一招手，说：“表弟，你过来，我还有话对你说。”马鸣权一听，就走了过去。牛得福一伸手，将他搂住，附在他耳边，轻轻地说：“表弟，你现在回得去吗？你还想分宝贝？来世

吧！”

牛得福话没说完，马鸣权就听到一旁的树林里传来一声断喝：“马鸣权！快闪开！”正在诧异，突然心口一痛，牛得福藏在另一只手上的利刃，已经插进了他的心窝，马鸣权做梦也没想到表哥竟然对他下杀手，大瞪着双眼，说：“你——你——”一句话还没说完，就仆倒在地，血流如涌，不一会便气息全无。

牛得福也听到了树林里的那声断喝，连忙将钢刀抽了出来，回身一看，只见史铁嘴手持一把钢刀，从树林大踏步走过来。此时的他，背不驼，腿不瘸，健步如飞，牛得福只觉眼前一花，手中的钢刀就飞了，史铁嘴一脚将他踹倒在地，吼道：“好你个牛得福，想不到是一个假仁假义的笑面虎，你为了独吞钱财，连你姑表至亲的兄弟也不放过，你还算是人吗？”

此时的牛得福，已经吓得三魂去了两魄，赶紧爬了过来，匍伏在地上，一边磕头如捣蒜，一边哀求着说：“道长饶命！这对虎符我不要了！”说着，从腰间把虎符掏了出来，举过头顶，双手奉上。

史铁嘴又是一脚，将牛得福踢倒，一把抓住牛得福的衣襟，提了起来，直视着他的眼睛，连连摇头叹息，说：“牛得福哇，牛得福！我是鬼市客不假，可你别以为我们这些鬼市客，都是杀人不眨眼的强盗，大丈夫在世，快意恩仇。这一段时间，你对我礼遇有加，我本想放过你们，你也不想一想，我要是想劫你宝物，害你性命，昨天晚上不就动手了？还能让你脱逃？今天一整天，我都在暗中保护你们，没想到你……”说着，他一挥手，将牛得福重重地抛到马鸣权的尸体旁，仰天长笑一声，说“与你相比，我算什么鬼市客，你才真正是丧尽天良、杀人不眨眼的鬼市客！你这样的人留在世上是个祸害，受死吧！”

只见刀光一闪，牛得福的人头就像一个葫芦，滚到一边。

史铁嘴看着牛得福、马鸣权二人的尸首，愣怔了好一会儿，摇头苦笑，喃喃自语“天作孽，犹可恕；自作孽，不可活！但你们留宿供饭之恩，我还是要报的。”说完，他从树林里拣出一堆枯枝干草，在上面架起二人的尸体，燃起了一堆大火……

数日后，湖北蕲水来了位驼背瘸脚的邋遢道人，找到牛得福、马鸣权二人的家，分别将一包骨灰和一万两银票，交到他们家人手中，说，牛得福和马鸣权兄弟二人在南边染上了瘟疫，临死前，托他将这些东西送回。邋遢道人还说，牛得福和马鸣权都叮嘱，子女长大后不要经营父辈旧业，更不要去闯荡鬼市，鬼市虽然能让人一夜暴富，也能让好人变成鬼……

邋遢道人说完，飘然而去。

（题图、插图：杨宏富）

·第一推荐·

没有火药的子弹

有一位将军，战功赫赫，战后他当了高官，但大乱初定，国家治安状况依然十分严峻，将军决定为自己增加几个贴身卫士。

副官汉克负责选拔这些贴身卫士，他整理好这些百里挑一的初步人选，再由将军亲自圈定。将军从汉克报送的人员中，圈定了一个名叫斯曼的下士，斯曼的父亲是中学教师，母亲是纺织工人，他身高一米八，身体非常强壮，射击、格斗等科目都是全优，无论是身体条件还是家庭背景，看起来都没有问题。

将军对斯曼非常满意，亲自接见了他，将军拍着斯曼结实的肩膀，说："小伙子，好好在我身边干，你会有大好前程的。"

斯曼听了将军鼓励的话，却没有特别激动，自始至终表情平静。他说"将军，谢谢你的提拔！"

看着斯曼不同寻常的平静，副官汉克突然有一种不祥的感觉，隐隐觉得这个斯曼没有看起来那么简单。

不过，接下来的事实证明斯曼是一个非常优秀的卫士。好几次，斯曼不费一枪一弹，仅凭着他那双铁钳一样的手和精湛的格斗本领，就轻而易举地制服了企图对将军不利的暴徒。不知不觉间，斯曼成了将军跟前的红人。

这天，汉克一脸紧张地来到将军办公室，说："将军，斯曼非常危险，我们不能把他留在这里！"

将军一听，顿时也紧张起来，问"斯曼有什么问题？"

汉克说："我无意中发现了斯曼

入伍前的原始档案。他十一岁那年父母双亡，现在的父母只是他的养父母，而他的生身父亲，是死去的麦克上校！”

将军一听，脑袋“嗡”的一声，吓了一大跳。原来，十二年前，麦克上校是将军最强劲的竞争对手，后来被将军抓住机会，以通敌叛国罪为由，处决了麦克上校全家，只有他不在家的小儿子得以幸免。没想到，当年幸免的那个孩子，现在竟然成了自己的贴身卫士！

汉克见将军沉默不语，接着请示道：“要不要把斯曼控制起来？”

将军又想了一会，脸上突然露出了笑容，说：“不！我要继续留用斯曼。另外，你在适当的时候，想办法把斯曼的身世和我继续让他当卫士的事，透露给报社。”

不久，全国各大报纸都刊登了将军与仇人儿子的故事，一时间，将军的宽阔胸怀赢得了举国上下的称赞。

接下来，将军和斯曼长谈了一次，提起父亲，斯曼的表情依然非常平静，他说，当年父亲的确是想叛变投敌，将军处决他，没有错。

将军非常感动，拍着斯曼的肩膀，说：“其实我与你父亲是很好的朋友，但军法无情，我也没有办法。”说着，将军还流出了眼泪。

将军重用仇人儿子的故事，宣传了好一阵后才渐渐淡了下来。

这天，将军应邀到一所大学演讲，斯曼身着军装，佩带手枪，紧跟着将军，不离左右。演讲进行到高潮时，斯曼突然发现一个戴墨镜的男子形迹十分可疑，他感觉不妙，急忙把手按在枪套上，突然，男子掏出了手枪，斯曼早有准备，比男子更快地拔出枪，抢先向对方扣动了扳机，但是，斯曼的枪却没有响，说时迟那时快，斯曼闪电般挡在将军面前，紧接着，男子的子弹呼啸而来，射进了斯曼的胸膛。

另外几位卫士迅速行动，很快制服了男子。

男子的子弹上浸有毒药，斯曼替

将军挡住了这颗子弹，当场殒命。

在斯曼的葬礼上，将军亲自为斯曼扶柩，送他入土，电视上，将军泪流满面的形象再一次感动了全国人民。

但将军的副官汉克却非常疑惑，他搞不懂斯曼的手枪在关键时刻为什么没响，他检查斯曼的手枪，没发现任何问题，接着，汉克取出斯曼手枪里的子弹，拔出弹头，突然发现子弹

里根本没有火药，接着，汉克检查了斯曼所有的子弹，里面竟然全部没有火药！

汉克当即把这件事向将军报告，将军听了，只是点点头，轻描淡写地说："这件事我知道的，是我让人这么干的。"

汉克大吃一惊，问："你为什么要这样做？他是你的贴身卫士，如果贴身卫士的武器不能发挥作用，对你不是非常危险吗？"

将军一听就笑了，说："你以为我真的相信斯曼？他毕竟是我仇人的儿子，谁能保证他不会为他父亲报仇？如果他心怀不轨，他枪里的子弹就更危险，如果他忠于我，没有枪，他出色的身体同样能做我防卫的武器，所以，在我知道他的真实身份后，他的枪里就再也没有一颗真正的子弹了！你瞧，我想的没错，他的身体果然是非常有效的防卫武器……"

（**作者**：甘晓成；**推荐者**：潇　风）

（**题图、插图**：安玉民　梁　丽）

· 中国新传说 ·

这是一位纪委书记讲的故事，他说，故事中的张局长正在监狱里洗心革面。贪欲急剧扩张的后果，就是断送自己。

老同学送客

□俞泉江

俞军下岗后一直没找到工作，这天，他听说老同学张平当上了企业局局长，好不开心，回到家就跟妻子说："这下我找工作不用愁了，张平跟我，那不是一般的关系啊！"

妻子说："那也难说，你还是亲自往他家跑一趟吧，还得带上厚礼。"

俞军听了哈哈大笑："我求他办这点小事，还得送礼？当年在学校，我可没少帮他，有一回他被一帮小混混围住了，要不是我……"

妻子听得直摇头，戳着俞军的额头说："你呀——真不知道你这些年怎么混的，别人我不知道，你那个同学，我可没少听关于他的故事……"

俞军呵呵笑着，连连摇头，根本没把妻子的话当回事。

妻子却不管俞军那一套，第二天，她到商场买了两条好烟，两瓶好酒，几盒高档滋补品，连同小孩子吃的零食点心，拎了满满一大包，让俞军晚上拎到张平家去，俞军看了很不开心，说："你这是干什么？我把这一大包拎上门，不是打自己老同学的脸吗？"

妻子却说："礼多人不怪，你拎着去就是了，不要想七想八的！"

俞军不吱声，到了晚上，临出门前，他犹犹豫豫好半天，最后还是从这包礼物里拎出两条烟，装进一只塑料袋里，拎着去了张平家……

一到张平家，俞军马上就觉得妻子是杞人忧天，老同学张平热情地招呼着，不停地端茶上烟，跟他天南地北、海阔天空地聊着，不时发出爽朗的大笑，一点局长的架子也没有。

俞军感觉坐的时间不短了，局促不安地站起来，涨红着脸，将两条香烟往张平跟前一推，张平一看，马上就拉下脸，问："你这是干什么？"

俞军结结巴巴地说："我老婆一定要我送过来，没法子啊！你要是不收下，她会跟我翻脸的！"

张平苦笑着摇摇头，把烟往旁边一扔，说："真拿你们没办法，说吧，找我到底是什么事？我看看能不能帮上忙。"

俞军听得心里暖暖的，不好意思地说："我下岗很长时间了，现在想找份工作。"

张平一听，夸张地"哦"了一声，身子往沙发上一靠，说："我还以为是什么天大的难事，原来是这点小事，没问题，我帮你搞定！"

俞军感动得就差落泪了，他猛地站起来，说："老同学，难得你这么看得起我这个下岗的老同学！难得啊！"接着，俞军又说，"我知道你忙，就不耽搁你时间了，我在家等你的消息吧！"

张平也不挽留，只是说："好，那我送送你！"

俞军连忙说："不用了，我自己下去就是！"

张平挥挥手，说："我们老同学这么多年才见一回，一起到楼下走走！"

于是，两人一起下了楼，走到单元门口，俞军站住了，笑着说："老同学，你请回！"

张平挥挥手，说："再送送！"

出了楼，两人在小区走了一段路，俞军又站住了，说："老同学，都走这么久了，你快回去吧！"

张平轻轻一笑，说："不碍事，不碍事！我们再走走！"

两人继续往前走，又走了好一会，一直走到小区门口，俞军再一次站住，感动得话都说不顺溜了："你——你都送到小区门口了，再——再也别送了，快回去吧！"

张平哈哈笑着，说"你这么多年才来看我一回，你看夜色这么好，我

们再走走，再走走！”

两人并肩往前走着，一起走到小区边上的一家皮包店，这时，张平突然挽着俞军的手，硬拉着他走了进去，大声喊道：“小燕子，客人来了，快出来！”

刹那间，店里面跑出来一个姑娘，小鸟般轻盈地站在两人跟前，朝张平笑一笑，说：“我的大局长，今天又带什么贵客来了？”

张平拍拍俞军的肩膀，说：“这是我的老同学，他说要给他妻子买只进口皮包，你帮他挑只好点的。”

小燕子看了俞军一眼，甜甜地说了声“好”，就到一旁挑包。

俞军却一下愣住了：我什么时候说过要给妻子买包的？这时，他心里又一个激灵：张平和这个小燕子，眉来眼去的，一看就是关系不一般啊！

这时，小燕子手里拿了一个包，又飞一般地跑过来，将包往俞军手里一塞，说：“这只皮包从日本原装进口，是最新款式，美观又大方，非常时新的，你是我们大局长的老同学，我就给你打个五折，只收一千八百块，够便宜吧？”

不等俞军接包，张平伸手将包拿过来，只瞅了一眼，就递给俞军，说：“不错，这只皮包很不错！”

张平递过来的包，俞军不敢不接，但他还是“刷”地一下白了脸，结结巴巴地说：“我——我身上没这么多钱！”

张平一脸关切，问：“你有多少？全拿出来吧！不够的话，还有我。”

俞军翻遍了身上所有口袋，只找出一千两百块钱，张平把钱接过来，往小燕子手里一拍，说：“这只包就一千两百块了，我做主！”

小燕子撅起小嘴，装出一副委屈的样子，说：“让了这么多，我要亏老本了！”

张平哈哈笑着，扶着俞军的肩膀往门外走。

到了皮包店门口，张平摆出一副还要送客的样子，俞军却死活也不要他再送了。

张平只好停住脚步，看着俞军走远，这才转身走进店，小燕子跑上来，抱住他就是一阵亲热。

亲热过后，张平问：“刚才卖掉的那只包，进价多少？”

小燕子伸出拇指和食指一比划，说：“80块。”

张平点点头，说：“我这老同学太不识趣了，托我帮他找份工作，竟然只送二条香烟。”

小燕子开心地说：“你宰他这一票，应该赚了吧？”

张平说：“总共才这点，还能叫宰？这点小钱也算赚？谁让他是我老同学呢，就算我帮他一个忙吧！”

（**题图、插图**：安玉民　梁　丽）

另有妙用

□张　伟

这天，陈文彦参加老同学聚会，闲聊时，大家聊到了汽车被盗的问题，不少人苦不堪言。

班长说："我的车被盗过三次，每次都有惊无险。虽说车没被偷走，却害得我患上了失眠症，苦啊！"

体育委员说："我更苦，我前段时间花三十多万买的车，连座位都没焐热，就被小偷偷走了，这是我被盗的第二辆车，该怎么办呀？"

陈文彦听完大家诉苦，一副淡定的样子，说："汽车防盗是门学问，这里面讲究很多……"

大家不以为然，说："别来虚的，说点实在的！"

陈文彦笑呵呵地说："我的车被偷过三次，不仅车没被偷走，还每次都抓到了偷车的小偷，拿到了公安局发的三千元奖励。"

这句话把大家全都镇住了，忙问："你是怎么防盗的？"

陈文彦却卖起了关子："和你们说了，估计你们也用不上……"

大家一定要陈文彦说明白。

陈文彦喝了口酒，得意地说："我的车之所以偷不走，是因为我住在大学附近，三次被偷，小偷都是趁我午休时下手，哪知道，小偷一动手，一大堆大学生马上赶到，抓住了偷车贼……"

这么一说，大家更纳闷了。

陈文彦接着说："只要有贼偷车，我的车就会报警，报警器发出的声音很有特色：'招聘大学生，月薪两千！'那些大学生一听到有这么好的工作，一窝蜂就全奔着我的车子去了……"

（**本栏题图、插图**：包丰一　顾子易）

局长半夜来电话

□马新敏

艾红星考取了公务员，刚到局机关上班，这天晚上，已经过了半夜，他突然接到局长打的电话，他以为有要紧事，连忙毕恭毕敬接电话，谁知局长说的话根本不在调上，这还不算完，局长一幅语重心长的样子，兴致好得不行，东拉西扯一口气说了一个多小时，艾红星听得满头雾水，还得硬着头皮听着，好不容易听局长说完了，他再也睡不着了：局长大半夜来电话到底是什么意思？是自己工作没做好？还是在暗示他赏识自己？或者有其他含义？他想到天亮，也没想出个头绪。

第二天上班，艾红星溜到局长办公室，想探探口风，不想局长见了他，表情淡淡的，对昨天晚上的电话只字不提，艾红星丈二和尚摸不着头脑，回到办公室，拐弯抹角地跟同事白喜明说了这件事，哪知他还没说完，白喜明就笑了：“局长昨天晚上给你打电话了？太好了！我终于解放了！”

艾红星大为不解，问道：“怎么回事？局长以前也在半夜给你打过电话？”

白喜明笑道：“不仅打，而且经常打！刚开始我和你一样，以为局长要提拔我，又以为自己哪里工作没做好，后来才知道根本不是那回事！局长爱喝酒，一喝醉就爱给别人打电话瞎聊。他的手机通讯录按拼音字母排序，我姓白，排第一位，所以随手一按就是我的电话。你姓艾，字母排在我前面，你的电话号码在他的通讯录里肯定排在第一位，以后，局长喝醉了就会找你闲聊。哈哈哈，我总算能清净了……”

门开了

□吴海宝

这天一大早，大勇从卧室出来，吓了一跳，自己家大门洞开。

遭贼了！大勇连忙四处察看，松了口气：真是万幸，家里什么也没丢。

晚上，大勇留了个心眼，他早早把门锁上，临睡前还特意去看了一下，确信锁好了才睡。

没想到次日一早，大勇起床一看，自己家的房门又是大开。

家里的房门怎么会莫名奇妙地打开呢？任凭大勇想破了头，也想不明白是咋回事。

这天又到了晚上，大勇直接睡到了客厅的沙发上，他警惕地盯着房门，一直盯到后半夜，实在撑不住才迷迷糊糊地睡着了。

谁知早上一睁眼，大勇的冷汗下来了：家里房门又是大开！这几个晚上究竟谁进来了？他越想越可怕，又想起几年前，有个年轻的姑娘莫名其妙死在这幢楼里……

好不容易熬到晚上，大勇把屋子里所有的灯都打开了，坐在客厅的沙发上，裹着被子，双眼盯着房门，眼睛都不眨一下……这样过了一夜，房门纹丝不动，大勇呼出一口气，放下心来，上班去了。

中午下班回家，大勇还没走到家门口，腿就软了，瘫坐在地上，为啥？他家的房门又大开着！

大勇想：真邪门！这屋子再也不能住了！好在这房子两个月前就挂了出去，跟下家在价格上一直谈不拢，得，干脆便宜卖了，落个省心吧！

几天后，这套房子的新主人带着老婆进来了，他非常满意地在房子里走了几圈，颇为得意地对老婆说："你老嫌我是个开锁的，你看，要是我不会开锁，咱们能住得了这房子？"

他老婆叹了口气，说："唉！不出这招，咱买不起啊！"

难以瞑目

□吴　昌

张老汉只剩一口气了，却怎么也不肯闭眼，一村子的人都弄不明白，是什么事让他难以瞑目呢？

张家老大“扑通”一下在张老汉床头跪下，说：“爹啊，我对不起你，上次买拖拉机的钱其实没丢，是我拿着那笔钱去赌博，输了！”说完，狠狠地扇了自己几个嘴巴子。

张老汉面无表情，一动不动，好像并不在意大儿子这事儿。

老二走过来，伏在张老汉耳边，说：“爹，咱家的钱已经攒够了，只等秋后就开始盖二层小楼，您就安心地去吧！”

张老汉嘴角动了动，还是没啥明显反应。

这时，大小儿媳妇一齐跪在张老汉跟前，说：“以后我们妯娌再不挑事吵架，一定和睦相处，和和美美过日子。”

张老汉硬是像没听到，出气更粗，眼睛瞪得更圆。

这时，乡法院的干事老李走进院子，拨开挤在一起的村民，急急地说：“快闪开，让我进去！”

大家一听，赶紧给他让了条路，老李走进屋子，走到张老汉床前，俯下身子，冲着张老汉的耳朵“哞哞”地学了两声牛叫，大声说：“还回来了！你家的牛还回来了！”

这两声牛叫让张老汉顿时两眼放光，神情一下松弛下来，慢慢地合上了双眼……

众人大惑不解，纷纷上前询问，老李说：十多年前，张老汉打过一场官司，这场官司张老汉打赢了，判决赔给张老汉一头耕牛，但乡法院却迟迟没有执行，这么多年没提起，大家差不多忘了这档事，老李今天来村子办事，听说张老汉难以瞑目，突然想起这档子事来，连忙赶过来学了几声牛叫，让张老汉闭上眼睛走了……

469 2010 SEMIMONTHLY 下半月刊 8月 STORIES
欢迎登录本刊主办“故事中国网”（www.storychina.cn）

故事会
STORIES
2010 年 8 月
下半月刊 · 绿版

社　长、主　编：何承伟
常务副主编：吴　伦
副主编：姚自豪（上半月 · 红版）
副主编：夏一鸣（下半月 · 绿版）
本期责任编辑：朱　虹
电子邮箱：zhong98305@sina.com
绿版发稿编辑：
夏一鸣　杭　帆
见习编辑：
刘迎曦　颜轶超　黄美舟
美术编辑：李宝强
电脑制作：郭瑾玮
通　　联：归依玲
本社办公室电话：021-64375030
上半月刊编辑部电话：021-64332325
下半月刊编辑部电话：021-64336469
（上海市绍兴路 74 号　邮编：200020）
主管、主办：上海文艺出版（集团）有限公司
出版单位：《故事会》编辑部
发行范围：公开

制作、发行总监：张　凯
电话：021-64313938
广告业务：上海故事会文化传媒有限公司
广告总监：张　淮
广告业务：021-34010383
广告投诉：021-64333738
广告经营许可证
沪工商广字 3100320080016 号
发行：中国图书进出口上海公司

·笑话·

视频聊天

这天，妈妈在电脑上视频聊天，对着电脑又说又笑。五岁的女儿看到了，好奇地嚷着也要上网聊天。妈妈笑着哄她："宝贝，电脑对眼睛不好，你这么小，还不能玩，要不你去玩玩具吧？"女儿嘟着嘴走开了。

过了一会儿，妈妈发现女儿一个人坐在梳妆台前，对着镜子又说又笑，不禁惊讶地问道："宝贝，你在干什么？"

女儿头也不回地说："别吵，我正在聊天呢！"

（于　燕）

（本栏插图：包丰一）

骑　车

妈妈给小明买了辆新自行车，小明开心地骑着车在院子里绕圈。

小明骑第一圈的时候笑着说："妈妈，你看，我可以不用手骑。"

妈妈叮嘱道："小心点儿！"

小明骑第二圈的时候笑着说："妈妈，你看，我可以不用脚骑。"

妈妈又叮嘱了一遍，转身去做自己的事了。

不料，小明骑第三圈的时候哭着说："妈妈，你看，我的牙没了。"

（小　军）

任君选择

大宝家的狗生了一窝小狗，大宝非常讨厌小狗，想把它们卖了，就催促妻子道："快登广告把小狗卖了，它们不走我就走！"

妻子想了想，在报纸上登了如下的广告："我的先生说，小狗不走他就走。小狗肥胖可爱，血统纯正；先生肥胖粗鲁，血统不详。两者任君选择。"

（海　丽）

通行证

有一辆军车要求进入军事基地，门口的新兵上前请司机出示通行证。司机说：“这是将军的坐驾。”

新兵严肃地说：“对不起，没有通行证，我不能放你们进去。”

这时，车上的将军不耐烦地对司机说：“不要管他，开过去。”

“不许动！”新兵手一拦，说，“强行闯关者格杀勿论！”

将军丝毫没有把他放在眼里，对司机命令道：“开车。”

这时，新兵走到车旁，敲了敲车窗。将军傲慢地摇下了车窗。

只见新兵板着脸说“将军，请问这种情况下，我应该枪毙您还是司机？”

（一根葱）

左右为难

丈夫是个汽车修理工，也是个“妻管严”。这天，他换上一套新西服，特地打扮一番，准备去参加同学聚会。妻子见状，质疑道：“你穿这么好，是不是打算去会老情人？”

丈夫一听，赶紧脱下西服，换上破旧的工作服，弄乱头发，又准备出门。不料，只听妻子又抱怨道：“瞧你这副邋遢相，就跟没老婆一样！”

（小　尹）

电梯妙用

小李去售楼处看房，售楼小姐热情地向他描述高层电梯公寓的优点：“我们的电梯公寓除了具备方便、舒适、快捷的实用功能外，天天乘坐电梯也是一种绝妙的精神疗法哦。”

小李听了，好奇地问道：“坐电梯也是精神疗法？”

售楼小姐神秘地一笑，说：“因为它能让你每天体验到，被轻松提拔到上层的超爽感受！”

小李愣了一下，说：“那坐电梯下楼岂不等于降职下放？”

售楼小姐摇摇头，笑道：“不，那是下基层采风！”　（李传胜）

老大的派头

周末，小周到同事家做客，同事正在看一部反映上海滩黑帮的电影。电影中的黑帮老大嘴里叼着雪茄，对身边垂手站立的杀手说：“把他给我做了。”

同事乐呵呵地对小周说“看到没？这才是老大的派头！”话音刚落，同事的老婆从外面回来，把手中的一条鲤鱼递给同事说：“把它给我做了。”

小周若有所思地点了点头，说“我看到了，这才是老大的派头！”

（大　周）

没收爸爸

小强今年五岁，活泼顽皮，伶牙俐齿。这天，小强吃饭时满屋子乱跑，奶奶教育道：“从现在开始，只要你不听话一次，就没收一样你最喜欢的东西，直到你听话才还给你。”

不料，小强答道：“我最喜欢的是爸爸，请先没收他。”

（滦水龙翔）

卖 疯 了

一个新楼盘建成后开始出售，开发商在路边的广告牌上写着：每平米仅售5万！卖疯了！

路人走过时纷纷摇头，每平米5万居然还自称“仅售”，还“卖疯了”。

过了几天，不知是谁在广告牌上加了一笔，“卖疯了”三个字变成了“卖疯子”！　　（覃　塘）

再胖一点

一只胖猫疯狂地追求一只瘦小的老鼠，最后老鼠被打动了，答应了胖猫的求婚。

婚后，胖猫对老鼠百般呵护。老鼠也慢慢变胖了，它感动地问胖猫：“亲爱的，你为什么对我这么好？”

胖猫抹了一下口水，嘿嘿笑道：“这个嘛，等你再胖一点就知道了。”

（李伟军）

贼多

小张和同事到东北出差。下了火车后，小张问当地的一位老大爷："请问，这附近有旅店吗？"

老大爷热情地回答："有啊，贼多。"

同事一听，急忙拉了一下小张，小声说："这儿贼多，不安全！"

老大爷听见了，顿时哭笑不得。小张忙对同事说："东北人管很多叫贼多。"

同事一下子脸红了。老大爷一笑，指着同事说："这小伙子，贼老实！"（芊 子）

节水意识

领导让秘书小王写一份有关节约用水的报告。小王绞尽脑汁，写了一份自认为很不错的报告，交给了领导。

领导扫了一眼，似笑非笑地说："小王，你的节水意识很强嘛，节水都从我这里下手了。"

小王一惊，努力回想着报告的内容，却实在想不起来哪里有写让领导节约用水，他战战兢兢地问："领导，不会吧？"

领导眼一瞪，严肃地说"怎么不会？你看我的'汪'姓被你写成了'王'，连这三滴水，你都要省！"

（大 本）

安全帽

妈妈骑着摩托车，载着女儿来到一个十字路口，不料被交警拦了下来。

交警批评道："你怎么不给你的女儿戴安全帽？这样太危险了！"

妈妈委屈地说："我女儿的头这么小，买不到合适的嘛。"

交警继续教育道："那你自己怎么也不戴？这样说不过去啊。"

妈妈一急，大声说道："我戴干吗？万一我女儿出了什么事，我也不想活了！"（江雅仪）

（本栏目欢迎原创作品、翻译作品。来稿可从邮局寄发，也可从网上传递。如为电子邮件，请发以下信箱 zhong98305@sina.com）

·我的故事·

烦人的妈妈

□刘 超

十八岁那年，我考上了北方一所大学，平生头一回离开父母生活，就好像出了笼子的小鸟一样，感觉真有点妙不可言。

一眨眼就到了寒假，好多同学都选择了留校过春节，我也决定尝试一下在外过年的滋味。父母知道后，开头极力劝我回家，可后来在我的坚持下，也只好同意了。从此以后，母亲就一天打三个电话过来，嘘寒问暖，叮嘱这叮嘱那的，让我不胜其烦。

腊月二十八的晚上，我和一帮同学凑钱下馆子，每个人都喝得酩酊大醉，半夜才回宿舍。

第二天上午，我还在呼呼大睡，突然被手机来电惊醒了，半眯着眼拿起来一瞧，不禁有点恼火，又是母亲打来的。

母亲可不管我乐不乐意，又啰啰嗦嗦地把过去几天说的话重复了一遍。我呢，一直哦哦哦地应付着，其实根本不知道她在说啥。

母亲唠叨了一会儿，忽然问道："小超啊，你现在有多重啊，胖了吧？"

"嗯。"我随口说，"胖了胖了。"

"真的吗？"母亲十分高兴，"胖了几斤啊？"

我有点不耐烦地说："反正就是胖了！"

可母亲不依不饶："胖了几斤呢？快跟妈妈说说。"

我真有点哭笑不得，我又不是小

孩子了，胖几斤瘦几斤，有什么值得大惊小怪的？再说了，整整一个学期，我根本就没去称过体重，谁知道重了几斤啊！

可母亲依旧兴致盎然地继续问道：“有五斤吗？还是三斤？”

我打了个哈欠：“不知道，妈，你就放心吧，反正你儿子没掉肉。”

母亲听出我的不耐烦，愣了愣，还是不死心，又扯到了身高上：“那……长高了吗？”

“高了高了！”我感觉睡意全被打断了，声音也随之高了起来，“长高了！”

母亲显然被我呛了一口，过了一会儿才小心翼翼地问：“长高了多少？”

我实在忍无可忍了，一下坐了起来，大声说道：“没量过！妈，你烦不烦啊？我又不是小孩子，你这么问也不怕人家笑话！我要睡觉了，以后没什么事，拜托你少给我打电话！”说罢，我气呼呼地关了手机，往枕头底下一塞，倒头又睡。

等我起床时，已经是下午了。我想起早上和母亲的通话，隐隐觉得有些不安，于是赶紧打开了手机。可是一直到晚上，母亲也没有再打电话来。虽然有些后悔，但我还是十分高兴，被我这么一警告，母亲果然收敛了不少。

第二天一早，母亲没有像过去几天那样打来电话。到了中午，父亲却突然打来电话，口气十分严厉：“你昨天怎么那样跟你妈说话？”

我也来了情绪，大声说：“爸，你不知道她有多烦人，我说我胖了，长高了，她还要问我胖了几斤几两，长了几厘米几毫米。爸，换成是你，你怎么办？”

父亲大吼一声：“换成是我，就马上跑上街去称一称，量一量！”

我一下子怔住了。父亲喘着粗气说：“我不听你的解释，你最好今天就去把自己量一下，然后告诉你妈，还要道个歉。”

我一听，真的被激怒了，说了句：“我不量！”说完，气呼呼地关了手机。

过了一晚，就到除夕了，我直到下午才重新开机。看着电视里浓浓的年味，我突然感到一阵心酸。想起父母，我感觉自己真的做得太过分了，于是立刻往家里打了个电话。

电话是母亲接的，让我没想到的是，母亲似乎并没有受那天不愉快的通话影响，还是像过去那样，婆婆妈妈地说着话。打完电话，我轻松了不少。

过完年，我的学习生活恢复了正常。母亲的电话依然频繁，但她再也没有问过我胖了瘦了之类的话了。我心里一直有点内疚，真盼着她再问我重了几斤，我一定马上跑出去称一下。可后来学业一忙，又把这事给忘了。

很快到了暑假，我兴冲冲地回到阔别一年之久的家中，父母自然兴高采烈。我很想就那次不愉快的电话事件向母亲道歉，但就是开不了口。

当天晚上，我正要睡下，父亲忽然敲门进来，手里拿着一个账本。他把本子递给我，说："你妈这个人，一参加工作就是干会计。你也知道，做这行的人都有个活儿，到年底的时候弄个报表，做个总结。"

我愣愣地看着父亲，不明白他在说什么。父亲意味深长地说道："你好好看看，这是你妈的家庭总结。"说罢转身出去了。

我疑惑地打开本子一看，不禁笑了。这的确是一本关于家庭的年终总结，自打和父亲结婚的时候，母亲就开始记录了：家庭收入与支出、添置家具和衣服、工作、出差、旅游……每一项都写得明明白白。

翻到第五页，我的目光一下定格了。这一页记录的条目里，有一项竟然是"养儿子"。我是父母结婚第五年出生的，母亲在这页里详细记录了我出生时的情况。

我急迫地翻到下一页，找到"养儿子"这一项，只见上面记录着：一岁八个月零七天，体重22斤，比去年年底净增8斤，会走路、叫妈妈了……

我有些啼笑皆非，母亲居然把我当成了一个项目来管理。我饶有兴趣地一页页翻下去，当翻到最后一页，看到我的那一项时，突然鼻子有点酸酸的。母亲的记录是这样的：第一次在外面过年。胖了高了。比去年重了？斤，高了？公分。

第二天一早，我就跑上街认真称了体重，量了身高，然后写下来，交给了母亲："妈，这是我去年的数据。"

母亲愣了愣，接着笑了："我还得再补充一条，长大了，懂事了！"

（**题图**、**插图**：安玉民　梁　丽）

·第一推荐·

火车站的猎头

□张春风

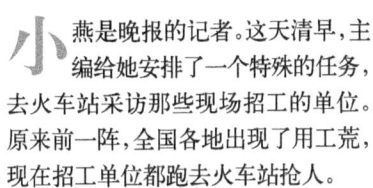

小燕是晚报的记者。这天清早，主编给她安排了一个特殊的任务，去火车站采访那些现场招工的单位。原来前一阵，全国各地出现了用工荒，现在招工单位都跑去火车站抢人。

很快，小燕赶到了火车站。刚下车，就见招工单位在出站口附近排起了长长的队伍：有的打着广告牌，有的插着彩旗，有的甚至举着高音喇叭。一见民工们出来，他们就纷纷上前游说。

小燕观察了一会儿，发现有个制衣厂的招工代表非常显眼。那人约摸四十几岁，长得慈眉善目，穿着朴素。短短半个小时，他就一连签下了五六个民工，而旁边其他单位的招工代表只有羡慕的份。小燕赶紧走上前，表示想采访他一下。那人微笑地点点头，告诉小燕，自己名叫黎叔，两人就聊了起来。

几分钟后，一列火车进站了，民工们纷纷扛着行李走了出来。招工单位蜂拥而上，奇怪的是，黎叔只是面带微笑地坐在边上。小燕诧异地问："黎叔，你怎么不去抢人呢？"

黎叔笑了笑说："这叫姜太公钓鱼——愿者上钩。出来打工最怕被骗，你越热情，他们越会产生抵触情绪！"果然，有个身材肥胖的中年女子摆脱纠缠，径直走上前来。

见女子一眨不眨地看着广告牌，黎叔乐呵呵地问："大妹子，找工作呀，是熟练工吗？"女子点了点头。

黎叔又说："待遇什么的，上面都写得清清楚楚了。不过，我再和你说仔细一点吧。我们的食堂每顿管饱，不另外加钱；我们的宿舍床板又宽又结实，承重力达到一百公斤！”女子听罢，眼睛一亮：“真的吗？我出来打工最担心的就是这个了，谢谢啊！”说罢，按照黎叔的指点上了公司的班车。

一旁的小燕疑惑地问：“咦，你怎么能猜出她的心思呢？”黎叔笑笑说：“出来打工，最关键的是吃好睡好，这样才有力气干活呀！”

那个女子刚走，一个五十多岁的男人也凑了过来，将广告牌看了又看。等他看完，黎叔又笑着问：“大哥，

觉得条件怎样？”

男子显得有些犹豫。黎叔说：“不瞒您说，我也是个打工的，在这家制衣厂呆五年了。咱这样的年龄，生来就是吃苦的命。我有个闺女，正在北京读书呢，整天张口问我要钱。这不，每到月底发工资，我就得立刻给她寄过去。不过，咱们能图个啥呢？不就指望孩子将来有出息嘛！”

男人连连点头，说：“大兄弟，你说得太对了。那行，我就跟着你一起干啦。”说罢，也高高兴兴地上了班车。

小燕心中的疑问更大了，不禁问道：“黎叔，你是怎么打消他的顾虑的？”黎叔哈哈大笑：“你没见他里面穿的是一件中学的旧校服，所以，我估计他孩子也刚上大学。这样的人，最担心的就是拖欠工资，我将心比心，当然能打消他的顾虑了。”

小燕由衷地赞叹道：“黎叔，你真是太厉害了！”黎叔摆了摆手：“厉害啥呀？干咱这一行的，最重要的就是学会察言观色，站在对方的角度，尽量找到和他的共同话题罢了！”

正说着，一个二十来岁的小伙子手里拿着MP4，怯怯地走了过来。小燕自告奋勇地说：“黎叔，这次让我试试吧？”黎叔点了点头。

等小伙子看完广告牌，小燕立刻上前，微笑着介绍起来：“看样子，你是第一次出来打工吧？没事，咱们公

编读往来：你的问题我来答

甘肃读者孟建美： 我是贵刊的忠实读者，从上世纪八十年代开始至今一直订阅。年过古稀的老父亲每期必读，并且篇篇不漏，上高中的孩子更是爱不释手，左邻右舍时不时也过来借阅。今天就2010年4月下半月刊谈谈本人的一些看法。本期《故事会》超过半数作品阐述了道德美高于一切的道理，特别是《合法夫妻》和《一条走失的狗》从不同角度透视了真善美。《鲶鱼哈》的结局来了个一百八十度的大转弯，使读者没有预料到，真妙。幽默故事令人捧腹大笑，特别是看了《谁没有个背景》后，笑得眼泪都掉了下来。

绿版编辑部： 非常感谢您以及您的家人对《故事会》三十年如一日的支持，正是因为有了众多像您这样的热心读者，才会有我们《故事会》的今天。我们会以此作为工作的动力，尽心尽力编出更多让老百姓喜闻乐见的好故事。

司可以先培训再上岗。”

谁知，小伙子一声不吭。小燕想了想，又说道：“对了，咱们公司地处城区，旁边网吧、游戏厅、卡拉OK应有尽有，所以你别怕没地方玩！”可她费了半天口舌，也没能说动小伙子。

眼看小伙子想走，黎叔赶紧走上前，悄悄在他耳边说了一句话。刹那间，奇迹发生了。小伙子回头看了小燕一眼，背起行李，头也不回地朝班车走去。

小燕简直不敢相信自己的眼睛，惊呼道：“黎叔，你是怎么做到的？”

黎叔淡淡地说：“很简单！你前面说了半天，什么培训呀，网吧呀，卡拉OK呀，他全都不感兴趣。所以，他唯一感兴趣的只有一个：这个年龄的男孩，在农村都要谈婚论嫁了。他一定是怕出来打工，耽误了自己的终身大事。于是，我就跟他说，瞧见眼前这个女孩没？就她这长相，在咱们公司只能勉强算中等水平，于是，他就屁颠屁颠地上班车了……”

小燕听罢，不禁又羞又气。但是，她打心眼里佩服黎叔。看来，真的是行行出状元。小燕高兴极了，这下，主编安排的任务可以顺利完成了。可是，这篇报道该起什么标题呢？

正在这时，一个戴眼镜的年轻男子走上前来，礼貌地说：“这位大叔，我是汇英猎头公司的客户主管。这几天，我一直在观察您的表现，实在是太精彩了。您完全可以胜任更好的工作。不知，您是否有意向跳槽呢？”黎叔听罢，不禁呆住了：“啥……”

小燕哈哈大笑，她终于想到了一个绝好的报道标题：《当猎头遭遇猎头》……

（**题图、插图**：安玉民　梁　丽）

· 游戏空间 ·

本期游戏难度指数：★★★★☆

世界500强面试题

建筑师选拔

一位国王要修建宫殿，想聘请一位建筑师主持设计。于是，他召集了全国所有著名的建筑师，让他们考虑是否要报名。如果报名的话，就需要再推荐另一位建筑师作为自己的助手。看完所有报名候选的建筑师材料后，国王轻而易举地决定了最后的人选，请问被选出的建筑师是谁？（提示：这些建筑师谁都不愿意主动放弃这次机会。）

（推荐者：开　心）

超级视觉

水手的思念

图中的水手眺望远方是在思念自己的妻子，而水手妻子的画像也在这幅图中，你能找到吗？

福尔摩伍的问题

遭遇抢劫

一天夜里，福尔摩伍从郊区开车回家。突然，他发现前面有一辆小轿车拦在路当中。福尔摩伍猛地急刹车，突然他车子的两个轮胎炸了，从前面的小轿车里跳出四个戴面具的人，他们把福尔摩伍身上的钞票抢劫一空，开车一溜烟逃走了。

福尔摩伍看着地上的钉子，无奈地摇摇头。他往前走了一会儿，来到一个农场主的家门口，敲开门，对农场主说："我刚刚在路上被抢劫了，手机也没电了，我需要两个新轮胎，您能帮我找人帮忙吗？"

农场主点点头同意了。福尔摩伍听到农场主先给警长打电话，接着又给一家修车铺打了电话。然后，农场主对福尔摩伍说："警长和轮胎马上就到。"

一个小时后，警长来了，福尔摩伍向警长讲述了事情的经过，他的车子也换上了修车铺根据农场主要求送来的轮胎。最后，警长按照福尔摩伍的建议，以涉嫌参与抢劫的罪名，将农场主带走了。请问，这是为什么呢？

（推荐者：悦　悦）

答案

500强面试题

最后的人选是被提名当助手次数最多的建筑师。每位建筑师都会把自己说成是主设计师最合适的人选，可是在考虑助手时，则会挑选自己认为最好的建筑师，因此被提名最多的建筑师，自然就是最合适的人选。

福尔摩伍的问题

如果农场主没见过福尔摩伍的车子，他怎么知道向修车铺要什么型号的轮胎呢？

超级视觉

把图片倒过来看就可以了。

我会说外语

□黄晓亮

小马喝过洋墨水，会说三种外语。从海外回来后，对于自己的未来，他信心满满，精挑细选了几家知名的大公司，发去自己的简历，然后躺在床上咬着手指头想：不说别的，单凭自己会说三种外语这手绝活，他们还不抢着要才怪？嗯，到时一定要好好谈谈待遇问题。

哪知道两个月过去了，投出去的简历如石沉大海，连个泡也没有冒。小马有点纳闷，像撒网似的把简历又投了一遍，结果还是一样。

这么一来，小马有点蔫了。徘徊了半个月后，他正犹豫着要不要和千千万万的普通大学生一样，抱着简历去人才市场拼杀，老爸已给他联系了一家公司，揪着他去面试。小马跟老爸去了一瞧，挺微型的一个小公司，上下就十来个人，而且还处在创业阶段，当即就皱起了眉头。

经理亲自和他谈报酬，没过五分钟，小马怒气冲冲地走了出来，一边走一边不屑地叫嚷道：“太可笑了！三千块钱就想要我为他工作，简直是疯了！”

接着经理出来了，满脸淌汗地对老马说：“马叔啊，您儿子提出的那些待遇要求，他不是想来我这儿当员工，他是想来当我的爹啊！”

老马追上小马一问，小马愤愤地说：“爸，你不用管我了，我会有办法证明自己的价值的！”

可小马却没想出什么办法来，反倒经过这次沉重的打击，彻底蔫了。消沉了几天，小马也看开了，索性把学历锁了起来，专心当起了啃老族：在家里吃吃饭、睡睡觉，在外面上上网、跳跳舞，日子过得同样滋润。这可急坏了老马。

老马是个火暴脾气，开头还粗声粗气地劝儿子几句，后来就光是骂了。不分场合，不管时间，只要见了儿子，他就骂。好在小马从小就对老马的骂声听顺了耳，装聋作哑，就当一阵风吹过，该干啥还干啥。

就这么过了半年，老马一看这样下去不行了，这小子是铁了心要一辈子吃定老子啦！只怕自己将来有个三长两短，这小子连讨饭都不会呀。当务之急，要给他找个能吃饭的活干干。老马东奔西走，又下大本钱请了客托了人，千辛万苦给儿子找了一份糊口的活。啥活？给一个外国人聚居的小区当保安。那儿住的全是外国人，正对小马的专业。

当晚，老马兴冲冲地回到家，冲躺在沙发上看电视的小马吼道：“快滚起来，头发胡子理理，明天去上班！”

一听上班，小马眼里立刻放出光彩来，才几秒钟，又暗淡下去。他一听老头子居然叫他去当保安，大笑道：“爸，你知道有个吉尼斯世界纪录吗？你听说过世界上有会说三种外语的保安吗？我要听你的，肯定得进那个纪录。”

老马见儿子又提他会三种外语，顿时暴跳如雷：“你连自己的肚子都管不饱，会说多少种话有个屁用啊！告诉你，如果你不想进那个什么狗屁纪录，老子跟你的父子纪录就到此为止！”

小马知道没办法跟老头子沟通下去了，拍拍屁股走进自己的房间。他睡了一觉，起来想吃饭，发现老头子居然没有做他那份。

老马说到做到，坚决跟儿子划清界限：除了提供住房外，儿子的一切，包括吃喝均不负责。老马指着儿子的鼻子骂：“我看你上哪儿吃饭去？我看你能饿几天？”

小马觉得老头子简直有些不可理喻。当然，他也不会屈服的。被老头子断了伙食后，开头几天，小马身上还有点钱，他就天天跑去外面吃面条。过了一个星期，钱吃光了。怎么办呢？小马就上亲戚家蹭饭，早上去姑姑家，中午去二姨家，晚上到舅舅家。就这么东一餐、西一顿，硬是撑了一个月。

这天晚上，小马掐指一算，该上姑姑家吃晚饭了。走到姑姑家一敲门，里面没人应。小马心想：奇怪，姑姑一家上哪儿去了呢？他只好又去舅舅家，敲了半天门，只听到里面咳了儿下，可就是不见开门。

小马又来到了二姨家，一敲门，二姨在里面说话了:“小马呀，你不要来了，我不敢收留你了，你爸爸说我是窝藏犯，再让你进屋，就拿刀来砍我了！”

小马一听明白了，这全是老头子搞的鬼。他低下头一想，其实还有好几处可以蹭饭的地方，转念又想，老头子肯定给他所有的关系户都打过招呼了。凭他那身臭脾气，谁也不敢当好人。

无可奈何，小马饿着肚子回到家，正好看见老头子在吃饭。小马哼了一声，径直走进自己房里，倒头大睡。

第二天，小马饿得发慌，躺在床上绞尽脑汁，却想不出有什么办法可以填饱自己的肚皮。他想去厨房偷点吃的，但老头子一天都不出门，明显是在守着他。

半夜里，小马醒来，一种前所未有的饥饿感爆发了。一看时间，已是半夜一点。侧耳一听，外面静悄悄的，老头子应该睡着了。他赶紧爬起身，蹑手蹑脚摸到厨房，找着了冰箱，伸手就进去乱摸。

谁知就在这时，背后传来一声怒喝:“呔！谁？”接着灯一亮。

小马回头一看，老头子威风凛凛地站在后面。老马骂道:“这里所有的食物都是我买的，你没有资格吃！”

小马耷拉着脑袋，像只耗子一样灰溜溜地从老头子身旁走回去。

在床上又挨了一个小时，小马只觉肚子一直咕噜咕噜叫个不停。他估计老马应该又睡着了，决定杀个回马枪。来到厨房，他索性开了灯，一看冰箱却又傻眼了。老马用一条铁链把冰箱门锁上了。

这也做得太绝了吧！小马的眼里滚动着屈辱的泪花，差点儿就往下

掉。他想：虎毒还不食子呢，爸，你是老虎它爹啊！

小马一擦眼泪，想回房间饿死算数，但又实在敌不过饥饿的折磨，只好忍着委屈，在厨房里里外外找起了吃的。没想到，厨柜里竟然放着一碗煮好的面条。

小马大喜过望，把面条端到桌上，抄起筷子正要吃。突然前面出现一条人影："呔！放下！"

小马一惊，吓得把筷子一丢。可他看着面前的面条，实在挪不动脚步了，想向老头子求饶吧，又说不出口。

老马盯了儿子半晌，骂道："就知道你熬不过三天！"一边骂骂咧咧，一边拿出一把钥匙，取下冰箱上的铁链，从冰箱里拿出腊肠、鸡蛋、牛巴，三下两下，炒了几碟菜摆上桌，转身又拿了半瓶酒出来。

小马一看，口水都出来了，可他不敢动，也不知道老头子这是唱的哪一出。老马在他对面坐下，大声喝问："想吃不？"

小马一愣："想……"

老马冷冷地问："干吗想吃啊？"小马不作声了，问得多奇怪啊，干吗想吃？不饿能想吃吗？他明白了，老头子在把他当猴子耍。

老马提高了声音："说啊，干吗想吃？说了给你吃。"

小马咕嘟咽了一下口水，也顾不上丢脸了，把脸憋红了，生生憋出一个字："饿。"

老马哼了一声，说"你用外语说一遍。"

小马瞪了瞪眼，愤怒地用英语喊了一声"饿"。

老马问："这是什么话？""英语。"

老马命令道："你再用一种外语说一遍。"

小马又用法语说了一次。接着，他又被老马要求用西班牙语说了一遍"饿"字。

老马哈哈大笑："你能说三种外语又咋的？不干活，你就天天用三种外语喊饿，天天用三种外语讨饭吧！"

小马眼里再次滚动着泪花，不争气地流了下来。老马摆摆手说："行了，吃吧。"

小马怔了怔，立刻抄起筷子，一阵风卷残云，把桌上的东西一扫而空。老马看着他吃完，转身走了，丢下一句话"以后你再嫌这嫌那的，光吃不干，你就是用十种外语喊饿，老子也不理你了！"

小马舔了舔嘴唇，打出一个响亮的饱嗝，冲老马的背说道"行了，爸，明天我就去上班！"

（**题图、插图**：谭海彦）

（本栏目欢迎来稿。来稿可从邮局寄发，也可从网上传递。如为电子邮件，请发以下信箱：zhong98305@sina.com）

推着汽车走

□张运国

俗话说，司机一滴酒，亲人两行泪。这酒后驾驶不但害人害己，有时还会引发让人意想不到的麻烦事……

大平爱好结交朋友，是个重哥们义气的人。这天傍晚，大平开车载着几个朋友，到郊外的农家饭庄吃饭。饭菜上桌后，大平说：“现在交警查酒后驾驶很严，要是逮着了，要罚款扣分，甚至蹲监狱。我就不喝酒了。”

可是，几个朋友哪能答应，端着酒杯，说：“你不喝我们也不喝，总不能因为你，大家都不喝酒吧。再说，交警也不是天天上路查车，等会儿到路上我们注意点就是了。”

既然朋友这样说，大平也不好再推辞，只得端起酒杯，说：“那我只喝啤酒吧，不陪你们喝白酒。”几个朋友听后，点头同意了。

大平和朋友们正喝得高兴，忽然从外面走进来几个食客，只听其中一个人说道：“今天晚上路上警察真多，查得真严。”

大平一听，顿时手一哆嗦，不由自主地放下了手中的酒杯，额头上的冷汗直往外冒，心想：虽说自己只喝了一点啤酒，但要是让交警查出来，那可完了。几个朋友喝白酒已经有几分醉了，看到大平吓成这个样子，大大咧咧地对他说：“放心，有我们在，就有办法对付警察，不会出事的，来来来，接着喝酒。”

可任凭朋友怎么劝说，大平就是不敢再端酒杯了，心里尽想着回去的事，这里离家几十里路，又没有出租车，吃完肯定要开车走，可喝了酒让警察查出来怎么办啊？

吃完饭，几个朋友钻进大平的车，让他开车回家，大平为难起来，说：“不行啊，我喝了酒，让交警用仪器一测，就完蛋了。”

几个朋友这会儿酒也醒了不少，其中一个一拍脑袋，竟想出一个主意：“我们坐在车上，你开慢点，等发现警察时，我们都下车推着车走，就说车里没油了，躲过警察就好了。”

事已至此，大平也只好这么做。可没开多远，忽然见前面警灯闪烁，大平连忙停下车，打开车门下车后，一手把着方向盘，一手使劲地推起车来，几个朋友也跳下车，一起在后面推车。很快，几个警察拦住了车，问：“怎么回事？怎么推车？”

大平心里有鬼，见到警察很紧张，脸上汗流个不止，却又故作镇定地说：“车里没油了，只能推。”

警察没再问什么，却对大平的驾驶证、行车证、身份证查验得很仔细，最后手一挥，说：“走吧，没你们的事了。”

大平抹了一把脸上的汗，问：“你们这是在查什么啊？”

警察解释说：“我们是刑警，刚才有人报警车辆被盗，我们在这里设卡查车，抓盗车贼。”

原来是这么回事，大平长吁了一口气，真是虚惊一场。大平和几个朋友又上了车，继续开车前行。

真是一波未平，一波又起，这车子没跑几步，大平发现前面又有警灯闪烁。大平忙不迭地又停下车，跟几个朋友推着车走。很快，他们又被警察挥手拦下，大平吓得腿肚子直哆嗦，虚汗冒个不停，心想：刚才是刑警，这回肯定是交警，看来今天是插翅难逃了。不过，他还是装作很镇定的样子，跟朋友把车推到警察跟前。警察检查后，挥挥手又让他走了。原来这拨是经警，他们路上设卡是在追查一个闻讯逃跑的贪官。

大平抹了一把脸上的汗，跳上车愣怔了半晌才发动汽车，气呼呼地说：“今天真是撞了鬼，警察扎堆上路。”

这真是说什么就来什么，大平刚

开了一会儿车，前面第三次有警灯闪烁，大平更慌了，前面已经遇到两拨警察了，这第三拨肯定是交警。大平忙把车停了下来，叫朋友继续推车。大家已经连着推了几次车，个个累得够呛，忍不住叫起来：“真是酒没喝过瘾，车倒推上了瘾，越推越来劲。”

大平连忙劝朋友：“大家都忍着点，等躲过交警，我开车多跑点路，给你们兜风解闷。”

几个人一边吭哧吭哧地推着车往前走，一边提心吊胆地朝前面瞅。谁知，当他们汗流浃背地推着车，来到警灯闪烁的地方一看，顿时怔住了，原来路边停了一辆抛锚的货车，几个人正忙着检修。

大平怒气冲冲地吼道：“一辆破车，弄个警灯闪个鬼啊，吓死我们啦！”

货车司机一本正经地回敬道：“夜间抛锚修车要设临时的警灯，这是交通规则。”

大平真是哭笑不得，只得和几个朋友上了车，继续往前开。不料，刚跑了几里路，忽然从一旁冲出几个警察，冲着大平叫道：“停车！接受酒后驾驶检查！”

大平顿时傻眼了，脸上汗如雨下，刚才推着车走了那么远的路，到头来还是没能躲过交警。大平哆嗦着把车停了下来，摇下车窗，交警把测酒仪伸到大平嘴边，说“车里这么大酒味，肯定是酒后驾驶。告诉你们，就是刚才前面的刑警、经警查车时，发现有几个酒气熏天的人推车上路，知道一定是酒后驾驶，这才通知我们专门在这里设卡查车的。”

听到这里，大平顿时像泄了气的皮球，心想：看来今天算是栽定了，他呆呆地往测酒仪里吹了口气。

交警一看，却瞪大了眼睛，说：“怎么可能？这么大酒味，仪表指针怎么连动也不动？你再吹，使劲吹，别跟我耍滑头啊。”

大平只得垂头丧气地按交警的话去做，结果一连吹了好多口气，测酒仪指针还是一动不动。

交警又是气愤，又是纳闷地追问道：“你自己说清楚，今晚你喝酒没有？你是用什么法子让测酒仪失灵的？告诉你，故意让测酒仪失灵，比酒后驾驶性质更恶劣，后果更严重！”

大平一听这话害怕了，他想了一下明白了，战战兢兢地求饶道：“警察同志，我……我确实喝了……不过我发誓就几杯啤酒！刚才因为推了几次车，又见了几拨警察，酒精早化成汗水蒸发没了，你看，这次能不能不罚……”

交警听了，狠狠瞪了大平一眼，说：“酒后驾车，不论多少，都属违章，都得罚款！”

（题图、插图：魏忠善）

每个人都有点嗜好，不过，内容不一，轻重不同。有的嗜好讲出来就是一串串故事……

还差这一口

□宾　炜

这天，小镇上发生了一起命案。有个叫阿大的男人，与一个外乡人发生了争执，混乱中阿大失手杀死了外乡人，然后逃跑了。派出所马所长立即带领干警展开追捕，镇上也组织了几百号人在附近的山区搜寻。可搜了两天两夜，连人影也没见着。

第三天，马所长和两个干警四处发动群众寻找线索。在一座山脚下，住着一个年过半百的老汉，叫老李。马所长给他看了阿大的照片，让他看见这个人千万要报案。老李点点头。

马所长他们正要离开，一直沉默的老李忽然开口说道："马所长，明天下午你再来吧，不过你只能一个人来，也不要穿这身衣服。"

马所长一听，眼睛一亮，觉得他这话里头大有文章，忙问他为什么。老李抽着水烟筒，缓缓说道："你要是信我，就来；要是不信，就算了。"

马所长曾帮助老李解决过困难，他知道，这老头性情有点古怪，但绝对不是个随口胡说的人。他估计，老李叫他明天来，肯定跟阿大有关系。

第二天下午，马所长按照老李的要求，换上了便装，一个人来到了老李家。下了车一瞧，只见老李正在杀狗。见了他，老李抬头笑着招呼："马所长啊，你先进屋歇着，锅里有茶，等我弄好这东西，咱们边炖狗肉边说。"

马所长一愣："你叫我来，难道就是请我吃狗肉？"老李呵呵一笑："现

在天气凉了，正是吃狗肉的好时候。”

马所长有点生气了，你这不是添乱吗？我现在哪还有闲心吃狗肉？他作势要走，老李头也不抬，淡淡地抛过来一句：“你还想不想抓阿大？”

马所长嘿嘿一笑：“我就知道，你肯定有阿大的情报。”老李说：“你想抓阿大，就得在我这儿吃狗肉。”

马所长耐着性子进屋坐下，看着老李手脚利索地把狗肉弄干净，然后在屋子中间的火塘生起火，在上面吊着一口大铁锅，装上满满一锅狗肉。

不一会儿，锅里开始翻滚，狗肉味飘了出来，天也开始暗了下来。两人围着火塘坐下，马所长还是忍不住了，问：“老李，你有什么话还是先说吧，吃狗肉能吃出阿大来吗？”

老李慢吞吞地抽足了烟，说：“马所长，你得先答应我两件事：第一，天亮前你不能离开我家；第二，天亮前不许打电话。你要是能做到，我保证你明天能把阿大带回去。”

马所长想了想，答应了。老李拿来三只碗，在他们面前各摆了一只，把第三只碗摆在两人中间，然后都倒满了酒。马所长心中一动：“还有人来？”老李点点头，说：“这只碗是阿大的。”

马所长差点跳起来，不敢相信地瞪着他。老李慢悠悠地说：“马所长，你别紧张，你虽然一个人，可你带有真家伙，难道还怕阿大吗？放心吧，到时候他敢反抗，我也会帮你的。”

“你是说……”马所长惊讶极了，“阿大会来这儿吃狗肉？”

老李搂着水烟筒，冲他一笑：“一会儿就到。”他告诉马所长，这二十多年来，他和阿大是最要好的朋友，两个人经常你来我往地喝酒吃肉。老李家有一条老狗，就在上个月，他们就定好了今天吃这条狗，没想到还差几天，阿大就闯祸了。

马所长听罢，更觉得不可思议：阿大杀了人，躲都来不及，哪还有心思来赴这狗肉宴？老李一笑，说：“你不了解他，这人视狗肉如命。二十多年前，他老婆要生孩子了，他去请接生婆，到了那儿一看，人家正在炖狗肉，他立马把老婆的事丢一边去。人家一叫他，他就坐上去，一直吃到天亮，他才记起自己来干什么的。接生婆赶去一看，老婆的尸体都凉了。”

马所长听得目瞪口呆，想象不到这世上还有这样贪吃的人。老李接着说，阿大虽然贪吃，但也是个敢做敢当的人，他之所以千方百计地躲到今天，就是为了来吃这顿狗肉。老李叫马所长一个人来，而且不穿警服，是希望马所长能让阿大好好地吃完这顿狗肉，也算尽了他这个朋友最后的情义。

马所长仍然有点不敢相信，阿大真的会来赴宴吗？

两人又静等了一会儿，突然外面

响起了脚步声。接着，门被轻轻地推开了，一个人影闪了进来。马所长一看，正是在照片上见过的阿大。

老李招手道："来得正好，狗肉刚炖好，快坐下。"说着一指马所长，"这是我一个老表，今天刚好碰上了。"

只见阿大蓬头垢面，身上满是泥巴草屑。他一进屋，两眼就像饿狼般直盯着那口锅，鼻子不停地吸气。听完老李的话，他连看也不看马所长一眼，径直扑到火塘前，拿起勺子，舀起满满一勺狗汤，也不管那狗汤有多烫，咂巴着嘴就喝了下去。

一连喝了三勺狗汤，阿大才把勺

子放下，坐了下来，咂巴咂巴嘴巴，说道："味道还没完全出来。"接着掉头望向老李，"好像少了甘草。"

老李点头说是。阿大就从怀里掏出一个小纸包，得意地一笑："还好我带了一包狗料。"说罢，摊开小纸包，从中挑出几根甘草，扔进了锅里。

此时，马所长的心一阵狂跳，想不到这家伙竟然真来了。他下意识地把手伸向腰间，却见老李冲他使眼色。马所长这才记起答应老李的事，他既不能在天亮前抓阿大，也不能打电话通知增援，事到如今，只能随机应变了。

三个人开始开怀畅饮。那阿大大口吃肉，大口喝汤，别提多快活，完全不像一个背负杀人命案的逃犯。

吃到夜里十二点，酒壶见底了。阿大想都不想，抓起酒壶站起来，说"我去打酒，你们等我一会儿哦！"

马所长条件反射似的跳起来，一手抓住阿大的肩膀说："我去我去。"

阿大扭着肩膀嚷"你是客人，让你打酒，像什么话？"

马所长还想去抢酒壶，老李却过来拉住他，冲他连使眼色："让他去吧，历来都是他打酒的。"

马所长一犹豫，阿大早已大步走出门外，一眨眼就走远了。

老李拉着马所长，把他按回到位子上，说："你就放心等着吧，他一会儿就回来了。"

说是这样说，马所长仍是感到后悔了。他觉得自己这么做简直太冒险了，或许阿大已经看穿了他的身份，借打酒的机会跑了呢？想着想着，他不禁冒出一层冷汗。

老李说买酒的地方在三里外，半小时足够了。马所长坐立不安，半小时很快过去了，可阿大并没有回来。马所长拿着手电筒，站在门口不停地往小路上照，却始终不见阿大回来。

老李却仍然稳坐钓鱼台，一副优哉游哉的模样，冲他笑道："放心吧，我敢用人头担保他会回来的。"

马所长心里急出了火，恨恨地说："你说得轻松，他要是真跑了呢？"说罢，忽然看见自己衣服底下露出一截手铐，脑袋不由得轰一声响：完了，肯定刚才没注意，让阿大发现他藏着手铐了。

老李也吃了一惊，低头想了想，沉吟道："就算他知道你是警察，那也不用担心，如果我猜得没错，他应当还会回来的……"

"如果你算错了呢？"马所长没好气地一声大喝，掉头冲了出去，准备去追阿大。没想到才跑几步，却听见远远的有脚步声往这里走来。

马所长喜出望外，迎上去一看，正是阿大。阿大笑道："你怎么跑出来了？等急了吧？"

马所长心想，不能再错过机会了，就想立即进行抓捕。没想到，阿大却抢先说道："警察同志，咱们回去接着再喝。"马所长大吃一惊，阿大果然看穿了他的身份。

两人回到屋内，重新坐了下来。阿大神色自若，给三只空碗倒满了酒。马所长忍不住问："你既然知道我是警察，怎么又回来了？也好，这样我算你投案自首。"

阿大叹了口气说："我本来是想趁机逃跑的。我已经跑到半山了，后来想想不对，又折回来打了酒，这才回来迟了。"

马所长好奇地问："是什么不对？"

阿大说："我还有一样东西没吃呢！"说罢，转头问老李，"是你藏起来了吧？"

老李呵呵一笑，起身拿了一块肉过来，扔进了锅里。阿大抄起筷子，在锅里东捞西捞，把刚扔下锅的那块肉夹起来。马所长一瞧，原来是狗鞭。

只见阿大直愣愣地望着狗鞭，边摇头边叹气道："唉，这东西害死人哪！我一想起还没吃到这玩意儿，就这么跑了，明天一定会后悔得跳河。算了，最多就是少活几天。"

马所长听罢，禁不住一拍大腿：怪不得老李这么胸有成竹，原来他早就想到这一招，把狗鞭藏了起来，就等于给阿大的鼻子穿了个圈，线在这头捏着，不怕他不回来啊！

（**题图、插图**：魏忠善）

·中国新传说·

老虎屁股也能摸

□韩文萍

今年是虎年，有一家动物园居然推出了一个别出心裁的游戏项目：摸老虎屁股。消息一出，立刻吸引了很多游客，也由此引发了一连串的事情。

市财政局的张局长今年四十八岁，这天是他的本命年生日，众人都来贺寿。张局长身材魁梧，长得胖乎乎的，局里的王科长借机恭维他身子骨硬朗。谁知张局长叹了一口气说：“我那硬朗都是表面的，其实我的腿脚早就快不行了！”原来张局长早年上山下乡吃了不少苦，落下了风寒腿，一遇到变天就疼得受不了。

这时，王科长忙建议道：“您何不去动物园摸摸老虎屁股？听说老虎屁股摸一摸，虎虎生威百病消，尤其是对于本命年的人效果更好！”

见张局长疑惑的样子，王科长忙补充道：“我儿子今年十二岁，也属虎，年前咳了快一百天，看了多少医生都没止住，自从那天摸完老虎屁股回来后就好了，您说神不神？”

张局长一听这话，顿时来了兴趣。王科长见状忙说道：“动物园李园长是我朋友，我这就给他打个电话，吃完饭咱们就去！”说着立马给李园长打起电话来。张局长这才安心地坐下吃饭。

这顿寿宴足足吃了三个多小时。吃完饭，张局长就带着一行人浩浩荡荡地杀到了动物园。

这会儿已是下午四点半，动物园里游人已基本散去，驯兽员小吴正准

备带老虎去吃饭。突然，李园长急冲冲地跑过来说：“小吴，张局长他们已经到了，喂饭的事情缓一缓！”小吴只好停了下来。

十分钟后，一行人声势浩大地走了过来，他们中很多人都只听说过这个游戏，也没亲自体验过，所以一走过来就好奇地把那只老虎团团围了起来。张局长在王科长的指引下，小心翼翼地走到老虎身后，轻轻碰了一下老虎的屁股，就赶紧把手缩了回来。

李园长在一旁鼓励道：“张局长，您别害怕，驯兽员在旁边，您就大胆地摸它一下，保管您来年虎骨龙筋，浑身舒畅！”

张局长看了看李园长，又看了看王科长，终于壮着胆子走过去，结结实实地在那只老虎的屁股上摸了一把！

“好！”周围的人一齐鼓起掌来，发出一阵阵叫好声。

王科长为了逗张局长开心，又在一旁鼓动道：“好事成双，张局长，您老再来一下！”

张局长闻听此言，马上伸出手，又准备去摸一下那只老虎的屁股，意想不到的事发生了。这只又饥又渴疲惫了一天的老虎终于发飙了，它猛地撅起屁股，摇起尾巴，狠狠地扇了张局长一个大嘴巴！

此时，空气一下子凝固了，接着就是一阵手忙脚乱和大呼小叫，好在那只老虎的头被固定住了，所以尾巴上使出的力也不是很大，张局长的脸部只是受了点皮外伤而已。不过这一巴掌虽然打在张局长的脸上，却痛在他的心上：自己堂堂一个局长居然被一只畜生扇了嘴巴，这种事情若传出去，我的官威何在？这之后，一连几天，张局长都虎着一张脸。

王科长见此情景，简直把肠子都悔青了，谁让自己当初想出这么个馊点子啊！如今局长的面子没了，自己的前途不也就没了吗？不过最害怕的还是李园长，市里给动物园的财政拨款年年都在缩水，老虎都快没肉吃了，他这才想出让人摸老虎屁股这个馊点子，就是想挣点外快给员工发奖金。没想到现在把张局长给得罪了，想必今年的财政拨款更难到位了，这不是要愁死人吗？

第二天，李园长就拎着东西到王科长家讨教脱身良方。王科长没事惹来一身骚，正在气头上，所以一见李园长，就气呼呼地把他教训了一顿，说他治园无方。李园长哆哆嗦嗦地说：“这也不能全怪我们！”原来那天老虎之所以会发威，主要原因有两个：一是张局长来得太晚，正是老虎的吃饭时间，老虎饿着肚子，自然容易发飙；二是旁边围观的那些官员齐声拍掌叫好，他们声音太响，干扰了驯兽员的口令，老虎当然不服管教！

王科长生气地说道：“你的意思是张局长被打是咎由自取？”

李园长见状，只好放下身段，请求王科长务必给他指条明路，把这道坎给迈过去！

王科长觉得此事自己也难脱干系，他低头沉思了一会儿说：“办法倒也不是没有，就看你肯不肯做！”他觉得，要想挽回张局长的面子，总得给他一个台阶下才行，老虎是没法惩罚了，毕竟是国家级保护动物，不如就把那个驯兽员小吴给开了，再由动物园拿一笔钱出来作为“医药费”补偿给张局长，这样或许能让张局长消消气。

李园长一听这话，顿时傻了眼，说：“小吴是我们动物园的资深驯兽员，平时工作兢兢业业，从没犯过任何错，平白无故地开除人家怎么说得过去啊？再说开除了他，那几只老虎咋办呀，它们可只听他一个人的话！”

王科长有点火了，硬邦邦地甩出一句话：“主意我已经给你出了，孰轻孰重你就自己看着办吧！”

李园长沮丧地回了家。等了一个月，财政拨款没下来，又等了一个月，还是没有下来。到了第三个月，驯兽员小吴来到园长办公室焦急地说，如果老虎再没有肉吃，他就管不了了。

李园长见小吴已把话说到这个份上了，这才吞吞吐吐地把王科长的意思对他说了。

小吴养老虎七八年了，对这些老虎的感情很深，一听说要开除自己，就如万箭穿心般难受，他低头沉思了一会儿，突然抬头对李园长说道：“要挽回张局长的面子，还有更好的方法……”他把嘴凑到李园长耳边如此这般地说了一番，李园长听后疑惑地问道：“这能行吗？”

小吴拍着胸脯说道：“如果这样还不能让张局长解气，到时候我就卷铺盖走人，绝无二话！”

李园长这才将信将疑地点点头说道：“好吧，我就再给你一个月时间。”

一个月后，王科长来到张局长跟前，指着自己的脑袋

说："局长大人，这回我能用我的人头保证，今天一定能给您带来一个意外的惊喜。"张局长这才点头同意，跟着他来到了动物园旁新装修的一间足浴房。

张局长换好衣服后，按摩师拿出一块香艳的丝巾，要把张局长的眼睛给蒙起来，张局长奇怪地问道："没听说按摩还要蒙眼睛啊？"王科长忙哄他道："局长大人，为了这个意外的惊喜，您就迁就一下吧！"

张局长笑着骂了他一句，就乖乖地把眼睛给蒙了起来。不一会儿，张局长感觉到按摩师轻手轻脚地走了过来。还别说，这个按摩师的手法跟一般的还真不一样，一双柔弱无骨的手在张局长的脚底轻柔地抚来抚去，就像一个美女在用舌头给他挠痒痒一样，不过美女的舌头可没有这样的力道，也不会这样舒服！说它像一把柔软的毛刷子吧，也不对，谁见过这么厚实又这么柔软的刷子呢？真是此挠只应天上有，人间哪得几回闻！

张局长正飘飘欲仙地享受着这难得的惊喜，眼睛上的那块丝巾突然滑落了一点下来，他不经意地瞟了一眼正在给自己按摩的那位高手，谁知不看不打紧，这一看差点把张局长吓个半死，原来乖乖趴在地上给他按摩脚的居然是那只老虎，怪不得感觉那么软又那么有力，那是老虎的舌头！

张局长一把扯下了丝巾，只见王科长、李园长、小吴和那只老虎都一溜烟趴在自己脚下。见他扯下了丝巾，王科长马上用手势示意他不要紧张，放松下来。张局长低头一看，发现那只老虎竟乖巧得像一只温顺的小猫一样，小吴轻轻摸它一下，它就轻轻舔一下张局长的脚，那样子哪像一只百兽之王，简直就是一个忠实的奴仆！

为了让张局长放心，王科长还指了指躲在帘幕后面的一名荷枪实弹的警卫，意思是如果这只老虎再敢随意发飙，他们就会毫不客气地用麻醉枪击晕它！

张局长这才松了一口气，他轻轻挪了挪屁股，感觉自己仿佛是一个坐在虎皮椅上的大王一般，三个月前被这只老虎扇了一巴掌的不快顿时烟消云散！王科长和李园长相视一笑，两人总算都舒了一口气！

一个星期后，上级领导突然把一张报纸拍在张局长面前说道："瞧瞧你干的好事，真是腐败透顶！"

张局长拿起报纸一看，不禁倒吸了一口冷气，原来那天他坐在椅子上安然接受老虎足浴的照片，已经登上了省报的头条，新闻标题是《且看官威如何猛于虎》。

当张局长被纪检部门双规时，王科长哆哆嗦嗦地对他说道："对不起，我让报社把这张照片登出来，真的只是想帮您挽回面子……"

（**题图**、**插图**：刘斌昆）

· 中国新传说 ·

别和陌生人秒杀

□邓解华

眼下，网络上出现了一种火爆的竞拍方式，叫“秒杀”。通常是由网络卖家发布一些超低价格的商品，所有买家在同一时间上网抢购，商品往往在几秒钟之内就被抢购一空。这“秒杀”秒得好，就赚到了；秒得不好，可就会惹出大麻烦……

姜小丽就是个“秒杀”高手，经常在网上秒杀购物。这天，她刚打开电脑，就发现自己的QQ闪个不停。她点开一看，只见上面写着：小小丽人，你好！我知道你是个秒杀高手，特来拜访。今天中午十二点，盐江公司有个竞拍活动，不知你有没有兴趣？

小小丽人是姜小丽的网名，而发这个消息的人网名叫康康开开。姜小丽想不起这个康康开开是谁，不过，人家既然发消息来邀请自己去秒杀，姜小丽还是爽快地答应了。

十二点不到，姜小丽进入了盐江公司的网页。今天要拍卖的是一把金陵折扇，从画面上看，这只是一把普通的折扇。不过姜小丽玩秒杀，只是追求那瞬间的刺激，而不是想在网上淘到价值连城的宝贝。

和往常一样，姜小丽没费多大劲就把扇子“秒”到手了。在这过程中，并没有人和她争抢，更没有看到那个叫康康开开的。

这小子是什么意思，发消息来邀请，自己却当起了缩头乌龟。还没等姜小丽琢磨明白，快递公司的人已经把扇子送来了。

姜小丽从包裹内取出折扇，不禁大吃一惊：这是一把做工精致的湘妃竹扇，和网页上显示的效果完全不同。此扇选用天然的湘妃竹制作而成，花纹精美，底色清爽，扇面光滑细腻，衔接处天衣无缝，特别是扇骨下部还镶嵌着天然玳瑁。姜小丽的丈夫陈光平是平江小学的副校长，平时喜欢收藏各类古玩书画，姜小丽耳濡目染，对这些古玩多少有所了解。她断定，这绝不是一把普通的折扇。

以往，姜小丽在网上秒杀的都是些小玩意儿，这么珍贵的东西她还是第一次碰到。此刻，姜小丽的心里反倒有种不安的感觉：那个康康开开究竟是谁？他为什么要把这么好的消息透露给自己？那个盐江公司为什么要把这么珍贵的东西放在网上拍卖？

晚上，姜小丽忧心忡忡地拿出扇子让丈夫陈光平鉴别。陈光平接过扇子，小心翼翼地翻看起来，没过多久他便皱起眉头说：“这是赝品，真正的老骨湘妃竹扇是罕见的珍品，岂能拿到网上拍卖？”

听说是赝品，姜小丽的心头反而松了一口气，她冲老公耸耸肩说：“那真是太遗憾了！”

不料，陈光平语气一转，说：“虽说是个仿制品，却做得很逼真，放在家里倒也是一件不错的藏品。如果老婆大人肯割爱的话，那就让我来替你保管吧。”姜小丽知道老公这点嗜好，想都没想就答应了。

原以为这只是一次偶然事件，没想到一个月后，那个康康开开突然又冒出来了。他对姜小丽说，今天下午两点钟，盐江公司要拍卖一对景德镇瓷瓶，希望姜小丽不要错失良机。这回姜小丽多了个心眼，她说如果这次她赢了，希望能和康康开开见个面，否则她就放弃抢拍。康康开开顿了顿，答应了。

很快，姜小丽就顺利抢到了这对景德镇瓷瓶。然而，当姜小丽打开快递公司送来的包裹时，又被里面的东西惊得目瞪口呆：这是一对宋代的青花瓷瓶，市场价不低于三十万，难道这又是……

姜小丽的心怦怦直跳，难道自己真的被财神爷盯上了？她想起了康康开开，马上打开QQ找他，对方答应和姜小丽见个面。

第二天上午，姜小丽按照约定时间来到了公园门口。只见一个身材魁梧的男人站在门口，手里拿着《网络指南》。这是他们的联络暗号，姜小丽见了，便大大方方地迎了上去。

来人正是康康开开。经过一番交谈，姜小丽得知他的真名叫路慷慨，是盐江公司的业务员。姜小丽好奇地问路慷慨，为什么会找她去秒杀？路慷慨脸上微微红了一下，然后腼腆地道出了原委。

原来，念大学时，路慷慨暗恋班上的一位漂亮女同学，当他毕业后想向对方表白时，女同学已经准备出国了，但他始终对女孩念念不忘。后来，他进了盐江公司做业务员，老板见他对古玩颇有研究，同时为了扩大公司的影响，就经常让他去古玩市场淘一些精美的仿制品放在网上拍卖。有一次，路慷慨无意中在网上看到了姜小丽的相片，那双大大的眼睛像极了他暗恋多年的女同学，这才找上她。

听到这里，姜小丽被感动了。想不到这么个五大三粗的男人，内心竟然如此细腻。从此以后，姜小丽更加关心起盐江公司的网页了，只要一有机会，她总能捷足先登。短短几个月，她已经抢购到十来件宝贝了。

这天，姜小丽在路上碰到了丈夫中学时的班主任刘老师。刘老师对古玩字画也颇有研究，是这方面的专家。姜小丽把刘老师请到家里，拿出那些宝贝，得意地让刘老师鉴别。刘老师从口袋里掏出显微镜，一件一件仔细观察，足足看了半个多小时，这才放下显微镜，兴奋地说："小丽啊，你发财啦！这些东西样样货真价实，光那对青花瓷瓶和那把湘妃竹扇就值好几十万。"

姜小丽惊呆了，望着刘老师半天没回过神来："这不是赝品？"

刘老师摇摇头，说"这怎么会是赝品？我看过这么多古董，还从来没看走过眼。"

刘老师走后，姜小丽心里隐隐有种不祥的感觉，她想等老公回来后合计合计，看是把东西退回去呢，还是另作其他处理。可傍晚时分，老公却忽然打电话来说，他临时要去外地出差，要一个星期后才能回家。

第二天，姜小丽匆匆来到了盐江公司，她想找到路慷慨，把东西还给他，可公司居然大门紧闭。姜小丽只好无奈地回家，不料，刚走进小区，就被等候已久的刘老师叫住了。刘老师一脸的焦急，拍拍手里的报纸说："你说的那个盐江公司，昨天出事了。他们公司给平江小学造的教室楼，还没完工，墙就塌了，现在老板都被抓起来了。”

姜小丽听了，大吃一惊，赶紧接过报纸一看，只见报纸的头版头条就是盐江公司的倒楼新闻，旁边还配了一张盐江公司老板被押的照片。姜小丽一看照片，差点没晕过去，老板不是别人，正是她要找的路慷慨。直到这时，姜小丽才如梦初醒，看来路慷慨之前说的都是鬼话，她真的被人利用了。

很快，一辆警车开到了姜小丽的家门口，几名警察把姜小丽之前拍到的那些古董全都没收了，随后把姜小丽带到了公安局。在公安局里，姜小丽终于知道了事情的真相。

原来，路慷慨找到陈光平，要他把平江小学的建校工程承包给盐江公司，并许诺事成后送他几件古董。陈光平考虑再三，想出了这个秒杀计划：他知道妻子经常在网上秒杀购物，于是化名康康开开，和妻子约好。然后再叫路慷慨以搞活动的名义，把古董放在网上，如果被别人抢到了，就送一些仿制品；如果被妻子抢到了，送的便是货真价实的古玩。那次妻子要和他见面，他只好让路慷慨代他去，还编了一段感人的爱情故事，感动了妻子……

姜小丽失魂落魄地回到家里，打开电脑，只见屏幕右下角的QQ正闪个不停。她有气无力地点开一看，竟然是康康开开在呼唤她：老婆，千万记住，不要再和陌生人秒杀！再看日期，正好是平江小学墙倒的那天……

（**题图、插图**：张恩卫）

·本刊信息传真·

2010“我的暑假”征文、摄影比赛

故事中国网(www.storychina.cn)推出2010“我的暑假”征文、摄影比赛，让你的这个暑假更加精彩，让你的快乐和记忆被更多人来分享！

“我的暑假”征文：记叙任何关于暑假的人和事，无论是学生、成人，都可以有自己的暑假。作品必须原创，文体、字数不限，参加对象不限。

“我的暑假”摄影：记录暑假生活、活动、所见所闻的照片，请附带说明照片的拍摄地点，并对内容做简单介绍，必须本人拍摄，形式、数量不限。

投稿方式：1.登录故事中国网；2.将文章或照片发送到 storychina@sina.com。征稿截止时间：2010年9月15日。最终结果将由《故事会》编辑部、故事中国网编辑部、特邀评委参考网友意见共同评出。征文奖励：一等奖1名，颁发获奖证书，奖金500元。二等奖2名，颁发获奖证书，奖励价值100元的图书。摄影奖励：金奖1名，颁发获奖证书，奖励价值500元的图书；银奖2名，颁发获奖证书，奖励价值100元的图书。两项比赛另设优胜奖若干名，更多详情请登录故事中国网了解。

绝密核桃

□曲凡杰

这一年，慈禧太后带着光绪皇帝去西狩打猎。不料，在行进途中，御前侍卫竟然把慈禧太后的梳妆台弄翻了，把里面的两个绝密核桃给弄丢了！这事非同小可，追究起来是要杀头的。

说起来，这慈禧太后的梳妆台必定价值连城，一路上，用黄油布罩着，由十几名侍卫兵丁轮换着抬。兵丁们个个小心翼翼，倍加呵护，生怕磕着碰着。

这一日，队伍走到一条小河旁。河面上有一座简易木桥，能过马也能过车，如果有序通行，倒也不会出什么问题。可大家心里都明白，这次所谓打猎西狩，是说得好听，说得不好听，叫溃逃。就在前几天，八国联军攻陷了北京城，如果追上来，自己才是人家的猎物呢！所以等慈禧太后、光绪皇帝以及大臣们过桥以后，后面就乱了秩序，拥着挤着，那桥不堪重负，突然塌了。

抬梳妆台的兵丁气得跺脚骂娘，如果不是害怕挤坏了这东西，自己不也早过去了？管理这些兵丁的贝子

爷，三十来岁，名叫萨勃哈，是个六品侍卫。这萨勃哈忠于皇室，遇事果敢，对兵丁们吼道："看什么看，没有桥也要赶路，快下水！"

那是八月的天气，水不算凉，河不宽，也不深。兵丁们正打算脱鞋下水，萨勃哈又吼道："如果是行军打仗，还怕湿了鞋袜吗？"说完，自己也不脱鞋袜，率先下了河。

兵丁们只好跟着下了河。眼见就快到对岸了，有个兵丁却踩到了一块光滑的鹅卵石，脚下一滑，突然蹲坐在了水里。另外三个人猝不及防，肩上失去平衡，身子一扭，那梳妆台便掉进了水里。

萨勃哈大惊失色，抢步上前扶起梳妆台，又双手齐下，麻利地抓起了两个滑脱的小抽屉。虽然下手及时，可抽屉里已经空无一物。

出了这样的严重事故，萨勃哈不免胆战心惊，急忙策马追上慈禧太后身边的一个管事大太监，磕头请罪，汇报事情经过，最后战战兢兢地问："梳妆台里的两个小抽屉都是空的，不知道可有什么物件遗失？"大太监瞪他一眼，让他先回河边呆着，他过去问问再答复。

不一会儿，就有一个小太监来到河边，告诉萨勃哈，说这段时期情况特殊，梳妆台里的梳子、香粉、胭脂等物品，慈禧太后每天早上用过之后，都由贴身侍女另外收藏保管。

萨勃哈松了一口气："这就好，这就好。可吓死我了。"

不料话音未落，那小太监却说："不过，那抽屉装有两个核桃，现在还在吗？"

萨勃哈摇摇头："什么核桃？是老太后爱吃的零食吗？没看见啊。"

小太监没有接他的话茬，而是代表后宫发布命令："马上把丢失的核桃找回来！"

把丢失的核桃找回来？萨勃哈听着淙淙水声，暗自皱了一下眉头：这里已经进入太行山区，沟沟岔岔里长了不少核桃树。既然老太后喜欢拿核桃当零食，我们自己掏钱给老太后买一些不行吗？

可是还没等他开口，有个兵丁就小声嘟哝："什么核桃，那样金贵？这掉河里了，怎么打捞！"

小太监耳尖，竟然听到了，厉声喝道："快闭上你的臭嘴！什么核桃？那是朝廷的绝密，就是挖地三尺也必须找回来！我还要告诉你们，那核桃也是应该另外收藏单独保管的，只是因为侍女的疏忽，今天早上才把它落在了梳妆台的抽屉里。而那个粗心的侍女，刚才已经被就地正法了！如果找不到那两个核桃，你们这些抬梳妆台的，同样也要被砍头！"

这就是说，那两个核桃是大清的绝密物件，也许里面藏有中兴大清的良策，或者赶走八国联军的妙计。不管怎么说，那核桃对于我大清帝国肯定异常重要。萨勃哈深感自己罪孽深重，更觉得重任在肩。没说的，抓紧时间寻找那两个绝密核桃。

可是，要找到那两个核桃谈何容易！水虽不深，河床上却有不少乱石；河虽不宽，水面上却漂浮了一些柴草。那核桃入水以后半漂半沉，这会儿落在了哪里，如何寻找打捞？萨勃哈皱了一阵眉头，终于想出了一个主意：筑坝断水，然后顺着河床向下寻找。

于是，萨勃哈立刻招来百余军民，拆了附近几间民房，把那木料砖瓦土坯什么的，一股脑儿地都填进河里，然后挑土压实。不到半晌工夫，就筑起一道土坝，把那小河拦腰截断了。坝下的水越来越少，很快断流见底。萨勃哈就派兵丁沿着河底细细搜寻。那个小太监则扯着娘娘腔在岸上咋呼：“如果找不到那两个核桃，你们就别打算上来！”

大家都知道那核桃是与自己的脑袋紧密相连的，谁也不敢掉以轻心，二十几个人排成一排，膀挨膀肩并肩，跪着爬着，一寸一寸向前寻找。真是天无绝人之路，挨到太阳落山，竟然先后把两个核桃给找了出来！

那两个核桃果然不是凡品，都是眼珠子大小，表皮虽有凸有凹，摸上去却似婴儿皮肤一样细腻光滑。这精致异常的核桃，肯定来历不凡，贵重无比，难怪宫里会下了必须找到的死命令。

不料那小太监却说：“别高兴得太早，待我拿回去让里面验看了再说。”

参与打捞的兵丁们又一次把心提到了嗓子眼。眼见日已西沉，如果这两个核桃是赝品的话，可不就要了大家的命！

还好，那核桃经慈禧太后的贴身侍女验看以后，确认就是梳妆台里遗落的那两

个核桃。萨勃哈这才长吁一口气，庆幸核桃没有丢失，大清机密没有外泄，自己也没有成为千古罪人。至于拆毁的几间民房、筑坝取土挖坏的一些农田，与大清绝密相比，又算得了什么呢？些许损失，就由地方官员自行解决吧。那被砍了脑袋的侍女，实在是罪有应得，自己找死不说，还险些连累了我们。

两个多月后，大队人马终于到达了西安。慈禧太后住进行宫以后，就对有功人员进行赏赐。萨勃哈因为寻找绝密核桃有功，慈禧太后就把自己身边一个年龄稍长的侍女赏给他做了小妾。

新婚之夜，萨勃哈顾不得温存，就好奇地问小妾："咱们做了夫妻，就不是外人了。你能不能告诉我，那梳妆台里的核桃，到底金贵在哪里？叫我们好一阵寻找，至今想起来还心有余悸！"

小妾笑吟吟地纠正他："那不叫核桃，那叫粉楦！"

萨勃哈闹不明白，明明是核桃嘛，怎么又叫粉楦？

小妾解释说："原来是叫核桃，表皮有凸有凹，沟棱硌人。但是进入后宫以后，我们这帮侍女就拿它在我们的胸乳上轮流反复打磨。也不记得经过多少时日，直到把它的棱角磨平，磨得圆润光滑。这时候它就不叫核桃，而成了粉楦。"

萨勃哈还是不解："你们这些侍女吃饱了没事干啊？打磨那玩意儿有什么用？就是想给核桃改一个名字吗？"

侍女叹口气说："你当我们皮肉发痒，没事找事啊？慈禧太后进入晚年以后，人老了，两腮就瘪了下去，涂脂抹粉的时候，脸上就不容易抹均匀。因此，每天早晨化妆的时候，必须把那两个粉楦含在口里，把两边的腮帮子像楦鞋一样楦起来，脂粉才能涂得均匀。西狩路上你们竟然把粉楦给弄丢了，连累我们一个姐妹把小命也给丢了。多亏你们后来又找到了那两个粉楦，不然的话，你就没有了今天这洞房花烛夜。"

听到这里，萨勃哈松开了小妾，再没有了洞房花烛夜的激动和兴致，只在心里长叹一声：大清不亡，天理难容！

（题图、插图：黄全昌）

您手中有没有得意之作？本刊辟有二十多个原创性栏目，如中国新传说、我的故事、情感故事、16岁故事、海外故事和中篇故事等；您读到或听到什么有趣事可以和大家一起分享吗？3分钟典藏故事、开卷故事、微博故事、第一推荐、外国文学故事鉴赏和快乐辞典等都是本刊推荐性栏目。热忱欢迎来稿，可从邮局寄发，也可从网上传递。邮寄地址：上海绍兴路74号《故事会》杂志社，邮编：200020；如为电子邮件，本期责任编辑信箱：zhong98305@sina.com。

本故事根据法国作家马赛尔·埃梅小说《执达员》改编。

三进天堂

□孙洪鹏 改编

马利科尔是法国一座小城里的一名执达员，他的任务就是收租收税。马利科尔工作认真，恪尽职守，但他的心脏不太好，生气上火的时候容易犯病。

这天，马利科尔为大房产主乔治林收房租时，和人动了肝火，当天夜里心脏病发作死了。

死后的马利科尔立刻被带到了圣彼得面前。圣彼得是天庭的初审法官，见马利科尔来了，态度很冷淡地说："马利科尔，你认为你能升天堂，还是下地狱？"

马利科尔答道："当然升天堂！"

圣彼得傲慢地问："为什么？"

马利科尔为自己辩护说："我工作向来以秉公执法、铁面无私而著称，一直受到雇主们的赞许，年年得到上级的嘉奖，没做过任何坏事，并且天天按时做弥撒，我这样的人不上天堂，还有谁能上天堂？"

"是吗？"圣彼得冷笑一声，命人抬来一只巨大的木桶，说，"这是随你一同升上天来的，你知道里面装的是什么吗？"

马利科尔看到里面好像装满了水，但不知道是什么。

圣彼得严厉地说"告诉你，里面装的全是孤儿寡母的眼泪。这都是你逼出来的辛酸泪水！"

马利科尔却坦然地说："没错，即使是孤儿寡母，如果不如数缴租纳税，家也照样要被查抄。查抄谁的家，谁就痛哭流涕。但是没办法，我必须秉公办事，难道欠钱不缴、不依法纳税就对吗？"

见马利科尔如此心安理得，圣彼得不由得心头火起，命令天使们将马利科尔打入地狱，用烈火烧，再用孤儿寡母的泪水浇他的伤口，让他的烧伤永世不愈！

天使们立即扑上去。但马利科尔不服，他要向天主上诉。圣彼得虽然怒不可遏，也得照章办事，允许上诉。天主说到就到，他由雷霆开道，踏着祥云而来。

万能的天主自然什么都知道，他对圣彼得说："执达员查抄穷人的家，不过充当人类法律的工具，本身并不承担责任，他只能在内心可怜穷人。"

"问题就在这里，"圣彼得愤然说道，"这家伙对那些穷人毫无恻隐之心，刚才说起来还振振有词，恬不知耻到了极点。"

天主很公正，没有恻隐之心并不能算犯罪，圣彼得的判决未免有些草率，他便让马利科尔谈谈做了哪些善事。这是进天堂的条件，不只是没有罪就行了，最主要的是要有善行。

马利科尔想了想说："十五年前，有一回我做完弥撒，从教堂出来，给了一个穷人十苏钱。"

"确有此事！"圣彼得提醒说，"不过，那是一枚假钱。"

"不管真假，"马利科尔说，"反正那个穷人买到了面包。"

天主又问道："你主动行善，就这些吗？"

马利科尔沮丧地说："唉，我主，我实在记不清了，有道是，左手给出去的，右手就会忘记。"

万能的天主不由笑了笑说道："就你的德行，还不够上天堂的资格。当然，你下地狱，也不太公正。我只好让你还阳，接着干你执达员的工作。这回可别再错过机会啦，尽量行善积德吧。去吧，机不可失，珍惜对你的宽限。"

当马利科尔醒来时，妻子正趴在他身上号啕大哭，见他醒来，妻子不免有些惊慌失措。马利科尔立即明白了怎么回事，他告诉妻子自己到天庭走了一遭，然后又回来了。别的话也没多说，他就和往常一样上班去了。

路上，马利科尔一直想着天主的嘱咐，如何行善积德，拯救自己的灵魂。来到办公室，马利科尔看到给他当了三十年文书的布里松，便灵光一现，对老文书说："布里松，从这个月开始，我每个月给你增加五十法郎。"布里松简直不敢相信自己的耳朵。

接着，马利科尔从壁橱里拿出一本新本子，在第一页画上一条垂直线，分成两栏，在左栏写着"恶行"，在右栏写着"善行"。然后，在善行栏里，他写道：我主动给老文书布里松加薪，每月增加五十法郎，按说，他是不配的。

刚写完，大房产主乔治林来了，

有些房客还是交不上房租，所以来请马利科尔去交涉。马利科尔念念不忘上天堂的事，一改往日雷厉风行的作风，反过来替那些贫困户说话，请求乔治林同意让那些贫困户缓交房租。乔治林第一次听他这么说，诧异极了，但坚决不同意。

马利科尔只好跟着乔治林去履行他的职责，心想乔治林没经历过天庭审判，不知道上天堂之乐、下地狱之苦，到时候有他好看的，自己可要行善积德。

回到家里，马利科尔一见到女仆梅拉妮，就说道："梅拉妮，我每月给你增加十五法郎。"还没等梅拉妮反应过来，他便从身上拿出那本本子，在善行栏里写道："我主动给家里的女佣人梅拉妮每月加薪十五法郎。按说，她是不配的。"

不到一天，马利科尔就在本子上记下了十二件善事。花了六百法郎，一件恶行都没有。他给自己立了一条规定，平均每天必做十二件善事。几个月下来，马利科尔声名鹊起。社会各界都称他是一位大善人。当然，钱也施舍了不少。可是妻子却越来越忍受不了他，有一天，终于爆发了："你不是真正的行善，而是在买天堂的位置。你大把大把地扔钱，却舍不得多给我一枚硬币，可见你这人是多么自私自利。"这句话揭了马利科尔的老底，堵得他一口气没上来，又死了。

死去的马利科尔又被带到圣彼得的初审法庭。圣彼得依然冷冰冰地宣判：打入地狱！马利科尔当然不服，他拿出随身携带的本子让圣彼得看，难道自己这么多的善行，还不能上天堂？

圣彼得瞧都不瞧一眼，这家伙的一举一动他当然清清楚楚，马利科尔又向天主上诉。天主应诉而到，听完马利科尔的诉说，依然和蔼地说"马利科尔，我的话，其实你妻子已经说了，在这个问题上，东方有位智者早就说过，知善而为善，实为不善。当然，毕竟你做的是善事，客观效果是好的。为了让你明白做真善的道理，也为了让你实现上天堂的愿望，那么再为你破一次例，再给你一次还阳的机会吧！"

两个天使过来，架起马利科尔扔下天庭。

马利科尔大叫一声醒过来，见妻子哭得比前一次更悲伤。妻子后悔自己气死了他，见他醒来，妻子一再地向他道歉。此时，马利科尔如梦初醒，他反过来感谢妻子，让自己真正懂得了其中的真理。

马利科尔依然干他的执达员，依然行善，但再也不往那本本子上记什么善行了。

这天，马利科尔有一种莫名的烦躁，便到街上走走。他信步走到一个贫民区的小巷，这是乔治林的产业。这时，他听到一个孩子的哭声，循声找去，他发现在一栋破旧的楼房里，有一个瘦弱的女人和一个小女孩。那小女孩穿着单薄的衣服，冻得直哭。女人踩着一架老式缝纫机，在做衣服。以往他看到这种情况，会扔下一点钱走人。可是今天，他心里感到特别难受，不知怎么办才好。

那女人见马利科尔来了，以为是来收房租的，不免有些紧张，当得知马利科尔只是随便走走，这才放松下来。两人刚聊了几句，又有人敲门，女人赶忙出去，只听门外一个声音大吼大叫道："怎么样？今天是最后的期限，再不缴租，你们娘俩就搬走吧。"

显然，这是大房产主乔治林的声音，而女人则苦苦哀求他再宽限几天。可是乔治林的声音更大更决绝了："不行，要么马上就给我滚出去！可怜你们，我吃什么呀！"他的吼声把女人的孩子吓得哇哇大哭。

这时，马利科尔想都没想，猛地冲出去，对着乔治林大喊道："出去，你给我出去！"

乔治林给弄蒙了，马利科尔本来是帮他的，现在却反过来了。他朝马利科尔喊道："你昏头了，我是房东啊！"

马利科尔也不知哪来那么大的怒气，冲向乔治林，一把把他摔出门去，嘴里喊着："你这个黑心鬼，你给我出去！"

乔治林怒不可遏，拔出手枪，对准马利科尔就是一枪，马利科尔立即倒了下去，死了。

很快，马利科尔第三次被带到了天庭，天主正好也在那里。

"哦，"天主说，"咱们这位执达员又回来了，他在世上表现得怎么样啊？"

圣彼得微笑着说："这回表现得还可以，他为一个贫苦女子挺身而出，勇敢地反抗残暴，仅这一举动，就可以让他升天堂！"

天主点了点头。

于是，圣彼得命令天使们演奏迎宾曲，马利科尔在悠扬的仙乐声中，头上顶着光环进了天堂。

（**题图**、**插图**：谢 颖）

手机的秘密

□翟德军

大海和阿秀是半路夫妻，两个人都有过痛苦的婚姻史，所以很珍惜这份迟来的幸福。但婚后不久，阿秀就发现了一个潜在的危机。

大海有个女儿叫小静，是个90后小女生，自从阿秀进门后，她始终绷着一张小脸，从来没有笑过。阿秀心里清楚，她这是在和自己较劲呢！

这天，阿秀外出办事回到单位，保安在大门口拦住她，说：“刚才你出去的时候，你女儿来找过你了，这孩子可真逗！”

阿秀忙问怎么了。保安笑着说：“你那个女儿，我问她找谁，你猜她怎么说？”

阿秀一惊：“肯定说我坏话了。”

保安摇摇头：“坏话倒是没说，她说：‘我找我老爸的老婆’，就是不说你的名字，搞得我向全单位的人请教，才弄清是你。”

阿秀一听气坏了，小静这是故意找茬来的。

下班回到家，阿秀打算找小静算账，可小静还没放学，她把怒气都撒到了大海头上。大海好说歹说，这事算是暂时压下了。

几天之后，是小静的生日。大海从外面捧回一束鲜花，让阿秀给小静送过去，阿秀一扭脸：“凭什么让我给她送花？”

大海赔着笑脸说：“就凭你是她的长辈，你先表个姿态，我保证小静

会转变态度的。”

阿秀心软了:“你真能保证吗?”大海拍了拍胸脯。

阿秀点点头,说:“那好,怎么说我也是当妈的,我先表个态。”说完,就出去了,过了一个多小时才回来,手里捧着一个精致的盒子。大海接过一看,是一部最新款的品牌手机,阿秀说打算送给小静当生日礼物。

于是,大海和阿秀一起走进了小静的房间。小静正在看书,大海把花插到小静床头的花瓶里,高兴地对她说:“乖女儿,今天你过生日,我和你妈想表示一下,咱们一家三口一起出去吃顿饭吧。到时候,你妈还有份神秘大礼送给你,你一定会喜欢的。”

谁知,小静连头也不抬,淡淡地说:“吃饭,还是你们两个人去吧,我可不想当‘电灯泡’。”

阿秀听了,心里很不是滋味,但她还是拿出了那部新手机,递到小静的面前,说:“小静,饭可以不吃,生日礼物,你得收下吧?”

小静这才抬起头,接过手机时,眼神里分明露出了惊喜,但嘴上还是不饶人:“手机我先收下了,但是有句话我不得不说,手机可以山寨,感情可不能山寨哟。”

阿秀一听,心里更不是滋味了,这手机并不山寨,小静分明是说,自己和大海的感情太山寨,看来和小静的矛盾,这才只是个开头。

果不其然,几天后,阿秀的几个好姐妹来阿秀家做客。几个女人叽叽喳喳谈得正欢,小静突然从里屋走了出来,见了这些阿姨,主动打起了招呼。

一开始,阿秀还挺意外挺高兴的,觉得在姐妹们面前很有面子,刚想说几句好话,却听小静问道:“各位阿姨,你们看我的衣服漂亮不?”

阿秀仔细一看,小静身上的衣服,正是自己刚买回来的新衣服,这是她准备第二天集体外出旅游时穿的。无奈之下,阿秀只好违心地说:“这是我专门给你买的,能不漂亮吗?”

第二天,阿秀只能穿着旧衣服去旅游。回来后,阿秀越想越生气,姐妹们都穿新衣服去了,就她穿得不漂亮,这都怪小静。她咽不下这口气,决定让小静也尝尝难堪的滋味。

阿秀找出一身压箱底的旧衣服,弄得脏乎乎的穿在身上,独自去了小静的学校,找到小静的班主任。阿秀对班主任说:“我们家小静忘带午饭钱了,麻烦老师转交一下。”说着,拿出两枚硬币,交到了老师手里。

晚上吃饭时,阿秀发现小静的脸色有点不对,估计小静在学校里受了刺激,在老师同学面前很没面子,阿秀很是得意,等着看小静的反应。

不料,小静吃着吃着,突然笑出了声:“呵呵,今天真是太有意思了,意外啊！”阿秀警惕地看着小静，等着她的下文。

小静顿了顿，说：“今天上午，咱们家里有位家庭成员，好心给我送饭钱，就因为这两块钱，让我平生第一次受到了老师的表扬，还赏了我一张荣誉证书。”说着，拿出一张大红证书，上面写着“勤俭标兵”四个大字。

小静得意地继续说道：“我们老师说了，我这个有钱人家的孩子，午饭不到校外的饭店去吃，而是去吃街边两元钱的菜饭，还让家里的保姆送钱过来。虽然保姆打车远远不止这点钱，但这是一种精神，值得大家学习和发扬。”

阿秀听到“保姆”两个字，心一下子被刺痛了，心想：一定是小静在老师面前装富，说自己是家里的保姆。阿秀强压怒火，她放下碗筷，跑进了里屋。大海跟了进来，阿秀委屈地说：“你也看到了，这个家……我是呆不下去了，我不想做你们家的保姆。”

说着，阿秀开始收拾东西，大海极力挽留，但阿秀去意已决，甩手出了门。大海突然想起了那部手机，跑到小静的房里，拿着追了出去。

阿秀执意不肯拿：“送出去的东西，我怎么能再拿回来？”

大海诚恳地说：“你拿着吧，我想，可能小静以为这手机是我花钱买的，才这么对你。”

阿秀一想也有可能，处在青春期的孩子，谁能猜出她的心思呢？如果自己不拿走，反倒证明了这手机不是自己送的，枉费了自己一片好意。阿秀叹了口气，无奈地接过手机，头也不回地走了。

看着阿秀远去的背影，大海无力地垂下了头，心想，也许他们俩此生就这么错过了。

大海回了家，躲在屋里闷闷不乐。过了一会儿，门突然开了，站在门外的居然是阿秀。阿秀一脸的笑意，进了门放下包，说：“我决定不走

了。”

大海一头的雾水：“想通了？真的不走了？”

阿秀点点头，笑着说“真的不走了，再也不走了，这里永远是我的家！”

大海虽然心有疑虑，但一时之间乐坏了，也就没有再多问。

从此，阿秀仿佛变成了另外一个人，她不但对大海好，而且对小静更是特别悉心地照顾，每天为小静准备好吃的穿的，还自学了营养配餐，对小静一口一个女儿，那亲热劲儿，绝不亚于亲妈。

可小静还是从前的小静，仍然用那种口气说话，经常指责阿秀，两个人还是常常吵嘴，但阿秀全然不放在心上，习惯了这剃头挑子一头热的生活。

这天，小静又在对阿秀大呼小叫，一旁的大海看不下去了，他拉住阿秀的手，万分歉意地说：“阿秀，是我让你受委屈了，小静她不该这样对你。”

阿秀一笑说：“这有什么委屈的，这很正常啊！还记得吗？她跟老师说，我是家里的保姆。前几天，我去过她的学校了，班主任说，我给她送钱，她很感动，根本就没有保姆一说，那证书也是她自己做的。可回到家里，她却对我说出了那番话，为什么呢？因为她是90后，如果她不跟父母吵嘴，不抢我的衣服，不绕弯子说话，做错事不往我们身上推，那才是不正常的。小静这样对我，正是把我当成了亲人，才向我撒娇的呀！”

大海还是觉得不可思议，忍不住试探着问：“可你态度转变得太快了，该不会是有什么把柄在小静手里吧？”

阿秀不好意思地笑了：“你猜对了，还真有一件事，让我茅塞顿开！不过不是什么把柄，而是那部手机。那天我离开这个家，刚出门不久，就发现小静手机里的一个秘密。”

大海好奇地问：“什么秘密？”

阿秀让大海把小静的手机拿过来，然后拿出自己的电话，拨通了小静的手机。

大海一看来电显示，顿时就明白了，在那部手机的通讯录里，小静把阿秀的姓名设置为：妈妈。

（**题图、插图**：谭海彦）

秘密

有个女人生病去世了，留下了丈夫和一岁多的女儿妞妞。妞妞经常问爸爸：“妈妈什么时候回来？”爸爸总是说：“妈妈去很远很远的地方出差了。”就这样，妞妞长到了六岁。

这一年，丈夫遇上了一个好女人，他笑着对妞妞说：“妞妞，妈妈就要回来了。你还能想起妈妈的样子吗？”妞妞歪着脑袋，想了很久，摇摇头。丈夫有些心疼，又有些欣慰，妞妞毕竟还是个孩子。

这时，女人进了屋，她冲妞妞张开双臂，招呼她过来。妞妞呆呆地站着，表情有些拘谨。丈夫说：“妞妞，不认识妈妈了吗？快叫妈妈啊！”妞妞看了一眼爸爸，冲上前去，叫了声“妈妈”。

吃过午饭，女人跟着妞妞去她的房间。妞妞突然说：“我知道你不是我妈妈！”女人愣住了。

妞妞认真地说：“妈妈已经死了。前几天奶奶跟爷爷说的时候，我听到了。只有爷爷奶奶，加上我，知道妈妈死了。可是别人包括爸爸，都还以为她在很远很远的地方出差。”听到这里，女人已经哽咽得说不出话来。

妞妞拉过女人的手，勾着她的小指，说：“这是咱们之间的秘密，千万不能让我爸爸知道。如果他知道了，他会很伤心的！”

此时，丈夫正站在门口，他咬着嘴唇，静静地听着，脸上早已亮晶晶的一片。

生活有时很残酷，但美好纯真的童心足以让我们很温暖。

（**作者**：周海亮；**推荐者**：秋　树）

战胜了命运的爱

这天夜里发生了一场车祸，五个小时后才被人发觉。此时幸存的只有两个人：一名妇女紧紧地搂着一个孩子，看上去是一对母子。妇女已经昏迷不醒，左侧的衣服被血湿透，孩子的脑袋被一条布包着，血早已凝结。

经过抢救，母子二人都活了下来。那位母亲的左肺被切除了一大半，且多根肋骨骨折，其中一根已经刺穿了左肺，胸腔大量积血。医生说，她能坚持到现在是个奇迹。

更令人惊奇的事还在后面。那位妇女苏醒后告诉医生：被救的男孩并不是她的儿子！

原来车子在半夜翻下几十米的深沟，当她醒来时，看到车上十几个人，只有她和一对母子还活着。那位母亲把孩子紧紧抱在怀里，自己深受重伤，她努力把孩子推到妇女跟前，说一定要把孩子带出去，然后就断了气。

这位妇女喘不上气来，也不敢动弹。但一想到那位母亲哀求的眼神，她就感到了自己的责任。她费力地扯下一块布条，艰难地爬到孩子身边，把孩子流血的头包起来。她几次昏死过去，又被孩子的哭声弄醒。为了孩子，为了那位母亲的嘱托，她不敢闭上眼睛，只是把孩子紧紧搂在怀里，直到有人来救他们。

大家说，没有这位妇女，孩子也许不会活下来。妇女说，没有这个孩子，没有孩子母亲的嘱托，没有自己的责任心，自己也许早就死了。

战胜了命运的爱，是在这个孩子身上延续的两份母爱。

（**作者**：雪冷肌香；**推荐者**：顾　真）

催债的妙招

老孙开了家饭店。他性格豪爽，经常有朋友欠下饭钱，他也不计较。可时间一长，他有点吃不消了，朋友给他出主意：“你在店门口贴个告示，就说小本经营，资金困难，请欠钱者十日内结清欠款。”

第二天，老孙贴了告示，可收回的钱还不够零头。老孙又伤起了脑筋……

一个星期后，朋友路过老孙的饭店，只见门口又贴了一个告示，这次老孙竟然把欠债的人名、欠款数额都写在上面。朋友赶紧找到老孙：“你这样要得罪多少人啊！”

老孙冲朋友神秘一笑：“哥们，我这可是一妙招，我这欠款收得差不多了！”朋友一头雾水：“什么妙招？”

老孙偷笑道：“告示上这些人名都是假的！欠债的人一看没自己的名字，还以为我故意给他们留面子，赶紧就把钱还给我了！”

不要忽视生活中的每一个小智慧，这些小智慧会给你带来大财富。

（**作者**：张承永；**推荐者**：王晓燕）

（**本栏插图**：安玉民　梁　丽）

永远的贵宾

□季 明

苏琪是一家美容中心的老板，她给自己的店起了个既漂亮又富有诗意的店名，叫“爱婉婷”。

这天，苏琪坐在店里，透过玻璃门，看见一个四十多岁的男人，在门前徘徊了一会儿，停下来仔细看贴在墙上的广告，那是一张关于她的店办理会员卡和优惠活动的海报。

看了一会儿海报，男人犹豫了一下，推开门走了进来。苏琪迎上前去，说“先生，您好，请问有什么事吗？”

男人的脸稍稍红了一下，有些不好意思地说：“哦……我想……给我的妻子办一张美容会员卡。”

苏琪急忙来到电脑前，把一张空白会员卡塞进卡槽，问清他妻子的姓名后，开始操作。男人犹豫了一下，问：“请问最短的会员卡期限是多长？有没有三个月的？”苏琪告诉他，一般是一年，最短的是半年。

男人“哦”了一声，说：“那就办一张半年的。”

苏琪微笑着说“那好，半年的美容卡，各项费用一共是三千元。”

男人交了钱，接过会员卡，小心翼翼地装进口袋里，走了几步，忽然又折回来，对苏琪说“你……能帮我保守一个秘密吗？”

苏琪不解地望着他，男人从口袋里掏出一瓶不知名的护肤霜，对苏琪说“如果我妻子来这里做美容，你就说你们正在搞促销活动，刚巧我在你们店里买了这瓶护肤霜，就中奖了，那张会员卡是免费的，行吗？”

苏琪奇怪地问：“为什么这样说？”

男人长叹一声，告诉苏琪：他每次与妻子散步经过“爱婉婷”时，妻

子都会不由自主地停下脚步，朝里面张望。他知道妻子爱美，但家里经济困难，还欠了许多外债，自己这才想瞒着妻子，偷偷给她办张美容卡，如果妻子知道这是花钱办的，肯定死活也不来做美容。

听了这些，苏琪非常感动，说：“你这么爱自己的妻子，真是个好丈夫！我一定帮你保守秘密。”说完，在那张会员卡上作了个标记。男人这才放心地走了。

第二天，一个女人走进了“爱婉婷”，在前台出示了会员卡。苏琪接过来一看，正是昨天那个男人办的那张。苏琪抬起头，仔细打量了一下这个女人，四十多岁，身材瘦弱，脸色蜡黄，神情憔悴，一副饱经风霜的样子，但不难看出，这个女人的容貌曾经是十分美丽的。

女人问苏琪：“听我丈夫说，这张卡是他在你们这里购物时得到的奖品，是吗？”

苏琪急忙说：“是呀，太太，您太幸运啦，可以持这张卡，在我们中心免费做半年的美容！”

女人脸上露出高兴的笑容，又问：“那……这张卡值多少钱？”

苏琪微笑着说：“三千元。”

女人一听，猛地愣住了，满脸都是惊讶的神情。犹豫了半晌，女人忽然不好意思地说：“这么贵啊！我不想做美容了，请问……能把它折成现金吗？”

苏琪摇摇头，笑着说：“不可以。太太，我劝你还是做做美容吧，我保证你做完从我们中心回去，你先生肯定认不出你了，肯定会把他迷得神魂颠倒啊！”

女人想了想，只好同意去做美容。苏琪给她安排了一个叫小月的美容师。

小月让女人躺在美容床上，她在女人的脸上抹上美容液，一边熟练地做着面部护理，一边与女人交谈：“太太，您是第一次来‘爱婉婷’做美容吧？”女人点点头。

接下来，小月便向女人介绍中心的服务项目，说这里除了美容，还有美体，比如美腿、美腰、美腹、美乳等等。介绍完之后，小月看看女人有些扁平的胸部，问：“太太，您知道女性最美丽最动人的地方是哪儿吗？”

女人茫然地看看小月，摇摇头。小月说：“是乳房啊！”

女人一听，身体微微颤抖了一下，小月没有在意，继续笑嘻嘻地说：“不是有这么句话吗？一双饱满诱人的乳房，会让女性更有女人味！”

女人的身体又猛地颤抖了一下，小月仍然没在意，继续说：“我们中心的美乳项目非常好，经常做做乳房护理，不仅能有效防止下垂变形，还能让乳房更加白皙坚挺，富有弹性，同时也能减少患乳腺病的几率……”

听到这里，女人的身体再次剧烈地颤抖了一下，她猛地坐起来，一把扯掉盖在身上的被单，抓起一条毛巾，飞快地擦干脸上的美容液，愤怒地冲小月吼了一声："这美容，我不做了！"然后拿起自己的东西，怒气冲冲地走了。

小月呆呆地愣在那里，不知道自己在什么地方得罪了她。

苏琪闻讯，飞快地追了出去，但女人已经跑得没了踪影。她返回店里，批评了小月几句，让小月等客人下次再来时，向她道歉。可从那以后，女人再也没来过"爱婉婷"。在这期间，苏琪曾多次拨打男人当初办卡时留下的电话号码，却始终打不通。

一晃半年过去了。这天，苏琪坐在店里，忽然看见原先那个男人从门前经过，她赶紧跑了出去，叫住男人："先生，这么久了，咋没见您太太来做美容？"

男人的面容明显比半年前消瘦憔悴了许多，他看着苏琪，嘴张了张，却没说什么。

苏琪向男人鞠了个躬，说"一定是我们在什么地方得罪了您太太，对不起，我向你们道歉。"

男人摆摆手，说"这不怪你们，你们不知道，我妻子患了乳腺癌，做了双乳切除手术。手术后，她变得有些焦躁和敏感，最讨厌别人提到'乳房'这两个字……"原来，那天小月无意中的一席话，触动了妻子的伤痛之处，妻子赌气再也不来做美容了。男人知道妻子个性强、脾气倔，想慢慢劝解她，谁知没过多久，妻子的病情进一步恶化，卧床不起了。

苏琪一下子明白了，又鞠了个躬，连声道歉"既然她不愿意到这里来，这样，为了表示我真诚的歉意，我们愿意上门服务，为她做美容。"

男人神情黯然地说"不用了，她已经去世了……"

一听这话，苏琪愣在那里，好半天才缓过神来，说："那么，请您把那张会员卡给我，我们退款。"

男人摇摇头说"也不用了，我已经把那张卡放在了妻子的骨灰盒里，让美容永远陪伴着她。"男人告诉苏琪：半年前妻子复查时，医生说她的病情恶化，最多只能活三个月，为了不让妻子带着遗憾离去，于是，他就给妻子办了那张美容卡。

听到这里，苏琪禁不住流下了眼泪，她转身跑进店里，拿出一张贵宾卡，写上男人妻子的名字，在使用期限一栏填上：永远。

苏琪又拿出三千元钱，退还给男人，然后举着那张贵宾卡，说"明天，我们想去您太太的墓地，把这张卡献给她，并告诉她，她是我们'爱婉婷'的贵宾，永远的贵宾！"

（题图：张恩卫）

·海外故事·

生死游戏

□梁胜洁

约翰最近失业了，手头拮据，欠了银行一大笔债。这天，约翰在酒吧遇上了昔日的拍档保罗。他一身西装革履，看样子混得很不错。

保罗递给约翰一杯威士忌，关切地问："伙计，最近还好吧？"

"糟糕透了！"约翰摇摇头，抓起威士忌，一饮而尽，然后诉说了近况。

保罗耸耸肩，同情地说"我开了一间侦探所，最近接到个活儿，只要你愿意干，就可以得到一笔钱。"约翰不禁喜出望外，问是什么活儿。

保罗把约翰带到一个僻静处，小声说道："我们只需要去银行家史密夫的家中，偷一封私人信件出来。事成后，你就能得到一笔钱。"

约翰有点泄气了，这史密夫在城中是有身份有地位的人，要去他家中偷东西，谈何容易？

保罗看穿了约翰的心事，安慰道："伙计，你不用担心，一切都计划好了，事情会非常顺利。"保罗说，他以公司有大额存款为由，被史密夫邀请前去洽谈。保罗还拿出一千美元定金递给约翰，说等事情办好，约翰还可以得到四千美元。约翰犹豫了一下，还是接下了任务。

第二天，保罗开车载着约翰来到了史密夫在郊外的豪华别墅。史密夫把两人请到客厅，谈起了业务。

这时，约翰按照原计划，借口去洗手间，然后潜入二楼一间杂物房。保罗告诉过他，杂物房桌子上有一个盒子，里面放的就是史密夫的私人信件。约翰飞快地揭开桌上的盒子，然而，盒子里并没有任何信件，而是放着一条闪烁的钻石项链。

就在约翰不知所措时，门外传来一个冷冷的声音："放下我的宝贝！"

约翰一惊，回头一看，只见史密夫握着手枪站在门外，他吹了一下口哨，身边立刻闪出几个大汉，用绳子把约翰绑了个结实。约翰慌忙解释道：“史密夫先生，这完全是一场误会……”

史密夫伸手指了指屋顶的监控器，冷笑道：“约翰先生，你不用解释了，我不妨告诉你，其实是我和保罗诱骗你来犯罪的。你的偷窃过程，已经被摄像机记录下来了。”

约翰一怔，这才意识到这是一个圈套，他气急败坏地叫道：“保罗，你快滚出来说清楚！”

“他拿着支票走了。”史密夫笑了笑，对手下命令道，“押他去农场！”

很快，约翰被押到了史密夫的农场，他看见里面停着很多名贵汽车，不少绅士派头的人正在一间屋子旁热烈地交谈着，一见约翰进来，他们都兴高采烈地拍着手掌，吹着口哨，好像这里即将举行一个盛大的派对。

约翰心里一沉，类似的场合他并不陌生。约翰昔日的职业是打地下黑拳，保罗是他的经纪人。每每激战前夕，观众总是疯狂地鼓掌、吹口哨。有一次，约翰遭到对手重拳击打，鼻子和下巴都被打碎了，幸好警察及时赶来。那次失利之后，约翰的妻子离开了他，而约翰也下定决心离开了这个圈子。这些日子，他一直十分想念妻子，回想起以前和妻子一起去动物园的美好情景，他不禁悔不当初。

约翰冲着史密夫怒目而视，吼道：“你到底想干什么？”

史密夫冷笑着说：“约翰先生，我又给你找到一个表演的机会了。”

“不、不，我早不打拳了。”约翰愤怒地叫着。可史密夫无动于衷，他让手下把约翰带到屋子里面。只见宽敞的屋子中央有个大铁笼，四周有一排座位，显然铁笼就是擂台。

史密夫走到约翰跟前说：“约翰先生，现在给你个机会做选择：一是承认盗窃我的财物，这样我会把你送进监狱；二是答应为我打一场拳击比赛，我可以不追究你盗窃我的财物。”

“你休想要我选择什么！”约翰愤怒地说，“告诉你，我绝对不会为你打拳！我会把你卑鄙的行径公布出去！”

史密夫哈哈大笑道：“约翰先生，我尊重你才想听听你的选择，其实你根本没得选择。好了，现在我为你选择了一场精彩的拳击比赛！”说完，他挥了挥手，几个大汉上前把约翰关进了铁笼里，然后隔着铁栏，用刀划开了约翰身上的绳子。

约翰用力摇着铁栏，在铁笼里咆哮着，史密夫得意地笑了笑，让手下把外面的客人带进来。很快，客人们鱼贯而入，饶有兴致地看着约翰在笼内挣扎。

不一会儿，一辆吊车开进来，铁

钩上挂了一个大铁笼。笼内是一头成年的野猪，獠牙锋利，目露凶光。客人们很兴奋，掌声及口哨声此起彼伏。笼子内的约翰愤怒无比，他怎么也想不到，史密夫竟如此狠毒，要他和一头野兽比赛。

两个铁笼并列一起后，史密夫的手下用电焊机，把两个铁笼各割开了几条铁枝，以便形成一个通道，供“表演者”通行。

客人们都盯着两个铁笼子，双眼放光。他们和史密夫一样，有地位有身份，却偏偏喜欢这种残酷的游戏，以另类的折磨他人的方式为乐。

笼内的野猪显然饿极了，龇牙咧嘴，躁动不安。史密夫的手下丢了一小块肉到约翰的笼内，并示意野猪去攻击对手。野猪獠牙一扬，猛地狂奔过去，恨不得一下就把猎物撕碎。

约翰大惊，忙敏捷地闪到一边。野猪扑了个空，由于蛮力过大，半个脑袋竟夹在两根铁枝当中，一时之间挣脱不了，气急败坏地嗷嗷直叫。

客人们一片哗然。约翰不失时机，上前左脚一蹬，用力压着一根铁枝，不给野猪逃脱的机会；右脚则大力扫踢它的胯下，一下、两下、三下……很快野猪就不再动弹了。

史密夫走到铁笼边，微笑着说：“恭喜你，约翰先生，你赢了第一场比赛！”约翰啐了他一口，史密夫不以为然地嘱咐手下：“给约翰先生安排第二场比赛。”

过了一会儿，又一辆吊车开了进来，钩上挂着的铁笼被黑布罩着，显得很神秘。这时，约翰突然看见保罗就站在不远处，他愤怒地摇着铁笼。

吊车把第二个铁笼放下后，史密夫兴奋地宣布：“各位先生女士，伟大的时刻到来了，我们的约翰先生即将挑战最强劲的对手！”说着，一把揭开铁笼上的黑布。

客人们一看，顿时爆发出更狂热的掌声和口哨声。约翰则大吃一惊，那边笼内赫然是一头健壮的美洲棕熊。他熟悉这种大家伙，性凶擅斗，力大无穷，即便轻轻挥出一掌，也能把人的脑袋拍碎。

新的铁笼又并列在一起，史密夫

的手下割开铁枝，形成比赛通道。三个铁笼一个挨一个，像一辆死亡列车，人兽搏斗即将在里面上演。

史密夫的手下用棍子拨弄了几下棕熊，它便被激怒了，低吼了一声，慢吞吞地朝约翰那个铁笼钻过去。

面对这个庞然大物，约翰似乎胆怯了，一步步往后退，退到了另一个铁笼。棕熊并不急于攻击对手，它喷着热乎乎的气体，慢腾腾地跟着约翰。约翰在铁笼内转了一圈，又转回了中间那个铁笼。

这时，观众中有人发出讥笑声，约翰愤怒地瞟了一眼笼外，便停住脚步，把身体贴在铁笼上，一副视死如归的模样。棕熊呼哧呼哧走到约翰跟前，虎视眈眈地盯着他。

约翰也盯着它，接着用手比划着笼角的那头死野猪，嘴里念念有词，好像在和棕熊交谈。

棕熊看看约翰，又看看死野猪，似乎在思索什么。突然，约翰跺了几下脚，指着笼子一边，叫道："东尼，用力！"这次棕熊终于听懂了，大吼一声，震得屋内嗡嗡作响。随后，它用笨重的身体猛地撞向铁笼。巨大的冲力一下就把两个并列的铁笼分开了，约翰和棕熊一起从铁笼里走了出来。

众人都惊呆了。更糟糕的是，棕熊冲着客人们不停地咆哮，野性大发。史密夫几个手下冲上前想拦住棕熊，却被它一一挥掌击毙。客人们惊恐不已，争先恐后地往外跑，屋子里乱成一团。

史密夫回过神来，从腰间拔出手枪。说时迟、那时快，约翰捡起半截铁枝，一扬手掷了过去。铁枝刚好打中了史密夫的手腕，手枪掉在了地上。当史密夫弯下腰想捡起手枪时，一阵疾风扑来，棕熊的巨掌一下拍碎了他的脑壳。

这时，外面的保罗一见情况不妙，撒腿就跑，可没跑多远，就被约翰捉住，绑了起来。

棕熊老实地跟在约翰身后，保罗胆战心惊，结结巴巴地问："天啊，这、这是怎么了？"

约翰冷冷地说："它叫'东尼'，是我妻子养大的，她是一个动物学家。'东尼'一直呆在动物园，每年我都去看望它，我和它是好朋友。但没想到你们这么卑鄙，居然把它从动物园弄来干这些见不得人的勾当！"

保罗一听，又是意外又是绝望："天哪，我做梦也没想到这一点！"

"我也做梦都想不到！"约翰哼了一声，说，"你居然把我当野兽一样出卖了，'东尼'还懂得什么叫朋友情谊，可你呢？"说完，约翰拍了拍"东尼"，嘱咐道："把这个家伙看好，我找警察去。"然后扬长而去，只留下保罗绝望的呼叫声。

（**题图**、**插图**：佐　夫）

·阿P系列幽默故事·

阿P获奖

□张一伊

阿P最近又遇到了难事，他欠了别人三千块钱，人家来追债了。三千块是一笔巨款，阿P抓耳挠腮，只能采取以借还借的办法了。

阿P找到在县文化局上班的老同学老陈，老陈想了想，神秘地说：“老同学，不用我借，给你个机会争取！”

阿P两眼一亮：“咋争取法？”老陈说：“你不是喜欢舞文弄墨吗？现在机会来了。”

老陈告诉他，县里要搞一次征文大赛，凭阿P在全国获得过三等奖，在他们县拿个第一名，还不是十拿九稳的事！再说了，这次征文就由老陈负责组稿，也不怕被别人埋没了阿P的好稿。

阿P听罢，果然精神一振，这可真是天无绝人之路啊！他对自己还是相当自信的，不敢说稳拿第一，但获个奖应该是没问题的。

兴奋了片刻，阿P又不放心地问：“真的有那么多奖金？”

老陈哈哈大笑：“你就放心吧，经费是企业赞助的，已经到位了。我们领导表过态，说要重奖，一等奖至少这个数！”说着，夸张地伸出五个手指头，“五千！”

阿P吃了一惊，喉咙咕嘟响了两下，乖乖，五千块都赶上我的年终奖了。他沉默了半晌，突然一拍桌子：“五千块，老子拼了！”

当天晚上，阿P跑到附近熟悉的小店，赊了两条烟和一斤茶叶回来，把自己关在屋里，专心致志构思作品。

经过一个星期的酝酿和修改，阿P的作品终于出炉了。他自我感觉相当满意，又连看了几遍，这才给老陈

送去。

老陈看了看，连连惊叹："阿P，大手笔啊，这一等奖肯定是你的，跑不掉了！"

阿P暗自得意，回去后又赊了一只烤鸭犒劳自己。

半个月后，阿P终于等到了老陈的电话，果不其然，他的作品获得了唯一的一等奖。阿P还有点不敢相信，握着话筒颤抖着问："是真的吗？一等奖吗？五千块吗？"

"没错！"老陈在那头哈哈大笑，"老同学，就是你！五千块一分不少，我们还要开颁奖大会，领导还要亲自给你颁奖哩！"

听完电话，阿P脑子还有点晕乎乎的，愣了一会儿，他才像那个中举的范进一样，开怀大笑，手舞足蹈。

小兰回来后，两口子兴奋地商量起来。阿P自豪地说："五千块减去三千还给债主，还有两千，咱们也潇洒一回，拿出两百带孩子出去玩玩！"

小兰一脸仰慕地望着他，说："行，剩下的咱就存着。"阿P像个男人一样挺着腰，很豪气地说："存什么存！再拿五百，给你买衣服！"小兰感动得不得了，抱着阿P一个劲地掉眼泪。

第二天开始，阿P就一心一意地等着开颁奖会了。等了几天，不见动静，阿P按捺不住，打了个电话问老陈。老陈叫他别急，安心等候通知。

又过了十多天，阿P终于盼到了老陈的电话。谁知一听，却不是通知去领奖。老陈有点抱歉地告诉他，评奖方案作了一点改动，一等奖改为三千，依此类推。

阿P一听，心顿时往下一沉："怎么可以改了？"

老陈委屈地说："我又不是领导，领导让改，我能怎么办？"

阿P还是无法接受这个事实："领导就能随便改吗？"

"老同学……"老陈犹豫了一下，说，"我跟你说了也无妨，这次是几个领导去外地参观，有些账不好报，所以就在这里报了。"

放下电话，阿P的情绪一落千丈。两千块钱平白无故地不见了，这么一来，带孩子去玩和小兰的衣服也泡汤了。

小兰挺体贴阿P，安慰他："三千就三千吧，能还上债就不错了，反正这钱等于捡来的一样，有多少是多少。"

过了一个星期，阿P在街上碰见老陈，急忙拉住他，问到底什么时候开颁奖会。老陈无奈地说："时间还没定下来。"顿了顿，有点不好意思地说，"阿P啊，方案又变了。一等奖一千，二等奖五百……"

阿P大吃一惊，下意识地紧紧抓住老陈的双手，似乎钱是让老陈抢去了："我不同意！"

老陈哭笑不得，费了好大劲才摆脱阿P，无奈地说“我理解你的心情，可我无能为力啊！”

回去的路上，阿P失魂落魄地走着，回到家里一摸，头上撞了几个包。睡了一晚后，阿P又想通了：一千就一千吧，一千也不是个小数目，比小兰干一个月还多。

接下来的日子，阿P日盼夜盼地等着领奖，但通知迟迟不来，心情一天比一天焦虑。这还不算，更让他难受的是，小兰的态度一天天变了，看他的眼神从仰慕变成了怀疑，甚至还有点嘲讽鄙视的味道。

这天早上，小兰出去后，阿P打通了老陈的手机，有气无力地说：“你再不发奖金，我恐怕要疯了！”

老陈支支吾吾地说：“我正要跟你说呢……老同学，因为经费不够，所以领导决定取消奖金了……”

阿P听罢，一股寒气直从脚底蹿上来，手脚冰冷，连牙齿都冻得打了结：“什、什么……哦，不、不发钱了……”

晚上，阿P默默地躺在床上，脑子里翻来覆去地琢磨着：明明五千块钱，怎么就没了呢？

天亮后，阿P感觉脑袋胀胀的，像灌了一脑子糨糊。他晕乎乎地出了门，直奔县文化局。到了门口，他径直闯进一间办公室，看见里面几个人正谈笑风生。阿P大喝一声：“哪个是领导？”

一个白白嫩嫩的胖子站起来问：“你是谁？怎么一点都不懂规矩？”

“还我五千块！”阿P扑上去，一把揪住胖子，劈头盖脸地问，“说好了五千块奖金，你为什么不给？你有什么权力不给？你他妈说话不算数！”

胖子一张脸涨得通红，愤怒地拉开阿P的双手，咆哮道：“阿P同志，我宣布，取消你的获奖资格！”

阿P豁出去了，大喊：“老子取消你的领导资格！”正闹得不可开交时，老陈匆匆赶来了，一看大惊失色，扑上去搂住阿P：“阿P你疯了，你知道他是谁？你要是不想坐牢，就听我一句话！”

几个人连拖带拽，硬把阿P拖出了门外。一路上留下了阿P悲壮的呼喊：“胖子，你不还我五千块，老子跟

你没完！”

老陈不放心，亲自押着阿P坐上车，把他送回了家。临走时，老陈还叮嘱小兰，千万要看住阿P，别再让他闯祸了。

阿P在床上昏昏沉沉睡了一天，起来后一拍脑袋，感觉清醒了好多。在床上愣了几分钟，他猛地跳下床，抓起衣服就往外跑。小兰忙拦住他，问他上哪儿去。阿P说能上哪儿，跑路呗！那个领导我骂也骂了，揪也揪了，难道还留在这儿等人家抓我去坐牢呀？

正在这时，电话响了。阿P颤抖着手拿起一听，原来是老陈：“老同学，你那件事领导很大度，不追究了。奖呢，也不取消，你还是一等奖。不过，颁奖会开不成了，要作者到我们这儿来领证书。”

阿P冷冷地哼一声：“一本破证书，谁稀罕？我连全国的都有！”

老陈尴尬地笑了笑，说：“那随便你吧。”

阿P松了一口大气，小兰一看没事了，就去上班了。阿P在家里呆了半天，越想越郁闷，就出门透透气。刚走进一家商场，阿P就发现了一个熟悉的身影。这不是那个胖子嘛，也就是老陈的领导。

胖子旁边还有个女的，看来是他的老婆，正在买文胸，一买就是一大包。胖子掏钱付账，叮嘱营业员开个发票。营业员问：“写什么项目呢？”

胖子说：“奖品。”

听到这儿，阿P的心猛地一跳。第二天一早，他急忙跑去了文化局。老陈一见他，立刻站了起来：“阿P啊，我就知道你还是会来的。来来来，这是你的证书！”

老陈说着，埋着脑袋在抽屉里翻了半天，把阿P的证书找了出来，一本正经地说：“阿P同志，这是你努力的结果，希望你再接再厉！”

阿P接过一看，傻了，只有一张纸，连个封皮都没有。

老陈解释说：“是这样的，由于没有经费，所以这个封皮就由作者自己处理了。”

阿P捧着那张纸，眼巴巴地望着老陈。老陈愣了一下，把他拉了出去，悄悄说道：“老同学，真抱歉啊，本来这个封皮的钱还是够的，谁知昨天领导的爱人来报了个账，只能这样了……”

阿P顿时恍然大悟，他昨天见胖子买文胸，还真以为是买来作为奖品发给作者的，正憧憬着领回去，给小兰一个浪漫的惊喜哩！要知道不是，他才不愿来领这张狗屁不如的纸呢！

蔫头耷脑地回到家，阿P突然又庆幸起来，幸亏没有提前跟小兰说，要不然，这文胸还真不知道上哪儿赊去！

（**题图**、**插图**：顾子易）

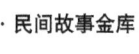

怪病谁能治

□杨 辰

莫名的怪病

从前，合浦有个叫张天的人，三十多岁，继承下一份很大的祖业。这张天衣食无忧，有儿有女，平日里只是喝喝茶，看看书，或者到对面的药铺和老板李先生下下棋。

一日，张天睡过午觉起床，刚端起茶杯，手莫名地一抖，杯子竟脱手掉下，摔到地上碎了。张天也不当回事，换过茶杯，继续喝茶。

过了两日，一家人吃饭时，张天坐到桌前，才拿起筷子，手指又是一阵莫名地乱抖，居然拿不住筷子。张母一看，脸色大变，问道：“天儿，你的手怎么啦？”

张天苦笑道：“这几天也不知咋回事，手时不时就抖一下，好像这手不是自己的了。”

张母仔细地看了看他的脸色，点点头，也不再说什么。吃罢饭，她却背着媳妇，叫张天到她房里。

张天来到母亲房中，一看母亲神色黯然，一脸悲哀，不由吃了一惊，忙问母亲什么事。张母却喃喃自语道：“唉，到底还是逃不过，逃不过啊！”

张天更加疑惑，连连追问。张母沉默了片刻，缓缓道：“既然逃不过，我就把实情告诉你吧。”

原来张天祖上有一种遗传病，在人到三十五岁左右，这怪病就开始发作。好端端的人先是莫名地手脚发抖，接着身上的肌肉一点点萎缩，也就几年的时间，最后整个人的身体只有一个孩童般大小，无法站立，无法进食，到了那时，就只有躺在床上等死了。张天的父亲、祖父及太祖父，都是这样死的。一百多年来，他们家族还没有一个男丁能活过四十岁。张天今年已经三十九岁了，母亲原以为他能逃过这一劫，没想到还是开始发作了。

听罢母亲一番话，张天差点瘫倒在地上，失魂落魄地坐了一阵，他不甘心地问母亲:“娘，这种病真的无人可医吗？”

张母摇摇头，告诉他，他祖父当年寻遍天下，也没有一个先生敢医这种病。他父亲发病时，请白州一位包治百病的小华佗先生看过。那位小华佗也没见过这种病，但他愿意一试。张天父亲在那里医治了半年，病情居然得到了控制，而且有好转的迹象。可惜，后来那位小华佗仍然回天乏术，他父亲也没能活过四十岁。

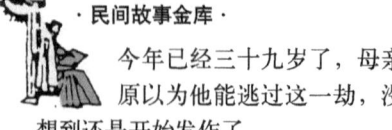

张天眼前一亮，忙问母亲，那位小华佗是否还在。张母叹息道:“你父亲临终前，曾交代我，一见你有发病的征兆，就不可耽搁，马上要去找小华佗，那还有一点希望。只是现在已经过了三十年，那位小华佗当年已经是个老人，如今恐怕……”

张天一听，心中那点希望之光顿时熄灭了。惶恐不安地过了两日，张天手抖的次数越来越频繁，他不甘心就这么眼睁睁等死，即便有一线希望也该去试一试。于是，他对妻子谎称去访友，租了船，一个人往白州赶去。

两日后，张天到了白州，找到小华佗所住的小镇。一打听，小华佗早在二十年前就去世了，倒是有几个徒弟，都在白州城里行医。

张天一一找到小华佗的几个徒弟。但他们一听病症，都是面露难色，摇头不止，说自己所学的只是师傅的一点皮毛而已，师傅都治不好的病，他们就更没有办法了。

尽管张天早料到这个结果，但还是禁不住失望之极。他一路慢慢地回到合浦，在路上忽然就想开了：罢了罢了，多活几十年，少活几十年，到头来也是一个死字。

回到合浦后，张天反而看开了，以前怎么过，现在还怎么过。只是还得瞒着妻儿，免得他们担忧。

奇怪的药酒

这天，张天吃罢早饭，看了会儿书，忽然手指又一阵乱抖，他叹了口气，干脆放下书，到对面的药铺找李先生下棋。那李先生与他已有二十多年的交情，两人性情相投，很合得来。他家里泡有各种各样的药酒，隔三差五就送一些给张天。

张天到了李先生的后屋，还没摆好棋盘，李先生就倒来一杯药酒，笑道："这是我新泡的，你先试一杯，等会儿我送你一罐拿回家，每天喝两杯。"

张天接过药酒，心中苦笑：我就只有一两年好活了，你这酒再好再补，对我也没什么用啊！可他也不愿拂好友的一番好意，咕嘟几下就把药酒吞了下去。接着两人摆开棋盘，直杀到天黑。临走，李先生送给他一小罐药酒，再次叮嘱他每日饮两杯。

过了几日，张天又来找李先生下棋。李先生指着一旁装满药酒的小罐，叫他下完棋记得带走。张天心中又是一声长叹，脱口说道："不用了，上次那些我还没喝呢。"

李先生一怔，居然生气地责问道："你怎么不喝呢？"张天心中一动，心想他也是个先生，说不定能有法子治自己的病。可话到嘴边，转而一想，罢了，即便是小华佗重生，也未必能治，何况是一个平常的先生。

于是，张天赔了个罪，说回去一定记得喝，两人又下起棋来。走着走着，张天拿起一枚棋子，手突然一阵颤抖，棋子啪地掉下来。他也习惯了，换过另一只手拿棋子。

李先生把这一幕看在眼里，十分吃惊，但也没问。

第二天，张天正在家里闲坐，李先生忽然跑来找他，手里端着一个小罐。不用说，里面装的肯定是药酒。

李先生把罐子放下，亲自拿来杯子，倒出一杯端到他面前，说："这是我至今炮制最费工夫的酒，你尝一尝，保管对身子大有好处！"

张天眉头一皱，实在没有心情再喝什么补酒药酒。李先生却端着杯子，左劝右劝，张天架不住他一番热情，只好勉强把药酒喝了。入了口，顿觉这酒与以往的果然大大不同，苦似黄连，腥味冲天。张天极力忍着，这才没有呕吐出来。

李先生见他喝了，十分欣喜，说今天没事，在这儿陪他下棋。两人一直下棋到深夜，李先生也没有要走的意思。

张天困倦极了，正要提出休战，突然感到腹内一阵剧痛，接着捧着肚子倒在地上，拼命在地上叫喊着翻滚着。

家人都被惊醒了，跑来一瞧，吓坏了，喊道“快去叫先生！”李先生说道：“我不就是先生？不用喊了！他是喝了我的药酒才发作的。”

张天的妻子一听，哭道：“你这人，老是给他喝什么药酒，恐怕是喝出毒来了！”

李先生脸上也很惊慌，只是紧紧盯着在地上翻滚叫喊的张天，额头冒出了大汗，却也无计可施。

张天闹腾了一个多时辰，痛晕过去，这才算平静下来。李先生擦了把大汗，叫人把他抬上床，盖上棉被，然后探了探鼻息，把了把脉，安慰一番张天的家人，叫他们都退出去，自己却一直守在张天床头。

张天全身汗如雨下，李先生不停地替他擦汗。到后来，张天的衣服和被子都被汗水浸湿了，李先生拿来衣服被子换过，不一会儿，又全湿透了。

张天昏昏沉沉睡了两天，这才清醒过来。李先生衣不解带地在床边服侍了整整两天，见他醒来，终于长出一口大气，忙给张天赔罪。

张天心道：我也快去见阎王了，早见几天，晚见几天，还不是一个样，于是笑道“算了算了，您也是一番美意。不过，以后您别再要我喝什么药酒了。”

李先生连连点头，当即把药酒抱走了。

多年的守候

过了几日，李先生又来到张家，怀里居然又抱着一个罐子。张天苦笑道：“李先生，打死我也不会再喝您的酒了。”

李先生不慌不忙，仔细观察一番他的脸色，问道“你这几天，手是否还抖？”

张天一怔，细细一想，这几天自己的手好像再也没有莫名地乱抖了。李先生笑着说：“那天我们下棋，我见你的手突然乱抖，这才让你喝这种药酒的。虽然喝了要受一些苦，但它的确能治你的毛病，每隔七日喝一次就行了。”

张天十分诧异，果真如此，倒也值得一试，死马当成活马医，说不准还能让他误打误撞治好自己的怪病呢。这么一想，他一咬牙，点头道“好吧，我喝。”

喝下药酒，到了半夜，张天又感到腹内如刀扎针刺一般，又是折腾到了天亮才算过去。

这之后，张天依照李先生的叮嘱，每七日喝一杯那种要命的药酒，果真如李先生所说，这酒的确能治手抖的毛病。自喝下第一杯后，他的手就没有再乱抖了。

张天自然是把这药酒视为救命稻草，主动要求李先生为他炮制。

一晃就过了两年，张天已经四十一岁了，仍旧活得好好的，身上的怪病似乎痊愈了。张天欣喜若狂，想不到李先生竟用药酒救了自己的命。

这日，李先生告诉张天，自己明天就要搬走了，请他晚上过来喝酒道别。

张天这才想起，李先生是从外地搬来的，已经近三十年了，现在不知为什么又要搬回去。他又想，自己还没有答谢李先生的救命之恩，于是备下了一份厚礼。

晚上来到李先生家，他进门就拜倒在地：“多谢李先生的救命大恩！”

李先生一怔，问：“这话从何说起？”

张天把自己家庭的遗传怪病说了出来，感激不尽地说：“要不是李先生的这些药酒，我现在早是阴间的鬼了。”

李先生诧异地说：“原来你已经心中有数了，应该是你母亲告诉你的吧？早知道你们晓得了，我也不用骗你喝药酒了。”

张天惊讶极了：“李先生，原来您、您也知道我有这种病？”

李先生点点头，忽然扑通朝北面跪下，泪流满面，喃喃祷告道“父亲，您可以安息了！这位病人，我已经治好，明日就可回白州，给您老人家上香了……”

张天惊得失声叫道：“莫非您就是小华佗？”

李先生站起来，呵呵笑道“小华佗是我的父亲。”他叫张天坐下，一边喝酒，一边把事情说了出来。

原来小华佗临死前，念念不忘张天的父亲，因为这是他行医一生唯一治不好的病人。当时，他已找到了治疗这种怪病的方法，于是嘱咐儿子等他死后，一定要到合浦找到病人的后代，马上对其进行暗中治疗。张天喝了二十多年的药酒，其实都是李先生治病的药方，所以他的病推迟到三十九岁才发作。那天李先生一看张天已经有了发病的症状，才立刻使出发病后才能用的药方。

张天听完李先生的话，倒头又拜，大哭不止。

（题图、插图：黄全昌）

·法律知识故事·

被沾光的代价

□路人癸

王老栓在村里开了家小卖部，经常开着自己的农用三轮车到县城进货。这天，他又从县里进货回来，在路上开着开着就觉得不对劲，看了看后视镜，心里就像吞了只苍蝇一样犯恶心。

咋了？被沾光了。河东村的二虎子来“蹭车”了，只见他骑着一辆电动车，左手扶着车把，右手抓着王老栓三轮车的车斗，既不用蹬踏板，也不用踩油门，借着三轮车的力就优哉游哉地往前跑，别提多惬意了。

王老栓倒不是一点儿便宜也不让人占的铁公鸡，他心里觉得不舒服，是因为他讨厌二虎子这个人。这家伙在十里八村没人不知道的，有好处就上，有便宜就占，又贪又横又不讲理，他在王老栓的店里还赊了好几回账，到现在也没给钱。

王老栓本来不想让二虎子蹭车，可又没办法，再说了，好鞋还不踩臭狗屎呢，何必为这么点儿事跟这么个地痞计较。王老栓扭头瞪了二虎子一眼，哼了句：“挺自在啊。”

二虎子脸皮真厚，扬着脸回答：“那是，全自动的，省电还省劲。”

看着二虎子得意洋洋的模样，王老栓心里气就不打一处来，可也懒得再说什么，往肚子里咽了两口唾沫，就闷着头继续往前开。

谁知，开着开着就出事了。原来前面这段路坑坑洼洼的，还有个拐弯，以前王老栓每次到这里，都会把速度放慢，今天心里憋着气呢，一走神就给忘了，到了拐弯的地方才反应过来，赶紧一拧车把手，三轮车是转过去了，可直到这时，王老栓才想起来，车后面还挂着一个人呢。

回头一看，坏了，二虎子被带到沟里了，电动车摔坏了不说，人也昏倒在地，头破血流。

不管怎么样，先救人吧，王老栓赶紧把二虎子抱上了三轮车，往最近的卫生所开了过去。

也算不幸中的万幸吧，二虎子虽然摔断了一条腿，人倒是给救了回来。大家都说，幸亏王老栓心眼儿好，及时给送到医院了。

过了些日子，二虎子拄着拐杖来到王老栓的店里，大马金刀地往柜台边一靠：“老栓，最近挺好啊？”

王老栓一看他来了，心想：我好歹救了你一命，你该不会又是来赊账的吧。他就笑着说：“乡里乡亲的，谢就不用了，把你欠的账还了吧。”

“谢？还还账？你想什么呢！”二虎子冷笑一声，“我搭你的车给摔伤了，医疗费花了十多万，还残疾了，说说你打算赔多少钱吧。”

王老栓一听就蒙了，半晌才反应过来：“你……你说让我赔钱？”

“废话，我搭你的车摔伤了，你不赔钱谁赔？”

“又、又不是我让你搭我的车的！二虎子，做人可得讲良心，要不是我救你，你这条小命还不一定在呢！”

“少啰嗦，医疗费加上伤残费，你拿三十万吧。”二虎子知道王老栓这几年开小卖部赚了些钱就狮子开大口，还威胁说，“不赔我就去法院告你！”

“你去告吧，老子一分钱也不给你！”王老栓气得直哆嗦，连推带搡地把二虎子赶了出去。

外面围观的人炸开了锅，就没见过二虎子这样的人，自己蹭车出了事，不谢谢人家的救命之恩，还来敲诈。大家纷纷安慰王老栓，不用害怕，二虎子不敢去告，这官司打到北京，他也打不赢！

没想到二虎子还真把王老栓告到法院去了，要求王老栓赔偿医疗费等各种费用四十多万元。更让大家没想到的是，法院后来竟支持二虎子的部分诉讼请求，判决王老栓在这起事故中承担次要责任，需赔偿二虎子51032元。

王老栓气得大病一场，病好后逢人就说，以后再也不能让人搭自己的车了，免得被沾光，还要被索赔。

律师点评：

《被沾光的代价》这个故事中的王老栓，在这起事故中存在一定过错，即明知有人攀附却没有制止，因一时疏忽大意而造成了二虎子受伤。当然，按照公平合理的原则，受害人二虎子在事故发生前是受益方且自身过错较大，对事故的发生应当承担主要责任，王老栓则应当承担次要责任。

（**题图**：谢　颖）

一次偶然的出手相助，竟卷入一个巨大的阴谋之中。在充满云谲波诡的连环计中，谁才是最后的赢家？

惊天阴谋

□张 茂

1.出手相助

罗炎今年二十五岁，在街边开了一家小小的锁店。由于他技术好，为人正直热心，很快赢得了顾客的信任，找他服务的人络绎不绝，小日子倒也过得顺心安逸。

闲暇时，罗炎喜欢到附近一家叫“红透天”的酒吧去坐坐，算是工作之余的放松。

这天晚上，罗炎又来到“红透天”，要了一杯酒，自顾自喝着。酒吧里灯光闪烁，在嘈杂的人声中，忽然传来争吵声。罗炎循声望去，发现争吵的一方是一个年轻漂亮、打扮时尚的女子，只见她戴着一对夸张的大耳环，脸红红的，看样子喝了不少酒。而另一方是这个酒吧的经理。

两个人越吵越厉害，引来不少人围观，罗炎听了一会儿，终于明白了，原来这女子说她上卫生间时将包放在桌上，回来时就不见了，因此跟经理抱怨说他们的治安不好；而经理则坚持认为这女子没带钱，想借口赖账。双方各持己见，越说越僵，那女子醉醺醺地拿起桌上的一杯酒向经理泼去。经理大怒，当即手一招，几个男子就围了上来。

眼看这女子要吃亏了，罗炎立马起身，走上前去，挡在女子和经理之间，笑着说：“大家都消消气，我看恐怕是误会吧。”

“误会？”经理定睛一看，认出是

自己的常客罗炎。罗炎估摸着经理对自己有几分印象，忙赔笑道："这位小姐是我朋友，喝多了，经理您大人有大量，别跟她一般见识，她的酒钱我来付。"

其实经理也不想跟这女子多作纠缠，他见罗炎出来打圆场，赶忙就坡下驴说："好好，冲罗老板的面子，我就放她一马！"

罗炎忙取出钱递给经理，一场风波就此平息。等罗炎转过身一看，那女子已经瘫在一张椅子上睡着了。罗炎试着叫醒她，可怎么也叫不醒。这下罗炎犯难了，她一个陌生女子，又不知道住在哪里，这深更半夜的，该怎么办呢？罗炎急得满头大汗，最后咬咬牙，决定将这女子扶到自己家里将就一晚。

说来也真汗颜，我们这位见义勇为的罗老板，在本城除了他那十来平米的小店，根本没有家。他把小店一隔为二，前面是店面，后面是他的家。现在他连拖带拽，弄了一身臭汗，才把那女子安顿在他的床上，他自己则趴在桌旁，一直熬到大天亮。

那女子一直睡到第二天中午时分才醒来。一睁眼，见自己睡在一张杂乱的床上，惊得跳下床，抓起枕头，冲向外面，朝罗炎狠狠砸了过去，骂道："臭流氓，这是哪儿？你是怎么把我弄来的？占我便宜了没？"

罗炎被女子骂得哭笑不得，心说我好心替你打圆场，却成了臭流氓！但面对眼前女子的冲动，他只能先尽力把她的情绪稳定下来，然后将昨晚发生的事一五一十地讲给她听。

经过罗炎的一再提醒，那女子对自己昨晚在"红透天"的行为有了些印象。她脸上露出几分羞愧的表情，先是对罗炎表示了谢意，又生气地表示她要再去"红透天"找经理理论。

罗炎觉得女子无凭无据地怨人家把她包弄丢了，怎么理论，也不会有好结果，为了转移她的注意力，罗炎说道："理论的事咱们待会儿再说，你能不能告诉我，你一个姑娘家，为啥一个人喝那么多酒？"

"我……"那女子欲言又止，只是怔怔地看着罗炎，过了一会儿，竟嘤嘤哭了起来。罗炎顿时慌得手足无措。他只得又是赔不是，又是安慰，心中的疑惑也更大了。

过了好一会儿，那女子渐渐停止了哭泣，情绪稍微平复了一些，她看看罗炎，说了起来。

原来，她名叫王瑶，是本城龙图集团的一个普通白领。三个月前，龙图集团的董事长丁志坤到她所在的部门视察时，竟看上了她，对她展开了热烈的追求。这种在旁人看来是天上掉馅饼的好事，却让她感到十分痛苦。因为丁志坤虽说有钱，但毕竟已经年过半百，王瑶不想把自己的花样年华糟蹋在一个老头子身上，所以便婉言拒绝。可丁志坤不死心，几次三番找人做她的工作，在达不到目的后，竟派人将她的父母接到龙图集团软禁起来，逼她就范。

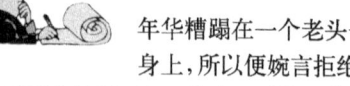

说到这里，王瑶又抽泣起来：“我见父母在丁志坤手里受苦，又气又急，这才跑到‘红透天’酒吧借酒浇愁，不想喝了个酩酊大醉。”

罗炎见王瑶哭得伤心不已，心中顿生怜悯，又有点愤愤不平。他没想到，本城响当当的大老板丁志坤，竟是个欺男霸女的老色鬼！他问王瑶：“你报警了吗？”

王瑶叹了口气，说：“我报了，警察也去了龙图集团，可不知丁志坤耍了什么花招，竟然让我爸妈对警察说，他们是自愿留在那儿的……”

罗炎气得一拳头砸在桌子上。过了一会儿，他试探着问：“那就没办法了吗？”

王瑶擦擦眼泪，说：“办法也不是没有，丁志坤曾对我说，只要我有男朋友，他就不再纠缠我。为此我曾拜托几个朋友去找丁志坤，假称是我男友。可他们一听要与丁志坤作对，都拒绝了。我想那丁志坤也是看准了在本城没人敢出来帮我，才对我许下这么个镜花水月般的承诺。我一个弱女子，真不知道该怎么办了。”说罢又哭了起来。

罗炎听到这里，直感到一股热血直冲脑门，他脱口而出：“我帮你，我做你的男朋友！”

王瑶呆呆地看着罗炎，问：“你就不怕丁志坤？”

罗炎调整了一下情绪，说：“说句实话，我也不想惹上这种麻烦，可一想你一个弱女子孤身一人，无人相助，我便忍不住想帮你一把。你放心吧，我是靠本事吃饭的，大不了在这儿呆不下去了，我就去外地，难不成那个丁志坤能追着我不放？”

王瑶见罗炎表情严肃，不像是随便说说，心中不由生出几分感动。她再次打量起这个要帮自己的人，只见

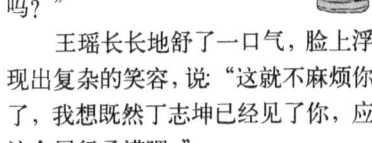

罗炎虽然衣着破旧，但眉清目秀，充满英气。她微微一笑，点了点头。

罗炎被王瑶看得脸一红，顿了顿，又说：“此事宜早不宜迟，我换件衣服，咱们现在就去找丁志坤！”

2. 身处险境

半个小时后，王瑶带着罗炎来到了本市最大的万峰酒店。他俩刚进门，便有人迎上来领着他们走进一间豪华的包间。

包间里有一张宽大的沙发，上面坐着一个衣着考究的男子，看样子约摸五十多岁，此人便是丁志坤。他见两个年轻人进来，也不说话，只是瞪大一双眼睛，来来回回地打量罗炎，眼神中带着怀疑和傲慢。沙发后面站着一个西装革履的中年男子，脸上笑嘻嘻的，一言不发地看着罗炎。

罗炎虽然被他们看得浑身不自在，但脸上毫无惧色，他不卑不亢地看着丁志坤。丁志坤似乎对罗炎的态度颇感意外，他正了正身子，阴阳怪气地问：“你就是瑶瑶的男朋友？”

罗炎正要开口，王瑶抢先答道：“对，就是他，他叫罗炎，是我的男朋友。”说罢，她一把挽住罗炎的胳膊，狠狠地瞪了丁志坤一眼。

丁志坤的脸顿时铁青，他站起身，带着那个中年男子拂袖而去。

罗炎正欲追出去，却被王瑶拉住了。他疑惑地看着王瑶说：“你不去问问他，你父母怎么样了吗？”

王瑶长长地舒了一口气，脸上浮现出复杂的笑容，说：“这就不麻烦你了，我想既然丁志坤已经见了你，应该会履行承诺吧。”

罗炎摇摇头，正想说些什么，却见王瑶满脸惊恐地盯着他身后。罗炎正想回头，突然感觉后脑勺被什么东西猛地一击，他眼前一黑，便什么也不知道了。

也不知道过了多久，罗炎才渐渐恢复知觉，他发现自己被关在一个漆黑的房间里，稍微一动，便觉头痛欲裂。

罗炎试探着坐了起来，脑中满是疑问。他只记得自己和王瑶去了万峰酒店，就在丁志坤恼怒出门时，自己突然被人击晕，他断定这是丁志坤搞的鬼！王瑶多半也落入他的魔掌中。想不到这个丁志坤，仗着有钱有势，竟敢如此胡作非为！想到这里，罗炎心中充满了怒火，同时又不由得担心起王瑶来。

就在这时，只听“哗啦”一声，门被打开了，一道强光照了进来，刺得罗炎一时之间睁不开眼睛，蒙胧中他看到一个西装革履的中年男子走了进来。

没等罗炎出声，那中年男子先开口道：“罗先生，真不好意思。刚才见面时间紧迫，你我没时间互相认识，我叫刘铭。”

罗炎一下子想了起来，这人是他在万峰酒店里见到的丁志坤的随从。只听刘铭笑着说：“罗先生，别紧张，这里是龙图集团，我们请你过来，是想问你点事情。”

“请我？”罗炎摸摸自己的后脑勺，冷笑道：“这也叫请？”

刘铭哈哈一笑：“手下人办事鲁莽，请罗先生你多多包涵。”说罢也不等罗炎有什么反应，接着问道，“你真是王瑶小姐的男朋友吗？”

罗炎一愣，他吃不准刘铭为何问这个，便大声说：“我当然是了。怎么你们丁董事长不相信吗？”

罗炎这话中明显带有讥讽，但刘铭似乎毫不在意，脸上表情也没有丝毫的变化，只是轻声一笑，道：“那就好，罗先生既来之、则安之，我想过不了多久，丁董事长就会放了你。”

罗炎追问道：“那王瑶呢？”刘铭像是听到了什么可笑的事，居然哈哈大笑起来，然后转身扬长而去。

房门又一次被关上了，房间又变得一片漆黑。罗炎呆呆地坐着，脑中的疑惑更大了。他觉得刘铭的言行颇为蹊跷，那诡异的大笑，更让他难以捉摸。丁志坤把他关在黑屋里，又是为了什么？他隐隐觉得其中必定有黑幕。

罗炎站起身，在伸手不见五指的房间里走了一遍，屋里除了一条破棉被，什么也没有。他又摸摸被封闭的窗户，心中不由一阵冷笑：这种地方，也想关我罗炎？然而，此时罗炎不想逃走，他想看看丁志坤接下来究竟会玩什么把戏。

于是，罗炎不吵不闹，不喊不叫，有饭就吃，有觉就睡，养精蓄锐，琢磨着出去后怎么扳倒丁志坤，救出王瑶。

约摸过了四五天，罗炎终于又见到了刘铭。刘铭依然笑容满面，说：“罗先生这几天住得可好？”

罗炎随口说了一句：“好！”就瞪着双眼，责问刘铭，“你不是说丁志坤要放我走吗？还要过多久？”

刘铭微微一笑，

说："罗先生请稍安毋躁。我这次来，是想请你帮个小忙。事成之后，你和王瑶小姐就都可以走了。"

罗炎心说：要我帮个小忙，用得着这么大动干戈？看来好戏要开场了。但他脸上却不动声色，平静地问："丁志坤要我干什么？"

刘铭笑道："好，既然罗先生如此爽快，我就开门见山。我们丁董事长想请你替他去大江集团取样东西。"

罗炎哼了一声，说："取？刘先生说得轻巧，只怕是让我去偷吧。"

刘铭大笑道："哈哈，罗先生何必说得如此难听，你只需跟我去大江集团，帮我打开一个保险柜。我们知道，这对你罗先生来说是举手之劳。"

罗炎听他这么说，脸上微微变色道："刘先生你见笑了，我虽然会一点开锁的技巧，但这开保险柜的活儿，实在是干不了，你还是另请高明吧。"

刘铭突然又放声大笑起来，弄得罗炎心烦意乱。突然，刘铭的笑声戛然而止，他眼神中充满了不屑，阴沉沉地说："罗炎先生，别再演戏了，你的老底，我已经摸得清清楚楚。"

罗炎心中一惊：莫非……刘铭像是看透了他的心事，对着他点点头说："要不是你有这本事，我们也不会留你到今天了。"

罗炎心中骇然：自己以前的经历极少有人知晓，他们是怎么知道的，难道是那个人？他心里这么想，神态却显得十分平静，对刘铭笑笑说："刘先生果然会开玩笑……"

刘铭却用更大的笑声打断了罗炎的话，他拿出几张纸，说："罗先生，我可是很少开玩笑的哦。"罗炎接过那几张纸看了看，脸上渐渐变了色。

3. 被迫盗窃

说起来，罗炎也是个苦命人。他父母原本都是教师，但在改革开放初期，他父亲受人蛊惑，辞了工作下海经商。可一个拿粉笔的教师哪懂经商之道，几番折腾下来，把家底赔了个精光。素来为人清高的罗父，自觉没脸再见妻儿，竟自杀了。罗母经受不了家败和丧夫的双重打击，也扔下年幼的罗炎去阴间与丈夫相会了。

可怜才几岁的罗炎孤苦无依，只能靠邻居的接济度日。在他十岁那年，来了个自称老杜的人，天天给罗炎买好吃的，买新衣服。邻居们都说罗炎遇到了好人，所以当老杜提出要带罗炎走时，谁也没反对。可他们哪里知道，这个老杜，其实是个道上小有名气的"神偷"，他见小罗炎耳聪目明，手指细长，透着一股子机灵劲，便把他带走了，并将自己的一身本领全教给了罗炎。

在罗炎十七岁那年，老杜在撬一家公司的保险柜时，被警察抓了个现行。鉴于他以往的"丰功伟绩"，这辈子估摸着都得在监狱里度过了。从那以后，罗炎洗心革面，开了一爿小店，过上了自食其力的安稳日子。

罗炎本以为自己过去的那段经历，无人知晓。可令他震惊的是，刘铭给他看的那几张纸，将他之前的经历写得清清楚楚。

罗炎将那几张纸还给刘铭，神色凝重地问："莫非你们找到了老杜？"

刘铭脸上浮现出一丝冷笑，说："聪明，这下你该相信你自己的能耐了吧。倘若罗先生你还不合作，那我们就把这些材料交给警察。到那时，别说救王瑶了，恐怕你自身都难保吧！"

罗炎心中不由得感叹丁志坤的能力之大。他想：眼下要让王瑶脱身，也只有"重操旧业"，帮丁志坤他们为非作歹了。突然，罗炎心中又闪过一丝不安：莫非这事从一开始就是冲着我来的？难道王瑶……

罗炎只觉自己的后背有些发凉，王瑶抽泣的样子在他脑中闪过，他不敢再往下想了。事到如今，他决定走一步看一步，见机行事，于是朝刘铭点了点头。

刘铭像个得胜将军，拍拍罗炎的肩膀，说："好，我们今晚十一点出发！"

很快到了晚上十一点钟，罗炎跟着刘铭坐车来到了大江集团大楼前。刘铭递给他一套保安服，让他换上。罗炎听说，大江集团是本城仅次于龙图集团的第二大集团。丁志坤让自己来"取"文件，究竟想干什么呢？

刘铭见罗炎站着发呆，推了推他，挥挥手说："跟我来。"罗炎这才发现，刘铭也将西装换成了保安服。他跟着刘铭从大楼的一个侧门进入，乘上电梯直登15层。

此时员工早已下班，楼道里空荡荡的。刘铭似乎对大楼的结构特别熟悉，领着罗炎径直进了一间房间。罗炎环顾四周，发现这不过是个普通房间，房间里的陈设更像是个小公司，丝毫体现不出大江集团的财力与规模。而房间的角落里，摆着一个保险柜。

刘铭指指那个保险柜，说"麻烦罗先生把它打开。"说着递过一个提包，"里面有你需要的工具，都是按老杜的描述定做的。"

罗炎已经好长时间没干过撬保险柜的事情了，不过要打开面前这个保险柜，还算不上什么难事。他先仔细观察了一下，确定这只是个普通的"多拨式"保险柜。这种保险柜的密码锁由多个拨圈构成，每个圈的中间有凹位。锁的中心是一条轴，上有数个凸出的齿用来卡住拨圈，当拨圈转到正确的密码组合，锁便打开了。

罗炎接过提包，从中找出一件类似于听诊器的东西，他将小的一头戴

在自己耳朵上，大的像喇叭的那一头扣在保险柜上，将密码锁的轴慢慢地往外拉，同时缓缓地转动拨圈。只听“咔”的一声，罗炎知道，这表明锁轴上的齿已进入了正确的凹位。他重复着这样的动作，将其他的拨圈转到合适的位置，然后抓住保险柜的开关一转，柜门便应声而开了。

刘铭冲着罗炎伸了伸大拇指，然后从柜中取出一个文件袋，示意罗炎跟着他快走。罗炎心中疑惑，感觉这趟来得也太顺利了，他便叫住刘铭，说出了自己的感觉。

刘铭笑道："你小子傻了吧，事情顺利还不好？赶紧走，你不想救你的王大小姐了？"

罗炎正待发话，突然听到警报声响起。刘铭骂道："都是你这小子的乌鸦嘴！"说罢冲了出去。

电梯是不能乘了，二人只得从楼梯下去。可楼梯也不安全，似乎已经有人从楼下一层层地包抄上来。罗炎心中更奇怪了，刚才还空荡荡的大楼，怎么突然冒出了这么多人？他来不及细想，只是胡乱地跟着刘铭在各层楼道之间穿梭奔跑，不断变换着楼梯。

亏得刘铭对地形比较熟悉，他们二人才没被抓住。但就这么像过街老鼠般来回逃窜，终究不是个办法。果然，慌乱中刘铭一脚踩空，从楼梯上跌了下去。罗炎赶紧跑过去一看，只见刘铭痛苦地抱着自己的腿。

罗炎伸手要把刘铭扶起来，却被刘铭拒绝了："不行，我腿怕是折了，你赶紧走！"说着，将那包文件递给罗炎，"你把这个带回去交给丁老板。"

罗炎说，要走一起走。说着就要来背刘铭。刘铭一把推开他，骂道："你小子逞什么英雄，不想救王瑶了？"然后突然换了一种诚恳的语气，说，"记住，这东西比我刘铭的命重要，你明天一定要到龙图集团把它交给丁老板，有了它，你才能换出王小姐……其实我也想救出王小姐。"

刘铭也想救王瑶？罗炎几乎不相信自己的耳朵。

刘铭见罗炎不信，喘了一口气

说："多年来，丁老板领导的龙图集团一直运作得风生水起，稳坐本市第一大集团的宝座。在外人看来，做人做到丁总这样的地步，应该是心满意足了。可事实上这几年有两件事令他烦心：一是大江集团大有超越龙图集团之势；二是丁总的夫人去年出车祸死了，丁总看着跟自己打交道的那些老板一个个左拥右抱，天天有小蜜二奶腻着，心中总觉得不得劲。也不知怎么着，那天丁总一见王瑶，竟要娶她做自己的太太。"刘铭叹了口气，接着说道，"这不是害人家王小姐吗？我和你一样看不过去，也想帮王小姐。"

罗炎将信将疑地说："我把这包文件给丁志坤，他就一定会放王瑶走吗？"

刘铭自信地说："你放心，这几天我一直在劝丁总，我都跟他说好了。只要把大江集团的机密文件弄到手，趁着他们董事长吕万发刚刚去世的机会，就能一举吃掉大江集团。他一高兴，自会放了王小姐。"他见罗炎脸上还有疑虑，又加了一句，"明天丁总就要和王小姐订婚了，你再犹豫不决，可就晚了。"

罗炎听了，不再多说，抱起文件，飞奔而去。

4. 扑朔迷离

第二天上午十点，罗炎来到了龙图集团。他走向公司前台，提出要找丁志坤。前台接待是个瘦高个，他对着罗炎一番打量之后，说了声"跟我来"，便引着罗炎径直走到龙图大厦顶楼的一间会议室门外，对罗炎说了一声："丁总就在里面。"

罗炎原本以为要见丁志坤得费一番周折，没想到竟如此顺利。同时，他又想到了昨晚的"顺利"，心中不由生出几分犹豫。

那瘦高个见罗炎犹豫不决，笑着说："要不您等会儿再见丁总，里面正在举行定亲仪式……"

罗炎一听，暗叫一声"不好"，急忙伸手去推门。不料，那瘦高个竟在他后面猛地一推。罗炎被推得一个趔趄，生生地撞了进去。

罗炎的肩膀被撞得生疼，他来不及细想，却惊奇地发现屋里站满了携带摄像机、照相机的记者。记者们也都惊讶地盯着他，弄得罗炎浑身不自在，一时不知该说些什么。

就在罗炎想着如何打破这尴尬的局面时，只听有人厉声喝问："你怎么会来这儿？"

罗炎循声望去，发现说话的正是丁志坤。此时他才注意到，会议室里除了记者，还有丁志坤、王瑶和一个二十来岁身穿小礼服的年轻男子。面对丁志坤的喝问，罗炎平静地说："我来找你，救王瑶。"

"王瑶？"丁志坤语气中充满了

不屑和嘲笑，“那是谁？”

“你少装糊涂！”罗炎被丁志坤的态度激怒了，他决心当着记者的面，把丁志坤强娶王瑶的事情挑明，于是，他指指王瑶说，“当然是她了。”

“笑话！”丁志坤突然放声大笑起来，“她是我女儿瑶瑶，哪用得着你这个混小子来救！”

什么？罗炎简直不相信自己的耳朵，他大吃一惊地朝王瑶看去。王瑶也是一脸的疑惑，问他：“你不是应该已经知道怎么回事了吗？”

“知道什么？”罗炎脑中一片茫然，几天来遇到的事情如同过电影似的在他脑海中打转，使他根本理不清头绪。

这时，丁志坤指着罗炎，问那个身穿小礼服的年轻男子：“他为什么在这里？”

那年轻男子不慌不忙地说：“这我咋会知道？”他指了指罗炎手中的文件袋，对丁志坤说，“不过，他手中拿的，像是我们集团昨晚丢失的机密资料，他来找丁伯父您，不知您如何解释？”

此时罗炎才想起自己手中拿着的那袋文件。那些记者也突然反应过来，忙不迭地举起相机对着罗炎一通猛拍。

丁志坤满脸怒容，他抓起电话叫来保安，将一群记者带了出去。然后对着年轻男子似笑非笑地说：“吕涛，过了今天咱们就是一家人了，你能跟我解释一下，这是怎么回事吗？”

原来这年轻男子正是大江集团的新任董事长吕涛，他是吕万发的儿子。吕涛神色鄙夷地对丁志坤说：“一家人？你丁董事长要真把我当一家人，就不会天天想着要吞并我大江集团了吧。”

罗炎根本听不懂他们在说些什么，心中的疑问更大了。他看看王瑶，王瑶也是一脸的疑惑。罗炎急切盼望有人能跟他解释一下眼前这不可思议的事情。

“就让我来跟你们解释吧。”话音

未落，会议室的门一开，走进来一个人。罗炎转身一看，这进来的不是别人，竟是刘铭！

刘铭扫视了一下会议室里的几个人，然后笑意盈盈地说“恐怕这事情的全部除了天知地知，就只有我知了，那就由我来给各位解释一下吧。”

罗炎看着没有丝毫受伤迹象的刘铭，心中的惊讶和疑惑慢慢变成了恐惧。他不由得脱口而出：“阴谋！”

“不错！”刘铭的笑脸突然变得阴沉起来，“而且是个大阴谋！”

5.善恶有报

事情得从两个月前讲起。当时，大江集团的董事长吕万发突发心脏病身亡，留下了一个庞大的集团给二十来岁的儿子吕涛，集团前景堪忧。老谋深算的丁志坤看准这一点，欺负吕涛年幼，想趁机一举拿下竞争对手。但由于大江集团是家族企业，要想入股控制它，最快的办法就是和吕家联姻。丁志坤就想让自己的女儿嫁给吕涛，借此控制大江集团。

那吕涛年纪轻轻，又突经丧父的悲痛，自是招架不住丁志坤的威逼利诱，几个回合下来，只得勉强答应与丁志坤联姻。

可让丁志坤万万没有想到的是，他女儿丁瑶却抵死不从，还谎称自己有了男朋友。丁志坤自然不信，提出要看看女儿到底看上了怎样的小子。他认准女儿在骗他，还吩咐刘铭告诫周围的人别配合她，弄得丁瑶连个敢冒充她男朋友的人也找不到。这让丁瑶气愤难消，便发生了她去“红透天”醉酒闹事的事，也因此认识了罗炎。经过接触，丁瑶觉得罗炎为人正直热情，但她怕罗炎不肯介入他们父女间的争执中，所以谎称自己是被丁志坤逼婚的王瑶，将罗炎骗到了万峰酒店。

丁志坤为丁瑶真的有男朋友而十分恼怒，并迁怒于罗炎，视罗炎为眼中钉。于是，他嘱咐手下将罗炎打晕，并把他关了起来。当时他因为有急事要去外地，便让刘铭调查罗炎的底细，以便等他回来后处置。丁瑶却被父亲的举动吓坏了，担心罗炎被害，就将她如何化名王瑶，编了个丁志坤逼婚骗罗炎的事，一股脑儿地告诉了刘铭，并表示只要放了罗炎，她愿意和吕涛定亲。

当时，刘铭只是对罗炎被骗这件事感到好笑，可当他看了搜集来的有关罗炎的资料后，他惊奇地发现，罗炎的背后竟还隐藏着一段惊人的故事，他改变了主意，从而想出了一条能够扳倒丁志坤的绝妙计谋。

等到丁志坤回来后，刘铭没提丁瑶骗罗炎的事，而是将罗炎的资料给丁志坤看了，同时献上自己的计策，也就是以他掌握的资料威逼罗炎去大江集团行窃，同时让丁志坤和吕涛联合设下圈套，待罗炎去偷资料时抓个现行，送他入监狱，以了丁志坤的心事。

罗炎听到这里，再也按捺不住心中的怒火，他愤愤地对刘铭说："亏你想得出这样一条毒计！"

刘铭得意地说："我的计策自是不错，而且也得到了丁董事长的赏识，不过这只是我计策的上篇。"

刘铭计策的下篇，便是与吕涛联手扳倒丁志坤。他背着丁志坤与吕涛联系，让吕涛故意放走罗炎而把他抓住，让罗炎盗窃成功后独自去找丁志坤，从而将伙同惯偷盗窃大江集团机密文件的罪名扣到丁志坤头上。为了稳住罗炎，刘铭谎称自己也想救王瑶，同时，刘铭还在龙图集团内安排了亲信，使罗炎顺利地见到了丁志坤。一切看上去安排得天衣无缝。

刘铭笑嘻嘻地对丁志坤说："你以为除掉罗炎这个障碍，便没人能阻止你和吕家联姻了，所以你就大张旗鼓地找了这么多记者来见证今天的定亲仪式，但你哪里知道，这些记者都是我找来见证你盗窃大江集团机密文件的证人。哈哈，丁董事长，今天你恐怕难逃此劫了。"

丁志坤的脸由红转白，他冷冷地问刘铭："吕涛他给了你什么好处？"

刘铭哈哈一笑，说："不多，不过是大江集团15%的股份。"说着，他突然语气一转，"最重要的是，我扳倒了你这个一直自命不凡、对我指手画脚的蠢货！我已经报警了，你就等着坐牢吧。"

丁志坤的脸色慢慢变成了酱紫色，他突然大吼一声朝刘铭扑过去，死死地掐住刘铭的脖子，摁在地上，厮打中刘铭摸到一个烟灰缸，朝丁志坤的脑袋上狠狠砸了几下。丁志坤头一歪，便瘫在地上，再也不动了。

这一变故来得太快，在场的人都没反应过来。丁瑶见状，扑到丁志坤身上，号啕大哭起来。

刘铭站起身，整整被弄乱的衣服，气冲冲地对着地上的丁志坤破口大骂："老东西，活该！"丁瑶从地上

跳起来，想朝刘铭扑过去拼命，却被罗炎死死地抱住了。

刘铭见了，讽刺道：“护花使者啊！我劝罗先生还是考虑考虑自己的处境吧，现在那老东西不行了，只能拿你顶包了。”

罗炎死死地盯着刘铭，眼中似喷出火来，大声说：“让我去偷东西，陪我去大江集团开保险柜的，不就是你吗？”

“证据呢？”刘铭得意洋洋地说，“现在这个时代，最讲究的是证据，你有吗？”

“要证据又有何难！”话音刚落，会议室门一开，从记者群里走出三个人来，为首的一亮证件说，“我们是警察！”一听是警察，刘铭更得意了，指着罗炎叫道：“快把他抓起来，他是个漏网的惯偷。”

警察拿出手铐，却把刘铭给铐上了。刘铭大惑不解“你们这是什么意思？”

此时不光刘铭不明白，连在场的吕涛和丁瑶也不明白。罗炎向警察点点头，笑道：“刘先生，这回该换我来解释了吧。”

原来，昨晚罗炎从大江集团出来后，觉得这次行动是事先安排好的。他仔细回想了几天以来发生的事，觉得自己像陷入一场迷局之中，他怀疑王瑶有可能骗他，但就是不能放下王瑶不管。可凭他单枪匹马地闯进龙图集团，只怕不但救不了王瑶，很可能再次落入丁志坤的手中。他也不敢轻信刘铭信誓旦旦的话。如此反复思索之后，他联系了当年处理老杜一案的冯警官，详细诉说了自己的遭遇和疑虑。其实，冯警官早就对丁志坤的一些不法之事有所耳闻，只是苦于没有证据，于是他鼓励罗炎放心去见丁志坤，希望罗炎能套出点什么话来。可没想到没套出丁志坤的话来，却把刘铭的计谋了解了个清清楚楚。

刘铭被警察押着，疑惑地问罗炎：“你怎么敢报警，你不怕他们把你当年的事情查清楚？”

没待罗炎回答，冯警官哈哈大笑道：“查罗炎？哈哈，八年前，罗炎还是个未成年的孩子，我就了解他了。罗炎是个有正义感的孩子，老杜落网、被老杜胁迫当小偷的一群孩子的得救，罗炎功不可没！”冯警官的话，让在场的人大为震惊。

这天发生的事情，关系到本城最大的两个集团，自是引起了很多人的关注，多家媒体纷纷跟进，报道铺天盖地。刘铭和吕涛得到了应有的法律制裁。丁志坤则变成了植物人，今生今世只能躺在床上度过了。

唯一让人感到欣慰的是，罗炎和丁瑶成了一对真正的恋人，这也称得上是因祸得福了。

（题图、插图：杨宏富）

受伤的南瓜

□杨汉光

周国海有一对双胞胎儿子，哥哥叫大明，弟弟叫小明。两人今年读初三，成绩都很好。

可周国海不光要抚养两个儿子，还要照顾长年躺在病床上的妻子，就是送一个儿子上高中和大学都吃力，同时送两个，他连想都不敢想。没办法，周国海准备让一个儿子休学。

让哪个儿子休学呢？周国海是种地的，他觉得培养儿子就像种瓜种豆一样，应该留壮苗，舍弱苗，才有好收成。大明从小就有一条腿残疾了，怎么培养，恐怕也成不了顶梁柱。周国海很想让他休学，可看着大明走路一瘸一拐的样子，好几次话到嘴边，都说不出来。

这天晚上，周国海又在为让哪个儿子休学的事难以入眠。病恹恹的妻子说："你干脆让两个孩子种南瓜吧，谁种出的南瓜大，就让谁上高中。"

周国海觉得妻子的主意不错，第二天，他就给每个儿子一粒南瓜籽，让他们比赛种瓜：谁种出的南瓜大，将来就可以上高中，读大学；谁种出的南瓜小，那初中毕业后，就不要再上学了。

两个儿子都想上高中、读大学，拿到南瓜籽就立刻忙活起来。大明在屋后堆了一个土堆，小明在屋前也堆了一个土堆。几天后，两个土堆里都冒出了一棵南瓜苗。

周国海一有空就去看两个儿子种的南瓜，他希望小明的南瓜能压倒大明的南瓜，可不知怎的，大明的南瓜不但长得比小明的快，藤叶也长得比小明的粗壮。小明的南瓜刚结出一个花蕾，大明的南瓜就已经开花了。照这样下去，周国海就要送大明读高中，让小明休学了。

周国海越想越不是滋味，有一天，他鬼使神差地抬起腿，在大明的南瓜上踩了一脚。这一脚踩得太重了，拇指粗的藤茎裂成几瓣，瓜苗歪在一边，就像大明那条残疾的腿。

傍晚，大明放学回来，照例到屋后去看南瓜，发现瓜藤都快被踩断了，不禁放声大哭起来。周国海闻声赶来，大明不知道南瓜是被父亲踩的，他扑到父亲怀里，哭得更伤心了。周国海愧疚地拍着儿子的肩膀，一个劲地安慰他。大明擦了一把眼泪，说“爸，我一定要把那家伙查出来。”

第二天早上，大明居然不去上学，在房前屋后查找踪迹，时不时蹲下身子仔细辨认，活像一个小侦探。周国海生怕儿子查到自己头上，就催他快去上学。

过了几天，周国海发现，大明的南瓜被踩了一脚后，虽然没有死，但长势远远不如小明的南瓜了。周国海松了口气，此后再也不到屋后去看大明的南瓜了。

而小明一直精心照料屋前的那棵南瓜，周国海也偷偷帮他忙。可不知怎的，小明的南瓜虽然越长越茂盛，但结出的瓜总是长到拳头那么大就烂掉了，直到藤叶转黄时，才好不容易结成一个小南瓜。

这时候，大明和小明已经初中毕业，双双考上了高中。按照当初的约定，谁种出的南瓜大，谁才能上高中。

小明小心翼翼地把那个小南瓜摘下来，让父亲过秤。周国海边称南瓜边说：“大明，快过来看看，你弟弟的南瓜刚好 8 斤重。”

大明无精打采地说：“不用看了，你说多重就多重。”

周国海放下秤，问大明的南瓜呢，叫他也拿来称一称。大明说：“我的瓜藤被踩成那样，能活下来就不错了，哪还有什么南瓜？”

过了个暑假，小明就到县城读高中去了，大明则跟着父亲下地干活。

周国海发现，大明干完活后，还常常跑到屋后去看他的南瓜。周国海莫名其妙地问：“你那棵南瓜又没有结瓜，有什么好看的？”大明不冷不热地回答：“我就看看。”

还是女人细心，一天晚上，大明的母亲跟丈夫说：“大明肯定有什么心事，可别憋出什么病来。明天你悄悄跟他到屋后去看看吧。”

第二天一早，周国海见大明又一瘸一拐地向屋后走去，便悄悄地跟着儿子来到屋后，他钻进草丛一看，顿时傻眼了：草丛里竟藏着一个巨大的南瓜，最少有60斤重。大明坐在地上，手里拿着小刀，正全神贯注地在南瓜上刻着什么。

周国海吃惊地问：“大明，你种出这么大的南瓜，怎么不跟爸爸说？”

大明一边在南瓜上刻字，一边说：“爸爸，我知道你不想让我读高中，所以懒得让你知道这个大南瓜。”

周国海不好意思地问：“你怎么知道我不想让你读高中？”大明轻轻地说：“你……踩了我的南瓜。”

周国海的脸一下子热辣辣的，他低下头，底气不足地否认：“你别乱猜。”

大明刻好了字，收起小刀说：“不是猜，是你留下的鞋印告诉我的。”

周国海尴尬极了，平生第一次感到没脸面对儿子。他没话找话地问：“你在南瓜上刻什么？”大明淡淡地说：“你自己过来看吧。”

周国海弯下腰，拨开杂草走过去，在儿子身边蹲下。他往南瓜上只看了一眼，泪水就夺眶而出，大明在南瓜上刻的是：我的大学！

大明第一次看见父亲流泪，他惶恐地说：“爸爸，你别哭，我知道家里困难，弟弟比我更适合读书。我不会为难你的，我只是……只是心里有点难受。”

周国海一把将大明抱在怀里，哽咽着说：“好孩子，爸爸一定送你读高中，上大学。”

两天后，周国海千方百计为大明借到了学费，亲自送他到县城读高中。注册时，周国海特意向一位生物老师请教：为什么小明种的南瓜，下的肥料那么足，藤叶长得那么茂盛，却只结出一个小南瓜，反倒是大明那棵受伤的瓜藤，结出了一个大南瓜？

生物老师风趣地说，种植南瓜，不但要有充足的肥料和水分，还要适当压制藤叶的生长，才能结出大南瓜。周国海踩的那一脚，歪打正着，恰好起到压制藤叶生长的作用。南瓜和人一样，娇生惯养是成不了大器的，吃点苦受点挫折，反而容易成材。

听了老师的话，周国海相信，大明总有一天会长成顶梁柱的。

（**题图、插图**：安玉民　梁　丽）

一技之长

□邓　昊

大刘对女儿的培养一直抓得很紧。他深深懂得，现在的社会竞争有多激烈，有个一技之长是多么重要。这不，一放暑假，他就给女儿一下子报了七个“特长”班。

这天晚上十点，女儿上完了音乐课，一天的“特长”课程终于结束了，大刘去接她回家。路上，女儿不高兴地提出，能不能让她少上两个特长班，一天上七个班，快累死了。

大刘立刻板起面孔，正色道：“现在尽管累点，可以后你就知道值得了。咱学了这么多东西，总有一样用得着的：当不了画家，咱可以当音乐家；当不了音乐家，咱还会跳舞呢……”

女儿不耐烦地捂住耳朵：“我不听，我不听。”

大刘很生气，忽然看见街边有个凉茶摊，一个男孩可怜兮兮地坐在后面，满怀希望地看着过往的人们。他心里一动，决定利用这个活教材好好给女儿上一堂课。

大刘指着卖凉茶的男孩说道：“你看，你要是没个特长，长大后就只能像他一样，在街上摆个凉茶摊了。你想想，多可悲啊！”

谁知，女儿却两眼一亮“我情愿卖凉茶！”大刘一怔，气得无话可说。

第二天一早，大刘送女儿去上礼仪课。经过昨晚那个凉茶摊时，女儿忽然大叫起来：“爸爸，我情愿卖凉茶！”

大刘气坏了，呵斥道：“你真是身在福中不知福哦。你看那个孩子，比你大不了多少，已经要挣钱养家了，想学还不能学呢。”

走了几步，大刘见女儿仍然不停地回头，突然来了灵感，倒不如让女儿去卖一天凉茶，让她吃点苦头，她才明白自己能去学习有多幸福。

这么一想，大刘带着女儿来到凉茶摊前。卖凉茶的男孩一看，立即站

矮个先生雅可布

点评：**干净利索**

本作品选自德国著名漫画家普雷斯的代表作《矮个先生雅可布》。雅可布是个滑稽有趣的矮个家伙，他聪明善良、乐于助人、性格温和，是一个相当成功的漫画形象。

了起来，笑容满面地问道："老板，你们想喝什么凉茶啊？"

大刘一摆手，笑着问道："小兄弟，能不能让我女儿代替你卖一天凉茶？你呢，可以代替她免费去学一天特长课。"

男孩愣了一下，不假思索地摇摇头。

大刘呵呵一笑，摸出三百块钱，说："小老板，你是担心收不回茶钱吧？放心，你这些凉茶总共也不过三百块钱，我先给你，你还能免费去上一天课，你看怎么样？"

没想到，男孩把头摇得更快了："想都不要想！我上的九个特长班，就这个有点意思，我爸每天要给人家老板五十块学费呢。你还想要我顶替她去上课，我才不干呢！"

大刘顿时目瞪口呆："什么？你这也是上课？"

男孩叹了口气，一脸无奈地说："我爸说了，以后就算我当不成政治家、科学家、艺术家，至少也会在街上摆个凉茶摊，有口饭吃。"

最高女高音

□亚　宾

这天，李教授拿着一个分贝测试器，在音乐学院门口的一棵大杨树下，给三个女生进行一场特殊的面试。她认为，分贝是一项最重要的指标，如果声音达不到足够的分贝，是培养不出女高音的。所以，她要在三个女生中选出一个分贝最高的。

面试开始了。第一个女生身材丰满，她自信满满地对着分贝测试器，发出尖利的叫声："啊——"由于声音十分刺耳，李教授脸上掠过一丝失望的神情。

第二个女生身材高大，具有运动员般的体魄，她伸开双臂，先做了几个扩胸动作，其间伴着两次深呼吸，然后也"啊——"地叫起来，远处的操场都传来了回声。李教授看着分贝测试器，脸上露出了满意的表情。

第三个女生个子最矮，体型最瘦，她忐忑不安地来到分贝测试器前，好半天都没有勇气喊出来。李教授一看，脸上顿时充满不快，心想：看来，第二个学生将会成为我的门生了。

正在这时，一阵大风吹过来，头顶的大杨树叶子沙沙作响。突然，奇怪的事发生了，第三个女生在刹那间充满了斗志，只见她满脸通红，表情扭曲，对着分贝测试器，发出晴天霹雳一般的吼声："啊——"

李教授只觉得自己的耳膜像被绣花针穿透一般剧痛，手里的分贝测试器"咚"地掉到地上。她赶紧朝女生连连喊道："好好好，你过关了，拜托你赶紧停下来吧。"

第三个女生乐坏了，前面两个女生却连呼不公平，她们要求重赛。李教授指着手里的分贝测试器，说："不公平？不可能，仪器是不会作假的。"

"仪器当然不会作假，"那两个女生气愤地说，"可是，如果我们的脖子里，也掉进一只大杨树上的毛毛虫，我们的分贝肯定会超过她！"

与我有关

□刘　明

布朗最近有了外遇，经常跑到情人家里过夜。

这天，布朗回到家门口时，被旁边的煎饼店老板马丁叫住了。马丁用严厉的目光凝视着他，说："布朗先生，您最近不太对劲。以前，您总是在家和妻子孩子一起吃早餐，可现在您已经很久没有在家睡觉了。"

布朗满不在乎地说："我工作很忙，不得不睡在公司里。"马丁诚恳地劝道："回到妻子和孩子身边吧。"

布朗耸耸肩，转身回家了。吃过晚饭后，他又溜去情人家了。

第二天，当布朗再次回到家门口时，马丁又把他喊住了："看来你并没有把我的话听进去，你昨晚又没有在家过夜！"

布朗不耐烦地说："我跟你说过了，我有很多活要干。"

"不要再找借口了，布朗先生。"马丁冷冷地注视着他，"我知道你在外面有个女人。就在今天早上，你可怜的妻子来买煎饼时，我还看见她脸上挂着泪花。"

布朗还是无所谓地说："随便你怎么想吧。"说罢转身就走。

马丁没有罢休，追上他恳切地说："你一定要跟那个女人断绝关系！"布朗生气地摆脱了他，回了家。

让布朗没有想到的是，从此以后，马丁天天都为这事跟他纠缠，只要看见他回来，就会从店里冲出来把他堵住，要他跟那个女人一刀两断。

一天，布朗回家时又被马丁堵住了，这回他手里还拿着一根棒球棍，阴沉着脸说："布朗先生，我最后一次警告你，如果你今晚还不在家里睡觉的话，我不得不给你一点教训了！"

布朗实在忍无可忍了，冷笑着说："好吧，我承认我在外面有个女人。但这关你什么事？"

"你竟然说这不关我的事？"马丁愤怒地嚷了起来，"每天早上，你的妻子都要在我店里买走五份煎饼，可最近变成了四份。布朗先生，请问是谁造成了我的损失？"

学表演

□高亚娇

老李是个老演员，他自觉表演艺术高超，无奈在圈里始终混不出多大名堂。退休之后，他打算办个表演培训班，发挥一下余热。

很快，就有三个人来报名了：一个是老板，一个是公务员，还有一个是小姑娘。老李很欣慰，他决定把自己的拿手绝活亮出来，那就是哭。

三个人一听，立马来了兴趣，催促他赶紧开始。老李酝酿一下情绪，说了声“看着啊”，马上就陷入了悲悲戚戚的表情之中，接着两眼潮湿，很快就老泪纵横。

老李的表演顿时震撼了三个学生，那个老板当场就从皮包里掏出几张票子：“老师傅，有两下子啊，我就跟你学这个了！您先教我吧。”

老李点点头，耐心地辅导了老板一番。老板悟性很高，不到一个小时就学会了，他兴奋地跳起来，转身就走。老李忙说：“明天你还来啊。”老板一摆手：“对不起，老师，我实在是脱不开身，我现在是到处躲债啊，不过，跟您学了这一手，以后碰到债主，我跟他们哭穷的时候，就更逼真了。”

老李一听，愣住了：原来他并不是真心来学表演的啊。

这时，那个公务员把老李叫到了一个僻静处，说：“大师，您也赶快教教我吧，我现在急需掌握哭的艺术。不过，您教我哭的时候，能不能加入一点台词，比如说：‘局长，这次竞争上岗，您一定要给我安排一个好职位啊，不然，我没办法发挥我的特长啊，呜呜呜……’”

老李一听，觉得这个公务员比刚才那个老板强，不但要学表演，而且还挺有想法的呢。老李一高兴，施展开了自己的平生本事，不到两个小时，就让这个公务员哭得有声有色了。

公务员高兴极了，紧紧握着老李的手：“大师啊大师，如果这次我们局长被我的‘泪弹’感染，给我个一官半职的，我一定好好答谢您！”说着，欢天喜地地走了。

老李傻了：唉，闹了半天，人家也不是真心学表演的啊。

最后，只剩下那个小姑娘了。小姑娘嘴巴可甜了，说：“爷爷，我年轻没经验，也没有钱，请您一定要对我耐心点，不要有所保留哦。”

老李一本正经地说：“只要你热爱表演，我绝对百分之百、毫无保留地把我的艺术真谛传授给你。”

小姑娘搂着老李的胳膊，嗲声嗲气地说：“我当然热爱表演了，而且我对表演艺术的追求很高哦！爷爷啊，我觉得哭也可以分成几个层次：第一个层次，是哭得泪流满面；第二个层次，是哭得喉咙嘶哑；第三个层次，是哭得昏倒在地。爷爷，您能不能连贯地教我学会这三个层次啊？”

没想到，这个小姑娘对哭竟有如此研究，老李满意地点点头，说：“虽然很有难度，但你这么虔诚地喜欢表演艺术，我一定克服困难教你，直到你满意为止。来，我们马上就开始！”

就这样，老李抖擞精神，小姑娘全情投入。工夫不负有心人，用了一个下午的时间，小姑娘终于能把三个层次的哭法运用自如了。她不禁喜出望外：“爷爷，您真棒，等我挣了钱，我请您吃大餐。”

老李虽然很累，但是很高兴：“你先别急着挣钱，明天你再来，我把其他表演艺术传授给你。”

小姑娘脸一红：“不，明天我就不来了，因为我学会哭就够了。”

老李有些不高兴：“年轻人呐，你把表演看得太简单了，想当演员，以后的路还长着呢。”

小姑娘笑弯了腰：“爷爷您真逗，我哪想当演员，我是去当粉丝！唉，现在粉丝也不好干，竞争激烈，而且明码标价。就说哭吧，泪流满面给50元，喉咙嘶哑给100元，昏倒在地给200元，挑战性太大了！”

绿版编辑部各编辑邮箱：

夏一鸣：gshxym@163.com
朱　虹：zhong98305@sina.com
杭　帆：hangfan1102@126.com
刘迎曦：liuyingxi1203@163.com
颜轶超：yanyichao1004@sina.com
黄美舟：piggybank81@sohu.com

□刘六良

短信也疯狂

小贾今年三十出头，长得比较老成，好不容易谈了一个女朋友。这个女孩名叫凌莉，性格古灵精怪。

这天，小贾正和凌莉在饭店吃饭，突然小贾收到一条短信：“老爸，我和女孩开房被警察抓起来了，要罚款，快打5000元到这个账户赎我出去。”后面有一个银行账号。

不用问，这是骗子骗钱的伎俩，

小贾笑了笑正想把短信删掉，对面的凌莉叫道：“慢！什么秘密短信怕人看到？快给我看看。”

小贾很老实，只好把手机递给她，不料，凌莉看完短信立刻就翻脸了：“好啊，你居然骗我说你只有三十出头，没想到你都有那么大的儿子了！看来你都超过四十岁了，儿子是小流氓，你肯定也不是什么好东西！”说完，气冲冲地起身走了。

等小贾结完账追出门口，凌莉已经不见了。小贾沮丧地回到了饭店。

此时，凌莉就躲在不远处偷偷注视着小贾，她明白那短信是骗子发来的，但她是个爱整蛊的女孩，就想借此机会逗逗小贾，看他有什么反应。

只见小贾沮丧地抓起手机就要往地上摔，不料手却突然停在了半空中，好像想起了什么，然后在手机上按着什么，看样子是在发短信。

凌莉得意地心想：这个老实的家伙肯定是在给我发短信解释呢。不料，小贾发完短信好一会儿了，凌莉的手机也没响。他在给谁发短信呢？凌莉沉不住气了，她冲进了饭店，撅着嘴冲小贾伸出手：“你在和谁发短信呢？给我看看！”

小贾尴尬地把手机递给了她。

凌莉迫不及待地打开手机发件箱，只见最新一条短信上写着：“你这个混账东西，把你妈都气跑了，我发誓打一辈子光棍，让你不能出生！”

最佳祭文

□邢　东

最近，县里要搞文化旅游，为此举办了纪念罗山居士活动。这罗山居士只是崇祯年间的一个书生，这回一下子成了历史文化名人。老汪是个作家，他看准风头写了一篇祭文，把罗山居士写成了和李白、杜甫齐名的大诗人。文章发表后，好评如潮，还被评为“最佳祭文”。

这天晚上，老汪正得意洋洋地喝着小酒，突然一阵阴风吹过，一个古装男人出现在他面前，朝他深深鞠了一躬，说：“兄台，我就是你笔下的罗山居士。”

老汪哆哆嗦嗦地问：“你来找我干什么？是不是我写祭文冒犯你了？”

罗山居士笑了笑，说：“哪里？我满腹经纶，可惜生不逢时，无人能识，不想几百年后，竟遇到了兄台这位知音！请受我一拜！”说完，就朝老汪拜了下去。

老汪连忙去搀扶，手还没碰到对方，那个罗山居士就突然不见了。只是在老汪的书桌上，突然出现了三枚锈迹斑斑的铜钱，上面写着“崇祯通宝”！

老汪掂量着三个铜钱，笑了笑：原来鬼也喜欢听吹牛啊！只是这个鬼是怎么知道这篇祭文的呢？

第二天早晨，老汪看到报纸上说，昨天上午，县文化局在罗山居士墓前举行了纪念活动，局长念的就是老汪写的那篇祭文。老汪这才恍然大悟。

从那以后，越来越多的单位到罗山居士墓前搞活动，而且一律用的都是老汪的那篇“最佳祭文”。神奇的是，只要有人在罗山居士墓前念一次

“最佳祭文”，老汪的书桌上就会多三枚“崇祯通宝”。老汪查过，这种品相的铜钱，一枚也值个三五十的，攒得多了，也是钱啊！

于是，老汪天天盼着更多的人去罗山居士墓前，读自己的祭文。不料，之后一连几天，书桌上再也没有出现过铜钱，老汪心里嘀咕道：莫非这个穷鬼没钱了？

正琢磨着呢，一阵阴风吹过，那个罗山居士又来了！

老汪欢天喜地地请他坐下，罗山居士却哭丧着脸，从兜里掏出一大锭银子来，说：“兄台，我求求你了，别让他们念你的祭文了！祭文虽好，可谁也受不了他们天天这么念啊，有时候一天得听七八遍！烦死我了！你若帮了我这个忙，我把全部积蓄都给你！”说完，他跪倒在地。

老汪挠了挠头，为难地说：“这……可不好办啊！有现成的，谁愿意费脑子写啊！再说，念祭文的都是领导，我也管不了啊！”

一听这话，罗山居士站起身来，恶狠狠地对老汪说：“你管不了，我自己管！”说完就消失了。

第二天恰好是清明节，县里在罗山居士墓前举行了隆重的纪念活动，老汪也到场了，他一个劲儿地祈祷：千万别再念自己写的那篇祭文了。可等到县长拿着稿纸一张嘴，老汪就傻眼了，县长念的还是那篇不知被念了多少遍的“最佳祭文”！

不料，县长刚念了几句，突然一阵阴风吹来，县长手里的稿子被吹跑了。

县长让秘书赶紧去追，突然麦克风竟自己响了起来，里面的声音有点儿古怪，但念的还是那篇“最佳祭文”，而且非常流畅！

大伙儿都惊呆了。等祭文念完了，只听那个古怪的声音喊道：“以后你们谁也不许念这篇‘最佳祭文’了！我罗山居士已经背出来了！”

（**本栏题图、插图**：包丰一　顾子易）

（本栏目欢迎来稿。来稿可从邮局寄发，也可从网上传递。如为电子邮件，请发以下信箱：zhong98305@sina.com）

www.ingramcontent.com/pod-product-compliance
Lightning Source LLC
Chambersburg PA
CBHW051934220626
47052CB00004B/671
9787545207774